W0303085

RENATE NABER, geboren 1956 in Westfalen, schreibt Hörfunksendungen für WDR 5 mit den Schwerpunkten Literatur und Alltagskultur. Sie hat bereits zahlreiche Bücher veröffentlicht, meist im Bereich Sachbuch und Kurzprosa, und war viele Jahre Lehrbeauftragte der Universitäten Bonn und Witten-Herdecke. Sie hält Vorträge und leitet Veranstaltungen im Bereich Literatur, lebt mit Mann, zwei Kindern und einem Kater in Porz.
CORNELIA EHSES-KUHRAU, geboren 1960 in Köln, schreibt und veröffentlicht Lyrik und Prosa in Büchern und im Rundfunk. Sie leitet seit Jahren Schreibwerkstätten für kreatives Schreiben. Sie hält Lesungen und leitet gemeinsame Kunstprojekte zusammen mit anderen Künstlern, wie Fotografen, Malern und Bildhauern in NRW, lebt mit Mann, drei Kindern und drei Katzen in Porz.

Dieses Buch ist ein Roman. Handlungen und Personen sind frei erfunden. Ähnlichkeiten mit lebenden oder toten Personen sind rein zufällig.

RENATE NABER / CORNELIA EHSES

Zeit der Strafe

KÖLN KRIMI

emons:

Mix
Produktgruppe aus vorbildlich bewirtschafteten Wäldern und anderen kontrollierten Herkünften
www.fsc.org Zert.-Nr. GFA-COC-001223
© 1996 Forest Stewardship Council

© Hermann-Josef Emons Verlag
Alle Rechte vorbehalten
Umschlagzeichnung: Heribert Stragholz
Druck und Bindung: CPI – Clausen & Bosse, Leck
Printed in Germany 2009
ISBN 978-3-89705-676-3
Köln Krimi 37
Originalausgabe

Unser Newsletter informiert Sie
regelmäßig über Neues von emons:
Kostenlos bestellen unter
www.emons-verlag.de

»Zum Leben wunderschön
wär diese Welt
Könnte es einst geschehen
dass ein gestreifter Kater mit
einer Schwalbe Hochzeit hält
Und beide flögen davon
glücklich zu zweit
für alle Zeit.«

Estevão da Escuna

Prolog

Zärtlich gleiten meine Finger in den weichen Lederhandschuhen die Schlinge entlang. Das Material, die Beschaffenheit kann ich nur erahnen. Ich weiß, die Schlinge ist perfekt. Der Knoten ist perfekt. Noch einmal tasten meine Finger um die Schlinge herum, befühlen den Knoten, zupfen leicht daran und ziehen dann ein wenig stärker. Alles ist vollkommen, wie immer.

Ich spüre die Freude, Erregung in mir aufsteigen. Ich weiß genau, was ich tun werde, was zu tun ist. Die Schlinge ist ein Symbol der Unendlichkeit, die absolute Perfektion. Die Entscheidung über Leben und Tod liegt in meiner Hand. Die Schlinge macht mich mächtig, allmächtig.

1

Es roch nach verbranntem Holz. Ulla zog schnuppernd die raue Morgenluft ein, schloss die Tür ab und hängte sich den Schlüssel an dem lilaroten Bindfaden um den Hals. Wahrscheinlich verheizten die Leute am Ensener Weg mal wieder das Holz, das sie letzte Woche von den Pappeln gesägt hatten.

Die Bäume standen jetzt alle kopflos vor den Häusern. Die Reihenhäuser der Siedlung waren mit Kaminen bestückt, und die brannten jeden Abend. Denn es war der 1. April, und sobald die Sonne untergegangen war, wurde es noch richtig kalt. Michael hatte vor ein paar Tagen selbst Holz aus dem Depot neben dem Gartenhäuschen geholt und den Kamin angezündet. Um dann die Wäsche zu bügeln und dabei fernzusehen. Womit er mal wieder demonstriert hatte, wer bei ihnen die bessere Hausfrau war.

Ulla atmete kräftig aus und joggte gemächlich los. Gerade mal halb acht. Vor zehn Minuten hatten die Kinder das Haus verlassen. Jonas hatte sich über Lea beschwert.

»Immer ist die blöde Zicke im Weg.« Seine kleine Schwester Lea brachte ihn oft in Wut. *Klein* war gut, dachte Ulla. Immerhin ist sie schon zwölf. Morgens setzte sich Lea zum Anziehen ihrer Turnschuhe meist mitten in die Diele, und Jonas musste sich an ihr vorbeiquetschen. Ulla seufzte. Wieder hatte es Streit darüber gegeben, wer heute die Wasserflaschen aus dem Keller holen würde. Murrend war Jonas losgestapft und hatte sogar eine Flasche für Ulla mitgebracht. Braver Junge für seine fast sechzehn Jahre. Wenigstens hatte Lea eine Tasse Kakao getrunken. Essen konnte sie neuerdings morgens früh noch nichts. Das musste ja nicht der Anfang einer Essstörung sein, beruhigte sie sich.

Ulla zog den Reißverschluss ihrer blau-weißen Joggingjacke höher und drückte auf die Pulsuhr. Hoffentlich würde Michael ein paar Tage länger als gestern geplant bei ihrer Schwester bleiben. Lotte brauchte ihn, sie wollte umziehen, um näher bei ihrer pflegebedürftigen Mutter zu sein. Und Ulla war froh, wenn Michael mal ein, zwei Tage nicht zu Hause war. Zwischen ihnen lief es nicht mehr rund, und das schon seit einiger Zeit. Sie waren freundlich zueinander, aber unter der Oberfläche gärte es. Michael, der »Gutmensch«, wie Ulla ihn heimlich nannte, hatte natürlich sofort Hilfe zugesagt, als Ullas Schwester anrief.

Eigentlich ist an ihm ein Pfarrer verloren gegangen, dachte sie. So edel, fromm und gut, wie er sich gern gebärdete. Doch als getaufter Katholik und ehemaliger Messdiener wollte er heute mit der Kirche nichts mehr zu tun haben. Was nicht hieß, dass er ihre Arbeit als Pfarrerin nicht akzeptierte. Aber er hatte von Anfang an deutlich gemacht, dass er nicht daran dachte, als Ehemann nun soziale Aufgaben zu übernehmen, wie das sonst von den evangelischen Pfarrersehefrauen erwartet wurde. Immer wieder ließ er Spitzen gegen die »geheuchelte« Menschenliebe der Kirche los, das ärgerte sie dann. Zumal sie wusste, dass er manchmal leider recht hatte.

Über die Straßenbahngleise an der Haltestelle Ensen Kloster, vorsichtig nach rechts und links geschaut, ob nicht doch eine Bahn kam. In der Morgendämmerung konnte sie die Risse in der Straße schon gut erkennen. Die Büsche, die an beiden Seiten der schmalen Straße wuchsen, zeigten ein zartes Grün, das sich immer mehr ausbreitete. Überall kleine Knospen und Blättchen. Der Frühling war nicht aufzuhalten. Sie sah ihn, roch ihn, spürte ihn.

Ein leichtes Ziehen im Unterleib und richtig gute Laune hatte sie, ganz ohne Grund.

Beim Start hatte sie sich das knallblaue Stirnband gegriffen; das sah zwar ziemlich blöde aus, aber egal. Solange sie den Kopf schön warm hielt, konnte sie gut laufen. Sie schob den Ärmel hoch und kontrollierte den Pulsmesser, hundertzwanziger Puls. Sie konnte ruhig noch etwas beschleunigen. Der Himmel war grau, leicht bewölkt, es sah nicht nach Regen aus. An einigen Stellen schimmerte es fahlblau, im Osten färbten sich schon rosa Tupfer ins Grau. Von der großen Wiese stieg matter Nebel auf. Sie atmete jetzt schneller.

»Atme ruhig und gleichmäßig«, zitierte sie ihren früheren Yogatrainer und begann mit der Gesichtsgymnastik.

Sie war einundvierzig und machte beim Laufen planvoll Grimassen, seitdem sie in einem Buch über Self-Lifting gelesen hatte, dass man mit regelmäßigem Üben das Aussehen um zehn Jahre verjüngen konnte. Natürlich achtete sie darauf, dass die Laufstrecke nicht zu nah an Häusern vorbeiführte.

Ulla lächelte fünfundvierzigmal, das trainierte sämtliche Gesichtsmuskeln, zog die Unterlippe über die untere Zahnreihe, das machte das Kinn schön gleichmäßig. Der Kussmund. Sie zählte bis fünfundvierzig und küsste dabei, so heftig sie konnte, laut schmatzend in die Luft. Mittlerweile war sie doch bei den Häusern angekommen, machte aber weiter. Hoffentlich schaute keiner aus dem Fenster. Das wäre ja peinlich, »die Pfarrerin rennt morgens durch Porz und bützt vor sich hin«.

Sie überquerte die Kölner Straße, an der Ampel musste sie nur kurz warten, eilte die kleine Straße am Rathaus entlang, parallel zum Rhein. Sie lief bis zum einzigen Hochhaus am Porzer Rheinufer, dem Lindenhof. Das stammte aus den siebziger Jahren. Im achtzehnten Stockwerk gab es sogar ein Schwimmbad für die Bewohner und unten für alle Porzer das Restaurant Himmel un Äd – mit bestem Blick auf den Rhein. Ulla hatte schon oft mit ihrer Familie dort gegessen.

Nun trabte sie den Weg zum Rhein hinunter und lief dann direkt auf dem Uferweg zurück Richtung Ensen.

Die Strecke hatte sie mit dem Fahrrad vermessen, es waren exakt siebeneinhalb Kilometer bis zur Wohnungstür. Durch das Training für den Köln-Marathon wusste sie genau, wie lang jede Strecke am Rhein bis zu ihr nach Hause war. Bis Zündorf zehn Kilometer, um die Groov herum bis zum Schwimmbad zwölf. So konnte sie präzise planen.

Sie ging langsam den steilen Fußweg zum Rhein hinunter und lief weiter. Puls 130. Ideal. Es war jetzt hell, aber noch war niemand unterwegs. Selbst die alten Frauen mit ihren Dackeln konnte sie heute nicht entdecken. Denen begegnete sie sonst schon vor dem Hochhaus. Später würde ihr der nach Schweiß stinkende Fahrradfahrer entgegenkommen, der jeden Morgen am Rhein entlang zur Arbeit raste. Wie seine Arbeitskollegen den nur ertragen konnten, vielleicht hatten sie ja im Büro eine Dusche. Später huschten dann meist die zwei schnaufenden Walkerinnen an ihr vorbei. Die schauten immer so grimmig. Wahrscheinlich wollten die sich bis zum Sommer eine Bikinifigur erlaufen.

Von den Wohnhäusern her konnte hier keiner bis auf den Weg sehen. Also weiter mit der Gesichtsgymnastik. »Der Hamster«. Sie öffnete leicht den Mund und sagte laut und deutlich »A«, gleichzeitig versuchte sie, den Mund zu schließen. Das stärke die Konturen der unteren Wangen und bringe frisches Aussehen, sagte der Ratgeber. Na, hoffentlich wusste das auch ihr Gesicht.

Links von ihr das Rheinufer mit den überall schon knospenden Büschen und Bäumen. Dahinter rutschte der Rhein ruhig sein Bett entlang, der Wasserstand war so niedrig wie lange nicht mehr. In diesem Winter hatte es kaum geregnet. Das Wasser war genauso graublau wie der Himmel. Etwas neblig, noch keine Schiffe unterwegs. Auf der anderen Rheinseite lag, hinter dem Kiesufer, dichter Wald. Rechts von ihr eine schier endlose Reihe von Linden, dahinter Gras und Sträucher. Hier war das Porzer Hundeklo. Eines der ersten Worte, die Jonas gesprochen hatte, war »Hundakacka«. Darauf musste man die Kinder trimmen, wenn sie hier auf den Wiesen herumliefen. »Vorsicht, Hundekacke«.

Dicht neben ihr in den Sträuchern keckerte eine Elster. Der Weg wurde hier durch die Büsche von den Häusern oben abgeschirmt. Sie war also unbeobachtet und setzte ihr Self-Lifting-Programm fort. »Oh«, sagte sie und versuchte gleichzeitig, so fest es ging zu lächeln. Das machte volle Lippen und hob die hängenden Mundwinkel. Sie lief weiter, zählte ihre »Ohs« mit Lächeln: fünfundzwanzig, sechsundzwanzig.

Es knackte im Gebüsch. Sie schreckte auf, schaute sich vorsichtig um. Doch da war niemand, höchstens ein Vogel. Irgendwie war ihr der Weg heute unheimlich.

Vor einiger Zeit war sie mit Marlies hier gejoggt. Die wohnte in Forsbach und wollte ihre Strecke mal ausprobieren. »Hast du denn keine Angst?«, hatte Marlies gefragt. »Hier ist es doch total einsam! Hier unten am Leinpfad sieht niemand, wenn du läufst. Nimm wenigstens dein Handy mit, wenn du hier allein unterwegs bist.«

Da hatte sie zum ersten Mal über ihren regelmäßigen Alleingang morgens nachgedacht. Nein, direkte Angst spürte sie nicht. Aber völlig ruhig war sie seitdem auch nicht mehr. Sie schaute schon genau hin, ob da jemand auf einer Bank saß, mit Blick auf den Rhein, oder wer ihr entgegenkam. Doch so früh am Morgen tat das heute niemand.

Sie rannte weiter, atmen, »Oh«, dreißig, einunddreißig, und schaute hoch, das zweiunddreißigste »Oh« blieb auf ihren Lippen kleben. Ihre Augen weiteten sich. An der Linde, links, direkt am Rheinufer. Da hing doch etwas. Ulla machte noch zwei Schritte, ganz langsam. Dann blieb sie abrupt stehen. Das war doch eine Frau. Eine Frau baumelte da an einem Seil hin und her, nackt. Der magere Hals hing in einer Schlinge, der kahle Kopf war zur Seite geneigt. Die Frau war alt, die mageren Brüste hingen schlaff herunter.

»Hilfe«, würgte Ulla tonlos heraus. Sie fasste sich an den Hals. Ihr Herz klopfte wie rasend. Die Frau schwang langsam hin und her, hin und her. Ihre nackten Füße ein, zwei Meter über der Erde. Sie wirkte schrecklich schutzlos, die Haut war so welk und ungewöhnlich dünn, beinahe durchsichtig. Hatte man sie geschlagen? Was war da passiert?

Ulla sah ängstlich und zugleich hilfesuchend den Weg zurück, dann wieder nach vorn. Sie war allein. Nur sie und diese magere, fahle, alte Frau, die im kalten Morgenlicht hin und her baumelte.

»Was soll ich nur tun? Lieber Gott, was soll ich denn jetzt machen? Wie soll ich denn die Frau da runterkriegen? Hilfe, ich brauch Hilfe.« Sie merkte kaum, dass sie immer lauter wurde, während sie nach ihrem Handy suchte. Dann betete sie. »Der Herr hüte deine Seele, er lasse sein Angesicht über dir leuchten und gebe dir …« Mit zitternden Händen wählte sie die Eins-Eins-Null.

2

Peter Brandls Wecker schrillte. Er gehörte zum Menschentyp der Lerchen, stand in aller Frühe auf und war sofort topfit. Im Gegensatz zu etlichen Kollegen, die er kannte. Nachteulen waren das. Hingen die halbe Nacht vor dem Computer oder in der Kneipe herum und kamen dann am Morgen nicht aus dem Bett. Waren bei der Arbeit vor zehn überhaupt nicht ansprechbar. Er sprang aus dem Bett, packte das Plumeau und hängte es zum Dachfenster hinaus. Das knallige Rot hob sich gut von dem tristen Grau da draußen ab. Er schaltete die schon abends vorbereitete Kaffeemaschine ein. Jetzt erst einmal eine Dusche. Während das Wasser auf ihn runterpladderte und er sich genüsslich einseifte, pfiff er vor sich hin.

Am Mittwoch war nicht viel los gewesen, und heute erwarteten ihn Berge von Papierkram. Er musste auch noch bei der KTU nachhaken. Er hatte die drei Erpresserbriefe gegen einen Supermarkt in Mülheim schon vor vier Wochen an Erwin Seckler zwecks Bearbeitung geschickt und immer noch nichts gehört. Es ging da um »seinen« Supermarkt, in dem er immer einkaufte. Der Besitzer nervte ihn seitdem, sobald er ihn im Geschäft nur von Weitem sah. So ein schleimiger Alleskönner. Jung, dynamisch und trendy frisiert.

Brandl schlüpfte in Jeans und Pulli und schmierte sich im Stehen sein Lieblingsfrühstück: Zwei Vollkorntoasts mit Diätmargarine und Leberwurst, ein Glas Orangensaft, dazu trank er zwei Becher Kaffee, nicht mehr und nicht weniger. Der Tag konnte kommen. Er zog die Wohnungstür hinter sich zu, lud sich sein Canyon-Rennrad liebevoll auf die Schultern, trabte, Gemüsegeruch in der Nase, die vier Stockwerke hinunter – wer kochte denn um die Zeit schon Kohl? –, quetschte sich an den sperrigen Kinderwagen vorbei und schlüpfte zu der mit Graffiti besprühten Haustür hinaus. Die Tür fiel nicht mehr richtig zu, seit die Jungen aus dem ersten Stock versucht hatten, das Schloss herauszumontieren. Sie hatten es wahrscheinlich beim Schrotthändler um die Ecke verhökern wollen.

Auch schon um sieben Uhr morgens pulsierte die Berliner Straße in Mülheim. Auf dem Wochenmarkt herrschte Hochbetrieb. Obst- und Gemüsehändler überschrien sich gegenseitig. »Äpfel, drei Kilo drei Euro fünfzig.«

»Junge Frau, nehmen Se Bananen, nur zwei Euro das Kilo.«

Daneben Autobatteriestände und Planen voller alter Schuhe, verwaschener Pullover, verblichener Röcke, ausgebeulter Hosen, T-Shirts, alles wie aus dem Kleidersack gezogen. Brandl feilschte mit dem zahnlückigen kleinen Türken um das Kilo Grannys und die Bananen.

»Äh, biste beklopp, ich hab Frau un acht Kinder, un du wills mich betuppen, wa?«

»Un ich hab acht Frauen un zehn Kinder, da hab ich nich mehr!«

Das war ihr Standardschlagabtausch, und Brandl verstaute alles grinsend in seinem Rucksack und fuhr die Berliner entlang, auf den schon gut befahrenen Clevischen Ring, über den Wiener Platz.

Er bog hinter der Stadthalle zu den Kleingärten ab. Wich rotäugigen Karnickeln und Hundehaufen aus und nahm kurz wahr, dass die Blattknospen gegen die Morgenkühle anlebten. Aus Richtung Stadtgarten schlurfte ihm ein junger Penner entgegen, die Plastiktüte prall gefüllt mit Flaschen.

Die Kalk-Mülheimer Straße entlang, unter der Autobahn hindurch, die Glocken von St. Joseph läuteten schon. »Wieder schaffe ich es nicht bis acht.« Brandl trat fester in die Pedale. Auf der Kalker Hauptstraße, vor der Berufsschule, drängelten sich die Schüler, Zigarette in der Hand, jugendliche Leere und kräftig Akne im Gesicht. Manchmal hatte er einen richtigen Hass auf diese Typen. Die mussten für nichts kämpfen, bekamen alles in den Hintern geblasen und kamen doch nicht im Leben zurecht.

Seine eigene Kindheit war da ganz anders gewesen. Aufgewachsen war er in Aschaffenburg. In Franken. Das hörte man aber nicht mehr, und darauf war er stolz. Nur manchmal, wenn es mit ihm durchging oder wenn er mit Leuten aus der Gegend sprach. Dann schlich sich das alte Babbeln wieder ein. Zu Hause war das Geld knapp gewesen. Drei Geschwister hatte er und wollte den Eltern nicht zu lange auf der Tasche liegen. Eine gesicherte Zukunft versprach der Beamtenberuf, und er hatte sich in allen Bundesländern beworben. Nordrhein-Westfalen hatte ihn zuerst eingeladen. Nach der dreitägigen Prüfung war alles geritzt gewesen.

Das Polizeipräsidium Kalk. Der Pförtner winkte ihm zu. Brandl durchquerte die Halle nach links, schulterte das Rad bis zum Aufzug.

Nach der Ausbildung in Köln wechselte er zum LKA in Düsseldorf, dann bewarb er sich aber wieder in die Domstadt. Auch wenn er das Antidüsseldorf-Gen nicht mit der Muttermilch eingesogen hatte, so fühlte er sich der Kölner Mentalität doch näher. Er mochte die freundliche Art der Menschen hier, ihre Toleranz, ihr »Et hätt noch immer jot jejange«. Wie die Kölner war er der Meinung, dass jeder Mensch »jeck« war, wenn auch auf sehr unterschiedliche Art. Und er schätzte es, dass sie über sich selbst und die Stadt, die so gern Großstadt wäre, lachen konnten. Allerdings fehlte ihm oft die Lockerheit, mit der hier mit »Malörchen« umgegangen wurde, aber er war ja auch ein »Immi« und konnte noch daran arbeiten.

Drei Jahre arbeitete er schon bei der Mordkommission, und die Arbeit war bei Weitem nicht so spannend, wie er sich das früher einmal vorgestellt hatte.

Das Fahrrad kam in den Abstellraum neben das Kopierpapier und den defekten Drucker. Die anderen Kollegen stellten ihre Räder im Innenhof auf dem Behördenparkplatz oder im gesicherten Außenbereich hinter der Kantine ab, aber das war nichts für sein »Schätzchen«; das musste immer in seiner Nähe sein.

Lars wieselte über den Flur. »Hi, Peter, du musst gleich wieder raus. Die Kollegen von PI Südost haben 'ne Leiche am Porzer Rheinufer.«

»Angeschwemmte Wasserleiche? Wie lang lag sie denn schon im Rhein?«

Lars verzog das Gesicht: »Die lag nicht im Wasser, die hängt da am Baum.« Dann wurde er amtlich. »Weibliche Person, ziemlich alt, hing nackt an einem Baum und weist Misshandlungsspuren auf. Eine Joggerin hat sie vor ein paar Minuten gefunden, die Kollegen sind vor Ort.«

»Na, das ist ja mal was Neues.« Brandl brachte den Rucksack in sein Büro, telefonierte mit der KTU und machte Erwin Dampf. Typisch, der hatte das mit den Erpresserbriefen mal wieder völlig verschwitzt. Dann rief er den Fahrdienst an. Kein Fahrzeug frei, war die Antwort. In einer Viertelstunde sollte ein Kollege des Erkennungsdienstes zurückkommen, dessen Wagen könnte er dann nehmen, sagte die Praktikantin schnippisch. Ihr Ton war genauso scharf wie ihre bemalten Krallen, bei deren Anblick er sich vor ein paar Tagen regelrecht geschüttelt hatte. Hübsches Gesicht, aber ihre langen Haare waren dunkelrot gefärbt und gesplisst … Ihre Frisur rief Erinnerungen an seine alte Indianerperücke wach, die er als Junge mal Karneval aufgesetzt hatte. Die Praktikantin hatte ihm eine Akte kopiert und vorbeigebracht. Vielleicht sollte der mal jemand sagen, welche Fingernägel zum Arbeiten geeignet waren. Die brauchte ja wohl einen Waffenschein.

Brandl warf einen Blick in den Express.

»Mini rammt Linie 3.« Autsch!, dachte er.

»Frau, 47, aus dem Oberbergischen, drehte im Messekreisel.« Na klar, nickte Brandl. Hab ich letztens auch gesehen. Kommt gut an der Stelle.

»Einsturz Historisches Stadtarchiv – Große Razzia bei Baufirmen – Staatsanwaltschaft lässt Büros durchsuchen.« Ist das wieder Klüngel, oder was?

»Poldi will nach Hause. WDR-Sinfonieorchester und Südstadt-Chor komponieren: Holt den Lukas nach Haus!« Genau, was sollte der denn bei den Bayern! – jetzt wurde Brandl richtig wach. Er hatte abends in der Aktuellen Stunde gesehen, wie der Chor zusammen mit dem Rundfunkorchester gespielt und gesungen hatte. Das war zwar etwas sehr einfach gestrickt, aber dem Poldi würde vor Rührung der Schnodder laufen …

»Calmund nimmt ab, lässt sich von Joey Kelly trainieren.« Ja, der Calli! Der schafft das. Das macht der bestimmt nur für seine Frau …

»Die erfolgreiche Masche des Gigolos – Neue Erkenntnisse im Fall Susanne Klatten.« So blöd muss man sein … Das wär noch ein Job für mich, einsame reiche Frauen trösten …

»Hertie wackelt, Karstadt und Opel auch.« Das wurde immer schlimmer, die Krise fraß alle auf. Gut, dass er verbeamtet war.

»Zwölfjähriger mit fast zwei Promille im Blut.« Diese verdammte Koma-Sauferei, die Kinder wurden immer jünger …

Das Telefon riss Brandl aus seinen Gedanken. Die Fahrdienst-Praktikantin ließ wissen, das Fahrzeug stehe für ihn zur Verfügung. Brandl steckte seine SIG Sauer ins Holster. Nachdem er kurz auf den Stadtplan geguckt hatte, rief er auf der Porzer Wache an, erkundigte sich nach dem Fundort der Leiche. Den Wagen solle er beim Bezirksrathaus abstellen und dann zu Fuß runter an den Rhein gehen, erfuhr er.

Er kannte den Weg. War oft genug bei seinen ausgedehnten Radtouren dort hergefahren. Den Rhein entlang auf dem Leinpfad, das war eine wirklich angenehme Strecke. Am liebsten war er abends oder am Wochenende frühmorgens dort unterwegs. An Sonn- und Feiertagen fuhr Brandl tagsüber lieber über die Wege durch die Zuckerrübenfelder, denn gerade mittags und nachmittags war der Leinpfad von Fußgängern, Kinderwagen, Skatern und Hunden verstopft, da wich man besser auf andere Routen aus.

In Höhe der Groov, dem alten Seitenarm des Rheins, kam er immer in Urlaubsstimmung. Da schaukelten die Segelboote und Yachten der Porzer Wassersportler im Hafen, und vor historischen Fachwerkhäusern plauderten Menschen gemütlich in den Biergärten. Hier hatte er im Sommer schon oft haltgemacht und einen Salat mit Folienkartoffel gegessen. Manchmal stoppte er auch erst in Langel, bei Strandbads Marie am »Langeler Lido«. Da hatten die Porzer noch nach dem Zweiten Weltkrieg im Rhein gebadet. Im Bistro Rheinblick in Porz-Mitte hingen Fotos vom alten Strandbad. Die Marie hatte wohl kräftig im Karneval mitgemischt. Von ihr gab es in der Porzer Fußgängerzone sogar eine Statue auf dem Fastelovends-Plätzchen. Na ja. Jetzt hatten die Porzer ja Guido Cantz, der schlug zwar nicht wie die Marie die dicke Trumm, trat dafür aber selbst im Fernsehen mit Porz-T-Shirt auf.

Brandl mochte die Strecke bis zur Mondorfer Fähre und wieder zurück, die war korrekt, um so richtig in die Pedale zu steigen. Danach war jeder Stress vergessen.

Brandl holte den Wagen. Sein Handy klingelte. Mittwochmorgen kurz vor neun, das konnte nur seine Mutter sein. Er wollte den Anruf wegdrücken, da sah er eine andere Nummer im Display. Nur wenige hatten seine Nummer, er gab sie ungern weiter.

»Petra hier, hallo, Peter!« Eine sympathische Frauenstimme lachte ihm durch die Leitung entgegen.

»Karneval ist ja jetzt schon 'ne Zeit her, und ich wollte mich mal bei dir melden.«

Karneval. Dorint Hotel. Ein blonder Schmetterling, der die Flügel bei ihm vergessen hatte. »Hallo, Petra, lange nichts von dir gehört.« Er räusperte sich. Das war ja wohl peinlich! Er war froh, dass er nichts von ihr gehört hatte.

»Ja. Ich langweile mich gerade auf der Dienststelle rum.«

Dienststelle, welche Dienststelle? Um Himmels willen, hoffentlich keine Kollegin. Was hatte sie denn noch mal erzählt?

»Ich muss gerade raus zum Einsatz, bin in Eile.«

»Ich wollt auch nur fragen, ob ich meine Flügel wiederhaben kann«, sagte sie schnell. Sie klang eingeschnappt, aber da war auch ein trauriger Unterton. »Wir könnten uns ja auf einen Kaffee treffen, und du bringst sie mir dann mit, ich fänd das wirklich schön!« Sie bettelte beinahe.

Brandl schluckte schwer.

»Das ist mein neuer Freund, Peter Brandl. Peter und Petra! Ist das nicht witzig! Das kann doch kein Zufall sein! Wir haben uns Karneval kennengelernt, ich als Schmetterling, und er hat mich eingefangen! Seitdem sind wir zusammen. Mama, stell dir vor, er ist Hauptkommissar bei der Kriminalpolizei, und wir suchen jetzt eine gemeinsame Wohnung.« Petra kicherte glücklich. Ihre Mutter nickt wohlwollend und nimmt ihm die Blumen aus der Hand. »Das ist doch mal ein netter junger Mann, und so gut erzogen. Vielen Dank. Das wäre doch nicht nötig gewesen. Möchten Sie mit uns Kaffee trinken? Ein Stück selbst gebackenen Apfelkuchen vielleicht?«

»Bist du noch dran, Peter? Hallo?« Petras Stimme holte Brandl wieder in die Realität zurück. Noch war es nicht so weit, und er würde es zu verhindern wissen ...

»Jaja, aber ich hab viel um die Ohren und meine Termine nicht im Kopf«, wehrte er ab.

Ihre Stimme klang jetzt belegt. »Meld dich einfach, wenn du Zeit hast, kommt ja nicht auf 'nen Tag an. Hast du denn meine Nummer noch?«

»Ja, klar hab ich die«, log er. »Außerdem sehe ich sie auf dem Display. Du, ich muss jetzt wirklich weitermachen. Ich melde mich. Bis dann.«

Erleichtert steckte er das Handy weg. Nicht schon wieder! Von Kletten hatte er die Nase gestrichen voll! Seit vier Jahren war er geschieden und ging seither jedem noch so verlockenden Beziehungsangebot aus dem Weg. Der Neid der verheirateten Kollegen gab ihm recht. Frauen und Männer passten nur zeitweise zusammen, meist nur für ein paar Stunden. Und die verbrachte man am besten in seinem oder ihrem Bett.

Brandl passierte das Getümmel rund um die Köln Arcaden in Kalk, zockelte in Humboldt nur kurz hinter dem Bus her und ärgerte sich in Poll darüber, dass die Spritpreise schon wieder gestiegen waren. Angenehm, dass er kein Auto füttern musste. Das Jobticket der KVB reichte völlig aus. Doch vermutlich würden die die Preise auch wieder anheben, war ja immer das gleiche Spiel.

Apropos Spiel. Das Spiel war grottig gewesen! Hatte der FC in der Winterpause nur geschlafen oder auch trainiert? So würde das nichts mit dem Klassenerhalt!

Kölner Straße. Westhoven, Ensen, Porz-City. Was für ein Name, »PorZity«. Brandl wusste, dass die Porzer so ihr Stadtzentrum nannten. Wer sich das wohl ausgedacht hatte. Die Kölner City war schon, verglichen mit anderen Großstädten, ziemlich provinziell, fand er. Aber sie hatte zumindest etwas Flair. Aber Porz? Ein dicker Kaufhauskomplex, mitten auf dem Markt, eine Fußgängerzone mit Geschäften, die hauptsächlich Klamotten anboten, einige Friseure und hundert Handyläden. Aber es gab gute Fahrradgeschäfte, dachte er anerkennend.

Er war schon mal mit einem Platten dort durchgeschoben. In dem Laden an der Hauptstraße hatte man ihm ruck, zuck weitergeholfen und sein »Schätzchen« wieder fit gemacht. Brandl hatte sich danach im Café Rheinblick einen Milchkaffee gegönnt. Cafés gab es so einige in Porz, auch in der Fußgängerzone. Aber die am Rheinufer gefielen ihm am besten. Mit Blick auf den breiten Strom, ganz gleich, ob die Sonne schien oder der Wind die Wolken vor sich hertrieb. Immer waren Leute dort, die Porzer liebten genau wie er den Blick aufs Wasser. Man konnte den Schiffen nachschauen und träumen.

In der Porz-Broschüre, die im Rheinblick auslag, hatte er eine ganze Weile geschmökert. Erst 1951 war Porz überhaupt Stadt geworden, das hatte er nicht gewusst. Durch die große Zuwanderung von Kriegsheimkehrern und Ostflüchtlingen hatte sich seit Kriegsende die Bevölkerung des früheren »Amtes« Porz beinahe verdoppelt und 1950 die magische Grenze von dreißigtausend Einwohnern überschritten. In der jungen Stadt am Rhein, die im Grunde aus einer Ansammlung kleiner Dörfer bestand, hatten sich über Jahrzehnte etliche Industriestandorte angesiedelt. Glas und Holz wurden direkt zum Rhein transportiert und dort von Lastkränen auf die Schiffe gebracht, und ab ging die Post. Sobald die Porzer Städter geworden waren, hatten sie hochfliegende Pläne entwickelt. Ein neues Stadtzentrum sollte entstehen, mit einer Skyline nach amerikanischem Vorbild.

»Ach, du ahnst es nicht.« Brandl hatte schmunzeln müssen und amüsiert in seinem Milchkaffee gerührt. Ganz offensichtlich hatte das nicht hingehauen.

Draußen war ein Containerfrachter vorbeigetuckert. Kleine Wellen schlugen gegen das befestigte Rheinufer, sie glänzten silbrig in der Sonne.

Er hatte interessiert weitergelesen. Damals wurde direkt am Rheinufer eine Hochhauskette geplant mit allem Pipapo. Brandl hatte weit und breit nur ein einzelnes Hochhaus entdecken können. Glück für Porz.

Allerdings hatte man weitere Hochhäuser auf dem ehemaligen Gelände der Adelenhütte, an der Glashüttenstraße, in Urbach und in Finkenberg gebaut. Man setzte einen Einkaufsklotz auf den Porzer Markt. Ja, den kannte er, das war früher ein Karstadt gewesen, dann ein Hertie geworden. Jetzt standen beide auf der Kippe …

Brandl war inzwischen beim Flughafenausbau und beim Porzer Krankenhaus angelangt. 2003 hatte man eine alte Idee wieder aufgegriffen und an der Stelle des alten Parkhauses ein schon für die 1970er Jahre geplantes Einkaufszentrum eröffnet.

Die nächsten Kapitel hatte Brandl nur überflogen und war bei der Eingemeindung hängen geblieben. Mit dem Neujahrsläuten von 1975 wurde die Stadt Porz von Köln geschluckt. Trotz heftiger Gegenwehr der Porzer und obwohl sie sogar dagegen geklagt hatten. Brandl hatte fast laut gelacht: 1974 erhob sogar das Porzer Dreigestirn seine Stimme gegen die »Gemeindereform«, und die Bläck Fööss stellten auf einer Protestveranstaltung ein Lied gegen die Eingemeindung vor: »Mer losse d'r Dom en Kölle, denn do jehöt hä hin.«

Ja, ein Hätschelkind der Stadt war Porz nicht, das sah man an den kaputten Straßen. Auch die Fahrradwege waren eine Katastrophe, wenn es sie überhaupt gab. Das wusste Brandl aus eigener Erfahrung.

Brandl war nun vor dem Rathaus angekommen. Hier gaben sich, da es in Porz-Mitte kein Kulturzentrum gab, Künstler mit Rang und Namen im Rathaussaal die Klinke in die Hand. Brandl hatte sich mal ein Beikircherkonzert angehört, sehr gut. Der konnte sogar richtig singen. Tango und so. Direkt vor ihm an der Wand klebte gerade ein Plakat, das für eine Veranstaltung mit Jürgen Becker warb: »Ja, was glauben Sie denn?«

Nur das Schlechteste, schon aus Prinzip, dachte Brandl.

Er parkte vor dem Mäuerchen, schloss den Wagen ab und ging die steile Treppe hinunter zum Rhein. Er ließ das Häuschen der Köln-Düsseldorfer und die Anlegestelle links liegen. Von dort aus konnten Ausflügler auf die Rheindampfer zusteigen, die dann weiter Richtung Koblenz und Drachenfels fuhren.

Das rot-weiße Absperrband flatterte, neugierige Rentner mit graunasigen Hunden drängelten sich davor und tuschelten. Am Baum hing niemand mehr, aber den Leichenwagen hatte er auch noch nicht oben an der Straße stehen sehen. Also musste die Leiche noch hier sein.

Ah ja, zwei Leute des Erkennungsdienstes krochen in ihren weißen Tyvekanzügen um die Bäume herum. Die Kollegen von der Trachtengruppe standen am Absperrband und unterhielten die Rentner. Brandl zückte die Hundemarke und bahnte sich einen Weg durch die Neugierigen.

Ein junger Kollege in Grün, der sich mit »Volkmann« vorgestellt hatte, erstattete Bericht. »Das Opfer ist weiblich, zwischen Ende siebzig und Ende achtzig. Sie war nackt und hing dort drüben an der Linde. Sie wurde von einer Joggerin gefunden. Pfarrerin aus Porz-Westhoven, Frau Ulla Wolff. Wir haben ihre Personalien aufgenommen und sie nach Hause geschickt. Sie glaubt, das Opfer aus einem Literaturkurs ihrer Gemeinde zu kennen. Wir überprüfen das gerade. Wenn Frau Wolff recht hat, handelt es sich um Franziska Berger, wohnhaft in Porz-Ensen. Das Opfer weist starke Misshandlungsspuren auf. Meiner Meinung nach handelt es sich um ein eindeutiges Tötungsdelikt. Besser gesagt: Mord. Ein Suizid war das auf gar keinen Fall! Eher Rache, vermute ich. In ihrem Mund steckte nämlich ein Zettel. ›Es ist die Zeit der Strafe‹, stand darauf. Genaueres werden Sie von der Gerichtsmedizin erfahren. Wollen Sie die Leiche sehen, sie liegt dort drüben.«

Der Kollege eilte dienstbeflissen voran.

Brandl drehte sich zu dem älteren Polizisten um. »Na, Schröder, ist der neu?«

»Ja, frisch von der Schule.«

Brandl seufzte.

»Wir waren alle mal jung.« Der ältere Kollege grinste. »Als ich so alt war, da stand hier noch dat Porzer Rheinhotel. Von der Terrasse aus hätte man direkt auf den Tatort gucken können. In dem Rheinhotel, da waren wir öfter im Einsatz, da ging's heftig zur Sache. Die Bläck Fööss haben hier auch gespielt. Später haben sie ein Album danach benannt.« Er schaute Brandl stolz an.

Schröder war also ein Eingeborener. Brandl nickte. Jetzt war keine Zeit für Porz-Nostalgie. Er hatte zu arbeiten.

Die alte Frau lag auf einer Plastikplane, nur notdürftig von den neugierigen Blicken der Gaffer abgeschirmt. Ihr Kopf war kahl. Es sah aus, als hätte man ihr das Haar unsachgemäß geschoren. Platzwunde am Hinterkopf, Blutreste. Am Hals erkannte Brandl außer den Striemen vom Seil auch Würgemale. Er betrachtete den schmalen, ausgemergelten Körper.

Wie ein Marathonläufer, schoss es ihm durch den Kopf. Wenn da nicht die dunklen Flecken wären. Kniend betrachtete er die Arme. Brandmale durch Zigaretten. Er hatte solche Verletzungen schon einmal bei einem kleinen Mädchen gesehen. Vom eigenen Vater zu Tode gequält. Dünne Striche zogen sich um Hand- und Fußgelenke der alten Frau, man hatte sie also gefesselt.

Ihn fröstelte. Nicht dass sie ihm leidtat. Er hatte schon viele Leichen gesehen und konnte gut auf Distanz bleiben. Aber die Vorstellung, dass ein weiblicher Körper einmal so aussehen würde, widerte ihn an.

Ihr Schambereich war dunkel verklebt. Ob es sich um Dreck oder Blut handelte, würde die Gerichtsmedizin feststellen. Er deckte die alte Frau wieder zu und schlenderte zu Erwin, der gerade den Stamm der Linde mit Folie abklebte.

»Und, was habt ihr?«

Erwin brummte. »Stör mich nicht, Brandl, du bekommst den Bericht samt Fotos.«

Erwin war einer der verheirateten Kollegen. Zudem noch drei Kinder unter zehn und eine Frau auf dem Selbstverwirklichungstrip. Vorzugsweise legte sie ihre Aktivitäten, wie Trommelworkshop, Barfußtanz oder Engelseminare, auf die dienstfreien Wochenenden, sodass sich Erwin »ganz intensiv seinen Kindern widmen« konnte. Erwin, der früher klettern oder angeln gegangen war, wurde immer unausstehlicher.

»Wisst ihr denn schon, ob es ein oder mehrere Täter waren? Ich muss schließlich was an die Pressestelle geben.«

»Hier sind so gut wie keine Spuren. Der Boden ist knochenhart. Ich hab bisher keinen einzigen Fußabdruck gesehen. Den Obduktionsbericht bekommst du von der Rechtsmedizin – wie immer. Ich bin mir so gut wie sicher, dass sie nicht durchs Erhängen gestorben ist, die Beweise liefere ich nach. Interessant ist das Zeug an Kopf und Rücken – jede Menge Modder oder so etwas Ähnliches. Auf jeden Fall nichts, was hier aus dem Umkreis stammt. Ich glaub, so was hatte ich vor einiger Zeit schon mal an einem anderen Tatort. Ich weiß aber nicht mehr wo. Fällt mir bestimmt noch ein.«

»Danke, Erwin, schick mir alles schnellstmöglich! Bis dann!«

Erwin schnaufte irgendetwas Unverständliches.

Brandl ging zu dem jungen Polizisten. Er stand ganz gerade da, jeder Muskel seines Körpers schien angespannt zu sein, und seine Augen glitten wachsam über die Anwesenden.

»Volkmann, ich bräuchte noch die Adresse der Pastorin.«

»Habe Ihnen schon einen Zettel zurechtgemacht – hier.«

Brandl fragte sich, ob er früher auch so gewesen war, und grinste milde. »Danke, Kollege, sehr aufmerksam!«

Der Junge lächelte stolz. »Wenn ich Ihnen sonst noch helfen kann …?«

»Fürs Erste nicht. Wenn, dann melde ich mich. Alles, was Sie noch an Informationen haben oder reinbekommen, schicken Sie bitte an mich, hier ist meine Karte.«

»Ja, Hauptkommissar Brandl, mach ich gern.«

Brandl deutete einen Gruß an und wandte sich ab.

»Wer bringt so ‘ne alte Frau um? Die stirbt doch sowieso bald.« Die Rentner diskutierten noch, während die Bestatter die Leiche in eine Zinkwanne luden.

3

Ob er noch bei der Pfarrerin vorbeifahren sollte? Es läge auf dem Weg zur Wohnung dieser Franziska Berger, und dann könnte er das abhaken.

Brandl hatte es ja nicht mehr mit der Kirche. Seine Hochzeit, damals, musste in Weiß sein. Mit Kutsche, Kirche und allem Schnipp und Schnapp. Sabrina hatte das so gewollt. Ihm war's egal gewesen. Nach der Scheidung war er sofort ausgetreten. Wozu Geld bezahlen an einen Verein, der mit »Bis dass der Tod euch scheidet« wirbt, es aber dann nicht einmal fertigbringt, seinen Schäfchen genügend Respekt einzuflößen, damit sie sich auch daran halten? Sabrina hatte sehr schnell angefangen, die Früchte in Nachbars Garten zu probieren.

Die Evangelen waren wohl auch nicht besser. Große Worte, aber die Leute rannten ihnen reihenweise davon. Hoffentlich war er mit dieser Pastorin bald durch.

Schildgenweg 8. Biedere Reihenhaussiedlung. An manchen Fenstern hingen Window-Colour-Clowns und Luftballons. Hier wurde noch mit den Kindern gebastelt. Vermutlich waren jetzt schon die Osterhasen in Arbeit.

Hätten sie ein Kind gehabt, wäre Sabrina bestimmt nicht gegangen. Aber er als Kinderwagen schiebender, Fläschchen kochender und Schlaflieder singender Vater? Gut, wenn Sabrina mehr darauf gedrängt hätte, hätte er sich wohl nicht widersetzt. Seine Mutter hatte ja sowieso immer gefragt, und seine Geschwister waren schon mehrfache Eltern.

Im Vorgarten blühten Krokusse und Tulpen. Er stieg über die Joggingschuhe vor der Tür und drückte auf die Klingel. An der Tür grinste ein blauer Holzengel. *Welcome.*

»Frau Wolff? Mein Name ist Peter Brandl, Hauptkommissar der Mordkommission Köln. Darf ich Ihnen ein paar Fragen stellen?« Er hielt ihr seinen Ausweis hin.

Hoppla, so hatte er sich eine Pastorin nicht vorgestellt. Sie war wohl gerade aus der Dusche gekommen. Aus den blonden Haaren tropfte es im Sekundentakt auf den cremefarbenen Bademantel, der deutlich durchschimmern ließ, dass sie fror. Er mochte Frauen mit »richtigem« Busen, und noch mehr gefielen ihm ausgeprägte Pos.

»Kommen Sie bitte rein, ich muss mir noch etwas überziehen. Da vorn ist die Küche, der Kaffee ist frisch. Ich bin gleich da.«

Jau, der Po war perfekt! Welche Verschwendung für eine Pfarrerin!

Brandl stand vor der Kaffeemaschine. Klar, so ein Angebotsteil vom Discounter, aber es roch gut. Die Kaffeebecher hingen sauber aufgereiht an einer Schiene an der Wand, er nahm sich den albernsten Diddl-Becher und schüttete sich ein.

»Vielleicht ist noch Milch im Kühlschrank«, tönte es vom Ende des Flurs.

»Ich trinke heute schwarz«, rief er zurück. Wenn er nervös war, vertrug er keine Milch, und gerade meldete sich sein Magen.

Auf der Spüle stand Frühstücksgeschirr. Eine Tasse mit Kakaoresten, zwei Müslischüsseln, zwei Kaffeebecher. Vor dem Fenster vertrockneten ein paar Küchenkräutertöpfe, auf der bunt gepolsterten Eckbank lag eine getigerte Katze, die ihn mit einem halb geöffneten Auge musterte. Die Pinnwand quoll über von Zetteln, selbst gemalten Bildern in Kinderkrakel: »Mama, ich hab dich ganz doll lieb«, rote Herzen, Pferdchen mit wehender Mähne und krummen Beinen, Terminzettel und Magneten in Smileyform. Die ganze Küche schien vor lauter Zeug aus den Nähten zu platzen, wirkte in ihrem Chaos aber gemütlich.

Die Pastorin war jetzt angezogen, holte sich einen Kaffee.

»Nehmen Sie doch Platz, der Kater tut nichts.«

Hatte sie dabei gelächelt? Mit ihrem Eintreten war auch ein Hauch von Vanille und Apfel hereingeweht. Kein Parfum, das er kannte. Sie trug jetzt Jeans und einen türkisfarbenen Pullover, der ihre Augen zum Leuchten brachte. Brandl setzte sich neben den Kater, der ihn sofort anfauchte und einen Buckel machte.

»Sultan zieht nur die Show ab, reines Machogetue.« Jetzt lächelte sie.

»Frau Wolff, Sie haben die Leiche gefunden. Können Sie sich noch an die Uhrzeit erinnern?«

Sie wurde sofort ernst. »Nicht genau auf die Minute, aber es muss so gegen Viertel vor acht gewesen sein.«

Brandl machte sich Notizen. »Von wo kamen Sie?«

Er blickte hoch und sah hinter ihr ins Wohnzimmer hinein, während sie ihm ihre tägliche Joggingtour beschrieb. Im hinteren Anbau lehnten zwei Gitarren in einem Ständer an der Wand, ein modernes Klavier, daneben registrierte Brandl einen Eishockeyschläger, dicke Torwartschienen, eine Fanghand, einen Helm. Eine kreative, sportliche Familie, dachte Brandl.

Sie war seinem Blick gefolgt. »Mein Sohn spielt Eishockey«, sagte sie entschuldigend, »er trocknet immer seine Sachen hier oben an der Heizung.«

Brandl nickte. »Also, Sie kannten die Frau?«, fragte er.

Sie strich sich eine Strähne aus dem Gesicht und schaute ihn an. »Mein Mann ist heute verreist, er hilft meiner Schwester beim Umzug«, sagte sie zusammenhanglos.

Plötzlich stieg ihm rote Hitze den Hals hinauf. Wahrscheinlich der Kaffee.

»Frau Berger wohnt … wohnte hier in Ensen in der Hohe Straße. Ich hab sie da auch schon besucht«, fuhr sie fort.

Brandl sah, wie blass sie war. Sie wirkte zerbrechlich und doch gleichzeitig stark. Eine irritierende Mischung.

»Sie war eine nette alte Dame. Kam regelmäßig in den Altenclub und nahm auch an den Treffen des Literaturcafés in der Martin-Luther-Kirche teil. Ich verstehe nicht, wie jemand so etwas tun kann«, murmelte sie.

»Wissen Sie, in welchen Verhältnissen Frau Berger lebte?«

»Ich denke, ihr ging es gut, sie war Beamtin.«

»Beamtin?«, fragte Brandl. »Finanzamt oder so was?«

»Nein, bei der Kripo, das hat sie erzählt, als wir im Literaturcafé einen Krimi besprochen haben. Alicia Giménez-Bartlett, einen Petra-Delicado-Roman, haben wir zusammen gelesen«, erinnerte sich Ulla.

So genau wollte Brandl es gar nicht wissen, Krimi hatte er im realen Leben schon genug. Er rutschte auf der Bank ungeduldig hin und her.

»Lebte sie allein?« Er fühlte plötzlich, wie Ulla Wolffs Blick sein Gesicht umfasste und wie sie versuchte herauszuhören, was hinter seiner Frage stand. Ihm wurde unbehaglich.

»Ja, sie hatte eine Tochter und einen Enkel, die sie regelmäßig besuchten, aber ich kenne nur die Tochter vom Sehen. Den Enkel hat sie wohl mit aufgezogen.«

In Brandl tickte es, eine Kollegin! Wenn das stimmte, dann müsste man als Erstes die alten Fälle sichten. Vielleicht eine alte Rechnung, die jemand jetzt beglichen hatte. Dann machte ja auch dieser Zettel Sinn, den ihr der Mörder in den Mund gesteckt hatte. »Es ist die Zeit der Strafe«, sagte er mehr zu sich selbst.

»Bitte?« Ulla beugte sich vor.

»Das stand auf einem Zettel, den die Tote im Mund hatte.« Brandl wunderte sich darüber, dass es ihm herausgerutscht war. Aber Pastorinnen waren bestimmt vertrauenswürdig.

Sein Handy klingelte. Die Identifizierung war abgeschlossen. Die Tote war tatsächlich Franziska Berger. Ihre Tochter hatte sich die Leiche der alten Frau angeschaut und war danach zu keiner weiteren Aussage mehr fähig gewesen, berichtete Brandl Ulla, so wie er es gehört hatte. »Die Kollegen der Spurensicherung nehmen sich jetzt Frau Bergers Wohnung in der Hohe Straße vor.«

Er war über sich selbst erstaunt, wie vertraulich er daherplapperte, aber er konnte nicht anders, er hatte das Gefühl, sie schon ewig zu kennen. »Tut mir leid, dass ich Sie so zutexte.« Er schaute sie entschuldigend an.

»Das kenne ich«, lächelte sie und streichelte den Kater, der genüsslich vor sich hinschnurrte. »Machen Sie sich keine Gedanken«, sagte sie, während sie den Kater hinter den Ohren kraulte, »ich schweige und bewege die Worte in meinem Herzen, wie es so schön in der Bibel heißt.«

Er warf ihr einen schnellen Blick von der Seite zu und sah sofort weg, als sie ihn anschaute. Dann stand er abrupt auf. Gleichzeitig erhob sich auch der Kater, dehnte sich genießerisch, streckte ein Bein nach hinten und machte einen Buckel. Dann sprang er leichtfüßig von der Bank und lief zur Tür.

Brandl folgte ihm, verabschiedete sich und grinste schief: »Wir sehen uns.«

»Bestimmt!«, lächelte sie zurück und schloss die Tür hinter Brandl und dem Kater.

Ulla sah ihnen nachdenklich durch das Küchenfenster nach. Blaue Augen, Froschnatur, von der Liebe keine Spur, ging ihr durch den Kopf. Falsch, es hieß wohl eher grüne Augen, Froschnatur, oder? Blaue Augen, Himmelsstern, küssen und poussieren gern. Genau, so ging der alte Poesiealbumspruch. Sah gut aus, dieser Brandl. Auch wenn sie eher auf dunkle Augen und schwarze Haare stand, hatte er so etwas. Ein bisschen Macho, ein bisschen großer Junge. Sie seufzte.

Es war also tatsächlich Frau Berger gewesen, die sie heute Morgen gefunden hatte. Sie war nach ihrer Pensionierung Ende der siebziger Jahre nach Porz gezogen und hatte im Altenclub und auch im Literaturcafé bei jeder passenden und unpassenden Gelegenheit darauf hingewiesen, dass sie früher Kriminalbeamtin gewesen war, bei der Sitte. Ihre Tochter Anneliese war eine schüchterne Frau, die unglücklich und krank wirkte und einen Händedruck wie ein loses Blatt Papier hatte. Um ihren Mund hatten sich tiefe Kerben eingegraben, der Blick war meist nach innen gerichtet gewesen.

Ulla würde die Beerdigung ausrichten, sobald die Leiche freigegeben war. Sie arbeitete zwar nur auf einer halben Stelle, aber ihr Kollege Fuhrmann drückte sich gern vor den Beerdigungen. Das war ihr ganz recht. Denn die Sonntagsgottesdienste gelangen ihr nicht immer. Sie war wohl etwas zu locker und munter für die Gemeinde.

Außerdem kreideten ihr die meisten an, dass sie sich für den Bau der neuen Forensik einsetzte. Das brachten manche sogar lautstark während des Gottesdienstes vor. Trotzdem war sie dem Planungsbeirat beigetreten. So hatte sie sich einbringen können, als die Sicherheitsbestimmungen und deren Einhaltung diskutiert wurden. Die Baumaßnahmen standen kurz vor dem Abschluss. Die Entscheidung für den Bau auf der Porzer Ringstraße, wo auf dem früheren Gelände der Belgier demnächst die Patienten mit Sicherheitsverwahrung untergebracht werden sollten, war schon vor Monaten gefallen. Das war überhaupt nicht zu verhindern gewesen. Nur das Wie hatte man noch versuchen können zu beeinflussen. Zuerst hatte man das Asylantenheim abgerissen, dann wurde das Gelände komplett neu bebaut und von hohen Mauern umgeben.

Sie verstand die Menschen in Porz gut, sie hatten Angst. Schließlich las man ständig in der Zeitung, dass Mörder oder Vergewaltiger aus der Sicherheitsverwahrung entwichen, wie es so schön hieß, und dann fielen sie über Frauen oder Mädchen her, die ihnen zufällig über den Weg liefen. Aber gegen den Beschluss des Landes kam niemand an. Das war ihr sehr schnell klar geworden. Ihr Mann stand natürlich auf der Seite der Forensikgegner. Hauptsache, auf der Seite der anderen, wie immer, dachte sie, und tat sich selber leid.

4

Brandl stieg rasch die Treppe zur Berger-Wohnung hinauf. Die Spurensicherung war schon da. Er wollte sich unbedingt ein eigenes Bild machen. Er brauchte das, um ein Gespür für das Opfer und die Tat zu bekommen. So viele Details wie möglich sichten. Die Tür war nur angelehnt, die Kollegen noch bei der Arbeit.

»Wir sind gleich durch. Du kannst schon in die Küche und ins Wohnzimmer«, sagte Erwin.

»Und? Habt ihr was gefunden?« Brandl blieb abwartend stehen.

»Einige Faserspuren und Fingerabdrücke, das Übliche. Und in der Küche haben wir Blutspuren entdeckt. Alles war fein ordentlich und blank, als wir kamen. Da hat jemand gut aufgeräumt. Aber wohl nicht gut genug. Wir haben auf Verdacht mal ein bisschen Luminol auf die Fußleisten gesprüht und siehe da: Bingo!« Er platzte fast vor Stolz. »Da sieht man jeden noch so kleinen Blutspritzer, auch wenn nichts mit dem bloßen Auge zu erkennen ist. Du kannst dir vorstellen, dass wir danach jeden Millimeter dieser Küche gescannt haben. Dann haben wir uns das Bad und das Schlafzimmer vorgeknöpft. Wir stellen alles zusammen, und dann kriegst du Bescheid.«

»Super, ihr müsst wirklich alles umdrehen hier. Die Frau war nämlich 'ne frühere Kollegin.« Brandl sah sich im Flur um.

Erwin folgte Brandls Blick. Er klang irgendwie beleidigt, als er betonte: »Wir geben uns immer Mühe, Brandl.«

»Weiß ich doch«, erwiderte der.

Erwin nickte. »Schon klar.« Dann gab er ein Zeichen. Die Kollegen packten ein.

Brandl sagte nichts. Er wartete, bis sie die Tür hinter sich geschlossen hatten. Dann durchschritt er langsam das Wohnzimmer, das Schlafzimmer, das Bad und die Küche, den Flur. Er war schon jahrelang Kommissar, doch bei jedem Fall packte es ihn wieder. Eine Vibration, die langsam durch seinen Körper ging. Alle Antennen auf Empfang.

Er versuchte zu spüren, wie die Frau gelebt hatte. Wie war diese Wohnung, und was hatte sich hier abgespielt?

Sauber, steril und altbacken sah es hier aus. Alles akribisch ordentlich, jedes Teil an seinem Platz. Kaum persönliche Dinge. Ein paar gestickte Deckchen im Wohnzimmer. Vasen. Fotos.

Er betrachtete aufmerksam die Fotos, die in schmalen schwarzen Rahmen an der Wand im Wohnzimmer über dem alten Sekretär hingen. Familienfotos. Wahrscheinlich die Tochter. Sie sah verhuscht aus und lächelte gequält in die Kamera. Das Fotografieren hatte ihr ganz offensichtlich wenig Spaß gemacht, ihre Augen waren trauriger als für ein Kind dieses Alters üblich. Es hieß ja immer, dass die Kriegskinder viel mitgemacht hatten. Das Mädchen hatte einen Strickrock an, dunkel, unten am Saum waren drei helle Streifen eingearbeitet. Solche Röcke waren in den fünfziger Jahren modern gewesen, dazu trug die magere Kleine mit den dünnen Zöpfen einen Parallelo mit Reißverschluss vorn, wahrscheinlich Marke Eigenstrick. Er kannte die Montur von den alten Fotos seiner Mutter, die war auch in solchem Zeugs rumgelaufen.

Die anderen Fotos zeigten alle einen Jungen, hübsches Gesicht. Nun wurden die Fotos auch farbig. Die typischen Orangetöne der Siebziger. Der Junge trug biedere Klamotten, gar nicht die Markenzeichen der Zeit, er hatte weder Schlaghosen noch längeres Haar, wie es damals üblich war. Wahrscheinlich hatte die ordentliche Oma dafür gesorgt, dass der Junge sich »anständig« kleidete und die Haare kurz trug. Sein Blick wirkte distanziert.

Auf der Kommode stand noch ein Foto: Oma und Enkel. Man konnte sehen, dass die beiden verwandt waren. Oder war es nur der gleiche Ausdruck der Augen? Brandl versuchte eine Deutung. Distanziert? Arrogant? Die hatten sich anscheinend alle drei nicht gern fotografieren lassen.

Er ging zum Balkon, warf einen Blick auf den Rhein. Die Wohnung war bestimmt nicht billig gewesen; wenn das Eigentum war, dann war sie mit dem Ausblick mehr als eine viertel Million wert. Nachbarn hatten keinen Einblick. Weder von oben, noch von der Seite. Hier war man ganz für sich. Nur Schiffe, Möwen und sonst nichts.

Brandl öffnete einen Schrank. Tischdecken, ordentlich nach Farben übereinandergestapelt, weiß, beige, dunkelblau. Er zog eine Schublade auf. Besteck, aufeinandergelegt wie im Kaufhaus. Gabeln ordentlich übereinander, Löffel ineinander, Messer. Die Frau hatte ein geordnetes Leben geführt. Er ging in die Küche, suchte nach dem Abfalleimer. Alles ganz sauber. Brandl stutzte. Ein wenig zu sauber. Das war nicht echt. Hier gab es keinen Müll. Keinen Topf auf dem Herd, keine Tasse im Spülbecken. Hier hatte jemand wirklich einen Tick zu gründlich aufgeräumt.

Er öffnete den Schrank unter der Spüle. Keine Putztücher? Er schaute in den Schränken nach. Kein einziges Geschirrtuch. Weder gebraucht noch ungebraucht. Nicht ein Lappen. Das war ihm auch oben auf der Spüle aufgefallen.

Die Berger hatte bestimmt nicht vor ihrem Tod alles so intensiv geputzt und sogar den Müll entsorgt, also musste jemand hier gewesen sein und alles auf Vordermann gebracht haben. Wer? Und warum? Die wenigen Spuren am Fundort deuteten darauf hin, dass sie dort wahrscheinlich nicht getötet worden war. Also vielleicht hier? Vielleicht hatten die Nachbarn etwas mitbekommen? Aber wieso wurde Franziska Berger dann ans Ufer geschleppt und dort aufgehängt? Sie hätten sie doch einfach in den Rhein werfen können. Dann wäre sie jetzt vielleicht schon hinter Düsseldorf.

Warum diese Inszenierung? Sie sollte gefunden werden. Das war eine Botschaft … Geschlagen, geschoren, erhängt, nackt … Nackt. Wo waren denn ihre Kleider gelandet? Im Müll waren sie nicht. Die Kollegen hatten sie weder am Fundort noch hier in der Wohnung gefunden, sonst hätten sie das gesagt.

Sein Blick fiel auf die Küchenstühle. Keine Kissen? Er würde gleich mal runtergehen zum Müllcontainer und nachsehen, ob vielleicht der Müll und das ganze Zeug dort entsorgt worden waren.

Geschlagen, geschoren, erhängt, nackt, wiederholte er. Was sollte das heißen? Dass ein einfacher Tod nicht ausreichte? Sie sollte geschändet, bloßgestellt, hilflos gezeigt werden. Warum? War es eine alte Rechnung, die offen gewesen war? Da musste jemand einen unglaublichen Hass auf die alte Frau gehabt haben … Einen unmenschlichen Hass.

Sie war eine Kollegin gewesen. Was hatte sie getan, dass jemand sie so bestrafte? Sie würden ihre alten Akten durchkämmen müssen. Alles durchsehen, jeden noch so kleinen Hinweis prüfen. Er würde nicht lockerlassen. Er hatte die Witterung aufgenommen … Aber bei der Familie musste er anfangen. Tochter, Enkel, alles, was da war, und die Nachbarn. Es ging los.

»Sie ist ein *Underperformer.*« Giselher Berger rückte sich die schwarz-lila gestreifte Krawatte zurecht. Sein Blick schweifte abfällig über Brandl.

»Was ist Ihre Mutter?« Brandl mochte den geschniegelten Typen nicht.

»Na, ein Kellerkind, ein Loser. Sie ist mit ihrer Mutter nie klargekommen. Hat sie gehasst und trat doch jede Woche Donnerstag winselnd den Brave-Tochter-Besuch an.«

»Und Sie, wie stehen … standen Sie zu Ihrer Großmutter?«

»Gut. Keine großartigen Probleme.«

»Sie hat Sie mit aufgezogen?«

»Meine Mutter war dazu nicht sonderlich in der Lage. Alles, was ich bin, verdanke ich meiner Großmutter.« Sein linkes Augenlid flatterte kurz. »Wir hatten früher einige *crit-sits*, aber wir haben die Probleme *gesolved.*«

Brandl blickte ihn irritiert an und wartete.

Überheblich übersetzte Berger: »Wir hatten früher Krisen, aber wir haben die Probleme in den Griff bekommen. Ich bin nach Rodenkirchen gezogen und rufe, nein, rief sie einmal im Monat an und besuchte sie, sooft ich es zeitlich einrichten konnte.«

Seine Haare waren gegelt. Für seine Körpergröße hatte er extrem kleine Ohren.

Niedlich, dachte Brandl. Die Schuhe sahen frisch gewienert oder gerade neu gekauft aus. Sein Anzug saß perfekt wie bei den Models in Modezeitschriften. Seine Wohnung war wie aus dem Lifestyle-Magazin: überall Spiegel, Glas, computergesteuerte Technik, schicke italienische Möbel und vermutlich begehbare Schränke.

Seine Küche, so unbenutzt wie düster gehalten, erinnerte Brandl an die Bemerkung seiner vorvorletzten Affäre, Conny, die beim Anblick eines ähnlichen Ausstellungsobjektes bei einer Möbelmesse von einer »Suizidküche« gesprochen hatte. »Da bringen sich die essgestörten Singles doch eher drin um, als beim Braten eines strammen Max die Designerfliesen zu versauen!« Sie hatten laut gelacht und mit dem albernen Gekicher gar nicht wieder aufhören können. Die durchgestylten Verkäufer und Messebesucher hatten sie befremdet gemustert.

So ähnlich sah ihn jetzt auch Berger an.

»Ich brauche noch einige Angaben zu Ihrer Person, Herr Berger. Sie heißen Giselher Berger, geboren am 6. September 1965 in Köln, und sind der nicht eheliche Sohn von Anneliese Berger. Können Sie mir etwas über Ihren Vater sagen?«

»Nein, nichts. Nie gesehen.«

»Hat Ihre Mutter denn nie über ihn gesprochen?«

»Nur so: Er wäre absolut kein Hässlo, aber sonst ein mieser Typ gewesen. Intelligent, doch lebensuntauglich. Sie hat ihn aus ihrem Leben entsorgt.«

»Sie hat was?«

»Rausgeworfen, nicht umgebracht, Herr Kommissar.« Berger grinste breit und guckte demonstrativ auf seine teure Designeruhr. »Wenn wir dann fertig wären, würde ich gerne zu meiner Verabredung.«

»Golfen ist wichtig«, höhnte Brandl mit Blick auf Bergers Tasche. »Sie arbeiten an der Frankfurter Börse und sind unverheiratet?«

Berger nickte und griff nach der Tasche und dem Autoschlüssel. »Sie können mir auf dem Weg nach unten noch weitere Fragen stellen.«

»Wann haben Sie Ihre Oma denn zum letzten Mal gesehen?«

Berger sah ihn nachdenklich an. »Zum letzten Mal? Na, das ist schon einige Zeit her. Ich bin im Moment derart mit Arbeit eingedeckt, ich hatte keine Zeit, meine Großmutter zu besuchen. Heiße ich Rotkäppchen? Aber wenn es Sie glücklich macht, check ich das nachher im Büro gern in meinem Outlook. *Next question, please.*«

»Wer profitiert vom Tod Ihrer Großmutter?«

Bergers Schultern strafften sich. Er stand mit dem Rücken zu

Brandl, während er die verschiedenen Sicherheitsschlösser seiner Wohnungstür verriegelte.

»Schlechte Frage, nächste Frage. Aber im Ernst, ich denke, niemand. Sie hat zur Miete gewohnt, vielleicht ein bisschen auf dem Sparbuch gehabt, wollte sich nie von mir zu Aktienkäufen überreden lassen. Meine Mutter erbt das, was da ist. Reicht vermutlich für die Beerdigung. Sonst hat keiner was davon.«

Vor dem verspiegelten Aufzug ließ Brandl ihm den Vortritt. »Was wissen Sie über Ihre Großmutter?«

»Nicht viel, das Übliche eben, was man über Großmütter so weiß. Sie war immer gut zu mir. Sie war für mich da, wenn ich sie brauchte. Sie hat sich um mich gekümmert, im Gegensatz zu meiner verrückten Mutter. Wenn ich sie nicht gehabt hätte ...«

Zeigte sich da tatsächlich Traurigkeit auf seinem Gesicht?

Berger wurde wieder abweisend. »War's das jetzt?«

Der dicke Läufer in der Eingangshalle schluckte ihre Schritte.

»Bitte melden Sie sich morgen früh bei mir im Kommissariat und geben mir durch, wann Sie Ihre Großmutter zuletzt gesehen haben. Oder kommen Sie am besten vorbei, ab neun bin ich da. Ich brauche auch noch die Angaben, wo Sie am 31. März waren, reine Routine. Auf alle Fälle geben Sie mir Ihre Handynummer, mir fallen bestimmt noch Fragen ein.«

»Bestimmt!« Berger klappte das goldene Visitenkartenetui auf, hielt die Karte zwischen Zeige- und Mittelfinger. Er musterte Brandl von oben bis unten. »Hören Sie, wenn ich Ihnen einen Tipp unter Männern geben darf ... Sie sollten Ihre Klamotten nicht secondhand kaufen, so wenig verdient man als Hauptkommissar doch auch nicht.«

Brandl schnappte nach der Visitenkarte, drehte sich um und verließ das Haus. So ein Arschloch.

Das Türschloss seines klapprigen Golfs, einfacher Dienstwagenstandard, hakte. Berger fuhr winkend in seinem schwarzen BMW X5 vorbei. Brandls Blick folgte ihm.

Seine Hand liegt wie zufällig auf dem Griff der Dienstwaffe, die Finger öffnen die Verriegelung des Holsters, immer schneller werden seine Bewegungen. Er reißt die Waffe hoch, wie im Schießtrai-

ning. Anlegen, ausatmen und abdrücken. Dreimal. Während die leeren Patronenhülsen in Zeitlupe zu Boden klimpern, beginnt sich an Bergers Wagen der zerschossene Reifen von der Felge zu lösen. Der Wagen dreht nach links, und der fassungslose Berger fährt ihn, in einem missglückten Versuch gegenzulenken, frontal gegen die Plakatwand. Die begräbt daraufhin die schwarze Limousine mit den getönten Scheiben mit lautem Krachen unter sich, ein gigantischer Feuerball …

Ach, viel zu viel Kino für so einen Proll samt passendem Auto.

Brandl seufzte. Endlich gelang es ihm, die Tür seines Golfs zu öffnen. Schön wäre es ja. Aber danach tagelang Berichte schreiben und Disziplinarverfahren und wer weiß was für Konsequenzen, das lohnte nicht. Nicht wegen so einem, der einfach nur ein Großkotz war. Immerhin hatte er ja wohl seine Oma geliebt.

5

Anneliese Berger hatte Ulla wegen der Beerdigung angerufen. »Ich will mit Ihnen sprechen, damit Sie sich für die Grabrede nix aus den Fingern saugen müssen. Die Polizei hat nix dagegen. Die haben die Wohnung schon durchsucht, da war wohl nix ...«

Elli Sieg, Ullas Nachbarin und Freundin, hatte sofort zugesagt, für die Kinder zu kochen, damit sie direkt essen konnten, wenn sie aus der Schule kamen. Mit zwölf und sechzehn Jahren schienen sie immer wie verhungert, wenn sie nach der Schule zu Hause einfielen. Jonas brüllte meist schon im Flur: »Hallo, Erdlinge! Was gibt's zu essen?«

Elli und ihr Mann waren vor acht Jahren in das Reihenhaus nebenan gezogen. Sie hatten keine Kinder, leider, wie sie immer wieder sagten. Sie waren schnell Freunde geworden, und Elli betutelte nicht nur Ullas Kinder, sondern übernahm auch gern bei Ulla die Rolle der treu sorgenden Mutter. Ellis Mann war vor fünf Jahren gestorben. Damals waren Ulla und die Kinder ihr eine wichtige Stütze. Letztes Jahr hatte Elli ihren sechzigsten Geburtstag gefeiert. Sie kannte sich in Porz gut aus, war wie ein wandelnder Stadtplan mit eingebautem Geschichtenerzählprogramm. Außerdem kochte sie gern, am liebsten für die ganze Familie Wolff, kaufte ein und hatte immer ein offenes Ohr für sie und die Kinder. Sie war einfach glücklich, dass sie zu ihrem Leben dazugehörte.

Nun wartete Ulla vor der Ampel an der Kölner Straße. Zwei Männer, Patienten aus dem Alexianer-Krankenhaus, schoben gemächlich eine weiße Karre über den Bürgersteig. »Hedwig« hatten sie mit schwarzen Lettern daraufgeklebt. Ulla wusste, dass die beiden wie jeden Tag das Essen aus dem Alexianer-Krankenhaus abholten. Sie würden die Karre zur Krankenhausküche schieben, sie dort mit den Essensbehältern beladen und »Hedwig« wieder ganz behutsam zurück zu ihrer Wohngruppe in der Siedlung schieben. Das war ihre tägliche Aufgabe. Sie hatten noch eine zweite Karre, die auch einen Frauennamen trug. Hildegard? Ulla fiel der Name nicht ein.

Sie war heilfroh, dass Michael bei ihrer Schwester war. Hoffentlich blieb er länger weg. Dann konnte sie sich in Ruhe darüber klar werden, wie es mit ihnen weitergehen sollte.

Die Ampel sprang auf Grün. Michael und sie hatten sich in den vergangenen Monaten immer weiter voneinander entfernt. Sie wusste kaum noch, was er machte oder dachte, und umgekehrt war es wohl genauso. Wenn er ins Bett kroch, schlief sie schon. Sie sprachen über die Kinder, organisierten den Alltag, das war's.

Sie parkte vor dem grün-weiß gestrichenen Mehrfamilienhaus in der Hohe Straße 17-19 und drückte auf die Klingel. Anneliese Berger hatte sie unbedingt in der Wohnung ihrer Mutter treffen wollen. Ulla hatte deutlich ihre Angst gespürt: Anneliese wollte nicht allein in die Wohnung.

Anneliese Berger öffnete ihr vorsichtig die Tür. »Kommen Sie rein, Frau Pastorin, kommen Sie rein!«

Ulla verkniff es sich, ihr die Hierarchieformen der evangelischen Kirche zu erklären. »›Wolff‹ reicht, Frau Berger.« Sie schloss die Tür.

Die Luft in dem düsteren Flur war muffig. Ob so Mord roch? Ulla schüttelte den Kopf, um den Gedanken loszuwerden, und folgte Anneliese ins Wohnzimmer.

Der Blick durch das Fenster auf den Rheinbogen verschlug ihr den Atem, wie jedes Mal, wenn sie eine Wohnung betrat, die direkt auf den Rhein ging. Die alte Frau Berger hatte von ihrem Balkon einen uneingeschränkten Ausblick gehabt, auf den Weisser Bogen am anderen Ufer, das Rathaus auf der Porzer Seite und darüber hinaus. Die Bäume am anderen Rheinufer wirkten zum Greifen nah.

Ulla schloss einen Moment geblendet die Augen. Die Aprilsonne tauchte das Wohnzimmer in helles, gleißendes Licht. Goldene Stäubchen tanzten in der Sonne. Anneliese Berger öffnete die Balkontür, und sofort hörte Ulla das Tuckern eines Schiffes. Ganz leise plätscherten die Wellen. Unten auf dem Leinpfad betätigte jemand eine Fahrradklingel.

Ulla hatte einige Male mit Frau Berger hier auf dem Balkon gesessen und dies alles genossen. Meist war sie in Eile gewesen, aber für den Geburtstagskaffee hatte sie sich Zeit genommen. Jetzt war sie froh darüber. Frau Berger war distanziert gewesen, hatte hauptsächlich über Alltäglichkeiten geredet. Meist kreiste das Gespräch darum, wann wieder Altenkaffee war, was sie als Nächstes im Literaturkreis lesen würden, ob ihre Nachbarin Frau Söntgerath wohl schwerhörig sei, weil sie den Fernseher ständig auf volle Lautstärke stellte, oder dass es im Haus oft nach Reibekuchen stank.

Ein Thema hatten sie allerdings immer gehabt, über das sie beide gern sprachen: den Rhein. Wie hoch oder wie niedrig gerade das Wasser stand, ob die Schiffe wieder laut gewesen waren, oft tuckerten sie nachts auf derselben Stelle, kamen nicht voran. Frau Berger monierte auch, es rieche oft nach schwerem Diesel. Sie fürchtete um ihre Gesundheit. Ulla hatte dann immer versucht, sie zu beruhigen. Frau Berger hatte auch schon mal von der einen oder anderen Segelregatta erzählt, die sie auf dem Rhein verfolgt hatte. Oder sie schilderte, wie die Kanuten stramm auf dem Rhein gerudert und gefährlich nah an einen der großen Kähne gekommen waren. Die Baumaßnahmen für den Hochwasserschutz hatte sie besonders interessiert verfolgt, gab es doch an einigen Häusern in der Nachbarschaft außen Pegelstände, die anzeigten, wie hoch der Rhein schon vor Hunderten von Jahren heraufgekommen war. Sie selbst war im dritten Stock vor dem Hochwasser ganz sicher, das hatte sie immer betont.

Die Porzer und der Rhein, das war schon die große Liebe. Die jungen Leute trafen sich im Sommer abends an seinem Ufer, machten wilde Feuerchen, grillten und tranken. Die alten Porzer schoben sich selbst mit den Gehwägelchen zu den Bänken, um jeden Sonnenstrahl und den Blick auf ihren Fluss zu genießen. Mütter und Väter fuhren dort ihre Kinder spazieren, schoben sie auf ihren Dreirädern am Rhein entlang oder machten Fahrradtouren mit den älteren Kindern. Sie feierten an der Groov ihr traditionelles Inselfest und auf der Wiese, ganz in der Nähe, entzündeten sie jedes Jahr das große Sonnenwendfeuer. Bei allem spielte der Rhein die Hauptrolle. Nun sogar im Tod. Ulla überlief es kalt.

Auch Elli fragte jedes Mal, wie das Wasser stand, wenn Ulla vom Joggen kam. Wenn das Ufer überspült war, musste sie entweder auf der Wiese joggen oder – wenn der Rhein noch höher stieg – an der Hauptstraße entlang. Das gefiel ihr gar nicht. Schon allein, weil sie dort keine Gesichtsgymnastik machen konnte.

Eine Kohlmeise kam auf den Balkon geflogen, wahrscheinlich suchte sie einen geeigneten Platz zum Nestbau. Die Geranien in den Kästen hatten den Winter nicht überlebt. Zwei weiße Stühle und ein weißer Campingtisch standen zusammengeklappt an der Seite.

Ulla fröstelte, drehte sich zu Anneliese Berger um. Die stand abwartend hinter ihr.

»Schön der Rhein, nich? Soll ich uns 'nen Kaffee kochen?« Anneliese sah Ulla fragend an. Sie war blass und fuhr sich ununterbrochen durchs strähnig graue Haar.

»Nein, danke, machen Sie sich keine Mühe. Ich habe nicht viel Zeit. Termine, wissen Sie. Leider.«

Auf dem stabilen Wohnzimmertisch – Eiche rustikal, dachte Ulla – lagen Papiere und akribisch beschriftete Leitzordner geöffnet herum.

»Ich hab schon mal anjefangen, die Papiere zu ordnen, können Sie mir vielleicht weiterhelfen?« Annelieses piepsige Kleinmädchenstimme bettelte um Zuspruch.

Ulla zögerte. Es war nicht üblich, dass sie einer Familie dabei half, den Nachlass zu sichten. Aber es war auch nicht üblich, dass die Pfarrerin die Verstorbene am Rhein fand. Ulla griff nach den Unterlagen. Sie wollte wissen, was mit Frau Berger passiert war. Vielleicht fand sie Hinweise darauf, was sich abgespielt hatte.

»Ich könnte Ihnen vielleicht nachher helfen, die Unterlagen mal systematisch durchzugehen. Aber jetzt erzählen Sie mir bitte zuerst etwas über Ihre Mutter, ja? Ich mache mir ein paar Notizen, damit ich es bei der Beerdigung auch alles richtig wiedergeben kann.«

Anneliese Berger berichtete mit monotoner Stimme. »Meine Mutter ist 1921 in Hamburg geboren. Mein Opa, also ihr Vater, ist früh jestorben, 1928 im Mai, da war ein schweres Unjlück mit Giftgas bei der Firma Stolzenberg in Hamburg, dat gab viele Tote und Hunderte Verletzte. Sie wollte immer Lehrerin werden, aber dat durfte sie nicht, dafür hatte ihre Mutter kein Jeld. Da hat sie dann Ende der dreißijer Jahre ne Ausbildung zur Erzieherin jemacht, so ne Schnelllehrjang oder so was. Sie war so stolz dadrauf. Mit Männern hatte sie gar kein Glück.«

»Ihre Mutter hat also viel Schweres durchgestanden und sich vieles, was sie in ihrem Leben erreicht hat, selbst erkämpft? Sie war eine starke Frau«, warf Ulla ein. Anneliese Berger schien sie kaum zu hören.

»Ich wurde dann 1942, ausjerechnet am 20. April, in der Uckermark jeboren«, berichtete Anneliese weiter. »Da kriegte sie ne besondere Auszeichnung dafür, Hitlers Jeburtstag! Sie hatte dort ne Stelle jefunden. 1944 kam dann mein Bruder Giselher, ne richtije Wonneproppen, der war ihr janzer Stolz. Dass sie nicht verheiratet war, machte damals nix aus, da waren die Leute nicht so prüde. Hauptsache, kein Ausländer oder Verbrecher. '45 mussten wir alle weg aus der Uckermark, weil der Russe kam. Wir sind nach Kölle jeflohen. Der Giselher ist unterwegs jestorben, erfroren«, sagte Anneliese schnell.

»Das war bestimmt schrecklich«, erwiderte Ulla leise. »Ein Kind zu verlieren, das hat Ihre Mutter gewiss nie ganz verkraftet. Bestimmt war sie glücklich darüber, dass Sie noch da waren. Sie haben ihr sicher immer ganz besonders am Herzen gelegen.«

Anneliese hustete. Sie starrte auf den Tisch, dann sprach sie weiter. »Wir haben zuerst in Köln-Deutz, in der Alsenstraße, bei der Familie Schneider jewohnt. Die waren nett. Dann ist meine Mutter '46 bei der weiblichen Kripo unterjekommen, Abteilung Sitte. Mit der Arbeit kam sie janz gut klar, nur mit dä Lück nit eso. Männer janz zu schweigen. Dat hat sie mir wohl vererbt ... Bloß um meinen Sohn, den Giselher zwei, um den hat sie sich immer jekümmert.«

Anneliese wischte sich die Tränen aus dem Gesicht. Sie strengte sich offensichtlich an, Hochdeutsch zu sprechen. Kölsch mit Knubbeln sagte man wohl dazu. Ulla lächelte ihr aufmunternd zu und nickte.

»Der Enkel war ihr wichtig? Das war doch für Sie als Mutter bestimmt auch schön?«

»Für den hat se alles jetan. Jedes Wochenend war der Giselher bei ihr in der Hohe Stroß, im Sommer sind sie wohl an der Groov spazieren jejangen und haben immer ein Eis jejessen in dem Minigolf-Dings da oder waren unten am Rhein unterwegs. In den Sommerferien hat sie ihn rejelmäßig für zwei Wochen ins Kleinwalsertal mitjenommen.«

»Na, das war doch viel mehr, als so manche andere Oma für ihre Enkel tut«, sagte Ulla mit Nachdruck und dachte kurz an ihre eigene Mutter, die früher kaum Zeit für ihre Enkel gehabt hatte, weil sie in vielen Gremien engagiert war. Und jetzt war sie krank.

»Wofür hat sich Ihre Mutter denn in der Freizeit interessiert? Hatte sie Freundinnen?«, wollte Ulla wissen.

»Sie ist jelejentlich in den Altenclub von Sankt Laurentius jejangen. Aber so richtig warm jeworden is sie da nicht. Die sind alle alt und senil, hat sie jesagt, die gehn mir auf die Nerven.«

»Eine sehr unabhängige Persönlichkeit, der ihre Familie und ihre Privatsphäre eben wichtig waren«, versuchte Ulla eine positive Formulierung.

»Ach ja, sie war noch in dem Literaturkreis bei den Evangelischen, dat müssten Sie doch wissen.« Anneliese klang vorwurfsvoll.

Ulla sah sie mitfühlend an. »Ja, das weiß ich, Frau Berger. Ich habe Ihre Mutter ab und zu besucht und auch in der Kirche gesehen. Sie war regelmäßig im Literaturkreis und auch beim Frauenabend. Sie hatte einige Kontakte geknüpft. Es war ja bestimmt nicht leicht für sie, hier in Porz neu anzufangen. Es tut mir so leid, was Ihrer Mutter zugestoßen ist. Das können Sie mir glauben ...«

Sie legte Anneliese Berger die Hand auf den Arm und sah, wie deren Unterlippe zitterte.

»Glauben Sie, dat sie dat verdient hatte?«, fragte Anneliese tonlos.

Sie war blass, ihr Gesicht wirkte maskenhaft. Nur die Unterlippe zitterte wieder. Die Augen waren gerötet. Wahrscheinlich hatte sie schon viel geweint. Sie wandte sich ab und zündete sich mit hölzernen Bewegungen eine Zigarette an.

»Mutter kann ja jetzt nicht mehr schimpfen wejen der Qualmerei«, sagte sie schnell, wie entschuldigend. »Eine deutsche Frau raucht nicht!«, schob sie dann unvermittelt mit stählerner Stimme nach, machte noch ein paar schnelle Züge, sprang dann unvermittelt auf und drückte die Zigarette im Blumentopf auf der Fensterbank aus. »Jetzt fangen wir mal mit dem Sortieren an, nicht? Ich kann ja später noch weitererzählen.«

Ulla erschreckten diese abrupten Wechsel. Sie ließ sich aber nichts anmerken. Anneliese Berger erschien ihr weit weg, so als gäbe es eine unsichtbare Wand zwischen ihnen. Vielleicht war eine kleine Unterbrechung tatsächlich hilfreich.

Die Frau versuchte offensichtlich verzweifelt, ihre gefasst wirkende Fassade aufrecht zu halten. Sicher hatte sie Angst vor dem Weinen. Ulla kannte das. Viele Menschen hatten Angst, sie würden nie mehr aufhören, wenn sie einmal mit dem Weinen anfingen. Deshalb lenkten sich manche Zurückbleibenden lieber mit dem Organisieren und Planen der Beerdigung ab, der Sarg musste ausgesucht, die Karten verschickt, der Blumenschmuck bestellt, die Dokumente sortiert werden. Äußere Ordnung gab Halt. Die Trauer kam bei vielen erst später. Nachdem der Tote begraben war und es nichts mehr zu tun gab. Manche entwickelten aber auch dann noch die unterschiedlichsten Strategien, ihrer Trauer zu entgehen. So nahmen einige Frauen nach einem Trauerfall unheimlich zu, während Ulla bei Männern häufig erlebt hatte, dass sie sich rasch eine neue Partnerin zulegten, sich mit einer neuen Liebe »trösteten«. Manchmal mit einer Freundin der Verstorbenen, nur um den Verlust nicht spüren zu müssen. Manche fingen schon eine neue Beziehung an, während ihre Frau noch im Krankenhaus oder Hospiz lag. Erwachsene Kinder und Freunde hielten den schnellen Partnerwechsel für Herzlosigkeit, aber im Grunde wollten diese Männer sich einfach nicht dem Gefühl aussetzen, allein zurückzubleiben. Es gab ja auch viele einsame Frauen, die nur darauf warteten, einen traurigen Witwer trösten zu können.

Bei Witwen hatte sie so etwas ganz selten erlebt. Frauen trauerten meist länger. Besonders ältere Frauen lebten nach dem Tod ihres Mannes lieber allein, weil sie es als Verrat empfänden, noch einmal einem anderen Mann ihre Liebe zu schenken. In ihrer Kirche veranstaltete Ulla jeden Monat ein Trauercafé, in dem Angehörige oder Freunde über den Menschen, den sie verloren hatten, sprechen konnten. Dort war Raum für Erinnerung und Tränen, Wut und Lachen. Sie würde Anneliese zum nächsten Treffen einladen, es würde ihr vielleicht guttun, zusammen mit anderen um ihre Mutter zu trauern.

»Am besten machen wir verschiedene Stapel: einen mit persönlicher Korrespondenz, einen Stapel amtliche Schreiben, die für den Nachlass vielleicht wichtig sind, und einen Stapel ›Sonstiges‹«, schlug Ulla vor und rückte ihren Stuhl näher an den Tisch. »Haben Sie bisher schon irgendetwas Wichtiges gefunden?«

Anneliese nagte an ihrer Unterlippe. »Wat wär denn wichtig?«

»Ein Testament, vielleicht Versicherungspolicen, Pensionsunterlagen, Sparbücher, Kontounterlagen, Geld. Das muss ja alles geordnet werden.«

»Da ist ein Ordner, auf dem ›Versicherungen‹ steht, aber ich blick da nicht durch. Im Küchenschrank waren dreißig Euro in 'ner Teedose, sonst nix.«

»Dann schreiben wir die dreißig Euro schon mal auf, vielleicht finden wir ja noch mehr. So wie es aussieht, war Ihre Mutter ja sehr ordentlich. Haben Sie schon in den Schlafzimmerschränken nachgesehen?«

Anneliese schüttelte sich. »Dat Schlafzimmer meiner Mutter is tabu!«

»Frau Berger, ich kann gut verstehen, dass Sie da zurückschrecken. Aber vielleicht hilft es Ihnen, es doch einmal zu versuchen. Was meinen Sie?«

»Na, vielleicht haben Sie ja recht. Ich jeh denn mal. Je schneller wir hier durch sind, desto besser.«

Anneliese zog die Schultern hoch, drehte sich um und verließ das Wohnzimmer. Sie bewegte sich wie ein Roboter. Ulla fragte sich, ob sie wohl Beruhigungsmittel nahm. Sie fröstelte wieder, stand auf und schloss die Balkontür. Dicke Wolken waren aufgezogen. Der Rhein wirkte jetzt grau und schieferig. Bestimmt würde es bald regnen. Es gab Leute, Elli gehörte zu ihnen, die glaubten, anhand der Wasserfarbe des Rheins sagen zu können, wie das Wetter wird.

Ulla knipste die Deckenleuchte an, setzte sich an den Tisch und öffnete den Versicherungsordner. Kranken-, Unfall-, Gebäude-, Haftpflicht-, Begräbnisversicherung. Der Abschluss einer Lebensversicherung.

Irgendwo in der Wohnung rumpelte es. Eine Tür wurde knarrend aufgezogen, Schritte hallten durch den Flur, in der Küche rappelte eine Schublade. Anneliese Berger tauchte kurz auf. Sie brabbelte vor sich hin und verschwand wieder im Schlafzimmer.

Was war denn nun mit der los? Ulla blätterte angespannt weiter. Nahm den nächsten grauen Ordner in die Hand. Nachweise über Besoldungsbezüge, Rentenbescheide, Finanzamtkorrespondenz, Unterlagen von einem Beerdigungsinstitut, Reiseprospekte, Beschwerdebriefe an Behörden.

Auch Zeitungsartikel über die Forensik hatte Franziska Berger sorgfältig gesammelt und abgeheftet. Es gab ein Sparbuch mit 3.430 Euro, auf dem Girokonto war ein Bestand von 1.236,40 Euro. Ulla schrieb die Zahlen auf, ebenso die Telefonnummer der Sachbearbeiterin beim Besoldungsamt.

Ulla legte den Zettel mit den Notizen für Anneliese Berger auf den Tisch. Sie würde die Frau beim Amt selbst anrufen müssen, Bank und Bestatter auch.

»Dat Testament, ich hab es jefunden!« Anneliese kam mit hochrotem Gesicht ins Wohnzimmer und schwenkte einen weißen Umschlag, auf dem in zittriger, spitzer Sütterlinschrift »Mein letzter Wille« stand.

»Das ist gut. Sie sollten nachschauen, wer den Nachlass abwickeln soll.«

Anneliese hatte ein Küchenmesser in der Hand, schnitt damit den Umschlag auf und las. Ihre Augen weiteten sich, sie wurde blass, und auf Wangen und Hals sprangen rote Flecken.

»Dat alte Miststück!«, keifte sie, ließ das Papier fallen, drehte sich um und rannte aus dem Zimmer. Ulla sprang auf, griff nach dem Testament, überflog es kurz und verstaute es im Versicherungsordner. Dann lief sie hinter Anneliese her. Die kniete auf dem Bett und stach mit dem Küchenmesser auf Kopfkissen und Plumeau ein.

»Du jemeine Schlampe, nix jönnst du mir. Du und dein Giselher, dat arrojante Arschloch! Du Drecksau, all die Jahre hast du mich fertigjemacht, und jetzt, wo du tot bist, machst du noch weiter, du, du, du, du …« Sie schrie immer weiter. Stürzte zum

Schrank, riss Kleider und Wäsche heraus und zerfetzte sie mit dem Messer, während sie ununterbrochen kreischte.

»Hure haste mich jeschimpft und warst selber eine. Flittchen und Kollejenhure. Du bist scheiße, scheiße, scheiße.« Anneliese fiel aufs Bett und schluchzte.

»Frau Berger, bitte beruhigen Sie sich doch, das hilft doch nicht, wenn Sie sich so aufregen.« Dann bückte sich Ulla mechanisch und versuchte hilflos, das Chaos in Ordnung zu bringen.

Kein Grund zur Panik, sagte sie sich. Sie wusste doch, wie unvorhersehbar Menschen auf den Tod eines Menschen, den sie liebten, reagierten. Manche wurden unsagbar wütend, weil sie sich von dem Verstorbenen im Stich gelassen fühlten. Mit spitzen Fingern griff sie nach dem aufgeschlitzten hautfarbenen Mieder. Geldscheine fielen auf den fliederfarbenen Teppichboden.

»Frau Berger, hören Sie doch, hier ist noch Geld«, versuchte Ulla Anneliese abzulenken.

»Die Alte hat immer alles Wichtige einjenäht, die hatte doch Verfolgungswahn.« Sie wischte sich mit dem Ärmel übers Gesicht. Sie sah jetzt etwas schuldbewusst aus. Wahrscheinlich war ihr klar geworden, was sie gesagt hatte.

»Meinen Sie, Ihre Mutter hat sich bedroht gefühlt?«, hakte Ulla nach.

»Nee, Quatsch, sie hat nur immer Angst um ihr Jeld jehabt, dass dat einer klaut. Dabei hatte sie ja nicht viel. Sehen Sie ja. Mit dem Jeld kann ich jetzt zumindest die Beerdijung und so bezahlen, wenn es überhaupt reicht.«

»Ich meine, ich hätte da eben eine Begräbnisversicherung gesehen, die reicht bestimmt für die Beerdigung.«

Ulla tastete sich durch die Kleidung im wuchtigen Eichenschlafzimmerschrank. Die Innenseite eines schwarzen Wollwintermantels fühlte sich dick an. Ulla trennte vorsichtig mit dem Messer, das sie Anneliese aus der kraftlosen Hand genommen hatte, die Naht auf. Ein brauner, prall gefüllter DIN-A5-Umschlag fiel ihr entgegen. Sie fing ihn auf und drehte sich zu Anneliese um. Die lag blass mit weit aufgerissenen Augen auf dem Bett und starrte die Zimmerdecke an.

»Frau Berger, hier hab ich noch was gefunden.«

»Is mir doch scheißejal!«

»Sie beruhigen sich jetzt erst mal und kommen gleich nach, ja?«, sagte Ulla ganz sanft. Dann drehte sie sich um. Das Messer nahm sie sicherheitshalber mit, als sie jetzt ins Wohnzimmer zurückging. Vielleicht war es gut, Anneliese Berger mal einen Moment in Ruhe zu lassen.

Sie setzte sich auf das hart gepolsterte grüne Sofa und öffnete den Umschlag. Alte Schwarz-Weiß-Fotos mit weißgezackten Rändern, Dokumente, Zeugnisse mit Hakenkreuz und Reichsadler. Ein Arbeitsbuch mit Foto: Franziska Berger, geb. 17. Januar 1921 in Hamburg, 1942 staatliche Fürsorgerin im Jugendschutzlager Uckermark.

6

Brandl pustete den Staub von den Berger-Akten. Überraschend schnell hatten die Kollegen sie im Archiv aufgestöbert. Damit konnte er nicht rechnen, als er sie angefordert hatte. Eher war er davon ausgegangen, dass die gesammelten Unterlagen längst im Reißwolf gelandet waren.

Nach welchen Gesichtspunkten manche Dokumente aufbewahrt wurden und manche nicht, war ihm noch nicht ganz klar. Vielleicht gab es ja irgendein System. Aber egal, hier waren sie nun: Franziska Bergers Personalakte und die alten Fälle.

Glück gehabt. Und noch mehr Glück, dass solche alten Polizeidokumente nicht im Historischen Stadtarchiv gelagert wurden. Dann lägen sie jetzt in einem tiefen Loch unter Schutt begraben. Neugierig schlug Brandl die Personalakte auf:

12. April 1948 – Beschwerde wegen »brutalen Vorgehens im Amt«. Kollegin Berger hatte beim Verhör eine Prostituierte krankenhausreif geschlagen. Die Beschwerde war vermutlich auf dem »kleinen Dienstweg« verschwunden, denn der Eintrag hatte keinerlei Konsequenzen gehabt.

Er blätterte weiter: 2. März 1950 – Anzeige wegen »Übergriffen im Amt«. Wohl eine Prügelei. Dieses Mal gab es eine Verwarnung, sie musste ein Bußgeld zahlen, außerdem wurde sie von der Dienstaufsicht zu ihrem jetzigen Vorgehen und ihrer früheren Tätigkeit in der Uckermark befragt. »Franziska Berger bestreitet die Vorfälle. Für ihre Arbeit im Jugendschutzlager Uckermark gibt sie mangelnde Lebenserfahrung als Grund an und bezeichnet sich als ›kleines Rad im Getriebe‹. Die Zeit im Lager und die ganze Atmosphäre dort habe sie sehr belastet. Im Übrigen habe sie nur ihre Pflicht getan.«

Na, das ist ja der Klassiker, dachte Brandl. Lauter pflichtbewusste Leute, und alle versuchten, sich herauszureden.

Zwischen 1950 und Mitte 1953 war sie bei diversen Razzien im Rotlichtmilieu aufgefallen. Am 23. Juli 1953 wurde sie abends auf dem Heimweg überfallen und zusammengeschlagen. Man vermutete den Racheakt eines Zuhälters. Sie wurde für vier Wochen krankgeschrieben.

Vielleicht war es ja Rache.

»Ach, da haben wir ja die alte Schlampe, die mir all die Jahre das Leben schwer gemacht hat.« Der Zuhälter nickt dem muskelbepackten Riesen aufmunternd zu. »Mach sie fertig, Jupp!« Jupps Pranken legen sich um Franziska Bergers drahtigen Hals. Sie röchelt, tritt um sich, zuckt.

Brandl las weiter. 1. September 1954 – Franziska Berger musste einen Lehrgang besuchen, bei dem ihre »Kompetenz im Umgang mit Schutzbefohlenen« geschult werden sollte. Die Teilnahme an dieser Weiterbildung wurde von der Dienstleitung angeordnet.

Mehrere Aktennotizen erwähnten Verhältnisse mit verheirateten Kollegen und Unzufriedenheiten von Vorgesetzten über ihre rigide Arbeitsweise und ihre menschenverachtenden Äußerungen. Ein Mitarbeiter der Behörde stellte die Frage, warum es unter Franziska Berger so häufig zu Heimeinweisungen von Mädchen kam. Der Sache ging aber niemand nach.

31. August 1981 – Pensionierung.

Brandl schlug den Ordner zu. Was hatte die sich denn herausgenommen? So etwas würde es heute nicht mehr geben, da war er sich sicher. Er ließ sich das Gelesene noch einmal durch den Kopf gehen. Etwas hatte seine Sensoren besonders angesprochen … Aha, da war es: Jugendschutzlager Uckermark, davon hatte er noch nie gehört. Das klang ja fast wie KZ. Was hatte sie denn da gemacht?

Er überlegte, wer ihm wohl etwas darüber sagen konnte, rief dann die Zentrale an und fragte nach der Telefonnummer des EL-DE-Hauses in Köln. Er vertraute bei seinen Recherchen lieber auf persönliche Aussagen als auf das Internet.

Er hatte Glück. Ein freundlicher älterer Herr schien nur auf seine Fragen gewartet zu haben. Das war doch mal ein Archivar.

Das Jugendschutzlager Uckermark war tatsächlich ein richtiges KZ für weibliche Jugendliche gewesen. Na, sie war ja eine ganz besondere Kollegin gewesen. Wie war die bloß in den Polizeidienst gekommen? Was hatte die Pfarrerin gesagt? Eine nette alte Dame? Von wegen. Die alte Berger hatte Dreck am Stecken gehabt. Da gab es bestimmt nicht wenige Leute, die Lust und vielleicht sogar Grund gehabt hätten, ihr den Hals umzudrehen.

Er sah auf die lange Namensliste der Heimeinweisungen und seufzte. Das war eine Arbeit, die er hasste. Er scannte das Blatt ein und schrieb die Namen der Zuhälter und Prostituierten auf. Beides sandte er per Intranet an Lars. Bei ihm saß für ein paar Wochen ein Schülerpraktikant, für den wäre das genau das Richtige. »Recherche ist der wichtigste Teil der Ermittlungen«, schrieb er noch oben auf das Blatt und grinste schadenfroh.

Das Faxgerät sprang an und spuckte eine Kurzfassung des Obduktionsberichts des Rechtsmedizinischen Instituts aus. Da der Fall so spektakulär war, hatte die Staatsanwaltschaft dort um vorrangige Bearbeitung gebeten, und so konnte Brandl vorab die Zusammenfassung lesen.

Der Todeszeitpunkt lag etwa zwischen achtzehn und zweiundzwanzig Uhr. Spuren schwerer Misshandlung, Brandwunden an Armen und Beinen durch Zigaretten und Blutergüsse. Alles aber kurz nach ihrem Tod beigebracht. Die Todesursache war eindeutig: Franziska Berger war erwürgt worden. Der Kehlkopf war auf eine Art gebrochen, die nicht durch das Seil verursacht worden sein konnte. Man hatte ihr vorher einen ordentlichen Schlag auf den Hinterkopf verpasst. Einen Schlag, der zu einer Platzwunde und knöchernen Verletzungen führte. Vermutlich hatte der Täter schräg hinter ihr gestanden und mit einem stumpfen Gegenstand zugeschlagen. Nach der Schlagrichtung zu urteilen vermutlich Rechtshänder. Wahrscheinlich war der Täter etwas größer als sie gewesen. Die Platzwunde musste heftig geblutet haben. Der Kopf war jedoch gereinigt worden. Wahrscheinlich um die Haare scheren zu können.

Das Telefon schrillte und riss Brandl aus seiner Lektüre.

»Erwin hier. Wollte dir nur sagen, dass der Bericht der KTU jetzt fertig ist und ich ihn dir rüberschicke.«

»Danke, Erwin, kannst du mir denn vorab was dazu sagen?«

Brandl hörte ihn seufzen.

»Die alte Frau ist nicht am Rhein misshandelt worden. Zumindest haben wir dort keinerlei Spuren gefunden, die darauf hindeuten.«

»Die Gerichtsmediziner sagen, die alte Berger wurde mit einem stumpfen Gegenstand niedergeschlagen«, warf Brandl ein. »Habt ihr so etwas gefunden?«

»Nein, bisher nicht.«

Brandl begann, laut über den möglichen Tathergang nachzudenken. »Sie ist eindeutig nicht an dem Schlag gestorben. Ich denke, sie ist hingefallen, hat sich aber wieder aufgerappelt, und dann ist der Täter ihr an die Gurgel und hat sie gewürgt. Vielleicht war sie durch den Schlag so mitgenommen, dass sie sich nicht mehr wehren konnte.«

»Stimmt.« Es überraschte Brandl ein wenig, dass Erwin sich in die Spekulationen einklinkte. »Es gibt zumindest keine Spuren unter ihren Nägeln oder sonstige Hinweise, die für einen Kampf sprechen. Das Ganze hat sich in ihrer Wohnung Hohe Straße abgespielt«, ergänzte er.

»Aha.« Brandl erinnerte sich gut an die ordentliche Wohnung. Hatte also doch jemand die Putzwedel geschwungen, um Spuren zu verwischen. So akribisch räumte doch keiner auf und ließ dann noch die Putzlappen und Tücher verschwinden.

Erwin hatte es nicht gern, wenn er unterbrochen wurde. »In ihrer Küche haben wir die Blutspritzer gesichert. Wie gesagt, besonders die Fußleiste hatte ordentlich was abgekriegt. Außerdem spritzt bei so einer ausgeprägten Kopfplatzwunde das Blut in ganz kleinen Partikeln bis unter die Decke. Irgendwas ist immer noch da, auch wenn man es nicht direkt sieht.

Der Boden war ja supersauber, kein Teppich, keine Matten. Auch Schränke und Fensterbank, Tisch, Stühle, alles picobello, aber in den Ritzen der Stühle saß noch alles schön drin, das kriegt die beste Putzfrau nicht weg. Stuhlkissen waren nicht da. Entweder hat die Alte auf nackten Stühlen gehockt, oder da war so viel Blut dran, dass der Täter die lieber entsorgt hat. Die schwimmen wahrscheinlich schon vor Duisburg im Rhein.«

Als Erwin bemerkte, dass Brandl das wohl nicht witzig fand, redete er schnell weiter. »Das Blut stammt eindeutig von Franziska Berger. Wir haben an der Leiche keine verwertbaren Hautspuren gefunden. Es gibt aber Faserspuren. Die passen zu einem hochwertigen blauen Tuchstoff.«

»Was war mit dem Seil?« Brandl konnte es nicht lassen. Er musste einfach dazwischengrätschen. Er hasste Monologe.

Erwin schwieg einen Moment. Brandl dachte, er würde beleidigt auflegen. Aber dann redete er doch weiter.

»Das Juteseil, mit dem die Leiche aufgeknüpft wurde, ist von der Firma Mercateo und ist in jedem Baumarkt zu bekommen. Der Knoten war ein schulmäßiger Henkerknoten. Damit kann man die Leute am gelungensten aufhängen.« Er schwieg einen Moment.

»Warte, da war noch was. Ah ja, auf dem Zettel, der in ihrem Mund steckte, waren auch keine Spuren. Ein Sachverständiger ist noch an der Schriftanalyse. Ihre Kleider haben wir in der Wohnung nicht gefunden, zumindest keine, die sie an dem besagten Tag getragen hat.«

»Ja, ich weiß«, ging Brandl wieder dazwischen. »Ich bin unten gewesen und hab im Müllcontainer nachgesehen. Da war auch nichts. Die Müllabfuhr hatte am Morgen alles abgeholt. Ich hab mich dann noch im Gebüsch vor dem Haus umgesehen und bin sogar zum Rhein runter. Fehlanzeige. Die Klamotten sind weg.«

»Was den Fundort angeht«, fuhr Erwin fort, als hätte Brandl nichts gesagt. »Die Fußabdrücke am Fundort sind nicht wirklich verwertbar. Täter oder Täterin waren weder sonderlich schwer noch sonderlich leicht. Alles Weitere kannst du im Bericht lesen. Bis dann.«

Brandl stand auf. Nachdenklich schaute er aus dem Fenster. Der Blick hinaus brachte keine Erhellung.

Zu Hause erwürgt, dann weggeschleppt und nach dem Tod misshandelt. Warum? Sollte damit womöglich eine Affekttat vertuscht werden? Oder hatte sich jemand erst nach ihrem Tod getraut, die Leiche so zu schänden? Wollte jemand auf sich aufmerksam machen?

Waren es mehrere Täter? Wenn der Fundort nicht der Tatort war, wie und von wem war die Leiche dann transportiert worden? Es war ja nicht einfach gewesen, das Opfer so zu drapieren, oder?

Das konnte doch einer allein kaum bewerkstelligen. Waren die Täter berechnend oder Psychopathen oder was?

Das Telefon klingelte wieder. Der Express, Reporter Werner Schmitz war elektrisiert.

»Brutaler Mord in Porz, das ist doch mal was. Und mal keine wüste Schießerei, sondern eine Frauenleiche und die auch nicht einfach nur im Rhein ertrunken.« Seine Stimme überschlug sich fast. »Wissen Sie schon, wer die alte Frau so zugerichtet hat? Wurde sie vergewaltigt? Haben Sie schon eine heiße Spur?«

So zugerichtet? Brandl fragte sich, welche Kanäle der Express nutzte, um so schnell an so viele Details zu kommen. Da hatte doch jemand geplaudert. Der Reporter plapperte weiter seinen Fragenkatalog herunter.

»Welche Spuren verfolgen Sie denn? Gibt es schon Ergebnisse? Wissen Sie schon, wer der Mörder ist?«

Brandl versprach mit sanfter Stimme, sich bei Reporter Schmitz direkt zu melden, sobald er etwas wüsste. Innerlich kochte er. Nie im Leben würde er das tun, da konnte der lange warten, aber diskutieren brachte gar nichts. Erst mal hinhalten war die Devise. Die Pressefuzzis würden eh nicht lockerlassen, wahrscheinlich die Angehörigen und diese Pfarrerin belagern. Vielleicht sollte er sie kurz anrufen und vorwarnen? Und wehe dem Kollegen oder der Kollegin, wenn er herauskriegte, wer da gequatscht hatte! Er würde das bei der Dienstbesprechung noch mal für alle ganz deutlich sagen.

7

Ulla hörte ihre Tochter Lea schon, bevor sie auf die Klingel ihrer Nachbarin gedrückt hatte. »Tante Elli, wie geht das denn nun, verdammt!«

Ulla grinste. »Du sollst nicht fluchen«, rief sie durch den Spalt des gekippten Küchenfensters.

Elli und Lea saßen am Tisch über Leas Geschichtsheft gebeugt. Beide mit hochroten Wangen. Elli sprang auf und öffnete ihr die Tür. Sie strich sich durch die kurzen grauen Haare und lächelte. Ihr Lächeln wärmte Ulla durch und durch, jedes Mal. Sie nahm Ulla kurz in den Arm.

»Wie schön, dass du schon da bist. Wir versuchen gerade, eine Papierpuppe, die wir aus einem Blatt ausschneiden mussten, mit echt römischen Gewändern zu bekleiden.«

Ulla sah, wie sorgfältig Lea die kleinen Römertuniken bunt gemalt hatte. Aber der verkniffene Mund sagte ihr auch, dass Lea kurz davor war, die Lust zu verlieren und das Ganze im nächsten Moment zu zerknüllen. Was war das überhaupt für ein Kinderkram? War der Geschichtsunterricht auf Grundschulniveau oder was? Entweder die Kinder guckten Filme oder bastelten. Ich muss da mal hingehen, dachte Ulla. Das konnte doch nicht dem Lehrplan entsprechen.

»Wir kriegen sie nicht dazu, dass sie stehen bleibt«, maulte Lea jetzt. »Das funktioniert wieder alles nicht, und Papa ist auch nicht da. Der könnte das.«

Elli und Ulla sahen sich an. Zwei Verschwörerinnen.

»Vielleicht hilft Jonas dir ja, der ist nebenan, und es dauert noch, bis er zum Training muss«, versuchte Ulla sie zu locken. Mit beleidigter Miene packte Lea ihre Sachen zusammen, zog den Hausschlüssel aus der Manteltasche. Die Tür knallte heftig ins Schloss. Ulla atmete auf.

»Sie hat gut gegessen, und den Rest soll sie ruhig allein machen, das schafft sie schon.« Ellis tröstende Worte taten Ulla richtig gut. Sie wusste, dass Elli die Kinder liebte, die sie fast täglich sah.

»Komm, trink einen Kaffee«, bot sie Ulla an, holte gleich noch die Dose mit den Ingwerkeksen aus dem Schrank und stellte sie geöffnet auf den Tisch. »Die Kinder sind versorgt, erzähl mal, was los ist.«

Elli hatte früher als Altenpflegerin im Alexianer-Krankenhaus gearbeitet. Allerdings bekam sie dann Probleme mit ihrem Rücken. Sie hatte sich »verrenten« lassen, wie sie es selbst nannte. Nun frönte sie neben der Porzer Stadtgeschichte und Ullas Familie einer weiteren Leidenschaft – sie surfte und chattete für ihr Leben gern im Internet. Da konnte sie zu Hause bleiben und trotzdem mit der Welt in Kontakt sein. Früher war sie mit ihrem Mann viel gereist, die unzähligen Masken an den Wänden waren Mitbringsel aus Indien, China, Indonesien, Afrika, dort waren sie überall gewesen. Doch jetzt, allein, wollte sie nirgendwo mehr hinfahren. Wollte nur noch im Internet unterwegs sein.

»Ich hab mich mit der Tochter der Toten getroffen. Die hat dicke Probleme«, sagte Ulla und sah aus dem Fenster. Im Garten blühten die Narzissen. »Wir haben die Sachen der Verstorbenen durchgesehen, sag mal, hast du schon mal etwas von einem Jugendschutzlager Uckermark gehört?«

»Nein.« Elli schüttelte den Kopf, griff aber im selben Moment nach ihrem Laptop. »Googeln wir doch«, schlug sie vor und zwinkerte Ulla zu. »Jugendschutzlager Uckermark«, tippte sie ein. »Uckermark?«, meinte sie. »Da kommt doch die Kanzlerin her, Angela Merkel, das Mädchen aus der Uckermark.« Dann klickte sie den ersten Treffer an. Ihr Lächeln erstarb, während sie vorlas:

»Das Mädchenkonzentrationslager Uckermark wurde im Frühjahr 1942 von Häftlingen des Frauenkonzentrationslagers Ravensbrück errichtet. 1945 zählte das Lager circa tausend Mädchen und junge Frauen. Ein Erlass von 1937 über die ›vorbeugende Verbrechensbekämpfung‹ hatte die Inhaftierung von als ›asozial‹ kriminalisierten Mädchen zwischen vierzehn und einundzwanzig Jahren möglich gemacht. Im Januar 1945 wurde auf dem Gelände noch ein Vernichtungslager für Häftlinge aus Ravensbrück errichtet. Bis April 1945 wurden dort circa fünftausend Frauen umgebracht.«

Elli sah kurz hoch, konnte aber Ullas Gesichtsausdruck nicht deuten. »Bei dir und Michael alles in Ordnung?«, fragte sie.

Ulla schaute sie nicht an. »Lass uns später darüber sprechen«, wehrte sie ab.

Elli klickte auf den nächsten Eintrag und las weiter vor:

»Die Errichtung von speziellen Lagern für ›verwahrloste Jugendliche‹ wurde 1939 erstmals von Reinhard Heydrich, Chef der Sicherheitspolizei und des Sicherheitsdienstes, gefordert. Die ersten männlichen Jugendlichen wurden ab August 1940 im KZ Moringen bei Göttingen inhaftiert.«

»Hör auf«, sagte Ulla, »das reicht!« Sie stand auf und wich Ellis nachdenklichem Blick aus. »Ich muss jetzt rüber, bitte druck mir doch die Daten aus, bist du so lieb, ja? Ich hol sie mir bei Gelegenheit ab.«

Ulla stand auf und lächelte gequält. »Ich habe heute Abend noch Presbyteriumssitzung, und da wird es hoch hergehen – weil bald die Straftäter in die Forensik einziehen und wegen der weiteren Sparmaßnahmen, die in der Gemeinde geplant sind. Natürlich wollen wir alle sparen, aber bitte nicht bei mir! Vor allem nicht, wenn demnächst hier in Porz groß Kirchenjubiläum gefeiert wird! Und jetzt das noch, Mädchen-KZ, also mir reicht es für heute!« Sie drückte Elli kurz und drehte sich Richtung Haustür.

»Was ist denn nur mit dir los?« Ellis prüfender Blick brachte Ulla ins Schwitzen. »Hast du Stress mit Michael? Ich merk dir doch an, dass du irgendwas hast.«

»Alles wie immer«, wich Ulla aus. »Abgesehen davon, dass tote Frauen am Rhein rumhängen und deren Töchter nicht viel fürs Leben gelernt haben. Manchmal denk ich, der liebe Gott ist vielleicht doch nicht überall.« Ihre Stimme klang bedrückt. Im Gehen griff sie sich noch ein paar von Ellis Ingwerkeksen, und weg war sie.

8

Zur Dienstbesprechung nahm Brandl die alte Berger-Akte mit.

Die Pfarrerin hatte er nicht erreicht, nur den Anrufbeantworter. Sympathische Stimme: »Schade, leider keiner da. Wir sind alle unterwegs oder beschäftigt. Wir rufen aber gern zurück, wenn Sie uns eine Nachricht hinterlassen. Vielen Dank und tschüss ...«

»Hier Hauptkommissar Brandl, Kripo Köln. Frau Wolff, es könnte sein, dass sich die Presse bei Ihnen meldet. Bitte halten Sie sich mit Informationen zurück, ja? Vielen Dank. Wenn Sie noch Fragen haben, rufen Sie mich gern an.« Er hatte noch mal seine Handynummer aufs Band gesprochen.

Jetzt gab er den Kollegen eine kurze Zusammenfassung des derzeitigen Ermittlungsstandes. »Franziska Berger war früher bei der Kripo Köln, Abteilung Sitte. Hier war sie nicht sonderlich beliebt, es gab Beschwerden über sie und ihr Vorgehen im Dienst.

Der Fundort ist nicht der Tatort. Sie wurde zwar am Rhein entsprechend drapiert, ist aber in ihrer Wohnung niedergeschlagen und anschließend erwürgt worden. Eine Kopie der KTU-Ergebnisse liegt vor euch. Wir müssen in alle Richtungen denken. Es kann sich um einen Täter handeln oder mehrere. Vielleicht aus dem Familienumfeld, ihren alten Fällen, oder es ist der große Unbekannte, alles ist im Moment drin. Ich hab schon mit dem Enkel gesprochen und werde die Tochter der Ermordeten und deren Lebensgefährten befragen. Wer kümmert sich um die Herrschaften von früher?« Er schwenkte die Akte. Der Praktikant hatte schnell und gut gearbeitet. Die Adressen und Telefonnummern der noch Lebenden lagen fast vollständig recherchiert vor.

Mehrere Kollegen meldeten sich. Brandl verteilte die Aufgaben und gab die dazugehörigen Kontaktdaten weiter.

»Und dann sitzt mir die Presse im Nacken. Ich wüsste gern mal, von wem die die Infos bekommen. Das muss jemand aus dem Haus sein!« Brandl sah kampflustig in die Runde.

Kommissariatsleiter Heinrichs hüstelte. »Kann ich mir gar nicht vorstellen, Brandl. Du weißt doch, wie die sich das immer aus den Fingern saugen. Ich kümmer mich um die Presse. Und ansonsten möchte ich Ergebnisse sehen, Herrschaften! Ihr könnt euch vorstellen, wie die Porzer Sturm laufen, wenn neuerdings Leichen an ihrem schönen Rheinufer hängen. Also, ab an die Arbeit!«

Brandl rief bei Dieter Dreyer an. Dreyer gehörte zu den Personen, mit denen Franziska Berger während ihres Dienstes zu tun gehabt hatte. Er war wieder in seine Heimatstadt Hannover zurückgezogen, hatte früher ein profitables Etablissement, eine sogenannte »Sex-Sauna«, in der Heinsbergstraße betrieben. Franziska Berger hatte für deren Schließung und Dreyers Verhaftung gesorgt.

»Guten Morgen, Herr Dreyer. Peter Brandl, Kripo Köln, am Apparat.«

»Ja, bitte?«

»Herr Dreyer, ich weiß, es ist schon lange her, aber ich ermittle gerade in einem Mordfall, und Sie haben das Opfer gekannt.«

»Wer isses denn?«

»Franziska Berger. Sie arbeitete bei der Kölner Polizei für die Sitte und –«

Dreyer fiel ihm ins Wort: »Das Miststück, hat es sie endlich erwischt! Gut so.«

»Na, na, das war 1977, Herr Dreyer, und Sie sind immer noch schlecht auf sie zu sprechen?«

»Die hat mich Geld, Nerven und gute Mädchen gekostet. Wie die die verhört hat, die war ein Folterknecht. Und nicht ganz dicht. Nein, die war sogar gefährlich! Aber das wollten deren Kollegen nicht hören. Typisch. Wenn du da den Leuten entspannungsvolle Abende bietest, bist du direkt ein Lude und aus dem System raus. So ein Theater hatte ich in Frankfurt nie.«

»Wo waren Sie am 31. März, Herr Dreyer?«

»Zu Hause«, knurrte Dreyer. »Das kann ich Ihnen so genau sagen, weil ich immer zu Hause bin. Ich bin so gut wie immer zu Hause, Herr Kommissar. Meine Knie sind so kaputt, dass ich nur noch im Rollstuhl sitze.«

»Kann das jemand bestätigen?«

»Mein Arzt, die Pfleger vom Roten Kreuz und die Frau, die jeden Mittag für mich kocht.«

»Dann geben Sie mir noch bitte die Telefonnummer Ihres behandelnden Arztes.« Brandl griff nach Stift und Papier. »Danke, Herr Dreyer, und noch einen schönen Tag.« Es kam keine Antwort mehr. Die Leitung war schon tot.

Nach einem kurzen Telefonat mit dem Arzt in Hannover strich Brandl Dreyer von seiner Liste.

Brandls nächster Anruf galt Klara Ludwikowski. Eines der »Mädchen«, die Franziska Berger bei einer Befragung krankenhausreif geprügelt hatte. Klaras Anzeige war nie bei der Staatsanwaltschaft angekommen, befand sich jedoch jetzt wieder in der Akte.

Auch sie konnte sich noch gut an Kommissarin Berger erinnern. »Ganz fiese Frau. Falsch durch und durch. Sie hat Zigaretten auf meinen Armen ausgedrückt, Herr Kommissar. Sie hat gesagt, dass man so was wie mich früher vergast hätte. Sie hat mich gezwungen, Dinge zu sagen, die Laszlo ins Gefängnis und mich unter die Aufsicht des Jugendamtes brachten. Und keiner hat was gegen sie gemacht. Keiner!«

»Ich weiß, Frau Ludwikowski, ich weiß. Und das war auch nicht richtig. Aber jetzt ist sie tot, und ich muss herausfinden, warum. Wo waren Sie am 31. März?«

Sie lachte heiser. »Hier in den Riehler Heimstätten. Das Personal kann Ihnen das jederzeit bestätigen. Wenn ich sie hätte umbringen wollen, hätte ich das gemacht, als ich noch keine Arthrose in den Händen hatte, Herr Kommissar. Und selbst damals hätte ich mich das nicht getraut, da bin ich kein Typ für.«

»Danke, Frau Ludwikowski, wir werden das noch überprüfen, aber fürs Erste war es das schon.«

Brandl wählte Anneliese Bergers Nummer. Mit einem anonymen »Ja?« hob sie ab.

»Peter Brandl hier, guten Tag, Frau Berger.« Er wartete ab, ob eine Antwort kam, und sprach in die Stille: »Ich hätte da ein paar Fragen an Sie, Frau Berger. Passt es Ihnen, wenn ich jetzt direkt vorbeikomme?«

Anneliese räusperte sich, doch die Stimme blieb belegt: »Warum nicht, kommen Se ruhig.«

Auf dem Weg nach Finkenberg ließ Brandl den Polizeifunk ausgeschaltet. Die Pfarrerin hatte sich nicht gemeldet. Ob er sie noch mal anrufen sollte?

»Nein, Brandl, das tust du nicht!«, rief er sich selbst zur Ordnung. »Was willst du von der Frau? Sie ist eine verheiratete Pastorin mit zwei Gören und einem aggressiven Hauskater.« Den Ehemann blendete er lieber ganz aus.

Er parkte vor der Theodor-Heuss-Straße 8. Heruntergerissene Müllbehälter hatten ihren Inhalt bis in die Büsche ausgespuckt. Das Demogebiet ließ grüßen. Die Klingelschilder, die noch vorhanden waren, konnte er kaum entziffern. Die Tür stand offen. Dass der Aufzug defekt war, interessierte Brandl nicht, er ging sowieso immer zu Fuß. Vierter Stock, A. Berger, er klingelte mehrmals, bis sich ein Schlurfen der Tür näherte. Er lächelte den Türspion an, rief: »Brandl, Peter Brandl hier«, und Anneliese Berger öffnete.

Die speckigen Haare hingen wirr um ihren Kopf, sie trug einen zerschlissenen, ehemals rosafarbenen Morgenmantel, die Knöpfe waren so abgeschabt wie die Armbündchen. Die nackten Füße steckten in Schiefabsatzpantoffeln, die früher einmal hell gewesen sein mussten, jetzt eher eine bräunliche Färbung hatten.

Anneliese schob sich wie ein Gürteltier durch den dunklen, nach Schimmel riechenden Flur, und Brandl folgte ihr notgedrungen. Einige Zimmertüren standen offen, öffneten den Blick auf vollgestopfte Enge aus Möbeln, Zeitungen und Kleinkram. Sauber gemacht oder aufgeräumt hatte hier wohl schon lange keiner mehr. Brandl hasste Unordnung, lehnte unordentliche Menschen aus der Tiefe seines Herzens ab.

Anneliese Berger war spindeldürr. In der Küche häufte sie die vielen auf dem Tisch verstreuten Papiere aufeinander, raffte von zwei Stühlen die Schmutzwäsche zusammen und fuchtelte mit dem linken Arm zwischen Brandl und einem freien Stuhl hin und her. Er setzte sich und versuchte, die Hände von der schmierigen Tischplatte fernzuhalten. Sie stopfte die Wäsche in die Waschmaschine, griff zu einer Kaffeetasse und ließ sich auf den anderen

Stuhl fallen. Dabei sprang ihr Morgenmantel weit auf, und Brandl schaffte es nicht, schnell genug wegzusehen von dem Elend, das sich ihm dort bot. Welke blasse Haut, so weit das Auge reichte.

»Frau Berger, mein Beileid. Danke, dass ich so kurzfristig vorbeikommen konnte.«

Anneliese, eine Zigarette im rechten Mundwinkel, ignorierte die Höflichkeiten. Sie schaute ihn abwartend an.

»Ihre Mutter war eine sehr ungewöhnliche Frau, wissen Sie, ob sie Feinde hatte?«, versuchte Brandl einen neutralen Anfang.

»Da kann ich Ihnen nicht viel zu sagen, Herr Kommissar, die Leute, die auf sie hätten sauer sein können, sind doch auch schon alt.«

»Wer wäre das denn, Ihrer Meinung nach?« Brandl hatte seinen Block vor sich gelegt.

»Sie hatte ja viel mit Pack zu tun. Die, die sie in Uckermark betreut hat, und auch die, mit denen sie während ihrer Zick bei der Sitte zu tun hatte.«

Brandl nickte. So weit war er auch schon. »Und nach ihrer Pensionierung? Gab es da Nachbarschaftsstreit oder sonst etwas?«

Anneliese Berger schüttelte den Kopf. »Nee, nit mehr, als wie üblich. Mal Jeplänkel mit der einen oder anderen Nachbarin, aber sonst nix Dolles.«

»Wie standen Sie selbst denn zu Ihrer Mutter, Frau Berger?«

»Es war nicht immer leicht mit ihr.« Sie schob sich ein Stück Schokolade in den Mund und lutschte es.

»In der Vergangenheit oder in letzter Zeit?«

»Beides. Wir hatten keinen guten Draht zueinander. Ich war nit so, wie sie mich jern jehabt hätte.«

»Gab es Auseinandersetzungen zwischen Ihnen, auch handgreifliche?«

»Na ja, früher war sie nit grad zimperlich mit ihren Strafen. Aber so waren die alten Erziehungsmethoden, dat war so. Immer draufhauen.« Annelieses Daumennagel tippte ununterbrochen gegen die Unterlippe.

»Haben Sie sich nie gewehrt, Frau Berger?«

»Um Himmels willen, nä!«

»Auch nicht am 31. März? Gab es vielleicht einen Streit zwischen Ihnen?«

»Ich sag doch – nein!« Sie griff nach der Packung und zündete sich routiniert eine Zigarette an.

»Wo waren Sie denn an dem Abend?«

»Mit Hans zusammen. Bei ‘nem Treffen von den Anonymen Alkoholikern.«

»Hans Langer ist Ihr Lebensgefährte? Wohnt der hier?«

Anneliese Berger nickte zuerst, dann schüttelte sie den Kopf. »Der Hans ist unterwegs, ich weiß nicht, wann der nach Hause kommt, der ist viel weg. Meistens ist der beim Jiu-Jitsu oder im Meeting. Seit der nicht mehr an der Flasche hängt, hilft der andren und macht auch noch viel Sport!« Ihre Augen leuchteten, erhellten ihr Gesicht.

»Wann kann ich ihn denn erreichen, oder geben Sie mir doch einfach Name und Adresse seines Vereins.«

»Im Yamanashi in Porz-Ensen, Hohe Straße. Die Adresse weiß ich nicht. Das sehen Sie aber, direkt links.«

»Und Ihr Sohn?«

»Giselher war Mutters Liebling. Wat wollen Sie wissen?«

»Sein Verhältnis zu Ihrer Mutter war also gut, ja? Oder gab es da Spannungen?«

»Nein, nix an Problemen oder Spannungen.« Sie zündete sich wieder eine Zigarette an.

»Wie schätzen Sie denn Ihren Sohn ein?«

»Der ist ein feiner Pinkel und tut so, als ob er alles wüsste und könnte. Launisch wie dat Aprilwetter. Aber wenn man ihn braucht, is er da!«

»Wenn Sie ihn brauchen, ist er da? Wann denn?«

»Na, das sagt man doch so?«

»Hat sich Ihr Sohn schon einmal etwas zuschulden kommen lassen? Sie müssen darauf nicht antworten, nur wenn Sie wollen, Frau Berger.«

»Das können Sie ruhig wissen. Dat war sowieso nur ein einziges Mal. Nur damals in der Schule. Da hieß es, er hätte ein Mädchen verjewaltigt. Aber es kam noch nicht mal zu einer Anzeige. Dat falsche Ding hat die Anschuldigungen zurückgenommen.

Dat war ein Spiel! Ich musste zum Direx, meine Mutter ging mit, und dann waren da noch jede Menge Lehrer, die von Giselher jesprochen haben, als wäre er der Herrjott persönlich. Dat Mädchen hat heulend im Flur jesessen und ist später von der Schule abgegangen. Dat war dat einzige Mal, wo wat war, aber dann doch nix war. Sonst weiß ich nix. Der hat ja auch sein Gutes, dat können Sie mir glauben. Der hat gut gelernt, wollte hier heraus. Hat er auch jeschafft im Endeffekt. Abibester, schnell fertig studiert, Abschluss mit Auszeichnung. Heute alles vom Besten. Luxus und so.«

Brandl klappte seinen Notizblock zu. »Frau Berger, wäre es möglich, dass Sie in den nächsten Tagen mal aufs Präsidium kommen, damit wir Ihre Aussage zu Protokoll nehmen können?«

Anneliese nickte.

»Würde es Ihnen dann etwas ausmachen, wenn noch jemand mit dabei wäre oder wir eine Videoaufzeichnung machen?«

»Nein, kein Problem. Ich habe nix zu verbergen, außer einem verkorksten Leben.«

»Ich ruf Sie an und gebe den Termin durch, Frau Berger.«

Die Berger-Tochter nickte und ignorierte ihn dann.

Brandl stand auf, viel hatte er ja nicht aus ihr rausgekriegt. Vielleicht würde sie im Präsidium mehr erzählen, auch über diesen Langer. Den würde er sich jetzt direkt vornehmen. Er tastete sich durch den dunklen Flur. »Sie brauchen mich nicht zur Tür zu begleiten, Frau Berger«, rief er und schaute zurück. Unnötig, denn Anneliese war sowieso sitzen geblieben und starrte rauchend vor sich auf den Tisch.

Brandl rief über Funk die Leitstelle, erkundigte sich nach der genauen Adresse des Judoclubs und fuhr hin. Hohe Straße in Ensen? Das war ja interessant. Langer war also öfter ganz in der Nähe der alten Berger gewesen.

Der Eingangsbereich war wie eine Kneipe. Rechts hinter dem Tresen glänzten die Vereinspokale in den Regalen. Der Club behauptete sich offensichtlich sehr erfolgreich in Wettkämpfen. Links waren einfache helle Tische und Stühle aus massivem Holz gruppiert. Da auch die nächste Tür offen stand, ging Brandl einfach weiter. Links blickte er durch eine offene Tür in den großen, sonnendurchfluteten Trainingssaal. Helles Parkett, viel Platz, blaue Matten waren an die Wände gelehnt und rundherum ausgelegt.

Nach rechts führte ein Gang zu den Umkleiden, Sammelumkleiden wie im Schwimmbad. Brandl schüttelte es. Er dachte heute noch mit Schrecken an den Schwimmschulsport zurück. Das kalte Wasser, die Blamagen.

Überall an den Wänden hingen Fotos mit Jungen und Mädchen oder Erwachsenen, die stolz Pokale entgegennahmen. Darunter Namen und die Platzierung: Jessica Meyer, 11 Jahre, 2. Platz. Sven Höfel, 14 Jahre, 1. Platz ...

In dem kleinen Büro saß eine junge Frau am überquellenden Schreibtisch. Sie sah aus wie eine Sportstudentin und lächelte ihn freundlich an. Das änderte sich auch nicht, als er die Hundemarke zückte.

»Peter Brandl, Kripo Köln. Ich würde gerne mit Hans Langer sprechen, ist er heute hier?«

»Hallo, Herr Brandl. Ich bin die Simone, ich helf hier stundenweise beim Papierkram. Im Moment ist der nicht da. Jetzt ist kein Training. Erst heute Abend. Nachher kommen die Kinder zum Judo. Und die Eltern zum Gucken. Abends dann die Erwachsenen.« Sie lächelte.

»Kennen Sie Herrn Langer denn gut?«

»Ja, sicher doch. Langjähriges Mitglied, sehr engagiert, der hat den schwarzen Gürtel.« Ihre Stimme klang bewundernd. »Und um den zu kriegen, müssen Sie jahrelang richtig trainieren«, plapperte sie weiter. »Aber das lohnt sich, da können Sie jeden Angreifer mit einem Schlag so umhauen, dass der nie mehr aufsteht. Da tut Ihnen keiner mehr was, auch nicht mit ‘nem Messer oder so. Ich hab selbst schon den orangenen Gürtel.« Sie strahlte ihn an, bemerkte seine Ungeduld. Ihr Lächeln wurde dünner. »Ja, also Hans Langer. Im Moment ist der nicht da.«

»Wie häufig trainiert Herr Langer denn so?« Verdammt hübsch, diese Simone, dachte Brandl, verdammt hübsch, quatschte nur ein bisschen viel. Aber sonst – da stimmte alles. Bis auf das Alter.

»Drei- bis viermal die Woche kommt der bestimmt. Schon immer, sonst hätte der den schwarzen Gürtel nicht.« Sie sah ihn kokett an, strich sich eine blonde Strähne aus dem Gesicht. »Wäre Judo nichts für Sie, Herr Kommissar? Wir haben hier einige Polizisten, und auch Filmschauspieler trainieren hier, und nicht nur, um sich auf ihre Rollen vorzubereiten.«

»Ich denk mal drüber nach.« Brandl nahm es sich ernsthaft vor, darüber nachzudenken. Später. »War schon mal was Besonderes, wenn Herr Langer hier trainiert hat?«

»Was Besonderes? Nicht dass ich wüsste. Und wenn, wüsste ich es bestimmt.« Sie lächelte vielsagend.

Wahrscheinlich wollte sie sich ein bisschen interessant machen und zeigen, wie wichtig sie hier war. Na ja.

Ihr Handy klingelte. »Wenn Sie mich nicht mehr brauchen, würde ich gerne …«

»Ja, ja, okay, ich lass Ihnen meine Karte da, falls Ihnen noch etwas einfällt.«

Sie griff begeistert nach der Visitenkarte und nahm ihr Gespräch an.

Als Brandl den Club verließ, hatte er sie bereits vergessen.

9

Ulla lag schon wach, als der Wecker losfiepte. Ihr Kopf schmerzte, und die Zunge fühlte sich pelzig an. Gestern hatte sie sich im Presbyterium den Mund fusselig geredet. Die Sitzung war noch schlimmer gewesen, als sie befürchtet hatte. Eine unfruchtbare, hilflose Diskussion, sie hatten sich stundenlang im Kreis gedreht. Sie mussten sparen, und jeder Einschnitt tat der Gemeinde richtig weh. Es ging ja immer um Projekte, an denen Menschen beteiligt waren. Und als sie frustriert nach Hause gekommen war, hatte Michaels Reisetasche im Flur gestanden.

Sie drückte den Ausschalter des Weckers und schälte sich langsam aus dem Bett. Michael schnarchte leise vor sich hin. Er war kein Frühaufsteher, dafür blieb er abends umso länger auf. Sie tappte leise über den Flur ins Bad, schlüpfte in den Bademantel und schlich auf Zehenspitzen die Treppe hinunter, um die Kinder noch nicht zu wecken. Nicht etwa aus Rücksichtnahme … Gut, zugegeben, vielleicht ein wenig. Vor allem aber, weil sie die Zeit vor Tagesanbruch liebte und die Stille genoss. Wenn es noch fast dunkel war, der Morgen aber schon spürbar.

Sie stellte die Kaffeemaschine mit mechanischen Handgriffen an, holte die Zeitung herein und überflog verschlafen die Schlagzeilen. Im Kölner Teil wurde ausführlich über den mysteriösen Mord an der ehemaligen Kriminalbeamtin berichtet. Und die Polizei verfolgte bereits mehrere Spuren.

Die Polizei. Der einzige Lichtblick gestern war der Anruf des Kommissars auf dem Anrufbeantworter gewesen. Sie hörte sich die Nachricht noch einmal an. Hauptkommissar Brandl warnte vor der Presse. Ihr gefiel seine Stimme. Seine Nummer tippte sie schnell in ihr Handy und speicherte sie dort.

Die Kaffeemaschine prustete und röchelte so laut, dass sie die Küchentür schloss, damit nicht alle schon aufwachten. Gestern hatten pausenlos Zeitungen und Fernsehsender angefragt wegen eines Interviews. Sie hatte alles abgelehnt. Hoffentlich rückten die nicht einfach hier an und belagerten auch noch die Kinder.

»Lieber Gott, hilf mir heute durch den Tag«, betete sie leise. »Stärke meine Liebe zu meinen Kindern und zu Michael. Amen.« Sie fühlte nichts dabei. Was war nur mit ihr los?

Wie jeden Morgen schlug sie eine Gedichtesammlung auf. Sie las jeden Tag eines. Zurzeit im Conrady. Heute war ihr nach Rilke zumute. Also wählte sie die Seite 559 und las:

Ich lebe mein Leben in wachsenden Ringen,
die sich über die Dinge ziehn.
Ich werde den letzten vielleicht nicht vollbringen,
aber versuchen will ich ihn.

Ich kreise um Gott, um den uralten Turm,
und ich kreise jahrtausendelang;
und ich weiß noch nicht: bin ich ein Falke, ein Sturm
oder ein großer Gesang.

Sie dachte an Peter Brandl. Sein Lächeln, seine Augen. *Ein Falke, ein Sturm oder ein großer Gesang.* Wie aufmerksam er sie angesehen hatte. Ulla liebte Gedichte und kannte viele auswendig. Erst kürzlich hatte sie in einem Bändchen mit Liebesgedichten einen Vers von Anna Achmatowa entdeckt. Im Moment war »Trennung« ihr Lieblingsgedicht.

In Dämmerung versunken
neigt sich vor mir der Pfad,
wo gestern, liebestrunken
»Vergiß nicht!« er mich bat.

In Ulla regte sich das schlechte Gewissen, und plötzlich kam ihr ein Traumfetzen aus der vergangenen Nacht in den Sinn.

Michael tritt ins Wohnzimmer. »Hier«, lächelt er, »ich habe ein neues Haustier mitgebracht.«

Ich erstarre: Er trägt eine Eule auf dem Arm. Bedrohlich glotzt sie mich aus ihren großen, blanken schwarzen Augen an.

Ulla legte die Hände um die warme Kaffeetasse, dann nahm sie einen Schluck. Ist die Eule ein Todesbote? Ihre Mutter hatte sich morgens beim Frühstück gern mit ihr über Träume ausgetauscht. Ulla war damit aufgewachsen. Ihre Mutter war zwar überzeugte Gewerkschafterin gewesen, aber abergläubisch wie eine Eifelbäuerin. Bei Gewitter hatte sie geweihte Lichtmesskerzen angezündet – die bekam sie von einer Nachbarin – oder im Aschenbecher Buchsbaumzweige von Palmsonntag verbrannt. Ulla und ihre Schwester hatte sie nachts geweckt, wenn es gewitterte. Sie mussten sich anziehen und warten. Man konnte ja nie wissen, ob man vielleicht schnell das Haus verlassen musste, wenn es einschlug. Ihr Vater hatte sich einfach umgedreht und weitergeschlafen.

Mutter hätte gewusst, was der Traum zu bedeuten hatte. Michael brachte einen Todesboten mit nach Hause. War es der Tod ihrer Liebe? Mutter konnte sie nicht mehr fragen. Die hockte im Pflegeheim und erkannte keinen mehr.

Sie musste unbedingt in den nächsten Tagen mal wieder dorthin. Ulla scheute sich, die zweihundert Kilometer zu fahren. Nicht weil sie Angst vor der dementen Mutter hatte, eher machte ihr ihre Schwester Lotte Probleme. Sie tauchte sofort auf, sobald sich Ulla neben ihre Mutter gesetzt hatte. Entweder besaß sie den sechsten Sinn oder einen guten Draht zum Pflegepersonal. Wahrscheinlich hatte sie die Schwestern darum gebeten anzurufen, sobald Besuch aus Köln bei der Mutter auftauchte. Möglicherweise mit dem Hinweis darauf, dass der seltene Besuch die alte Frau noch mehr durcheinanderbringen würde.

Jedes Mal lief es gleich ab. »Na, auch mal wieder da? Aber die Frau Pfarrerin ist ja mit der ganzen Christenheit beschäftigt, da hat sie keine Zeit, ihre alte bekloppte Mutter auch noch zu besuchen, oder? Außerdem wird das ja nicht in der Gemeinde registriert.«

»Ach, hör doch auf zu stänkern. Ich komme, sooft ich kann, aber mit der Arbeit, den Kindern, dem Haushalt … Ich schaffe es einfach nicht öfter, und du bist doch viel näher dran als ich. Und bald wohnst du in ihrer unmittelbaren Nachbarschaft. Ich bin so froh, dass du dich kümmerst.«

Lotte drängte sich immer ganz nah ans Bett der Mutter und

unterband so jeden näheren Kontakt. »Na, Mama?«, schrie sie dann. »Wie geht's? Ich bin's. Deine Tochter Lotte.« Worauf sich Ulla immer abwenden musste. Vor Wut, aber auch weil es so traurig war, dass ihre kluge, politisch engagierte, widersprüchliche Mutter jetzt nur noch vor sich hinbrabbelte und nichts mitbekam.

Halb sieben, sie hörte, wie Leas Wecker oben klingelte. Und einen Stock höher, auf dem Dachboden, rührte sich Jonas. Dann wieder Stille. Anscheinend hatten beide beschlossen, den Wecker auszumachen und weiterzuschlafen. Sie stellte erst einmal Müslischüsseln auf den Tisch, Milch, Müsli, Löffel. Der Kater kratzte an der Terrassentür. Sie öffnete ihm, er miaute, als wollte er »Hallo« sagen. Im Garten war es noch dunkel. Ulla konnte weder die Linde noch ihre ersten Frühlingsblumen erkennen. Der Kater brachte kalte, aber erfrischende Luft mit herein.

Nebenan bei Elli sah sie schon Licht im Wintergarten, obwohl sie doch noch hätte schlafen können. Am liebsten würde sie durch den dunklen Garten schlüpfen und bei ihr anklopfen. Stattdessen schloss sie die Tür. Kein Kind da.

Sie stellte sich an die Treppe. »Lea, Jonas, aufstehen!« Sie holte sich noch einen Kaffee. Keine Reaktion.

Sie schaute in die Zeitung: *»Forensikgegner formieren sich wieder«*, las sie. Dann blätterte sie zu den Todesanzeigen. Das hatte sie von ihrer Mutter übernommen. Die hatte auch jeden Tag aufmerksam gelesen, wer wieder gestorben war.

»Tretet her, Ihr meine Lieben, nehmet Abschied, weint nicht mehr, Heilung konnt ich nicht mehr finden, meine Leiden waren zu schwer.« Na, da war der Bestatter wohl einem Irrtum aufgesessen. »Franziska Berger, unsere liebe Mutter und Großmutter, wurde plötzlich und unerwartet gewaltsam aus dem Leben gerissen«, las sie weiter. Obwohl, wenn man's so nahm, waren die Leiden tatsächlich zu schwer gewesen, und unerwartet wohl auch.

Ulla schrak hoch, schaute auf die Uhr, immer noch kein Kind da. Sie stürmte die Treppe hinauf, riss Leas Tür auf, knipste das Licht an.

Lea brüllte. »Licht aus, ich steh ja schon auf.«

Leas Zimmer sah wie immer verheerend aus. Schulbücher, Hefte, Computerspiele stapelten sich in wildem Chaos auf dem Schreibtisch, vor dem Computer, auf dem Teppich. Dazwischen der Schulranzen, natürlich leer, die Jeans vom Vortag, T-Shirts, Sweatshirts, schmutzige Slips, Strümpfe, Socken, die immer nur einzeln in der Wäsche auftauchten. Ein Plüschhund an einer echten Hundeleine. Die hatte sich Lea letzte Woche beim Discounter gekauft. Sie wünschte sich seit Jahren einen Hund. Michael war strikt dagegen. Eine Katze hatte er gerade noch erlaubt.

Den Hamster hatte Lea einfach mit Michaels Mutter zusammen gekauft. Zunächst hatte das Tierchen samt Käfig bei der Oma gewohnt, und schließlich hatte Lea ihre Lilly vor einem halben Jahr umquartiert. Gegen Michaels Protest. Im Zimmer roch es von da an immer nach Hamster. Lilly war vor drei Wochen gestorben. Lea hatte schrecklich geweint und Lilly unter der Linde in einem Karton begraben. Es war gar nicht so leicht gewesen, ein Loch in die harte Erde zu graben. Ein Kreuz hatte sie selbst aus Stöckchen gebunden und das kleine Grab mit Muscheln und Federn geschmückt.

Mitten im Zimmer stand ein ganzer Karton mit Büchern aus der Freche-Mädchen-Reihe, etliche noch im Zimmer verteilt und vor dem Bett. Lea las zurzeit wie besessen. Es ging in Varianten immer um die ersten Liebesnöte, und die Protagonistinnen hatten immer Stress mit den Eltern. Immerhin las sie, das war doch schon etwas, Jonas schien ja inzwischen am Computer festgewachsen zu sein. Ulla ließ das Licht an. Lea würde sonst gemütlich weiterschlafen.

»Jonas!«, rief sie nach oben. Die Tür ging auf. In Boxershorts und T-Shirt schob sich ihr ein Meter fünfundachtzig großer Sohn die Treppe herunter.

»Morgen, Muttertier, mach nicht die Welle.«

Während die Kinder in ihren Müslischüsseln kratzten und Jonas den Sportteil der Zeitung nach dem KEC durchblätterte, schmierte Ulla die Schulbrote. Wusch und schnitt Möhren, viertelte und entkernte Äpfel, verpackte alles in die Butterbrotdosen, in die sie für jeden noch ein paar Bonbons schmuggelte. Michael sah es ja nicht. Er war strikt gegen »süßes Zeug«, das schlecht für die Zähne war.

»Mama, stimmt das, dass du die Leiche von der alten Frau am Rheinufer gefunden hast?«, fragte Lea.

»Ja«, sagte Ulla, ohne sich umzudrehen.

Sie tritt näher, die nackte, kahl geschorene Leiche baumelt langsam hin und her. Überall blaue Flecken, verprügelt wie ein Hund.

»Ja, es war schrecklich.«

Die Kinder schauten sie erwartungsvoll an.

»Und? Wer war der Mörder? War der auch da?«, wollte Lea wissen.

»Nein, da war niemand weit und breit«, erzählte Ulla.

»Gehst du denn jetzt noch allein joggen?« Lea sah sie besorgt an. »Der Mörder könnte doch wiederkommen. Ich gehe nicht in die Schule, ich habe Angst.«

»Du blöde Kuh, du nutzt einfach jede Gelegenheit, dich vor der Schule zu drücken«, hetzte Jonas. »Ich geh jetzt duschen.« Er rannte die Treppe hinauf, und kurz darauf pladderte Wasser.

»Ich drücke mich nicht.« Lea heulte beinahe.

»Du kannst ruhig in die Schule gehen. Dir passiert schon nichts, du bist ja mit deinen Freundinnen zusammen unterwegs.«

Lea schaute auf die Küchenuhr. »Warum hast du mir denn nicht Bescheid gesagt, Mama, ich muss mich anziehen!«

»Bin ich hier die sprechende Uhr?«

Lea warf ihr noch einen wütenden Blick zu und setzte sich in Bewegung. Sie brauchte immer sehr lange, sie konnte sich schwer entscheiden, was sie anziehen sollte. Meist zog sie sich zu warm oder zu leicht an, aber Ulla hatte es sich abgewöhnt, ihre Auswahl zu kommentieren. Nur wenn sie im Winter ohne Strümpfe und im kurzen Röckchen und T-Shirt aus dem Haus gehen wollte, griff sie ein.

Michael war wach geworden und hämmerte an die Badezimmertür. »Jetzt ist aber Schluss! Bist du eingeschlafen oder was? Du hängst schon wieder stundenlang unter der Dusche und lässt das Wasser einfach so laufen!«, ereiferte er sich.

Michael war in den achtziger Jahren in Umweltschutzgruppen aktiv gewesen, hasste Wasserverschwendung und liebte Mülltrennung. Er hatte den Kindern von klein auf beigebracht, dass man beim Zähneputzen das Wasser abdrehte und es erst zum Mundspülen wieder laufen ließ. Auf dem Balkon war eine Regentonne installiert, um den Garten mit Regenwasser gießen zu können. Eigentlich fand Ulla das ja sehr praktisch, das musste sie ihm lassen.

Jonas polterte aus dem Bad und lief die Treppe hinauf zum Dachboden. Er knallte die Tür lautstark hinter sich zu. Michael stampfte schimpfend die Treppe herunter.

»Der lernt das nie! Ich ertrage das nicht länger. Das ganze Badezimmer schwimmt. Alles klatschnass, und ich kann wieder den Schimmel überall abkratzen. Jonas, du machst sofort die Dusche trocken!«, brüllte er durchs Treppenhaus.

Lea schlüpfte ins Bad, nach zwei Minuten stand sie schon mit gepacktem Ranzen unten, eingehüllt in eine Deowolke. Sie sah wie immer süß aus. Mit ihren engen Röhrenjeans und dem T-Shirt. Die Haare hatte sie zum Zopf gebunden, ein Zeichen, dass sie sie wieder waschen musste. Sie packte ihre Dose und eine Flasche Wasser ein und rief: »Morgen, Papa, ich muss weg.«

Jonas eilte vorbei. »Geh doch aus dem Weg, du blöde Zicke. Musst du denn im Weg sitzen!«

Wie immer hatte sich Lea mitten in den Flur gesetzt, um sich die Chucks anzuziehen. Jonas schubste sie unsanft zur Seite.

Lea schrie: »Aua, er hat mir wehgetan!«, und heulte sofort los.

Jonas packte seinen Rucksack und seinen Schlüssel. »Schönen Tag noch!«, brüllte er und schlug die Tür vernehmbar zu.

Michael sprang vom Stuhl auf. »Weiß der nicht, wo die Klinke ist? Das ist ja wohl das Allerletzte!« Er wollte hinter Jonas her, stolperte über Lea, die immer noch heulend im Flur saß.

»Aua, Papa, du tust mir ja auch weh!«, jaulte sie.

Ulla riss die Küchentür auf. »Michael, lass die Kinder doch jetzt in Ruh. Sie müssen zur Schule. Du kannst sie heute Nachmittag noch weitererziehen.« Sie drehte sich um.

Michael lief ihr bärbeißig hinterher. »Was soll das denn heißen? Ich bin ja wohl der Einzige, der sich um die Kinder wirklich kümmert. Du lässt sie ja machen, was sie wollen.«

»Papa, lass die Mama in Ruhe!«, kreischte jetzt Lea, und als sie sah, dass Michael sich bedrohlich vor Ulla aufbaute, rannte sie zur Haustür und riss sie auf: »Hilfe!«, brüllte sie nach draußen.

Michael schnellte herum. »Halt sofort den Mund, Lea, mach die Tür zu! Und hör auf, den Nachbarn die große Oper vorzuspielen. Noch einen Ton und es knallt richtig. Ich bin es so leid, von euch hier zum Deppen gemacht zu werden.« Er schnappte sich seine Teetasse und sein Brot, klemmte sich die Zeitung unter den Arm und verschwand gekränkt im Keller, um in seinem Hobbyraum allein weiterzufrühstücken.

Ulla nahm Lea in den Arm. »Es ist doch alles in Ordnung, reg dich nicht so auf. Er kriegt sich schon wieder ein«, tröstete sie die Tochter, die wild schluchzte. »Geh jetzt in die Schule und misch dich nicht immer ein, wenn Papa und ich uns streiten. Das regt ihn nur noch mehr auf. Er würde mir doch nie etwas tun, das weißt du doch. Dazu ist er viel zu gut erzogen.« Sie strich Lea eine Strähne aus dem Gesicht.

Lea grinste auf einmal und sagte: »Na, dann tschö.« Und ließ die Tür laut hinter sich ins Schloss fallen.

Der Türrahmen, an den Ulla sich lehnte, fühlte sich kühl an ihrem Gesicht an. Wieso musste Familie oft so schwierig sein, so ganz anders als bei den Waltons?

Gute Nacht, John-Boy!, Gute Nacht, Elizabeth, dachte sie sehnsüchtig.

Es klopfte leise an der Terrassentür. Elli winkte mit einer Klarsichthülle mit DIN-A4-Blättern. Im anderen Arm trug sie Ullas Kater. Wahrscheinlich war der mit Jonas hinausgeschlüpft und hatte sich nebenan ein Leckerchen abgeholt. Streit konnte er nicht leiden. Ulla öffnete schnell.

»Was war denn bei euch wieder los?« Elli wollte wohl gar keine Antwort, sondern lachte Ulla an und sprach weiter. »Das pralle Leben, was? Hier kommen die Ausdrucke, die du gestern haben wolltest. Ist ganz schön gruselig, diese Uckermark-Geschichte. Wahrscheinlich lauter nette Leute, die dort nur ihre Pflicht getan haben.«

Ulla sah sie irritiert an. »Entschuldige, Elli«, sagte sie, »ich bin noch nicht richtig da.« Sie legte die Unterlagen auf ihren Sekretär. »Ich schau das nachher mal durch.«

»Diese ganze NS-Geschichte haben viele trotz aller Aufarbeitung gar nicht mehr auf dem Schirm, auch hier in Porz nicht«, meinte Elli und ging in die Küche, um sich einen Kaffee zu holen. Sie kannte sich aus, putzte hier sogar ab und zu ein wenig durch, während sie für die Kinder kochte. Sie war viel ordentlicher als Ulla und nicht so gestresst, wie sie immer betonte. Es machte Ulla oft ein schlechtes Gewissen, dass ihre Freundin so viel für sie tat.

»Wusstest du denn, dass das Friedrich-Ebert-Ufer, wo man die alte Frau gefunden hat, früher Adolf-Hitler-Ufer hieß? Und die Waldstraße Hermann-Göring-Allee?«, fragte Elli und kramte nach dem Süßstoff. »Auch hier in Porz sind die braunen SA-Truppen über die Hauptstraße marschiert und haben Juden und Andersdenkende terrorisiert und verschleppt. Ein Paar aus Ensen, das ein Hochzeitsessen beim jüdischen Metzger Tobias in Zündorf bestellt und den auch noch zur Feier eingeladen hatte, wurde öffentlich gemobbt und bloßgestellt. Die Brüder Dülken mussten ihr Sägewerk verkaufen. Man hat Fabriken umbenannt, um die jüdischen Namen auszumerzen. Dielektra ist so ein Beispiel. Das hieß vorher Meirowsky-Werke.« Elli kam in Fahrt, wie immer, wenn es um Porzer Geschichte ging.

Ulla saß da und starrte Löcher in die Luft.

Elli ließ sich dadurch nicht irritieren. »Wo heute das Restaurant ›Am Hochkreuz‹ ist, war ein ›wildes‹ KZ. Das weiß heute kaum noch jemand. Man muss den Porzern aber zugutehalten, dass die Nazis hier nie eine Mehrheit hatten. Die Zentrumspartei hatte hier bis zuletzt mehr Stimmen als die NSDAP. Aber das hat denen auch nichts genutzt, die Nazis sind auch hier an die Macht …«

An Ulla rauschte der ganze Vortrag vorbei. Sie hatte das Frühstücksgeschirr zur Seite geschoben und angefangen zu zeichnen. Als das Telefon klingelte, nahm sie kurz ab, zischte: »Kein Interesse«, und legte wieder auf. »Schon wieder eine Interviewanfrage, die nerven total«, erklärte sie Elli. Dann setzte sie sich wieder an den Tisch.

Elli hatte ihren Ausflug in die Stadtgeschichte beendet und blickte ihr neugierig über die Schulter. »Wer ist denn das? Sieht nett aus!«

»Der Kommissar, der hier war, wegen der Zeugenaussage.« Ulla knüllte das Bild zusammen. »Bitte, Elli, ich hab noch so viel zu tun, muss noch die Beerdigung vorbereiten. Sei nicht böse.«

Elli stand auf, umarmte ihre Freundin kurz. »Verstehe. Bin schon weg«, lächelte sie. »Bis später.«

»Bis dann.«

Ellis Unterlagen blieben unbeachtet liegen.

10

Auf Brandls Schreibtisch stapelten sich die Papiere. Vor der Dienstbesprechung war noch Zeit, um kurz in die Zeitung zu sehen. *»Babyleiche in Plastiktüte«*. Brandl überflog den Artikel unter der Großschlagzeile. Davon hatten gestern schon die Kollegen erzählt.

Sein Horoskop versprach heiße Liebesnächte. Brandl grinste. Schade, dass er das Sternzeichen dieser Pfarrerin nicht kannte, sonst könnte er dort auch mal nachschauen. Bestimmt war sie Stier. Er streckte sich, stand auf und ging zum Besprechungszimmer.

Krüger war natürlich schon da. Dieser Einserkandidat. Glaubte alles zu wissen, meinte alles zu können und trug zu seinen Maßanzügen prinzipiell braune italienische Slipper. Auch wenn er Lars hieß, riefen sie ihn »Freddy«, manchmal auch »Nightmare«. Er nickte Brandl zu, so hoheitsvoll, wie er nur konnte, um es dem Chef gleichzutun.

Schnell füllte sich der Raum. Als Hajo Heinrichs, der Kommissariatsleiter, hereinkam, verteilten sich alle an den großen rechteckigen Tisch, der genauso trist wie die steingrauen Büroschränke war. Heinrichs war so, wie man sich einen Chef vorstellte: überkorrekt und kritisch, was die Arbeit der anderen anging, ironisch und bissig, um alle schön klein zu halten, uneinsichtig in Diskussionen und ausgesprochen nachsichtig mit sich selbst. Gegen ihn schienen Dr. House und Al Bundy liebenswerte Zeitgenossen zu sein.

»Ich muss gleich noch zur Pressekonferenz, also halten wir es so kurz wie möglich. Was gibt es Neues?«

Steffi Zeidler hatte den Einsatzbericht der letzten Nacht vor sich liegen. Sie, die die Mordkommission als ihre große Familie bezeichnete und deren gute Seele war, genoss die uneingeschränkte Achtung der ganzen Mannschaft. Ihr ausgleichendes sonniges Gemüt, verbunden mit einem zärtlichen Hang zu allem, was irgendwie mit Schokolade verwandt zu sein schien, schloss sie als potenzielle Karriere- oder Affärenkonkurrentin aus. Mahatma Zeidi wurde sie liebevoll genannt, und selbst der Chef verlor in ihrer Nähe seinen Beißreflex. Bevor sie ihre Stichpunkte zu lesen begann, verteilte sie eine wilde Auswahl an Schokoriegeln an alle Kollegen.

Pia Böhme, die jedes Jahr beim Köln-Marathon mitlief und sich Askese auf die Fahnen geschrieben hatte, waren die Süßigkeitenorgien ein Gräuel. Sie formte aus beiden Zeigefingern ein Kreuz, hielt es Steffi entgegen und rief: »Halt ein. Fort mit der Seuche!«

Steffi Zeidler bedachte sie trotzdem mit einem freundlichen Lächeln und begann unbeeindruckt ihren Vortrag.

»Gestern gegen einundzwanzig Uhr fand eine Mutter ihre sechsunddreißigjährige Tochter tot in deren Wohnung Bergisch Gladbacher Straße, Holweide. Die Leiche wird derzeit obduziert. Die Frau ist vermutlich durch starke Gewalteinwirkung zu Tode gekommen. Es läuft eine Fahndung nach dem Ehemann.

Dann gibt es noch zwei Tote mit ungeklärter Todesursache von gestern Nachmittag. In einem Seniorenheim in der Innenstadt ist eine Frau beim Essen erstickt, und ein Rentner wurde tot in seiner Wohnung in Kalk gefunden. Er lag dort schon mehrere Wochen.«

Ohne aufzublicken, ordnete Heinrichs an: »Krüger und Zeidler fahren in das Seniorenheim und befragen dort das Personal et cetera. Danach geht's zu dem Kalker Rentner. Böhme und Brandl – fahrt ihr nach Holweide?«

Alle nickten.

»Was macht der Fall der Kollegin in Porz?«

»Im Fall Berger bin ich noch nicht viel weitergekommen«, sagte Brandl sofort. »Die Tochter hatte anscheinend Probleme mit ihr, und ihr Alibi überzeugt mich nicht. Der Enkel – na ja, ein typischer … *Overachiever*, würde ich sagen, ansonsten …«

»Ein *Over*-was?«, fiel Heinrichs Brandl ins Wort.

»Überleister. Mit anderen Worten: ein ehrgeiziger, arroganter Pinsel. Ansonsten unauffällig. Sein Alibi konnte noch nicht überprüft werden. Das Opfer wurde zwar in der Wohnung Hohe Straße niedergeschlagen, ist danach dann erwürgt worden. Wir wissen aber noch nicht, wo der Tod genau eingetreten ist. Es könnte sein, dass die Leiche zwischen der Wohnung und dem späteren Fundort zu einem noch unbekannten Ort verbracht wurde. In der Wohnung wurden bisher keine Haare gefunden. Ich lasse das gerade noch mal überprüfen. Wie die Täter die Leiche transportiert haben, wissen wir noch nicht. In der Wohnung und auch in der näheren Umgebung haben wir keine Kleidungsstücke gefunden, die die Berger zum Tatzeitpunkt getragen haben könnte. Da sind wir dran. Hierzu noch Fragen?« Brandl sah fragend in die Runde.

Die Kollegen schüttelten die Köpfe.

»Bei den alten Fällen hab ich noch nichts Interessantes gefunden, wie sieht es bei euch aus?« Wieder nur Kopfschütteln.

»Ich hatte um Ergebnisse gebeten. Das ist ja noch nicht viel, Leute.« Hajo Heinrichs spreizte sich wie ein Pfau. »Bleibt da weiter dran.«

»Wir haben viel recherchiert und telefoniert, aber bisher noch keine echte Spur ...« Zu Biggis Worten nickten die anderen einträchtig.

»Weiter dranbleiben, Leute, dranbleiben! Und jetzt weiter im Text.« Heinrichs nickte Pia auffordernd zu.

»Zu der gefundenen Babyleiche gibt es noch keine weiteren Ermittlungsergebnisse. Heute ist ein Aufruf an die Presse gegangen. Wir warten auf Hinweise aus der Bevölkerung.« Pia verschränkte die Arme vor der Brust.

»Sonst noch was?« Heinrichs stand schon in der Tür. »Dann wollen wir mal an die Arbeit. An die Arbeit!«, rief er, und weg war er.

»Ich besorg uns ein Auto«, sagte Brandl zu Pia, »ich melde mich, wenn wir eins haben.«

Pia nickte, machte ein paar Dehnübungen, bei denen ihr drahtiger Körper von allen gewürdigt werden musste.

»Bisss ssspäter in der Kantine, du Gazzzelle«, baggerte Pietschko Pia an. Die machte nur eine abwehrende Handbewegung.

Brandl schaltete im Büro sein Radio ein. Bei WDR 2 lief »You Give Me Something«, und Brandl summte mit. Der Fahrdienst versprach ihm ein Auto für zwölf Uhr. Er gab die Information an Pia weiter und sah auf die Uhr. Bis dahin konnte er sich noch den Bericht der Kriminalwache über den Holweider Mord durchlesen. Die Fotos, die die Kollegen am Abend zuvor gemacht hatten, lagen bei. Brutaler ging es kaum.

Bevor er losfuhr, erkundigte er sich bei der Gerichtsmedizin, ob es schon Obduktionsergebnisse von der Holweider Leiche gäbe. »Schläge, mit einem harten Gegenstand auf Kopf und Oberkörper«, waren die Todesursache. Brandl machte sich Notizen. Jemand, der erheblich größer und stärker als das Opfer gewesen war, hatte mehrmals heftig zugeschlagen.

Das reichte für den Anfang. Vermutlich wieder ein Beziehungsdrama, dachte Brandl. Seine Berufserfahrung zeigte immer wieder: Beziehungen endeten entweder in tödlicher Langeweile oder in noch tödlicheren Dramen. Singles passierte so etwas nicht. Die verschimmelten dafür wochenlang in ihrer Wohnung, bis mal einer nachschaute und sie fand.

Brandl besorgte sich die Unterlagen vom Erkennungsdienst und fuhr mit Pia zur Mutter des Opfers, einer ehemaligen Kneipenwirtin. Resolut und wasserstoffblond gefärbt gab sie an, sie habe ihren Schwiegersohn von Anfang an nicht leiden können. Mit Anschuldigungen hielt sie nicht hinter dem Berg. Ihre Angaben waren präzise und bösartig.

»Die ist ohne Lehrgang schon Profiler«, kommentierte Pia, als sie das Haus verließen, und wendete sich damit auch schon dem Thema zu, das sie eigentlich interessierte. »Auf der Internetseite des Veranstalters habe ich gelesen, dass die Marathonstrecke in Düsseldorf eine fast mediterrane Laufstrecke ist – mit Blick auf den Rhein. Es gibt ein Rahmenprogramm, und der Lauf geht über die Königsallee mit Zieleinlauf auf der Rheinuferpromenade in die Altstadt.«

»Düsseldorf?« Brandl klang vorwurfsvoll.

»Du als Nichtkölner solltest neutraler sein, diese Rivalität ist doch auf Kindergartenniveau. Außerdem rast du mit deinem Rädchen auch durch die Welt, ohne zu sehen, wo du wirklich bist. Sag mir jetzt nicht, du fährst immer um Düsseldorf herum!«

Manchmal fand Brandl Pia einfach nur blöd.

Sie gaben das Auto ab und machten sich direkt auf den Weg in die Kantine. Pia nahm sich, wie üblich, einen Salat, Brandl als Kontrast Jägerschnitzel mit Pommes. An ihrem Tisch trafen sie auf Steffi, die heute als Mittagessen drei Schälchen Tiramisu gewählt hatte, und Biggi, die diese Woche ausschließlich vegetarisch essen wollte. Krüger nannte sie die Profiler-Biggi. Sie hatte schon drei von fünf Lehreinheiten zur Fallanalytikerin absolviert und saß jetzt an ihrer fallorientierten analytischen Hausarbeit. Krüger reagierte mit Schnappatmung, sobald er sie sah.

Pietschkuss ließ sich lang und breit von der breithüftigen Küchenkraft über die Vorzüge des Sauerbratens beraten und feixte zum Tisch herüber. Markus Pietschko, der Womanizer der Polizeiinspektion Eins. Kein nur halbwegs weibliches Wesen kam an ihm und seinen Sprüchen vorbei. Nach einem Flirtworkshop bei Phillip von Senftleben hatte sich diese lispelnde, schüchterne, übergewichtige, sommersprossenübersäte und feuermelderrothaarige Raupe in einen ständig baggernden Monsterfalter verwandelt. Das hatte ihm unter den Kollegen auch den Namen »Holzbohrer« eingebracht. Holzbohrer gab es wirklich, sie gehörten zur nachtaktiven Faltergattung mit stattlicher Flügelspanne, deren Raupen sich unermüdlich durchs Holz bohrten.

Jeder hing, mehr oder weniger lustvoll kauend, seinen Gedanken nach. Über den Job wollten sie nicht auch noch beim Mittagessen sprechen, private Informationen flossen eher spärlich. Nur Steffi nahm kein Blatt vor den Mund.

»Ich hatte ein ganz wundervolles Wochenende«, betonte sie und leckte genüsslich ihren Löffel ab. »Das Tantrawochenende in Freiburg hat meine Seele tanzen lassen und versetzt meinen Körper noch immer in Schwingungen!« Ihre Augen glänzten, und Pietschkuss säbelte unwillig an einer Sauerbratenscheibe herum.

»Was soll das Geschwalle? Für welchen Mist du dein Geld zum Fenster rausschmeißt«, gnatzte Pia.

»Gar kein Mist, Erfüllung pur«, jauchzte Steffi, und Pietschkuss kaute neidisch vor sich hin.

Brandl versuchte, sich ihn bei einem Tantrawochenende vorzustellen, und verschluckte sich an einer zu salzigen Fritte.

Brandl und Biggi quetschten sich in den voll besetzten Aufzug. Biggis Haare kitzelten Brandls Nase. Sie roch gut nach irgendetwas Blumigem. Biggi schmunzelte und flüsterte: »Tantrawochenende, das wär doch mal was für den nächsten Betriebsausflug!«

»Dann musst du aber meine Übungspartnerin sein und mich vor Pia retten!« Brandl feixte. »Und brauchst nicht mit dem Chef zu turnen.«

»Nur Notgemeinschaft reicht mir nicht, Peter Brandl«, zischte sie leicht angesäuert und beeilte sich, den Aufzug zu verlassen.

Brandl ignorierte ihr Getue einfach, er hatte zu tun. Zurück in seinem Büro schrieb er den Bericht über den Holweider Fall. Der Tag zog sich dahin. Brandl wartete auf weitere Ergebnisse der KTU aus Franziska Bergers Wohnung. Er hatte Erwin gebeten, noch einmal in die Wohnung zu fahren und dort gezielt nach Haaren der Getöteten zu suchen. Im Bericht der Gerichtsmedizin war erwähnt worden, dass man in der Kopfwunde des Opfers lange Haare gefunden hatte. Das bedeutete: Die Berger war erst nach dem Schlag auf den Kopf geschoren worden. Und wenn die Täter das in der Wohnung gemacht hatten, dann mussten dort irgendwo noch Haare rumliegen. Da konnte Erwin ja auch gleich noch mal nach der Tatwaffe Ausschau halten. Vielleicht wirkte das Luminol ja auch in dieser Hinsicht Wunder …

Er rekapitulierte: Geschlagen, erwürgt, dann Haare geschoren, ausgezogen?

Da von der KTU kein Lebenszeichen kam, rief Brandl an, um nachzuhören. Er wusste, auch das hasste Erwin. Aber darauf konnte er im Moment keine Rücksicht nehmen. Er brauchte Fakten.

Erwin teilte ihm mit, dass sie trotz erneuter akribischer Suche *wieder* keine Haare gefunden hatten. Wie er das »wieder« betonte, zeigte Brandl, wie sauer er war.

»Ja, gut«, sagte Brandl. »Da ist eben gründlich sauber gemacht worden.«

»Das glaube ich nicht.« Jetzt wurde Erwin munter. »Die Blutspuren haben wir ja schließlich auch gefunden. Wenn die Täter dem Opfer die Haare in der Wohnung geschoren hätten, dann gäb es da auch Spuren. Dass wir nichts gefunden haben, bedeutet ganz klar, dass die ihr die Haare woanders geschoren haben. Und zwar nicht am Rhein, da hätten wir sie auch gefunden. Verlass dich drauf. Aber«, Erwin machte eine dramatische Pause, »wir haben die Tatwaffe. Wir hatten ja den Bericht der Rechtsmedizin, der besagte, dass mit einem stumpfen, glatten Gegenstand zugeschlagen wurde. Und da kam von der Form und Größe her eigentlich nur der Mörser in der Küche in Frage. Und das Luminol hat es ans Licht gebracht. Tatatata!«

»Ich dachte, ihr hättet jeden Millimeter der Wohnung gescannt?« Brandl konnte es nicht glauben, dass Erwin so ein Fehler unterlaufen war und er die Tatwaffe nicht schon beim ersten Mal entdeckt hatte. Der sprach einfach weiter, als hätte Brandl nichts gesagt.

»An dem Mörser gab es DNA-Material des Opfers, vom Täter nichts.« Grußlos legte Erwin auf.

Brandl spielte mit seinem Fahrradschlüssel. Es war also so, wie er vermutet hatte. Es musste noch einen Ort geben, wo sie mit der Berger hingefahren waren, wo sie ihr die Haare geschoren hatten. Vielleicht hatte sie ja noch gelebt, als sie sie aus der Wohnung geschleppt hatten. Die Nachbarn mussten dringend verhört werden, vielleicht hatte ja einer etwas gesehen oder gehört.

Wie sie die Frau misshandelt und aufgeknüpft hatten, da müsste man vielleicht mal nachsehen, ob es Fälle mit ähnlichen Merkmalen gab. Er würde Biggi darauf ansetzen.

Brandl spielte einen Moment mit dem Gedanken, ob er nach Porz und bei dieser Pfarrerin vorbeifahren sollte. Aber was konnte sie ihm sagen? Sicher nicht mehr viel, was mit dem Fall zu tun hatte.

Brandl, halt dich zurück. Die Frau ist vergeben, dachte er.

11

Ulla parkte ihren Laguna schwungvoll vor den Altpapiercontainern in unmittelbarer Nähe zur Johanneskirche. Wenn das die Küsterin Frau Maß sah. »Immer stellen Sie Ihren Wagen da ab, das ist doch unmöglich! Da kommt doch keiner mehr an die Container ran.«

Ulla wollte nur schnell ihren Talar aus dem Presbyterzimmer holen und sich für die Beerdigung von Frau Berger umziehen. Die Rechtsmedizin hatte die Leiche zur Beerdigung freigegeben, und nun war es so weit. Anneliese Berger hatte angerufen und mit zittriger Stimme Bescheid gegeben. Sie hatte sich gewünscht, dass die Trauerfeier direkt am Grab stattfinden sollte.

Ulla schloss die Kirchentür auf und durchquerte eilig den Eingangsbereich, wo kleine Tische mit Korbsesseln standen. Dort tranken einige Gemeindemitglieder oft nach dem Gottesdienst Kaffee und unterhielten sich noch ein wenig. Ehrenamtliche aus der Frauengemeinschaft bereiteten den Kaffee vor und stellten Tassen und Kekse hin. Das funktionierte immer reibungslos. Auf die Frauen war Verlass, das wusste Ulla.

Der Talar hing wie immer auf einem Bügel an der kleinen Garderobe im Presbyterzimmer. Das hatten sie im vergangenen Herbst nach der Kinderfreizeit neu gestrichen und eine gelborangefarbene Gardine aufgehängt. Jetzt wirkte der Raum hell und frisch. An der Wand klebte ein winziger Spiegel, in dem sie gerade noch ihr Beffchen binden und etwas Lippenstift auftragen konnte. Das Beffchen, wo steckte das bloß? Sie hatte es doch vor drei Tagen mit auf den Bügel gebunden.

Frau Maß öffnete die Tür. »Tag, Frau Wolff.«

Sie war im Grunde ihres Herzens der gute Geist der Kirche, wenn sie nur nicht so streng wäre. Aber wenn einer der Presbyter nicht ihrer Kleidungsvorstellung entsprach … Wie letztes Jahr am Gründonnerstag, da hatte sie der Presbyterin ganz schön Bescheid gestoßen. »Es ist ein wichtiger Feiertag für die evangelische Kirche, da sollten Sie ruhig in Schwarz oder etwas Festlichem kommen.« Die Presbyterin war rot angelaufen. Wenn etwas nicht den guten alten Regeln entsprach, dann konnte Frau Maß scharf werden.

»Mein Beffchen ist weg«, klagte Ulla und legte Lippenstift auf. »Dann geh ich eben heute ohne, so ein Ärger.«

Frau Maß griff in ihre Kitteltasche und zog das Beffchen hervor. »Frisch gewaschen und gebügelt«, schmunzelte sie. »Ich konnte nicht mehr mit ansehen, wie dreckig das Teil war. Es soll doch ein weißer Kragen sein.«

»Ach, das wär doch nicht nötig gewesen«, entgegnete Ulla, irritiert, aber auch dankbar. »Gegen das Schwarz wirkte es doch noch ziemlich weiß.«

»Sie träumen wohl«, sagte Frau Maß. »Da hätte ich Suppe von kochen können. Pfui, Frau Wolff!« Sie schaute sie tadelnd an.

»Ach, Sie sind ein Schatz«, lächelte Ulla und umarmte die korpulente Frau, die stocksteif stehen blieb. »Sagen Sie mal, kannten Sie eigentlich die Frau Berger?«, fragte sie die Küsterin, die ihr jetzt das Beffchen aus der Hand nahm und kurzerhand umband.

»Sonst binden Sie es immer so schief«, schnappte sie. »Die Frau Berger, sie wirkte ja nett und freundlich, aber ich mochte sie nicht.«

»Warum?«

»Ach, ich weiß nicht, ich habe so einiges gehört. Als einmal der alten Frau Schäfer von gegenüber die Beine nicht mehr so recht wollten und sie, an den schmiedeeisernen Gartenzaun geklammert, nicht mehr weiterkam, hat sie sie einfach stehen lassen und ist weitergegangen. Das muss man sich mal vorstellen! Die war hart wie Granit, das können Sie mir glauben. Aber jetzt los, Frau Wolff, sonst findet die Beerdigung ohne Sie statt.«

Ulla sah auf die Uhr und rannte los.

»Im Namen des Vaters und des Sohnes und des Heiligen Geistes. Amen«, sagte Ulla laut. »Liebe Frau Berger, lieber Herr Berger, liebe Freundinnen und Weggefährten. Tröstet und ermuntert Euch gegenseitig, bewahrt Eintracht und Frieden untereinander. So wird der Gott der Liebe und des Friedens mit Euch sein.«

Ulla schaute in die zweite Reihe der Trauergäste. Donnerwetter, das war ja der komplette Literaturkreis, der Altenclub der katholischen Kirche, sie kannte einige der alten Herrschaften vom ökumenischen Frühstück. Dann jede Menge Schaulustige, die sich erwartungsvoll umsahen. Sie hofften wohl, der Mörder werde sich mit Messer und Seil bewaffnet am Grab zeigen. Ein Pressetyp mit dicker Kamera machte Fotos.

Sie konzentrierte sich auf ihren Predigttext. »Das Leben ist ambivalent – mit Leid und Freude, mit Schwerem und der Sehnsucht nach Frieden. Angesichts des Todes eines lieben und vertrauten Menschen kommen uns viele Gründe in den Sinn, die uns mit Dankbarkeit und Respekt erfüllen, vor ihm und seinem Lebenswerk. Aber da sind auch das Wissen um die Schwere des Lebens, die Hoffnung, dass der Tod nicht das letzte Wort hat. Wenn ein lieber Mensch stirbt, brauchen wir Ermutigendes und Tröstendes. Wir möchten erzählen über das, was war und was uns fehlen wird. Denn ein langes Leben braucht seine Erinnerungszeit. Das Erinnern soll nicht im Grauen des Todes von Franziska Berger stecken bleiben, ein Tod, der für Sie als Angehörige und für uns alle schrecklich und nicht zu verstehen ist. Wir wollen vor allem auf die Facetten des Lebens von Franziska Berger schauen, die uns in guter Erinnerung bleiben werden.

Franziska Berger war eine Frau, die nicht aufgab, die nach vorne blickte, sich nicht duckte. Sie war streng, mit hohen Erwartungen an sich selbst und andere, garniert mit ihrer norddeutschen Zurückhaltung, die ich selbst bei meinen Besuchen bei ihr kennengelernt habe. Franziska Berger wurde 1921 in Hamburg geboren, hat dort ihre schwere Kindheit und Jugend verbracht. Obwohl sie schon früh den Vater verlor, war sie als Schülerin und auch als erwachsene Frau fleißig und strebsam. Sie hat als Fürsorgerin und Erzieherin gearbeitet.

1945 begann für sie ein neuer Lebensabschnitt mit dem Weg nach Köln. Die Flucht tritt sie mit zwei Kindern an: Anneliese und Giselher. Der Sohn erfriert unterwegs. Ein schreckliches Schicksal, das sie nie verwunden hat. Ihre Tochter und später ihr Enkel Giselher werden für sie zum Lebensmittelpunkt.«

Ulla blickte auf und direkt in Anneliese Bergers entgeistertes Gesicht. Dann klammerte sich Anneliese Berger, ganz in Schwarz, weinend an ihren Sohn. Der sah in seinem schwarzen Anzug unverschämt gut aus, ein attraktiver Mann und einfühlsam dazu. Er sprach beruhigend auf seine Mutter ein. Immerhin war sie zur Beerdigung gekommen.

»Sie hat ihre Tochter und ihren Enkel geliebt.« Hoffentlich, dachte Ulla und sah, wie Anneliese sich die Hand vor den Mund hielt, als müsse sie sich übergeben.

»Sie konnte 1946 in Köln bereits bei der weiblichen Kriminalpolizei beginnen. Mit einer ihr eigenen Mischung aus Sparsamkeit und Geschick wurden die nächsten Jahre gestaltet, wobei sie auch die Freude und das Genießen nicht völlig außer Acht ließ. Sie ist als Kriminalbeamtin für die rechte Ordnung eingetreten.« *Rechte* Ordnung. Freud lässt grüßen, dachte Ulla.

»Sie war unkonventionell und versuchte nicht, es jedem recht zu machen. Nach ihrer Pensionierung zog sie hier zu uns nach Porz, wo sie in unserer Gemeinde Weggefährten im Altenclub und Literaturkreis fand. In den letzten Jahren fiel es ihr sehr schwer zu akzeptieren, dass sie mit ihrem Enkel nicht mehr die früher so vertrauten Reisen ins Kleinwalsertal unternehmen konnte. Sie hat oft davon erzählt. Ansonsten beobachtete sie lieber, als sich mitzuteilen. Sicher hat sie den ein oder anderen auch schon mal mit ihrer Strenge irritiert. Doch Franziska Berger hatte ihre eigenen Traditionen und Regeln. Ich bin zu ihrem fünfundsiebzigsten und achtzigsten Geburtstag bei ihr vorbeigegangen. Und immer habe ich den gleichen Kuchen vorgesetzt bekommen, Sandkuchen, schön trocken und lange haltbar.«

Einige Frauen aus dem Altenclub nickten und grinsten zustimmend. Sie kannten Franziska Bergers bröckeligen Kuchen wohl, den hatte sie zu jedem Gemeindefest gespendet.

»Leider hat sie sich nicht von ihren Lieben verabschieden können, gewaltsam wurde sie aus dem Leben gerissen. Wir stehen nun hier an ihrem Grab und spüren vielleicht, was gegeben war und was gefehlt hat. Wir befehlen Franziska Berger nun der Freundlichkeit Gottes an und glauben und hoffen, dass Franziska Berger aufgenommen wird in die Liebe Gottes und hineingenommen in den Frieden Gottes, der höher ist als all unser menschliches Denken und Verstehen. Amen.«

Ulla ließ die Trauergesellschaft das Lied »Von guten Mächten wunderbar geborgen«, Strophen zwei, drei und sieben, singen und trat vor das Grab. Die Männer, die das Bestattungsinstitut organisiert hatte, ließen langsam und gekonnt den Sarg in die Grube gleiten.

Ulla merkte, wie sich ihre Schultern anspannten. Sie presste die Hand um ihre Mappe, die sie für den Fall mitnahm, dass sie den roten Faden verlor. Die hatte sie aber bisher noch nie gebraucht, das freie Sprechen lag ihr einfach. Eine Erinnerung aus ihrer Zeit in der Gemeinde Velen im Münsterland blitzte auf, wie auf fast jeder Beerdigung. Ulla war damals so betrunken gewesen, dass sie bei der Beerdigung beinahe hinter dem Sarg hergestürzt war. Die Angehörigen hatten sich wütend über ihre Alkoholfahne und ihr Gelalle beschwert. Kurz vorher hatte sie erfahren, dass Michael mit seiner Sekretärin fremdging. Ihr tüchtiger, geradliniger Michael. Jemand aus dem Dorf hatte ihn gesehen, wie er in Reken mit Julia Bergmann in einer kleinen Pension verschwunden war. Sie hatte ihn zur Rede gestellt, und er hatte sofort alles zugegeben und schniefend um Verzeihung gebettelt. »Du hattest ja nie Zeit für mich«, hatte er gejammert. Sie hatte sich im Gemeindeamt erst einmal eine halbe Flasche Cognac genehmigt, bevor sie zur Beerdigung geschaukelt war.

Deshalb bin ich jetzt hier, dachte sie. Nach einer Art Disziplinarverfahren – die es ja in der Kirche offiziell gar nicht gibt – und heftiger Ermahnung hatte man ihr eine neue Chance gegeben. Hier in Porz. Michael hatte sich zum heiligen Michael entwickelt, der neben seinem Job bei der Umweltbehörde, den er teils dort und teils zu Hause ausübte, Fahrrad fahren, Kindererziehung und Haushalt, keinerlei Hobbys pflegte. Den Sex hatte er ganz aus seinen Aktivitäten gestrichen.

»Herzliches Beileid«, wünschte sie nun Anneliese Berger und ihrem Sohn, die ans Grab getreten waren, und schüttelte ihnen die Hand. Giselher machte einen Schritt zur Seite und zog einen Zettel aus der Tasche. Stille trat ein.

»Liebe Oma.« Giselher blickte freundlich und traurig zugleich in die Runde, dann auf das Grab. »Ich habe ein Gedicht für dich geschrieben, um auszudrücken, was ich heute empfinde. Du hast mich als Kind gehegt und gepflegt, hab Dank dafür.«

Seine Mutter erstarrte, aschgrau im Gesicht. Ulla befürchtete, sie würde jeden Moment umkippen.

An meine liebe Großmutter

Am Abend, wenn die Glocken Frieden läuten,
folg ich der Vögel wundervollen Flügen,
die lang geschart, gleich frommen Pilgerzügen,
entschwinden in den herbstlich klaren Weiten.

Hinwandelnd durch den dämmervollen Garten,
träum ich nach ihren helleren Geschicken
und fühl der Stunden Weiser kaum mehr rücken.
So folg ich über Wolken ihren Fahrten.

Da macht ein Hauch mich von Verfall erzittern.
Die Amsel klagt in den entlaubten Zweigen.
Es schwankt der rote Wein an rostigen Gittern.

Indes wie blasser Kinder Todesreigen
um dunkle Brunnenränder, die verwittern,
im Wind sich fröstelnd blaue Astern neigen.

Die Trauergäste schwiegen gerührt, einige tupften sich Tränen ab. Von der Kölner Straße hörte man den Autoverkehr. Die fahren doch niemals fünfzig, nur wenn die Polizei da steht und misst, dachte Ulla abwesend. Apropos Polizei, sie sah sich suchend um. War Brandl eigentlich da? Dahinten stand er und reckte den Hals. Natürlich wollte er alles genau mitverfolgen. Er schien ihren Blick zu spüren, drehte den Kopf und schaute in ihre Richtung.

Giselher Berger griff nun in den Korb mit Rosenblättern, der neben dem Grab aufgestellt war, und streute eine Handvoll auf den Sarg. Er sah aus wie ein Filmstar. Die meisten Frauen schauten ihm fasziniert zu.

Wenn er das Gedicht tatsächlich selbst geschrieben haben sollte, dann ist er richtig begabt, dachte Ulla anerkennend. Giselher und seine Mutter traten zurück und machten Platz. Das Defilee konnte beginnen. Die meisten brachten Blumen mit, die sie ins offene Grab warfen, manche gaben ihr einfach eine Schaufel Erde mit auf die Reise. Die Schaulustigen hatten so viel Anstand, dass sie blieben, wo sie waren, auf Abstand.

Ulla hielt sich an die Angehörigen, wie immer. Sie wollte auch mit zum anschließenden Kaffeetrinken gehen, das im Hotel Zündorf ausgerichtet wurde. Zwei alte Frauen und ein Mann traten gerade ans Grab. Die Frauen hatte sie noch nie gesehen, da war sie sich sicher. Sie trugen ungewöhnliche Kleidung, blaue Röcke, weiße Blusen und weiße Söckchen. Das sah nach Uniform aus, nach Vereinstracht, irgendwie unpassend jedenfalls. Den Mann hatte sie schon irgendwo gesehen. Sie konnte sich aber nicht so recht erinnern, wo genau.

Giselher und seine Mutter hatten sich bereits Richtung Berliner Straße in Bewegung gesetzt.

Ulla wollte sich ihnen gerade anschließen, da beugte sich die kleinere der zwei alten Frauen über das Grab: »Alles rächt sich noch auf Erden, du alte Hexe«, zischte sie leise, aber für Ulla gut hörbar. »Hoffentlich wächst dir die Hand aus dem Grab! Hoffentlich schmorst du in der Hölle!«

Und der Mann nahm die blaue Schirmmütze ab, bückte sich und spuckte ins Grab, schnell und unauffällig. Niemand außer ihr bemerkte es. Ulla drehte sich zu Brandl um, der saß schon auf dem Fahrrad und radelte die Kölner Straße stadteinwärts. Schade! Wenn man die Polizei mal brauchte …

»Sie sollten sich vor einer Beerdigung wirklich besser informieren, wen Sie da segnend unter die Erde bringen!«, sagte die alte Dame im blauen Rock vorwurfsvoll. Sie hatte sich beim Leichenschmaus für Franziska Berger als Helga Koch vorgestellt.

Sie und ihre Begleiterin waren kurz im Hotel Zündorf aufgetaucht, wahrscheinlich meinetwegen, vermutete Ulla. Kaffee wollten sie keinen. Die beiden alten Damen hatten sich zu Ulla gestellt. Ihr war inzwischen eingefallen, wo sie den Mann schon einmal gesehen hatte. Es war in einem ausführlichen Bericht über die Edelweißpiraten in Ehrenfeld gewesen. Er hatte als Zeitzeuge ein Zeitungsinterview gegeben.

Die beiden alten Damen regten sich gerade über das von Ulla angestimmte Lied Dietrich Bonhoeffers auf. »Ausgerechnet bei der Beerdigung der Berger! Das hat der 1944 im KZ geschrieben, gute Frau. Kurz drauf haben sie ihn hingerichtet in Flossenbürg. Das passte aber gar nicht, das musste ich Ihnen einfach noch sagen.«

Ulla fragte kleinlaut: »Können Sie mir denn bitte erklären, was genau ich falsch gemacht habe? Die Informationen über Frau Berger hatte ich von ihrer Tochter.«

Die beiden Damen wandten sich ab. Im Gehen drehte sich Helga Koch aber noch einmal um. »Wenn Sie mehr wissen wollen, kommen Sie doch morgen gegen fünfzehn Uhr ins Café Reichard, direkt am Dom. Wir sind dann da.« Grußlos verließen sie das Restaurant.

Das musste sie Brandl erzählen. Ulla rief ihn an, sobald sie zu Hause war.

»Ulla Wolff hier. Herr Brandl, schade, dass Sie so schnell weg waren eben. Da war noch ganz schön was los nach der Beerdigung. Haben Sie die Edelweißpiraten gesehen? Einer von denen hat ins Grab gespuckt. Morgen treffe ich mich mit denen. Die wollen mir was über Frau Berger erzählen ... Die Namen? Eine hieß Helga Koch. Wie die andere heißt, weiß ich nicht mehr ... Nein, ich mische mich nicht ein. Aber wenn die sich doch mit mir treffen wollen ... Ja, gut, ich melde mich direkt. Ich ruf sie an. Ach, da fällt mir ein, ich hätte noch 'ne Karte für die Philharmonie übrig, morgen Abend, da spielt das Sinfonieorchester des WDR, Schubert.« Ulla schwieg, über sich selbst erschrocken, hörte zu und wurde rot.

»Ja, kann ich verstehen. Aber vielleicht klappt es ja doch, melden Sie sich einfach. Ansonsten melde ich mich wegen der Namen.« Sie beendete die Verbindung schnell. Was war denn da mit ihr durchgegangen? Am liebsten hätte sie sich geohrfeigt. Elli würde mit Sicherheit mitgehen. Wie kam sie nur dazu, diesen Brandl zu fragen? Hoffentlich bildete der sich jetzt nichts ein.

12

Brandl sah nachdenklich auf den Hörer. Was war das denn jetzt gewesen? Wollte sie was von ihm? Ging es ihr um ihn oder den Fall? Oder war sie einfach nur spontan, ganz ohne Hintergedanken? Seltsam, diese Frau Pastorin, äußerst seltsam. Was sie von den Edelweißpiraten erzählt hatte, war allerdings ein interessanter Hinweis.

Im Internet fand er schnell Informationen.

»Von Navajos und Edelweißpiraten – Unangepasstes Jugendverhalten in Köln 1933–1945«, stand auf einer Seite zu einer Ausstellung des NS-Dokumentationszentrums der Stadt Köln.

»Die ›Reichsjugendführung‹ (RJF) legte die Richtlinien fest, nach denen Kinder und Jugendliche im NS-Sinne zu erziehen waren und für die Zwecke des Regimes eingesetzt werden sollten.«

Brandl runzelte die Stirn. Genau, bis in die Kindergärten hatten die Nazis versucht, die Menschen zu indoktrinieren. Nach dem Motto: »Hände falten, Köpfchen senken, immer an den Führer denken.« Er konzentrierte sich wieder auf den Text.

»Die RJF beobachtete argwöhnisch jedes abweichende Verhalten, um umgehend mit Verfolgungs- und Strafmaßnahmen reagieren zu können. Dabei war sie nur zu schnell bereit, alles ihr nicht genehme Verhalten Jugendlicher zu kriminalisieren.«

Und willst du nicht mein Bruder sein, so schlag ich dir den Schädel ein, dachte Brandl, so einfach ging das.

Die Tendenz zur Kriminalisierung zog sich durch das gesamte Berichtswesen von RJF und HJ. So beurteilte der Lagebericht »Kriminalität und Gefährdung der Jugend« die »Cliquen- und Bandenbildung« in den Städten als »eine der gefährlichsten Erscheinungen sowohl auf kriminellem wie auch auf dem Gebiet der politischen Zersetzung der Jugend«. Solche Gruppen wurden nicht nur kriminalisiert, sondern in die Nähe bündischen oder »marxistischen« Ideenguts gerückt, was sie zu »staatsgefährdenden Elementen« machte.

Aufmüpfige junge Leute als »staatsgefährdende Elemente« zu diffamieren, das zeigte, wie gefährlich diese ganze Ideologie gewesen war. Brandl suchte weiter, entdeckte jede Menge Artikel und Berichte von Zeitzeugen. Das war jetzt also die andere Seite. Hier Franziska Berger, dort die Opfer. Aber die Berger war jetzt auch Opfer. Er musste von Ulla Wolff die Namen bekommen und die Leute vernehmen.

Apropos vernehmen. Brandl telefonierte mit der Wache in Porz, um zu erfahren, was die Befragung der Nachbarn von Franziska Berger ergeben hatte.

»Brandl, Kripo Köln, ich ermittle in der Berger-Sache, Herr Kollege. Wie weit seid ihr denn mit den Nachbarn? ... So schwierig kann das doch wohl nicht sein! Wo die wohnen, wisst ihr doch«, giftete er.

»Der Jungspund hat schon einige Nachbarn befragt, aber nicht alle erreicht. Volkmann hat doch längst 'nen Bericht geschrieben, haste den nicht bekommen?« Schröder versuchte, freundlich zu bleiben.

»Nein, fax ihn mir mal gerade rüber, dann fahr ich raus und mach selbst weiter.«

Der Kollege murrte und legte auf. Brandl starrte das Faxgerät an, aber da tat sich nichts. Er versuchte, Hans Langer zu erreichen, aber in der Wohnung von Anneliese Berger ging niemand ans Telefon.

Erwin, der Kollege der Spurensicherung, öffnete die Tür und blieb zwischen Tür und Angel stehen. Brandl hasste das. Wahrscheinlich tanzte ihm deshalb auch seine Frau auf der Nase herum: Erwin hielt sich zu sehr zurück, wartete immer, dass man ihm sagte, was er tun sollte. Er war einfach zu nett, das vertrugen Frauen nicht. Brandl wusste das aus Erfahrung.

»Komm doch rein, Herr Kollege. So viel Zeit muss sein.«

»Muss gleich weiter zum Chef. Nur ganz kurz: Mir ist wieder eingefallen, wo ich solche Modderspuren zuletzt gesehen habe.« Erwin deutete auf ein Foto an der Pinnwand. Es zeigte Franziska Berger, so wie sie gefunden worden war. Nackt, an der Linde baumelnd. Brandl hatte schon einen Teil der Fotos aufgehängt, die der Fotograf am Rhein gemacht hatte.

»Wir hatten vor Kurzem einen toten Penner im Gewerbegebiet, Frankfurter Straße, Nähe Alter Deutzer Postweg. Das Zeug, das an dem klebte, sah ganz genauso aus.«

»Dann werden wir dort mal suchen. Ihr rückt sofort aus, und ich komme gleich nach«, meinte Brandl. »Vielleicht haben wir Glück.«

»In Ordnung.«

Bevor Brandl irgendetwas sagen konnte, klappte die Tür zu, und das Gespräch war beendet. Bestimmt hatte Erwin wieder Zoff mit seiner Frau.

Da lobte er sich doch seine Unabhängigkeit. Sein Rad machte ihm nie Stress, ganz im Gegenteil. An den Wochenenden tourte er regelmäßig, rechts- oder linksrheinisch. Ob nun zur Rennbahn Weidenpesch oder zum Fühlinger See. Durch den Grüngürtel oder nach Brühl. Die Touren zum Höhenfelder See oder zum Japanischen Garten nach Leverkusen, wenn er nicht so viel Zeit hatte, oder ins Bergische, wenn er sich richtig fordern wollte. Er und sein Fahrrad. In die Pedale treten, alle Muskeln spüren und über nichts nachdenken müssen. Sie beide und sonst keiner. Der Duke. Wie John Wayne.

I am the Lonesome Rider. Ich bin ein Mann, der ganz allein seinen Weg geht. Nur die Prärie, mein Pferd und ich … Ein Mann, der zupacken kann. Ein Mann, der es genießt, ein Mädchen zu küssen, der in Gefahren gerät, der zornig wird und mit fairen Mitteln kämpft. Aber nur, solange er es will.

Das Faxgerät tickerte. Na, endlich kamen die Liste der Berger-Nachbarn und der Bericht zu deren Befragung. Brandl steckte sie ein und machte sich auf den Weg. Zuerst ins Gewerbegebiet, und dann kamen die Nachbarn an die Reihe.

»Kommen Sie, Herr Brandl, der Tatort liegt ganz in der Nähe der Straße hier.«

Da war er wieder, der übermotivierte, junge Kollege. Brandl nickte ihm ergeben zu.

»Hier, wo die Ettore-Bugatti-Straße aufhört und die August-

Horch-Straße anfängt, halten sich die Jugendlichen tagsüber gerne in diesem kleinen Wendehammer auf.« Er hob das rotweiße Flatterband an und machte eine einladende Handbewegung.

»Hat Erwin nicht vom Alten Deutzer Postweg gesprochen?«

»Der ist ein Stück rüber, ganz in der Nähe.« Volkmann deutete mit ausgestrecktem Arm hinter einen Lagerhauskomplex.

»Was die hier inner- und außerhalb der Autos alles machen, will man gar nicht wissen! Hier ist, solange es hell ist, immer was los, zum späteren Abend wird das schlagartig ruhiger. Da kommen dann höchstens mal die Liebespärchen im Auto, wie ich gehört habe. Tatortspuren gab's nicht mehr viele, da sind inzwischen jede Menge Leute durchgelatscht. Aber wir haben in einem Abfalleimer einen Müllsack mit Frauenkleidung gefunden. Die Spurensicherung nimmt die mit, vielleicht sind die ja von der Toten vom Rhein. Ach ja, so flache Kissen waren auch drin. Könnten von einer Küchenbank oder Stühlen sein. Vielleicht sind DNA- oder Faserspuren des Mörders dran. Und jede Menge Putztücher, teilweise mit Blutspuren. Apropos Spuren – haben Sie eigentlich schon was von dem Zettel gehört, den sie im Mund hatte? Wurden da keine Spuren festgestellt? Und haben Sie an das graphologische Gutachten gedacht?«

»Mach mal halblang, Kollege, du musst mir nicht sagen, wie ich meine Arbeit zu erledigen habe!« So ein Blödmann!

Brandls Blick glitt über den Wendehammer. Büsche und Unkraut wucherten dort in der Mitte. Papiertüten und Plastikbecher hingen in den Sträuchern und lagen auf der Straße herum. Ein schmaler Trampelpfad führte hinter die Seitensträucher. Brandl sah, dass auch hier auf der Wiese Müll herumlag. Scharen von Kaninchen mümmelten dazwischen herum und ließen sich auch nicht von der kompletten Spurensicherungsmannschaft stören.

Vorn auf der Wiese stand Erwin. Er winkte Brandl betont lässig zu. »Hab ich's doch gewusst! Hier ist der Modder, der so aussieht wie der an der Leiche.« Er bückte sich, nahm mit einem Spatel eine Probe und steckte sie in das Röhrchen. »Ich verwette meinen Arsch, dass ich richtigliege.«

Brandl feixte: »Na, ich will mir gar nicht vorstellen, wie du aussiehst, wenn du die Wette verlierst. Du hast jetzt schon keinen Arsch in der Hose.«

Die Kollegen lachten und machten sich sofort wieder an die Arbeit, als sie Erwins Blick sahen.

Hinter der Wiesenfläche standen weit entfernt Werkshallen. Brandl drehte sich um. Die Büsche schirmten diese Stelle vollständig gegen die Umgebung ab. Von den Hallen aus konnte niemand etwas gesehen haben. Vielleicht waren die Täter mit der schwer verletzten Berger durch Ensen gefahren und hatten sie hier umgebracht.

Rechts ragte der ABC-Tower mit seinen siebzehn Etagen auf. Er blitzte und blinkte in der späten Nachmittagssonne. Der Airport Businesspark war ein gigantisches Projekt, von den städtischen Planern aus dem Boden gestampft. Viele Firmen hatten sich rund um den ABC-Tower angesiedelt, das war ja auch praktisch mit der direkten Anbindung an S- und Autobahn. Im Nu erreichte man den Flughafen. Nur, seit sich das Abfallcenter hier befand, verstopften die Autofahrer, die ihren Müll dort abliefern wollten, regelmäßig die Straßen. Das wusste er von Kollegen, die über die Frankfurter Straße zur Arbeit fuhren. Die Firmen ringsum protestierten immer noch dagegen. In der Gegend der August-Horch-Straße hatte Brandl die Plakate gesehen.

Etwa vierzig Meter entfernt war eine Bushaltestelle. Brandl rief nach dem jungen Kollegen.

»Volkmann, guck doch mal, wie hier die Busse fahren, und dann finde raus, wer wann Fahrdienst gehabt hat.«

Volkmann rannte mit gezücktem Block los.

Weiter links sah Brandl das große Postemblem, es leuchtete selbst am helllichten Tag. Da war das Briefzentrum Ost, hier war bestimmt Tag und Nacht Werksverkehr, Mitarbeiter, die ihre Schichten antraten oder verließen, konnten etwas gesehen haben.

»Hier sind die Namen der beiden Busfahrer.« Volkmann war außer Atem. Ein Anruf bei der KVB hatte wohl gereicht. »Der von der Tagesschicht und der, der am Einunddreißigsten Spätdienst hatte.«

»Danke, das ging ja fix. Ich hab noch was für dich. Geh bitte mal zur Post rüber und erkundige dich dort nach den Zeiten, an denen die Schichten wechseln. Und hör mal nach, wer da in Frage käme, etwas gesehen zu haben.«

Der junge Kollege war schon wieder unterwegs. Brandl rief

ihm hinterher: »Das Gleiche gilt für die anderen Firmen hier. Ach, und die Taxifahrer, die immer vor dem ABC-Tower stehen, die sollten auch noch befragt werden.« Damit würde Volkmann erst einmal beschäftigt sein.

Ob es die Täter geschafft hatten, Franziska Berger aus der Wohnung ins Auto zu bringen, ohne gesehen zu werden? Und dann mit ihr womöglich im Kofferraum oder auf dem Rücksitz durch Ensen zu gondeln? Warum waren sie ausgerechnet hierhin gefahren? Die Hohe Straße war eine Einbahnstraße. Also mussten sie durch die Gilgaustraße über die Kölner Straße bis zur Gremberghovener gefahren sein. Durch die Bahnunterführungen durch, bis zur Rather Straße und dann links ab. Brandl hatte sich die Strecke auf dem Stadtplan angesehen.

An der Lkw-Waschanlage und der Fenster- und Möbelmanufaktur vorbei. Sie waren die Ettore-Bugatti-Straße langgefahren und hier in den Wendehammer eingebogen. Hier hatten sie die Leiche hinter die Büsche geschleppt. Vermutlich war sie in einer Plane oder einem Plastiksack transportiert worden. Vielleicht hatten sie den Ort gekannt und gewusst, wie schön abgeschieden und wie wenig einsichtig von außen er war. Dann mussten sie sich aber in Porz gut auskennen.

Hamburgerduft stieg ihm in die Nase. Das machten diese Fast-Food-Ketten bestimmt absichtlich. Ließen Duftstoffe ab, um die Leute anzulocken. Funktionierte ja auch, wie der Müll eindeutig belegte. Brandl hielt Ausschau. Ah ja, da prangte der überdimensionale gelbe Buchstabe in der Ferne.

Die Berger war zu Hause geschlagen und dort wahrscheinlich gewürgt, hier dann misshandelt und am Rhein aufgeknüpft worden. Warum?

Brandl drehte sich um und ging zu Erwin. »Den Bericht …?«

»Bekommst du, wenn er fertig ist, Brandl!« Erwin konnte immer so charmant sein.

In der Hohe Straße 17–19 wohnten vierzehn Parteien, die meisten hatte der Kollege von der Porzer Wache schon befragt.

Brandl klingelte an einer der Parterrewohnungen. Anscheinend keiner da. Diesen Herrn Kunze hatte auch der junge Kollege nicht erreicht. Frau Heise öffnete, aber nur einen kleinen Spalt. Sie trug eine Plastiktrockenhaube und blickte ängstlich über die Kette hinweg auf Brandls Dienstausweis.

»Ich hab nichts gesehen und nichts gehört«, flüsterte sie auf seine Frage verschüchtert. »Ich überlege, meine Wohnung zu verkaufen, Herr Kommissar. Das ist ein gefährliches Haus. Ich fühl mich hier nicht mehr sicher.«

Brandl nickte verständnisvoll, bedankte sich und stieg die Treppe hinauf. Auf der ersten Etage schien auch niemand zu Hause zu sein. Brandl schaute auf seine Liste. Diese Mieter hatte der Kollege schon befragt. Sie waren mit Freunden im Café Engelshof gewesen und als letzte Gäste hinausgekehrt worden. Weit nach Mitternacht wären sie erst zu Hause gewesen, hatte der Kollege notiert.

An der Nachbartür auf Franziska Bergers Etage klebte ein großes Schild: »Hier wacht der Hund«. Brandl schellte, doch der Fernseher war so laut, dass die Person, die dort wohnte, wohl die Klingel nicht hörte. Von einem Hund gab es keinen Laut. Entweder war der auch schwerhörig, oder er existierte nicht.

Auf Brandls Dauerklingeln und Klopfen öffnete sich im Stockwerk darüber eine Tür. Jemand brüllte: »Ruhe da unten, verdammt noch mal!« Brandl spurtete die Stufen hinauf und sah sich einem Mann im Feinrippunterhemd gegenüber.

»Brandl, Kripo Köln. Wissen Sie, wann ich Frau Söntgerath von der dritten Etage erreichen kann?«

»Wenn diese Telenovelakacke vorbei ist und was Vernünftiges im Fernsehen kommt!« Der Mann schnaubte verächtlich.

»Wissen Sie, ob Sie am Dienstag, dem 31. März, zu Hause waren?«

»31. März? Dienstag? Das ist mein Fernsehabend. CSI: Miami, Dr. House, Monk. Da war ich hier, hundert Prozent!«

»Haben Sie an dem Abend hier vielleicht Leute gesehen, die Ihnen aufgefallen sind? Vielleicht welche, die hier nicht hingehören? Oder sonst etwas gehört?«

»Nö, gar nix. Tut mir leid.«

Auch Fehlanzeige. Jetzt fehlte nur noch dieser Herr Kunze. Der Kollege Frischling sollte sich schnellstens darum kümmern. Er würde ihm Dampf machen.

13

Im Café Reichard lehnten die beiden alten Frauen entspannt in ihren Korbstühlen. Sie standen beide auf und winkten, als Ulla durch die Tür eilte und am Tresen mit den appetitlichen Torten vorbei suchend in den großen Saal mit den Spiegeln und Kronleuchtern schaute. Sie hatten einen Tisch mit direktem Blick auf den Dom gewählt.

Um rechtzeitig im Café zu sein, hatte Ulla ein Seelsorgegespräch in ihrem Arbeitszimmer abrupt beenden müssen. Regelmäßig kamen Leute vorbei, die sie um Geld anbettelten. Und es wurden leider immer mehr. Normalerweise nahm sie sich etwas Zeit für ein Gespräch, aber heute hatte sie dem Mann, der nach muffiger Kleidung und Zigarettenqualm roch, schon nach ein paar Minuten die fünf Euro in die Hand gedrückt, die er sich alle vierzehn Tage bei ihr abholte.

Mit der Linie 7 war sie zum Heumarkt gefahren und dann schnell am Rathaus vorbei zu Fuß zum Dom gelaufen. Ihr Knöchel schmerzte leicht, sie war auf dem Kopfsteinpflaster umgeknickt. Nichts Schlimmes, bestimmt konnte sie morgen wieder joggen.

Elli würde für die Kinder kochen. Reibekuchen, hatte sie angekündigt. Mit Apfelmus. Hoffentlich hob sie ihr welche auf. Ulla liebte Reibekuchen. Da würde sie morgen auf jeden Fall laufen müssen, um das wieder abzutrainieren.

Helga Koch, die weißhaarige Dame, die sich schon nach Franziska Bergers Beerdigung vorgestellt hatte, gab Ulla als Erste die Hand und lächelte freundlich.

»Es spricht für Sie, dass Sie gekommen sind. Das ist meine alte Weggefährtin Angelika Freund«, stellte sie die andere Dame vor.

Die Frau nickte Ulla kurz zu und setzte sich schnell wieder. Sie schien schüchterner zu sein.

»Sagen Sie, was war denn gestern mit Ihnen los? Was haben Sie gegen Franziska Berger? Woher kannten Sie sie überhaupt?«, fragte Ulla direkt. »Und was wollen Sie mir erzählen?« Sie sah von einer zur anderen.

»Ich wollte Sie nicht kränken, liebe Frau Wolff.« Helga Koch sah Ulla geradewegs in die Augen. »Aber Sie sind so was von ahnungslos, dass es schon wehtut. Es ist keine einfache Geschichte. Aber wir werden Sie Ihnen erzählen. Hoffentlich haben Sie ausreichend Zeit mitgebracht.«

Abwartend lehnte Ulla sich zurück.

»Am Anfang haben wir einfach nur gemeinsame Ausflüge ins Bergische unternommen«, begann Helga Koch, während die Serviererin Kaffee und Kuchen auf den Tisch stellte.

»Genau«, ergänzte Angelika Freund mit einem scheuen Lächeln. »Wir waren jung und unternehmungslustig, gerade mal fünfzehn, sechzehn. Wir trafen uns am Heumarkt, und los ging's mit dem Rad über die Hindenburgbrücke. Oft wussten wir gar nicht genau, wo wir hinwollten. Klampfe und Bandoneon und ab. Wir wollten einfach frei sein, anziehen, was wir wollten, hingehen, wohin uns grad der Sinn stand und in unserem eigenen Tempo.«

»Das war schon zu viel«, meinte Helga Koch.

Ulla fiel auf, dass sie wieder eine weiße Bluse, heute aber einen Samtrock trug. Beide Frauen hatten sich Stachelbeertorte mit Sahne bestellt und jede ein Kännchen Kaffee.

»Das ist teuer hier«, sagte Helga Koch halb warnend, halb mit Genugtuung, als sich Ulla das Gleiche bestellte. »Aber die Aussicht ist einfach unbezahlbar und die Torte legendär, Sie werden sehen.« Sie seufzte tief. »Das muss man sich einfach ab und zu gönnen …«

»Antreten!« Der Befehl gellt durch den Schlafraum. Schlaftrunken stolpern wir aus dem Saal ins Freie.

»Freund?«

»Hier.«

»Franzen?«

»Hier.«

»Koch?«

Frierend stehen wir in der kalten feuchten Luft, wagen kaum zu atmen, so kalt ist es. Wir zittern, versuchen aber, ganz ruhig zu bleiben. Gleich wird zum Frühsport kommandiert. Und das, obwohl wir alle müde und hungrig sind. Todmüde, erschöpft und halb verhungert.

Angelika Freund hatte wie in Trance gesprochen. »Diese Bilder werden Sie nie los«, sagte sie jetzt ganz leise. Ulla musste sich zu ihr hinüberbeugen, um alles mitzubekommen.

»Natürlich hatten wir auch Freunde, die politisch engagiert waren«, fügte Helga Koch an. »1942 brachte uns unser Freiheitsdrang dann ins Jugendschutzlager Uckermark. Schutzlager, dass ich nicht lache! Das war ein Jugend-KZ. Das ging ganz schnell. Eine Nachbarin schrieb einen Brief, wir würden uns rumtreiben. Am nächsten Tag wurden wir abgeholt und in einen Zug Richtung Berlin gesetzt.«

Nun schaltete sich Angelika Freund wieder ein. »Wir kamen beide gleichzeitig dort an. Ganz in der Nähe war das Frauen-KZ Ravensbrück. Da mussten wir oft zum Arbeiten hin. Nur ganz wenige Kinder und Jugendliche wurden wieder freigelassen. Wer einmal dort gelandet war ...« Ihre Stimme klang belegt.

Helga Koch nahm den Faden wieder auf. »Das Lager lag direkt am Wald. Um den Zaun liefen SS-Männer Streife mit Schäferhunden, an einer Seite war Moor. Da kam keiner raus. Reden war streng verboten. Auch untereinander durften wir nicht sprechen, das ging nur heimlich. Und die Aufseherinnen sprachen eh nicht mit uns. Für die waren wir Abschaum. Als wir schon drei Wochen da waren, kam eine junge Erzieherin an. Nur wenig älter als wir selbst. Blond, blauäugig und völlig naiv. Die kam aus dem Ruhrgebiet und hatte überhaupt keine Ahnung, was dort los war.« Helga Koch lehnte sich über den Tisch, bevor sie weiterredete. »Ich hab ihr den Koffer in ihr Zimmer getragen, und da spricht mich die Neue an. Ich denk, ich hör nicht recht.«

»Sagen Sie, Fräulein, was haben Sie und die Mädchen denn eigentlich gemacht?«, fragt die Neue und sieht Helga Koch neugierig und freundlich an. Dann springt sie zum Fenster, fragt: »Wonach riecht's denn hier so komisch?« Damit reißt sie erst einmal das Fenster auf. Der stechende Geruch nach muffiger Wäsche, Kohl, Schmutz und Angstschweiß wird einen Moment lang erträglicher. Dann dreht sie sich um und sieht Helga Koch ein wenig ängstlich und unsicher an.

»›Sexuelle Verwahrlosung‹.« Helga Koch spricht schnell, horcht ständig zur Tür. »Eine hat mich angezeigt. Die Alte hat immer hinter der Gardine gestanden und mir nachspioniert, wenn meine Freunde mich abholten. Die waren nicht in der HJ. Dann haben sie mich in ›Ammerland‹ beim Baden gesehen und in einer Gaststätte. Zunächst hat mich die Gestapo verhört. Vielleicht wäre alles glimpflich abgegangen, wenn meine Eltern in der Partei gewesen wären. Aber sie sind katholisch, gehören zum katholischen Zentrum. Also bin ich hier. Das ging ganz schnell. Ich hab keine Ahnung, was mit meinen Eltern ist.« Helga Koch bricht in Tränen aus. Da ihr Gesicht schmutzig ist, hinterlassen die Tränen dicke Spuren.

»Wegen Baden?«, fragt die Neue verdutzt und schließt schnell das Fenster. »Das kann ich gar nicht glauben«, fügt sie leise hinzu. Helga versteht gut, dass sie es lieber nicht glauben will.

»Später habe ich erfahren, wie viele Fürsorgerinnen, Erzieher, Nachbarn und Bekannte, Arbeitgeber, viele *brave* Bürger eben, Jugendliche denunziert haben«, sagte Angelika Freund nun, auch ihre Stimme klang rau. Sie räusperte sich.

»Über dreitausend Kinder und Jugendliche aus Norwegen, Luxemburg, Polen und dem Deutschen Reich wurden im Alter zwischen zehn und fünfundzwanzig in Uckermark und Moringen in sogenannte Schutzhaft genommen. Als wir dort ankamen, waren die sechs Baracken fertig. Die hatten nur dünne Holzwände und -dächer.«

Helga Koch rührte gedankenverloren in ihrer Kaffeetasse, leise Klaviermusik wehte durch das Café. Ulla kam sich vor wie in einem Film. Helga Koch schaute auf ihre Hände, die Fingernägel waren gut gepflegt. Sie schien stolz darauf zu sein.

»Die pferchten uns zusammen wie die Tiere, Hygiene war gleich null. Jede hatte eine Holzpritsche, es gab Strohsäcke als Matratzen und zwei dünne Decken. Die wurden entzogen, wenn wir nicht parierten. Ich wurde zunächst den Gärtnereibaracken zugeteilt. Jede einzelne Baracke war noch mit Stacheldraht umzäunt, drum herum Wald und Sumpf. Die Unterkünfte der SS lagen außerhalb, daneben eine Verwaltungsbaracke und das Kleidermagazin. Als ich mich an der Hand verletzte, kam ich aufs

Krankenrevier. Später auch mal in die Arrestzelle, den Bunker. Gegessen wurde aus Henkeltöpfen. Das kann sich heute keiner mehr vorstellen. Wir mussten schuften wie die Sklaven. Für Siemens, dann in einer Gärtnerei. Manche in der Angorazucht, Bäume fällen im Wald, auf den Feldern bei der Erntehilfe. Einige mussten beim Be- und Entladen von Lastkähnen an der Havel anpacken, oder wir wurden in SS-Haushalten eingesetzt.«

Angelika Freund fuhr fort. »Ich musste auch Strümpfe stopfen und Spielzeug herstellen. Und im Wald schuften. Das war unerträglich. Ohne technisches Gerät mussten wir die Loren ziehen, manche verletzten sich dabei schwer. Egal wie alt man war: Um sieben Uhr morgens war Arbeitsbeginn, zehn bis zwölf Stunden schuften jeden Tag.«

Die Neue lächelt naiv: »Ich habe mich auf eine Annonce in der Zeitung gemeldet, da wurden Erzieherinnen gesucht. Beim Test habe ich alle Fragen richtig beantwortet«, berichtet sie stolz. »Sie haben mich gefragt: ›Welches Buch lesen Sie zur Zeit?‹ Ich habe sofort ›Mein Kampf‹ geantwortet, ich wusste doch, was die hören wollten«, sagt sie und strahlt. »Danach hatte ich bei den Prüfern einen Stein im Brett.« Sie erstarrt, als plötzlich die Tür aufgerissen wird.

Franziska Berger hält die Uniform der Neuen auf dem Arm. Sie herrscht sie an: »Es ist streng verboten, mit den Schutzhäftlingen zu sprechen. Und wir sehen uns noch«, sagt sie mit einem Blick zu Helga. »Raus, sofort.«

Helga huscht wie ein Geist aus dem Zimmer. Die Neue wird kalkweiß. Dann schließt Franziska Berger langsam die Tür und legt ihre Uniform aufs Bett.

»Hören Sie gut zu, Fräulein Gerber.« Streng mustert sie die Neue. Die hält den Kopf gesenkt und starrt auf ihre Hände.

»Wichtig ist, dass den Schutzbefohlenen sofort alle Vergünstigungen entzogen werden, wenn sie aufmüpfig sind oder arbeitsscheu.«

»Vergünstigungen entziehen?«, wiederholt die Gerber vorsichtig.

»Das heißt, sofort Postsperre, Essen stehend einnehmen, Essensentzug, hartes Lager, sprich Strohsack und Decke wegnehmen«, erklärt sie genüsslich. »Dann Strafsport – chinesische Liegestütze. Wis-

sen Sie, wie das geht? Die Schutzhäftlinge sollen Liegestütze machen und in die Hände klatschen dabei, eine Stunde lang, bis zum Erbrechen. Dann: Strafstehen – wenige Zentimeter vor einer Mauer in völliger Ruhestellung verharren, und das ein paar Stunden lang. Sie können auch verschiedene Strafen kombinieren. Wenn gar nichts hilft, gibt es verschärften Arrest, das heißt Bunker. Wir können den Bunker in Ravensbrück nutzen. Der liegt direkt nebenan, den zeig ich Ihnen morgen. Wichtig ist, dass Sie die kleinsten Verfehlungen sofort ahnden, Fräulein Gerber. Sie müssen sich von Anfang an durchsetzen.«

»Was genau sind denn die Verfehlungen?«, fragt die Neue mit belegter Stimme.

»Ich bin vor der Tür stehen geblieben, um mithören zu können. Die hatte wirklich gar keine Ahnung.« Helga Koch schüttelte den Kopf. »Sie wusste nicht, dass das Kleinigkeiten sein konnten – Betten nicht richtig machen, freche Bemerkungen, keine gute Arbeitsleistung, Widerworte, schwätzen, lügen oder auch stehlen.« Sie dämpfte die Stimme, denn der schwarzbefrackte Klavierspieler im Raum nebenan machte eine Pause.

»Das sind Kriminelle, liebes Fräulein Gerber. Deren Wille muss gebrochen werden, die Mädchen müssen lernen, sich bedingungslos unterzuordnen. Erfüllen sie das Arbeitssoll nicht, verhängen Sie sofort härteste Strafen. Die Holzschuhe und der Drillich sollen gepflegt aussehen. Wir scheren ihnen erst mal die Haare, sobald sie ankommen. Die haben alle Läuse, diese Säue. Bei der Arbeit tragen die Mädchen Schürzen und Hauben. Halten Sie sich bloß fern von denen«, schärft Franziska Berger der Neuen ein. »Die baden alle vierzehn Tage, die Außenarbeiter jede Woche. Geduscht wird zu fünft, die Duschen werden für zwei Minuten aufgedreht. Dann bei geschlossener Dusche einseifen. Dann drei Minuten abduschen. Die Briefe gehen alle über meinen Schreibtisch, auch Ihre, liebes Fräulein Gerber. Auch Ihre.« Franziska Berger lächelt zuckersüß. »Ordnung muss sein.«

Die Neue nickt ergeben, weicht aber Franziska Bergers Blick aus.

»Wenn sie wiederholt arbeitsscheu sind«, fährt Franziska Berger

fort, »dann gibt's nur eins: Prügeln mit dem Stock. Manchmal müssen die Schutzhäftlinge auch gefesselt werden, wenn sie gar zu renitent werden. Hier gibt es auch eine Jauchegrube, da stellen wir die Mädchen rein, damit sie merken, wo sie herkommen und wo sie landen, wenn sie sich weiter gegen unsere Erziehung sperren.«

Die Neue hört schweigend zu, dreht am obersten Knopf ihrer weißen Bluse.

Franziska Berger fixiert sie einen Moment. »Dann sind wir ja klar so weit. Sie geben mir jetzt Ihr Arbeitsbuch, und dann können Sie anfangen.«

»Mein Arbeitsbuch?«, haucht die Neue. »Das liegt noch in Recklinghausen. Ich dachte, hier bei der Behörde bräuchte ich das nicht. Kann man das nicht nachschicken lassen?«

Franziska Bergers Augen beginnen zu funkeln.

»Nein, auf keinen Fall. Die Züge werden bombardiert, solche wichtigen Dokumente schicken wir nicht mit der Reichspost. Das Arbeitsbuch müssen Sie selbst abholen. Sie nehmen heute Abend noch den Zug nach Berlin, und von dort fahren Sie weiter nach Recklinghausen. Auf dem Amt lassen Sie Ihr Arbeitsbuch öffnen und kommen dann damit sofort wieder zurück. Sie werden sehen, es wird Ihnen hier gefallen. Es ist gern gesehen, wenn Sie sich mit einem der Wachsoldaten zusammentun. Sie können sogar ein eigenes Häuschen auf dem Gelände beziehen und einen kleinen Garten anlegen. Der Führer freut sich über jedes Kind, das geboren wird«, grinst sie breit.

Die Gerber schluckt. »Aber wie kann man denn hier heiraten?«

Franziska Berger lacht zynisch. »Mit solchen Fragen kommen Sie hier nicht weit«, sagt sie vieldeutig, und ihr Tonfall wird drohend. »Und reden Sie auf gar keinen Fall mit den Schutzhäftlingen, Fräulein Gerber. Sonst landen Sie ganz schnell auf der anderen Seite. Also, Ihre Uniform liegt da für Sie bereit. Die ziehen Sie an, sobald Sie Ihr Arbeitsbuch abgeholt haben. Alles so weit klar? Heil Hitler.«

Die Neue nickt eifrig.

Nur wenige Stunden später bringen Angelika und Helga sie mit dem Pferdewagen zum Bahnhof. Kalkweiß sitzt sie da, erzählt den beiden die Geschichte mit dem Arbeitsbuch, dass sie nach Berlin fahren muss.

Helga fragt: »Kommen Sie auch wieder, Fräulein? Bitte kommen Sie doch zurück.«

Doch sie kommt nicht wieder.

Ulla hatte der Geschichte gebannt zugehört. Sie sah sich im Café um. Helga Koch und Angelika Freund unterschieden sich nicht von anderen älteren Damen, die um sie herum an den Tischen saßen, die elegante, entspannte Atmosphäre genossen, Kaffee tranken, Kuchen aßen und gepflegt miteinander plauderten. Insgeheim wunderte sie sich, dass zwei so unauffällige Frauen mit typischer Rentnerinnen-Wellblechfrisur eine solche Lebensgeschichte derart abgeklärt erzählten.

»Und was ist aus der Frau geworden? Wissen Sie das?«, fragte Ulla.

»Sie ist gar nicht nach Hause gefahren, sondern hat sich in die Steiermark abgesetzt, ist in einem kleinen Hutgeschäft untergetaucht und hat dort gelebt. Sie war zwar naiv, aber nicht grausam. Sie war völlig entsetzt über dieses KZ. Nach einem Jahr machte sie den Fehler, ihrer Mutter zu schreiben, wo sie gelandet war, und die zitierte sie sofort nach Hause. Sie war das älteste Mädchen von zwölf Geschwistern, die Mutter brauchte sie.

Erst zu Hause erfuhr sie dann, dass die Gestapo nach ihr gesucht, sie aber nicht gefunden hatte. Denn die Mutter wusste ja selbst nicht, wo ihre Tochter, ›die Geheimnisträgerin‹, steckte. Sie wurde dann noch an die holländische Front geschickt, um dort im letzten Kriegswinter Schützengräben auszuheben. Bei Kriegsende ist sie zu Fuß von Holland nach Recklinghausen gelaufen, unter Beschuss der alliierten Tiefflieger, versteht sich. Das hat sie mir später erzählt, als wir uns auf eine Suchanzeige hin alle wiedergetroffen haben. Wir haben Überlebende aus Uckermark gesucht, und sie hat sich gemeldet, weil sie froh war, keine Täterin geworden zu sein. Anders als so viele, die mitgelaufen sind. Die Berger hatte ihr übrigens verschwiegen, dass es noch einen isolierten Sektor des Lagers gab, der wurde für Hinrichtungen genutzt. Mit Injektionen und Giftpulver«, fügte sie leise hinzu.

Ulla schob ihre leere Kaffeetasse hin und her. »Unvorstellbar«, sagte sie. Sie fand es absurd, hier im Café zu sitzen, auf schön gepolsterten Plüschstühlen, Torte zu löffeln und zu dezenter Kaffeehausmusik von solchen Verbrechen zu hören. »Yesterday, all my troubles seemed so far away«, klimperte der Pianist gerade. Na, mit der Vergangenheit der Berger hatte sie sich ja gründlich blamiert. Sie schämte sich richtig wegen ihrer Ansprache auf der Beerdigung. Hätte sie bloß in Ellis Unterlagen geguckt. Wahrscheinlich stand da alles drin.

Und warum hatte die Tochter bloß nichts davon erzählt? Sie musste doch etwas davon wissen. In ihrem Kopf schwirrten die Fragen. Sollte sie sich noch ein Wasser bestellen? Ihr Mund war wie ausgetrocknet.

»Im Prinzip konnte wohl jeder im KZ Uckermark landen, der ein bisschen ausscherte, oder?«, nahm sie den Gesprächsfaden wieder auf.

»Genau«, rief Helga Koch. »Da gab es eine ganze Litanei von Gründen, warum wir eingesperrt wurden: Manche waren aus der HJ oder dem BDM ausgeschlossen, oder man wurde wegen angeblicher Arbeitsverweigerung, Arbeitsbummelei oder Sabotage verhaftet. Einige galten als unerziehbar, renitent, kriminell. Einige wurden auch in Sippenhaft genommen, wenn die Eltern politisch aktiv waren, oder weil sie die falsche Musik hörten. Bei den Jungen reichte es, als schwul zu gelten. Strichjungen, Zeugen Jehovas, Sinti und Roma, Juden. Auch Rassenschande, also wenn ein Mädchen mit einem Polen ging oder mit einem Juden, oder wenn jemand im Untergrund arbeitete, Hitler-Bilder zerstört hatte und, und, und.«

»Schrecklich war der Hunger.« Angelika sprach ganz leise und starrte auf den Dom. »Wir schlugen uns um die Schüsseln. Pro Tisch kam einer dran mit Schüsselauslecken oder -auskratzen. Wir haben vom abgeernteten Rosenkohlbeet die Strünke gegessen. Im Vorbeigehen eine Gurke geklaut. Kartoffeln und Kohl waren Hauptnahrungsmittel. Es gab nur so viel zu essen, wie zur Erhaltung der Arbeitskraft nötig war. Dünne Brotscheiben, Wassersuppen mit Kartoffeln, Kohl, Steckrüben oder Grieß versetzt, faulige Pellkartoffeln. Als wir ins Lager kamen, waren schon etliche verhungert, und dann wurden die Rationen noch weiter gekürzt. Wir bekamen unsere Tage nicht wegen der Auszehrung.

Viele wurden krank durch die harte Arbeit, und weil wir so wenig zu essen bekamen. Ruhr, Typhus, Tuberkulose, Diphtherie, Hepatitis, Hautausschläge, Blasenerkrankungen, wir hatten immer Angst, dort zu verrecken. Manche starben sogar durch giftige Pflanzen, die sie verschlungen hatten. Einige haben Selbstmord begangen, weil sie es nicht mehr aushielten, einige wurden auf der Flucht erschossen, andere zu Tode gequält oder zum Tode verurteilt.«

»Das Allerschlimmste ist«, fügte Helga Koch empört hinzu, »dass die Beamten, die die KZs eingerichtet hatten, später weiter Karriere machten, die Kommandanten zu leitenden Beamten in der Kriminalpolizei wurden und die Blockführer in ihre alten Berufe als Lehrer, Bankangestellte oder Polizisten zurückgekehrt sind. Erst in den fünfziger und sechziger Jahren wurden Ermittlungsverfahren gegen SS-Angehörige der Jugend-KZs eingeleitet. Die zogen sich über Jahre hin. Doch es war alles schon verjährt. Die Todesfälle in beiden Lagern werden nicht als Mord gewertet.«

»Unsere Lagerkommandantin im KZ Uckermark war SS-Kriminalrätin Lotte Toberentz«, erklärte Angelika Freund. »Es gab auch noch Ärzte dort: Doktor Robert Ritter und Doktor Eva Justin. Die führten sogenannte erb- und kriminalbiologische Untersuchungen an den Häftlingen durch. Wegen ihrer Gutachten wurden zahllose Häftlinge zwangssterilisiert oder nach Auschwitz, Ravensbrück, Dachau, Sachsenhausen und Buchenwald deportiert. Andere Mädchen kamen in die Heil- und Pflegeanstalten, da griff dann die Euthanasie.

Als im April '45 endlich Schluss war und uns die Rote Armee befreite, waren noch über tausend Mädchen und junge Frauen in Haft. Die meisten zwischen sechzehn und einundzwanzig Jahre alt, manchmal auch jünger. Wir wussten, dass da auch zwei achtjährige Schwestern gefangen gehalten wurden.«

»Und die Ärzte?«, wollte Ulla wissen.

»Doktor Ritter leitete nach dem Krieg eine Klinik, und seine Mitarbeiterin Eva Justin hat beim Entnazifizierungsverfahren den Fragebogen manipuliert und wurde als nicht belastet eingestuft. Die arbeitete dann später als Kriminalpsychologin in Frankfurt am Main.«

»Und Sie selbst?«, wollte Ulla wissen.

»Wir wurden befreit.«

»Und Franziska Berger?«

»Ging zur Kripo, das wissen Sie doch.«

Helga Koch leerte ihre Kaffeetasse, Angelika Freund kratzte die letzten Kuchenkrümel auf dem Teller zusammen. Ulla schaute zum Dom, ein Japaner tappte immer weiter rückwärts, lief fast gegen eine Straßenlaterne, als er versuchte, den ganzen Dom auf ein Foto zu bannen. Er lächelte glücklich. Es war ihm wohl gelungen.

14

Brandl hatte von der KTU die Fotos aus dem Gewerbegebiet bekommen. Sie lagen vor ihm auf dem Schreibtisch. Wieder gingen ihm die Fragen, die er sich schon vor Ort gestellt hatte, durch den Kopf. Warum diese Misshandlungen? Und warum dort? Hatten der oder die Täter Fehler gemacht? Da war der Plastiksack mit Kleidern, Kissen. Waren die Hinweise ungewollt gegeben worden? Er wählte einige Bilder aus und heftete sie zu den anderen an seine Pinwand.

Abrupt hielt er inne. Nahm sie wieder ab, griff in die Schreibtischschublade und holte noch weitere Fotos heraus. Das war doch Biggis Metier. Neulich hatte sie in der Kantine sinnierend über ihrer Quiche gesessen und den Dummen um sie herum erklärt, wie ein Tatortanalytiker an die Fälle heranging:

»Der Tatort spiegelt Absichten und Wünsche des Täters wider, er trägt seine Handschrift. Der ›Profiler‹, wie die amerikanischen Kollegen ihn nennen, analysiert die Details am Tatort und sagt dann, der Mord könnte aus dieser oder jener Neigung heraus geschehen sein, oder das könnte den Täter motiviert haben. Der Profiler gibt seine Überlegungen dann an die Ermittler weiter, denn die Tatortanalyse liefert keine Beweise, sondern nur mögliche Wege zum Täter.«

Biggi goss gerade die Gummibäume in ihrem Zimmer. Sie schienen sich von Tag zu Tag weiter auszubreiten. Eines Tages würde man nicht mehr die Tür öffnen können.

»Ah, Brandl, du! Komm rein, ich hatte schon eher mit dir gerechnet.«

Er legte den Stapel mit Fotos auf ihren Schreibtisch. »Hilf mir doch mal mit deiner Sicht auf die Dinge. Das hier ist die Wohnung des Opfers, das ist das Opfer in der Position, wie es gefunden wurde. Perspektive nah und komplette Umgebung. Hier sind die Fotos von dem Ort, an dem sie misshandelt wurde.«

Mit schnellen Handbewegungen verteilte Biggi die Fotos auf dem Tisch, sortierte sie einander zu und tauschte sie wieder aus. Sie erinnerte Brandl an einen professionellen Kartenspieler.

»Weißt du, Brandl, du musst dich immer wieder fragen: ›Was hat der Täter getan, das er nicht hätte tun müssen, um dieses Verbrechen zu begehen?‹«

»Bitte?«

»Na ja, in diesem Fall: Warum hat der die Wohnung sauber gemacht? Warum hat er die Frau nicht dort misshandelt, sondern erst soundso viele Kilometer entfernt? Und warum hat er sie dann wieder ins Auto gepackt und ist mit ihr an den Rhein? Gab es zum Beispiel keine Bäume im Gewerbegebiet?«

»Ach so meinst du das, hmm.« Brandl nickte und musterte die Bilder.

»Die Entscheidungen der Täter spiegeln ihre Persönlichkeit, verstehst du? Wenn ich die Bilder betrachte, frage ich mich, was hat er oder sie sich dabei gedacht, die Frau durch die Gegend zu schleppen, herumzufahren, sie wieder aus- und einzupacken, wieder mit ihr unterwegs zu sein, um sie dann runter an den Rhein zu tragen und sie dort an einem Baum aufzuknüpfen? Das ist alles sehr risikoreich, er hätte mehrfach gesehen werden können.«

»Ja, ja, da habe ich auch schon x-mal drüber gegrübelt!«

»Mir fällt dazu ein, dass er sich sehr sicher gefühlt haben muss.«

»Sicher?«

»Ja, enormes Selbstvertrauen. Er kannte sich mit dem aus, was er tat. Er kannte die Örtlichkeiten ganz genau. Er war gut vorbereitet und vermutlich auch gut ausgerüstet.«

»Macht Sinn, Biggi, alles, was du sagst. Aber kann es nicht einfach auch nur eine Art Dominoeffekt gewesen sein? Ich tue das eine, und dann mache ich das andere, weil ich denke, dass das jetzt sein muss?«

»Ja, wäre auch möglich. Interessant sind da auch Fälle, die ähnlich abgelaufen sind. Wie du wolltest, habe ich mal eine bundesweite Anfrage nach Fällen, bei denen Frauen nach einem ähnlichen Muster zu Tode gequält worden sind, gestartet.«

»Sie ist nicht zu Tode gequält worden, sondern die Misshandlungen kamen erst hinterher.« Brandl hob abwehrend die Hände.

»Trotzdem könnte es uns was über den Täter sagen, lass mich

mal machen!« Ihr Handy klingelte. »Ich würde gerne ungestört ...« Sie spitzte den Mund.

»Ist ja okay, Frau Kollegin, lassen Sie sich nicht stören.« Brandl tänzelte zur Tür hinaus.

Ob sie wohl einen Verehrer hatte? Dabei könnte Brandl schwören, sie hätte ein Auge auf ihn geworfen. Frauen! Aber beruflich hatte sie was drauf, die Biggi!

Die Edelweißpiraten waren auf Brandls Verdächtigenliste ganz nach oben gerückt, nachdem Ulla ihm am Telefon ausführlich von ihrem Gespräch im Café Reichard erzählt hatte. Wie sehr ihr die Geschichte unter die Haut ging, konnte er deutlich heraushören. Die Misshandlungsmethoden in Uckermark hatten ihn aufhorchen lassen. Genau wie im Fall Berger. Das war doch kein Zufall.

Nun bestand er am Telefon auf einem schnellen Treffen mit Helga Koch und Angelika Freund und hatte Glück. Sie willigten sofort ein.

Brandl schnappte sich ein Auto und fuhr raus nach Ehrenfeld, zur Wohnung von Angelika Freund. Dort wollten die Frauen auf ihn warten. Vor der Haustür blieb ihm nichts anderes übrig, als sich ins Parkverbot zu stellen.

Das Gespräch in dem schön renovierten Gründerzeithaus dauerte nicht lang. Die Damen gaben sich gegenseitig ein Alibi.

»Wann sagten Sie, Herr Kommissar? Am 31. März, als die Berger getötet wurde? Da waren Angelika, Willi Eckhoff und ich im Bergischen. Kleine Erprobungstour für unseren großen Wandertag im Sommer.« Helga Kochs ondulierte Silberlocken wippten. Angelika Freund nickte.

»Ist Ende März nicht noch ein bisschen frisch dafür?«

»Wir müssen ja immer unsere Termine unter einen Hut bringen, als Rentner ist das nicht so einfach.« Angelika Freund lächelte gewinnend.

»Wie sind Sie denn dorthin gefahren? Hat jemand Sie gesehen?«

»Willi hat uns im Auto mitgenommen. Wir waren den ganzen Tag unterwegs, hatten uns Proviant mitgenommen und ein kleines Picknick gemacht. Getroffen haben wir niemanden, zumindest haben wir nicht drauf geachtet.«

»Und das ging bis in die späte Nacht hinein?« Brandl hatte den Eindruck, dass hier etwas nicht stimmte. »Sind Sie etwa im Dunkeln durch das Bergische gelaufen? Sie wollen mich wohl auf den Arm nehmen?«

Die beiden alten Damen sahen so seriös aus. Nette Omas, wie Lars sagen würde. Aber hinter der altbackenen Fassade blitzte etwas auf. War es Hass, der vorhin in ihren Augen gebrannt hatte, als er sie nach der Berger gefragt hatte? Auch wenn sie noch so gelassen taten, sie fixierten ihn, erfassten mit glasklarem Blick jede seiner Bewegungen. Was sollte das?

»Nein, danach waren wir im Haus Scholzen, unserem Stammlokal.« Helga Koch sprach mit hoher Stimme.

Kopfstimme, dachte Brandl. Nur keine Gefühle in die Stimme legen.

»Da wird es auch schon mal später. Wann wir jetzt genau nach Hause sind, weiß ich nicht mehr, du Angelika? Aber da war's gut voll, wie immer. Da haben uns viele gesehen, da können Sie sich erkundigen.«

»Das werde ich.«

Angelika Freund schüttelte enttäuscht den Kopf und schaute ihn an wie seine alte Grundschullehrerin, wenn er das Kopfrechnen nicht auf die Reihe kriegte.

»Aber Sie verdächtigen doch wohl nicht uns, Herr Kommissar? Das mit Uckermark ist lange her. Nicht dass wir das vergeben und vergessen hätten ... Die Berger war der Teufel in Person und hat es verdient, so zu krepieren, das können Sie mir glauben!« Ihre Stimme entgleiste ihr etwas, wurde schrill und sehr viel lauter. »Je mehr sie gelitten hat, bevor sie endlich tot war, umso besser! Dann hat sie wenigstens überhaupt mal was gespürt am eigenen Leib.« Sie presste ihre Finger so heftig um das Wasserglas, dass die Knöchel weiß hervortraten.

Helga Koch legte beschwichtigend eine Hand auf den Arm ihrer Freundin. »Reg dich doch nicht so auf, Angelika«, sagte sie fast versonnen. »Es ist doch vorbei. Du siehst, alles rächt sich noch auf Erden! Jeder kriegt irgendwann seine Strafe, manchmal dauert es einfach mit der Gerechtigkeit. Aber wir haben nichts damit zu tun«, wandte sie sich direkt an Brandl. »Wie sollten wir auch? Wir sind alt und schwach, Herr Kommissar. Nur hier drin«, sie legte die andere Hand auf ihr Herz, während sich ihre Augen zu Schlitzen verengten, »da brennt es noch genauso wie damals!«

»Wir werden Ihre Aussagen nachprüfen. Ich brauche auch noch Name und Telefonnummer Ihres Freundes Willi. Sie halten sich bitte zu unserer Verfügung. Sie hören dann von mir …«

Brandl schlug die Tür hinter sich zu. Er wusste nicht, warum die beiden Frauen ihn so aggressiv machten. Irgendwie schafften sie es, dass er sich wie ein kleiner Schuljunge fühlte. Sie schienen ein Spielchen mit ihm zu treiben. Fast meinte er, sie grinsten sich hinter seinem Rücken zu.

Wütend auf sich selbst verließ er das Haus auf der Nußbaumerstraße, stolperte über eine unebene Bodenplatte und kickte eine zerdrückte Coladose in den Gully.

Die alte Frau schreit. Die andere packt sie, der Mann legt ihr einen Knebel in den Mund. Dann schlagen sie zu, wieder und wieder mit der Hand, dann mit dem Stock. »Jetzt ist es so weit, du alte Hexe. Endlich haben wir dich erwischt, du altes Miststück. Alles rächt sich noch auf Erden, jeden Schlag kriegst du zurück!

Weißt du noch, wie du uns deinem Freund, diesem schmierigen Drecksack, ausgeliefert hast? Wir haben auch einen Freund, der wird dir jetzt mal zeigen, wie sich das anfühlt, wenn einem jemand eine Zigarette auf der Haut ausdrückt.«

»Auge um Auge, Zahn um Zahn«, zischt die andere und schaltet genüsslich den Rasierapparat an. »Weißt du, wie das ist, wenn einem die Haare geschoren werden? Nein? Na, dann warte mal ab. Gleich wirst du es wissen. Es ist der Alptraum, glaub mir.«

Brandl hatte eine ganze Weile vor seinem Auto gestanden. Er riss das Knöllchen hinter dem Wischer hervor und warf es ins Auto. Er würde diese Streiter für Gerechtigkeit mal intensiv von seiner Truppe überprüfen lassen. Wenn jemand ein Motiv hatte, dann sie. Denn Rache war ein starkes Motiv für einen Mord. Das stand fest.

15

Seit dem Treffen mit Helga Koch und Angelika Freund tickte etwas in Ulla. Es hatte sie etwas erleichtert, dass sie mit Peter Brandl über alles, was sie von den beiden Frauen erfahren hatte, gesprochen hatte.

Seine Stimme hatte freundlich, beinahe gönnerhaft geklungen. Nach dem Motto: Das kommt davon, wenn man sich in Sachen mischt, die einen nichts angehen. Nun lassen Sie mal die Profis ran, gute Frau ... Es passte ihm nicht, dass sie sich für den Fall interessierte. Aber sie konnte nicht anders. Die Ereignisse ließen sie nicht mehr los.

Ich kauere mit nackten Knien auf der kalten, nassen, lehmigen Erde. Dunkle Büsche um mich herum, es ist Nacht. Mit nackten Händen scharre ich verzweifelt in der Erde, versuche ein Loch zu graben. Mit den Fingernägeln kratze ich den Lehm auf, der zäh ist und nichts frei gibt. Ich muss etwas finden, ich muss ... Da, ein blanker Knochen, glatt, verklebt. Ich wühle weiter, versuche den Knochen freizubekommen, er sitzt fest im Boden. Ich schaffe es nicht. Ich weine, weiß mir keinen Rat ... Jemand, den ich in der Dunkelheit nicht sehen kann, fragt »Was suchst du denn da?« »Meine Verwandten«, schluchze ich verzweifelt, »meine Verwandten.«

Wirres Zeug hatte Ulla letzte Nacht geträumt. Sie erinnerte sich nur bruchstückhaft, aber es ließ sie nicht mehr los, ganz gleich, ob sie mit ihren Schäfchen in der Kirche sprach, ob sie Frühstück machte, Mittagessen kochte oder am Rhein joggte. Sie dachte pausenlos darüber nach, was die Frauen erzählt hatten. Manchmal spürte sie heiße Wut, dann wieder hätte sie vor Mitgefühl, Hilflosigkeit und Verzweiflung weinen können. Kindern und Jugendlichen so etwas anzutun! Für Nichtigkeiten, einfach weil sie anders dachten, tanzten, sangen, weil sie eine andere Meinung und typisch pubertäre Anwandlungen hatten, was auch immer. In der Schule war sie empört und entsetzt über die deutsche Vergangenheit gewesen und hatte sich geschämt für die Deutschen. Aber alles war weit weg gewesen. Ihre Eltern waren Kinder, als der Krieg begann, sie hatten nichts darüber erzählt, außer, dass sie Hunger gelitten und in den Bombennächten Angst ausgestanden hätten. Über Details hatten sie lieber geschwiegen.

Durch die Berger war nun alles ganz nah gerückt. Sie grübelte darüber nach, was es bedeutete, dass dieselben Frauen und Männer, die in den KZs gearbeitet, und auch dieselben, die dort eingesessen und mit viel Glück überlebt hatten, nun alt und älter geworden waren und gemeinsam in irgendwelchen Kaffeekränzchen, Leseclubs oder Altenheimen hockten. Was mochten überlebende KZ-Insassen empfinden, wenn sie ihre Peiniger zufällig am Frühstückstisch oder beim Doppelkopf wiedertrafen? Die Frage nach Schuld und Sühne ließ Ulla nicht mehr zur Ruhe kommen. Wie hatte diese Frau Berger mit ihrer Schuld gelebt, hatte sie überhaupt Schuld empfunden? So wie es aussah, war sie ja der Meinung gewesen, dass das alles so seine Richtigkeit gehabt hatte. Hatte sie nicht doch schlaflose Nächte gehabt? Wie war sie mit Arbeitskollegen, Freundinnen, wie war sie vor allem mit ihren Kindern umgegangen? Wie fühlte sich das für ein Kind an, eine Mutter zu haben, die eine stramme SS-Schergin gewesen war? Ulla dachte an den Gott des Alten Testaments, der ein strafender, ein rächender Gott war. Ein Gott, der Gleiches mit Gleichem vergalt, wenn jemand wagte, gegen seinen Plan aufzumucken. Dieser strafende Gott war ihr immer suspekt gewesen. Der liebende Gott des Neuen Testaments entsprach eher ihrer Vorstellung. Der freundliche, väterliche Gott, den Jesus beschrieben hatte. Der immer wieder verzieh, annahm und liebte, bedingungslos.

Doch ging nicht das Bild dieses Gottes, der dazu aufrief, auch die andere Wange hinzuhalten, völlig am Leben vorbei? Wie konnte es angesichts der Gräuel, von denen sie gehört hatte, so etwas wie Vergebung geben? War es angesichts solcher Fakten nicht durch und durch naiv, zu denken, man könne seine Feinde lieben?

Theodor W. Adorno hatte einmal mit Blick auf die Gräuel der NS-Zeit die Frage gestellt: Kann und darf man nach Auschwitz noch Gedichte schreiben? Seine Skepsis konnte sie jetzt nachvollziehen. Konnte man noch lauthals Nächstenliebe predigen? Verzeihung? Selig sind die Friedfertigen? Ullas Gedanken kreisten …

Anneliese Berger hatte mit Franziska Berger gelebt, sie war bei ihr aufgewachsen, vielleicht hatte sie Antworten … Ulla musste noch einmal mit Anneliese Berger sprechen.

Sie parkte vor dem Haus mit der Nummer 8 in der Theodor-Heuss-Straße. Porz-Finkenberg, versuchte sie, so neutral wie möglich zu denken, und verschloss ihr Auto sorgsam. Nichts von Interesse auf den Sitzen? Sehr gut.

Als Ulla vor einigen Wochen mit Elli über die Integrationsbemühungen ihrer Kirche für Migranten in Porz gesprochen hatte, konnte die Nachbarin ihr einen kurzen Überblick über die Zuwanderungsgeschichte geben. Ende der Fünfziger, Anfang der Sechziger zogen bereits die ersten »Gastarbeiter aus Südeuropa« nach Porz, hatte Elli gesagt. Zusammen mit den Leuten aus Köln und Bonn, die kamen, weil sie in Porz günstig bauen konnten, zogen innerhalb von zwanzig Jahren mehr als fünfzigtausend Menschen hierher.

Elli liebte es, wenn sie mit Zahlen und Ziffern nur so um sich werfen konnte. Die zweitausend Belgier, die in Porz stationiert waren, hatte sie hinzugezählt. Für alle neuen Bürger brauchte man Wohnungen, also bebaute man die großen Freiflächen zwischen den einzelnen Ortschaften. So wuchsen die Orte Westhoven, Ensen, Porz, Eil und Urbach zusammen. Das Projekt Finkenberg wurde in den frühen siebziger Jahren als »Demonstrativbauprogramm menschenfreundliche Stadt« auf den Eiler und Porzer Äckern realisiert. Im Volksmund wurde es ganz schnell das »Demogebiet«.

Im Norden entstanden große Hochhausbauten, im Süden, am Brüsseler Ring, Eigenheime. Verschiedene Wohnformen sollten miteinander kombiniert werden, doch in die Hochhauswohnungen zogen vor allem einkommensarme Familien, es entstand ein sozialer Brennpunkt. Ausländer aller Nationalitäten wurden hier einquartiert. Dies führte zu sozialen Spannungen, und der Ruf des Viertels wurde zusehends schlechter. Nachdem in den achtziger Jahren verschiedene Bürgerinitiativen das Wohnumfeld in Finkenberg wieder attraktiv machen wollten, gab man dem namenlosen »Demogebiet« 1988 immerhin schon mal den Namen Finkenberg.

Ulla bewegte sich auf den Hauseingang zu. Ihr fiel ein, wie sie sich einmal mit dem Fahrrad auf der Heimfahrt von einer Presbyteriumssitzung hier verfahren hatte und auf einem kleinen Platz gelandet war. Männer in weißen Kaftanen hatten herumgesessen, auf einer Bank abseits eine Gruppe verschleierter Frauen, Kinder, die sich Worte zuriefen, die sie nicht verstand. Sie hatte sich völlig fehl am Platz gefühlt, auch weil sie von den Männern kritisch beäugt worden war. Sie trug Bermudas und ein Top. Es war heiß gewesen an dem Tag, deshalb saßen in der Dämmerung alle noch draußen. Eine andere Welt. Ulla war schnell weitergefahren.

Mit Mühe entdeckte sie das Klingelschild – Pappe mit Tesafilm überzogen. Die Gegensprechanlage krächzte.

»Wolff, Ulla Wolff hier!«, brüllte sie.

»Vierter Stock rechts«, krächzte es zurück.

Der Aufzug sah nicht vertrauenerweckend aus, es roch nach Urin und Schimmel. Ulla hatte heute eh noch keine Zeit gehabt zu joggen, also nahm sie eilig die Treppe. Die Flure waren düster und grau. Sie geriet nur wenig außer Atem, registrierte sie stolz.

Die Wohnungstür stand weit offen. Anneliese Berger lehnte in einem schmutzig rosa Freizeitanzug im Türrahmen. Ulla streckte ihr verbindlich die Hand hin. Das machte sie immer bei Hausbesuchen, die meisten Menschen mochten das. Anneliese anscheinend nicht. Sie drehte sich wie in Zeitlupe um und watschelte barfuß den dämmrigen, ungelüfteten Flur entlang. Ulla schloss die Tür.

Friede sei mit dir, dachte sie und sagte: »Guten Tag, Frau Berger, wollte mal hören, wie es Ihnen geht.«

Anneliese Berger grummelte nur vor sich hin.

Die Deckenlampe funktionierte nicht, alle Zimmertüren waren fest verschlossen. Bloß nichts von sich zeigen, dachte Ulla. In der Küche ließ sich Anneliese auf einen mit Kleidungsstücken vollgehängten Stuhl fallen und zeigte auf einen wackeligen Hocker ihr gegenüber. Ulla nahm vorsichtig Platz und verschränkte die Hände im Schoß.

»Ich weiß nicht, wat wir noch zu besprechen haben. Die Alte is doch unter der Erde.« Anneliese Berger fuhr sich fahrig durch das strähnige Haar. Sie war blass, ihre Hände zitterten leicht. Zigarettenqualm waberte durch die Küche. Ulla hielt kurz die Luft an. Ihre Augen brannten.

»Geht es Ihnen nicht gut, Frau Berger? Brauchen Sie Hilfe?«

»Nä, nä. Wir versuchen den Entzug so, Hans hilft mir dabei, wissen Sie? Hans is mein Freund. Ich will nicht mehr saufen, dat jeht so nicht mehr, ich jeh sonst kaputt. Jetzt rauch ich fast die janze Zick und ess kiloweise Süßigkeiten, aber Hans hat jesagt, dat macht nix, Hauptsache, erst mal nicht saufen. Ich hab auch nix im Haus, gar nix, mir han alles wegjekippt.« Sie zeigte auf leere Flaschen in einer Ecke, leere Schachteln und Verpackungen und überquellende Aschenbecher. »Wollen Sie vielleicht 'nen Schokoriegel?«

»Danke, nein, Frau Berger. Ich freu mich, dass Sie Ihr Leben in den Griff kriegen wollen. Wie kommen Sie denn mit dem Tod Ihrer Mutter zurecht? Es gibt bei uns in der Kirche ein Trauercafé, vielleicht möchten Sie ja mal dorthin kommen?«

Als Anneliese Berger sie schweigend anstarrte, versuchte Ulla einen anderen Anknüpfungspunkt. »Was ist denn mit der Wohnung Ihrer Mutter?«, fragte sie. »Haben Sie die jetzt aufgelöst, oder müssen Sie noch hin?«

Anneliese schüttelte den Kopf. »Da geh ich nit mehr rein, dat kann der Giselher tun! Dat macht der auch, wenn der Zick hat. Der hat auch sein Gutes, der Junge. Dat muss man ihm lassen. Wenn man den braucht, dann is der da. Immer.«

Ulla atmete tief ein. »Sie haben mir vor der Beerdigung nicht viel über Ihre Mutter erzählt oder zumindest das Wichtigste weggelassen. Ich würde gern mit Ihnen über Uckermark sprechen, Frau Berger.«

Anneliese Berger schüttelte wieder den Kopf. »Nä, nit schon wieder die ollen Kamellen. Ist ja auch schon ewig her. Außerdem sagt Hans immer, ich soll dat Jestern ruhen lassen. Nur im Hück leben, dat ist jetzt erst mal anjesagt.«

»Ich habe mit Menschen gesprochen, die sich noch gut an Ihre Mutter erinnern können. Frauen, die als junge Mädchen von ihr ziemlich schlecht behandelt worden sind. Ehemalige Edelweißpiraten.«

Anneliese zuckte scheinbar gleichgültig die Schultern, kramte eine Zigarette aus der Schachtel und steckte die neue Zigarette an der alten an.

»Da weiß ich kaum noch jet von. Fast alles weg. Zu viel Schnaps und Bier, jute Frau.« Sie grinste. »Ich will jetzt noch mal neu anfangen. Wo Mutter endlich tot ist, jetzt, wo ich Hans hab und nit mehr saufen muss, jetzt wird alles gut!«

»Das wünsche ich Ihnen sehr.« Ulla stand auf, stellte sich ans Fenster. Unten stapften fröhlich lachend drei kleine Mädchen mit bunten Scoutranzen vorbei. »Können Sie sich eigentlich vorstellen, wie das ist, eingesperrt zu sein, nichts zu essen oder zu trinken zu bekommen?«

Ulla wartete auf eine Antwort und erschrak, denn Anneliese stand auf einmal ganz dicht hinter ihr, sie konnte ihren Nikotinatem im Nacken spüren.

»Na klar, dat brauch ich mir nicht vorzustellen, dat hat Mutter mit mir jemacht.« Sie lachte hysterisch.

Ulla hielt den Atem an, ihr wurde eiskalt.

»Da war ich so alt wie die Blagen da draußen. Böse Mädchen müssen nicht essen, brauchen nicht zu trinken«, äffte sie wohl ihre Mutter nach. »Die sollen an ihrer eigenen Scheiße erkennen, wat sie falsch jemacht haben. Die sind Abschaum und jehören einjesperrt!« Immer lauter schrie sie und sackte plötzlich zusammen.

Ulla fing Anneliese Berger auf, indem sie sie mit einem Griff umfasste.

Sie schleppte sie zum nächsten Zimmer, öffnete die Tür, die nur angelehnt war, mit dem Ellbogen. Es war das Schlafzimmer. Sie legte sie auf ein ungemachtes, nach Schweiß und Zigaretten stinkendes Bett und setzte sich auf die Kante. Anneliese hielt die Augen geschlossen. Rasselnd ging ihr Atem, während sich ihre Finger in die Bettdecke krallten.

»Ich durfte noch nicht mal aufs Klo gehen. Ich musste nachts auf den Topf voll mit Scheiße gehn, ‘n Topf, der stank und in dem kleine Tiere rumkrabbelten. Der Topf stand unten im Nachtschränkchen und wurde nie sauber jemacht. Der Jestank und der Ekel jehörten dazu. Ich durfte dat Zimmer nicht verlassen. Musste auf den volljeschissenen Topf gehn, immer und immer wieder. Warum durfte ich nicht auf die Toilette gehn? Warum nicht? Ich hab mich so schrecklich vor dem stinkenden, widderlichen, tierekrabbelnden Topf jeekelt. Ich könnt hück noch kotzen, wenn ich dran denk. Immer wieder musste ich dat Ding in den Eichenholzschrank mit der Marmorplatte stellen. Und immer wieder rausholen.«

Ulla streichelte tröstend über den Oberarm der Frau, die völlig außer sich war. Sie war entsetzt und machte sich Vorwürfe. Was hatte sie da bloß losgetreten?

Die Wohnungstür wurde aufgeschlossen und fiel dann unsanft ins Schloss. Ein hagerer Mann riss die Tür auf und sah Ulla wütend an.

»Sind Sie verrückt? Lassen Sie sie in Ruhe. Sie hat genug Probleme im Moment.«

Ulla stand auf, wollte ihm die Hand geben. Anneliese Berger wimmerte.

»Was wollen Sie hier? Machen Sie, dass Sie rauskommen! Hauen Sie ab.«

Der Mann, der, wie Ulla vermutete, Hans Langer, Anneliese Bergers Lebensgefährte, sein musste, stand mit geballten Fäusten vor ihr. Er trug eine enge schwarze Lederhose, ein dunkles Sweatshirt.

Anneliese wimmerte wieder. »Hans, hilf mir doch, hilf mir! Ich schaff dat nit, ich kann nit mehr!«

Der Mann beugte sich zu ihr hinunter und redete ermutigend auf sie ein. Sein schulterlanges graues Haar war im Nacken zu einem Zopf zusammengezurrt.

»Lass dich doch von so einer nicht verrückt machen. Halt durch. Du schaffst das. Versuch dich nur auf das Jetzt zu konzentrieren. Lass die alten Geschichten ruhen. Nur für heute schaffst du das, du wirst sehen! Du hast das verdient, endlich neu anzufangen. Ich helf dir und die anderen Freunde auch. Wir helfen dir alle, du schaffst das …«

Eine endlose Litanei. Wild kochte die Wut in Ulla hoch. Was sollte dieses Gerede? Wollte er sie hypnotisieren? Anneliese Berger schien ja völlig auf diesen Mann fixiert zu sein. Sie schaute einen Moment hilflos auf sie hinunter. »Ich wollte Sie nicht beunruhigen, Frau Berger. Bitte, das müssen Sie mir glauben.«

Anneliese Berger wimmerte sofort wieder los. Hans Langer drehte sich um, er presste die Lippen zusammen und blitzte sie so feindselig an, dass Ulla zurückwich.

»Hauen Sie ab, das ist mein letztes Wort.«

Sie verließ hastig das Zimmer. Auf dem Eichenschränkchen im Flur lag ein kleiner Schlüsselbund. Daran war in einer Schutzhülle die Aufschrift »Hohe Straße« befestigt. Ohne nachzudenken griff Ulla zu und steckte den Schlüssel ein.

Dieser Hans Langer ist ein Despot, dachte sie, als sie, zwei Stufen auf einmal nehmend, die Treppe hinuntereilte. Er erinnerte sie an einen Sektenchef, der seine Anhänger fest im Griff hat. Brandl sollte den überprüfen lassen. Oder hatte er das schon? Sie musste Brandl anrufen.

Ulla fuhr die Kaiserstraße entlang und kaufte schnell ein paar Lebensmittel im Discounter ein. Brot würde sie nachher beim Bäcker mitnehmen.

Links tauchte kurz die neue Moschee auf, nein, der Bau, der demnächst eine Moschee werden sollte. Die Kuppel war ein Stück zu hoch geraten, musste wieder abgetragen und neu gebaut werden, wie Elli erzählt hatte. Sie war wirklich das wandelnde Wochenblatt.

Die Baustellenampel an der neuen Bahnunterführung zeigte Rot. Ein einsamer Bauarbeiter schippte gemütlich etwas Sand von einer Seite auf die andere. Ob die hier im Leben noch einmal fertig würden? Vermutlich brauchten die hier genauso lang wie an der Baustelle in der Steinstraße, als die S-Bahn-Haltestelle neu gebaut wurde. Jahrelang hatte sich der Verkehr morgens und nachmittags gestaut. Und als die Bauarbeiten endlich zum Ende kamen, zeigte sich, dass es keine Parkplätze für Autos, Fahrräder oder eine Haltebucht für den Bus gab. Sie verstand das bis heute nicht. Wie konnte man so planen? Wenn sie die Kinder zur S-Bahn brachte oder abholte, musste sie mitten auf der Straße halten, um sie ein- oder aussteigen zu lassen, und blockierte den gesamten Verkehr.

Die Ampel sprang auf Grün. Endlich. Ulla bog rechts ab in die Klingerstraße, ließ das Finanzamt hinter sich, fuhr weiter Richtung Ensen. Sie wollte erst einmal nach Hause.

Ein Radfahrer schoss an ihr vorbei. Nein, doch nicht Peter Brandl, wie sie schnell feststellte. Wieso kam ihr der Mann dauernd in den Sinn? Objektiv betrachtet war er noch nicht mal ihr Typ. Aber wer war schon objektiv?

16

Hajo Heinrichs schäumte. »Das kann doch nicht wahr sein, dass keiner der alten Fälle in Frage kommt! Habt ihr wirklich alle überprüft?«

Mürrische Gesichter wandten sich ihm zu.

»Wir sind doch keine Anfänger, Hajo!« Krüger sah ihn wütend an.

»Ja, gut, und was hast du persönlich erreicht?« Heinrichs Stimme kippte.

Brandl mischte sich ein. »Der Berger-Enkel hat sich bisher nicht gemeldet, und ich hab ihn auch nicht erreicht. Ich hab ihm auf die Mailbox gesprochen, mehrmals, ich hake da nach. Und seine Mutter und deren Lebensgefährten Hans Langer habe ich zur Befragung einbestellt, die kommen gleich.«

»Dann kümmerst du dich in der Zeit darum, den Berger ausfindig zu machen, Pia! Und Brandl geht an seine Arbeit. Tschüss.« Heinrichs war immer noch wütend. »Wir besprechen jetzt noch die anderen Fälle.«

Wie früher in der Schule, dachte Brandl, vorgeführt und rausgeschickt. Dem Heinrichs machte so etwas Spaß.

Brandl trommelte mit den Fingern auf der Tischplatte herum.

Es klopfte, und ein Kollege begleitete Hans Langer herein. Der hatte schon schwarze Fingerkuppen, war also schon beim Erkennungsdienst gewesen. Mürrisch nahm er ihm gegenüber Platz. Brandl begann routiniert wie immer:

»Herr Langer, Sie sind am 12. Juli 1949 in Karlsruhe geboren, arbeitslos, beziehen Hartz IV und sind der Lebensgefährte von Anneliese Berger. Korrigieren Sie mich, wenn etwas nicht stimmt.«

Langer nickte gemächlich.

»Sie haben diverse Vorstrafen. Gefährliche Körperverletzung, erpresserische Bedrohung, Raub. Das hat Ihnen ja auch ein paar Jahre Ossendorf eingebracht. Und wenn ich richtig sehe, auch einen Haufen alter Schulden?«

»Und?« Langer lauerte.

Brandl gab sich harmlos. »Wie viel ist es denn? Die Schulden, mein ich.«

»Mehr, als ich im Rest meines Lebens zurückzahlen kann«, wich Langer aus.

Brandl wechselte das Thema. »Wie lange sind Sie schon mit Anneliese Berger befreundet?«

»Wir leben nur heute. Was gestern war, ist uninteressant. Aber zumindest lange genug, um sie gut zu kennen. Sie ist eine tolle Frau.«

»Was heißt das genau?« Brandl wurde nicht schlau aus dem Mann, der abgeklärt pseudophilosophisch antwortete und eigentlich gar nicht so unsympathisch war.

»Sie hat sich selbst überwunden, das ist der größte Sieg. Sie hat es geschafft, mit dem Saufen aufzuhören. Das ist für sie als Alkoholikerin eigentlich unfassbar: dass sie wirklich keinen Schluck Alk mehr trinkt. Ich weiß, wovon ich rede, das können Sie mir glauben. Ich habe Anneliese bei einem Meeting der Anonymen Alkoholiker kennengelernt. Ich bin schon seit Jahren dabei und geh da regelmäßig hin. Mir hilft das. Seitdem ich da hingehe, trink ich keinen Schluck mehr. Das funktioniert irgendwie.«

Brandl wippte gereizt mit dem Stuhl. »Wo war denn das Treffen und wann?

»Wir treffen uns jeden Dienstag um neunzehn Uhr dreißig im Gemeindezentrum Sankt Laurentius an der Kölner Straße. Anneliese kam also eines Tages da beim Meeting rein, war völlig zu. Sie konnte sich kaum aufrecht halten. Dann ließ sie sich auf den einzigen freien Platz fallen und laberte sofort los. Wissen Sie, bei uns geht das der Reihe nach, keiner quatscht dazwischen, man muss sich melden, wenn man was sagen will. Bei Neuen sind wir aber nicht so streng. Außerdem merkte man, dass sie voll war. Die Fahne flatterte voran, verstehen Sie? Sie durfte sich sogar eine Zigarette anzünden, obwohl es ein Nichtrauchermeeting war.«

»Gut, gut.« Brandl notierte sich die Adresse. In der Nähe war doch auch der Altenclub der Berger. Er würde sich dort auf jeden Fall umhören.

»Und dann sind Sie mit ihr zusammengekommen?«

»Das hat gedauert. Ich hab ihr erst mal geholfen, mit dem Saufen aufzuhören. Sie war ja völlig am Ende, das war klar. Sie hat nur noch um Hilfe gebettelt. Ich hab sie nach Hause gebracht und mit ihr zusammen die ganze Bude leer gemacht.«

»›Leer gemacht‹ heißt?«

»Na, wir haben alle Flaschen ausgeschüttet, alles, was an Alkohol da war, ausgekippt. Und dann bin ich los, hab was zu essen eingekauft, Süßigkeiten, Zigaretten und zwei Kästen Mineralwasser. Und bin bei ihr geblieben, wie sie sich durchgezittert hat. Man weiß ja nie, was dann passiert. Sie hat 'nen Tremor gehabt, dass sie keine Tasse halten konnte. Das Zittern bleibt noch eine Weile. Und geschwitzt hat sie, wie ein Tier. Ich hab sie mit 'nem Waschlappen abgewischt und ihr frische Sachen zum Wechseln gegeben. Und dann kamen die schwarzen Spinnen. Die hat sie durch die Wohnung krabbeln sehen, ganze Horden schwarzer Spinnen. Sie ist fast durchgedreht.

Ich hatte alle Hände voll zu tun, sie zu beruhigen. Aber sie hat es geschafft, sie hat es tatsächlich durchgehalten. Einmal war ich nah dran und hätte sie fast ins Krankenhaus einweisen lassen. Da hatte sie 'ne richtige Aura, konnte sich auf einmal an nix mehr erinnern, noch nicht mal, welcher Tag war, wer ich war, wo sie herkam … Da hab ich gedacht, jetzt fällt sie gleich ins Koma oder kriegt womöglich 'nen Krampfanfall. Aber dann hat sie geschlafen, und danach wurde es irgendwie schlagartig besser. Sie quatschte pausenlos von ihrer Kindheit. Das hat ihr gutgetan. Mein lieber Schwan, die hat was mitgemacht mit ihrer Mutter, da fällt einem nix mehr ein. Deshalb sage ich: Hut ab, tolle Frau!«

»Haben Sie die Mutter Ihrer Lebensgefährtin kennengelernt?«

Langer zuckte die Achseln. »Die kannte ich gar nicht. Nur aus den Erzählungen von Anneliese. Aber dadurch ziemlich gut.«

»Wie jetzt?«

»Anneliese ist da immer alleine hin.«

»Wussten Sie, was Franziska Berger von der Beziehung zwischen Ihnen und Anneliese hielt?«

»Sie wollte das nicht. Sie sagte, ich bin schlecht und will nur ihr Geld.«

»Obwohl sie Sie nicht kannte?«

»Das war 'ne Hexe! Die hat die Anneliese fertiggemacht. Jedes Mal, wenn die bei ihrer Mutter war, dann war sie völlig fertig und am Heulen. Dann stand sie immer kurz vorm Rückfall. Die Alte hätte sie am liebsten wieder so gehabt. Dann war sie ja pflegeleicht und gab keine Widerworte.«

»Wissen Sie, wann Anneliese Berger ihre Mutter zuletzt gesehen hat? Können Sie sich vorstellen, dass sie etwas mit dem Tod ihrer Mutter zu tun hat?«

Langers linkes Augenlid zuckte. Er schüttelte den Kopf. »Keine Ahnung, wann die zuletzt da war. Fragen Sie sie doch selber. Und warum sollte die ihrer Mutter was antun? Das macht die doch nicht. Das hat die im Suff nicht gemacht, dann fängt sie doch jetzt, wo sie trocken ist, nicht mit so was an.«

»Profitieren Sie vom Tod der Franziska Berger?«

»Das wird ja immer doller!« Er richtete sich kerzengerade auf.

»Herr Langer, Sie schieben einen Berg Schulden vor sich her. Ihre Lebensgefährtin ist finanziell auch nicht auf Rosen gebettet. Da wäre doch ein Goldesel wie Frau Bergers Mutter nicht unwillkommen, oder?«

»Nä, aber die Alte rückte ja nix raus. Jetzt bekommt Anneliese es aber doch.« Er grinste breit. »Das steht ihr auch zu.«

»Oder Giselher, je nachdem, was im Testament steht.«

Langer regte sich auf. »Das werden wir ja sehen.« Rote Flecken überzogen seine Stirn.

»Wo waren Sie an dem Tag, als Franziska Berger ermordet wurde?«

»Das weiß ich ganz genau. Nämlich mit Anneliese im Meeting in Sankt Laurentius. Da war ein großes Treffen. Es gibt genug Zeugen. Allerdings weiß ich keine Namen, nur die Vornamen. Anonym, Sie wissen ja.«

»Wie sind Sie denn dorthin gekommen?«

»Mit dem Auto.«

»Sie haben ein Auto?« Jetzt wurde Brandl ganz aufmerksam.

»Nein, natürlich nicht. Würde mir ja bei Hartz IV sofort wieder angerechnet. Ich leihe mir eins von einem Bekannten in Gremberghoven. Er ist sehbehindert und fährt seinen Wagen kaum noch selbst. Ich helfe ihm beim Einkaufen mit den schweren Getränkekisten und solchen Sachen. Dafür darf ich dann fahren.«

Während Langer erklärte, rekapitulierte Brandl, was er bis jetzt gehört hatte: Mögliches Tatmotiv im finanziellen Bereich. Beziehung zur Ermordeten über deren Tochter, die ihrerseits ein persönliches Tatmotiv haben konnte. Aufenthalt in der Nähe der Berger-Wohnung zur Tatzeit. Im Besitz eines Fahrzeugs zum Transport der Leiche und ein schwaches Alibi. Das reichte erst einmal.

»Herr Langer, ich muss Ihnen an dieser Stelle sagen, dass gegen Sie der Verdacht besteht, eventuell gemeinsam mit Anneliese Berger deren Mutter getötet zu haben. Sie müssen zur Sache nichts sagen, aber wenn Sie aussagen, kann alles, was Sie sagen, auch gegen Sie verwendet werden. Sie können sich jederzeit mit einem Rechtsanwalt Ihrer Wahl besprechen. Möchten Sie die Vernehmung fortsetzen?«

In routiniertem Ton hatte Brandl seine Belehrung abgespult.

Langer besaß ganz offensichtlich genug Justizerfahrung, um zu wissen, dass es jetzt ernst wurde und er gut beraten war, nicht auf eigene Faust weiterzumarschieren. Seine Antwort klang ebenso routiniert: »Sie wissen doch, Herr Kommissar: Ohne meinen Anwalt …«

Brandl eröffnete ihm, dass er hiermit vorläufig festgenommen sei. Bevor die Kollegen kamen, um Langer beim Gewahrsamsdienst abzuliefern, gelang es Brandl noch, ihm den Namen und die Adresse des Bekannten mit dem Auto zu entlocken. Ihm war klar, dass Staatsanwalt Meyer keinen Haftbefehl beantragen würde, bevor das Alibi und das Auto überprüft wären.

Das Auto war schnell erledigt. Ein Anruf bei Erwin, und die Kollegen setzten sich nach Gremberghoven in Bewegung. »Besonders den Kofferraum …«, versuchte Brandl noch, Ratschläge zu erteilen.

Aber wie sollte er Anonyme Alkoholiker als Zeugen für ein Alibi ausfindig machen? Er erinnerte sich an die Personalversammlung im letzten Jahr, in der auf die interne Suchtberatung hingewiesen und allen Kollegen empfohlen worden war, bei persönlichen Problemen dort Hilfe und Beratung zu suchen. Die müssten sich doch mit so etwas auskennen. Standen sogar im internen Telefonverzeichnis, wie Brandl zufrieden feststellte.

Eine halbe Stunde später konnte er Lars instruieren. »Hier hast du das Meetingsverzeichnis von den Anonymen. Da findest du unter ›Dienstag‹ in Porz das Meeting in Sankt Laurentius und zwei Telefonnummern. Da nimmst du Kontakt auf. Die Anonymen, die schon länger dabei sind, kennen sich untereinander. Du besorgst dir beim Erkennungsdienst das Foto von Langer, fährst dahin und fragst dich durch. Erkundige dich gleichzeitig auch nach der Anneliese Berger, also frag nach ›Anneliese und Freundin von dem auf dem Foto‹, das kriegen die schon auf die Reihe.«

Brandl holte Anneliese Berger im Foyer des Polizeipräsidiums ab. Sie sah aus, als könnte sie nie mehr mit dem Weinen aufhören. Ihr Gesicht war verquollen, die Augen rot geädert, die Lider geschwollen und ihre Haut grau.

»Frau Berger, ich muss Sie verschiedene Dinge fragen.«

»Von mir aus, ich will dat alles nur hinter mich bringen.«

»Dann fahren wir auch direkt hoch. Ich habe noch einen Kollegen dabei, das hatte ich ja schon gesagt.«

Anneliese Berger schlurfte neben ihm her. Sie hatte sich widerspruchslos die Fingerabdrücke nehmen und fotografieren lassen. Jetzt starrte sie im Aufzug auf den Boden und schniefte. »Da kommt so viel hoch, Herr Kommissar. Und ich dachte, dat wär alles vorbei.«

Brandl lotste sie in den Vernehmungsraum und bot ihr einen Kaffee an. Sie umklammerte die Tasse, erst da fiel Brandl auf, wie stark ihre Hände zitterten.

Valentin Gruber, der Polizeipsychologe, steckte den Kopf zur Tür herein und begrüßte Anneliese Berger freundlich.

Bei laufendem Aufnahmegerät gab Brandl die nötigen Informationen: »Frau Berger, ich mache Sie darauf aufmerksam, dass Sie verdächtigt werden, Ihre Mutter getötet zu haben. Sie müssen zur Sache nicht aussagen. Wenn Sie wollen, können Sie sich mit einem Anwalt beraten.«

Anneliese schluchzte, schüttelte den Kopf. »Ich hab nix zu verberjen.«

»Anneliese Berger. Sie sind am 20. April 1942 geboren.«

»Führers Geburtstag«, murmelte sie.

»Sie sind Tochter von Franziska Berger und ...?«

»Vater unbekannt. Bestimmt so ein SS-Mann. Saubere arische Männer und Frauen zeugen Kinder für dat Reich.«

»1944 wird ihr Bruder Giselher geboren, stirbt aber auf der Flucht.«

Berger nickte und weinte.

Gruber fragte ganz sanft: »Erinnern Sie sich noch an die damalige Zeit?«

Anneliese Berger schluchzte auf: »Et war schrecklich. Mutter war immer böse. Auf die Mädchen da, auf die Männer, auf mich. Et war immer kalt.«

»Wurden Sie geschlagen?«

Berger nickte.

»Können Sie sich noch an Strafen erinnern?«

»Ich träum oft jenoch davon.« Sie sackte in sich zusammen, legte den Kopf in die Hände. »Meine Mutter hat mich jequält, sie war en Unjeheuer.«

»Nur in der Zeit, als Ihre Mutter im Jugend-KZ gearbeitet hat?«

»Dat weiß ich nich mehr so genau. Aber später.«

»Erinnern Sie sich noch an den Tod des Bruders?«

Telegraphenmasten fliegen vorbei, eine glitzernde Schneelandschaft. Im Abteil sitzen Männer und Frauen, alle dick in Mäntel und Schals gehüllt. Ich darf am Fenster sitzen. Giselher halte ich fest im Arm. »Pass auf ihn auf«, hat Mutter gesagt. Sie hat keinen Sitzplatz, steht irgendwo im Gang und hält sich am Gepäckkorb fest. Es ist ganz still, niemand spricht. Alle starren vor sich hin. Nur das Rattern des Zuges. Ich halte Giselher fest im Arm. Er ist ganz still und ganz hart. Dann drückt sich Mutter durch die Menge. Sie beugt sich über Giselher, reißt ihn mir aus dem Arm. Wickelt die dicke Decke auf. »Er atmet nicht mehr«, schreit sie. »Du blöde Kuh. Was kannst du eigentlich?«

Sie reißt mich an den Haaren, schlägt mich mit dem Kopf gegen die Abteilwand. Die anderen Reisenden schauen zur Seite.

»Er ist tot, tot. Halt fest.« Sie gibt ihn mir, drückt mit beiden Händen das Fenster herunter, eiskalte Luft weht herein. Sie packt das Kind in der Decke und wirft es aus dem fahrenden Zug. Dann schließt sie das Fenster.

Die anderen stieren unbeteiligt vor sich hin. Mutter weint nicht. Ihr Gesicht ist eine Maske mit kleinen Sehschlitzen. Ich friere, ich habe Hunger, meine Finger sind so kalt. Harte Augen sehen mich an.

Am liebsten würde ich hinterherspringen.

Brandl stellte ihr einen Aschenbecher hin. »Und weiter, in Köln?«

»Da war et besser. Wir wohnten ja bei Schneiders in der Alsenstraße in Deutz. Die Frau Schneider war nett zu mir, passte auf mich auf, wenn Mutter unterwegs wor. Ich spielte jern mit Luise, mit den Jungs seltener. Alle warteten sehnsüchtig darauf, dat der Vater heimkam. Mutter wollte nit, dat ich mit den Schneiders zu eng wurde. Et jab oft Streit um dat Badezimmer, und wie man Kinder zu erziehen hätte. Wenn meine Mutter mich verprüjelte, regte Frau Schneider sich jedes Mal auf. Einmal hatte se mich so ins Gesicht jeschlage, dat mir dat Blut aus Nase und Mund lief. Ich hab nur noch jeheult, und sie hat immer weiter jeschlagen. Frau Schneider is dazwischenjegangen und hat gesagt, wenn sie jetzt nicht aufhört, dann jeht sie zur Fürsorge. Von da an war sie vorsichtig, wenn die Schneiders zu Hause waren. Als Mutter dann aber die Stelle bei der Polizei hatte, zogen wir bald in eine eijene Wohnung in die Siejesstraße. Da konnt sie dann draufschlagen, wie sie wollte. Und es kamen auch Onkel zu Besuch. Kollejen von Mutter, die auch bei uns übernachteten. Als ich Mutter jesagt hatte, dat einer von denen mir im Badezimmer befohlen hatte, dat Nachthemd auszuziehen, und mich anjefasst hat, zerschlug sie eine mit Tulpen und Jammelwasser jefüllte Blumenvase auf meinem Kopp und schrie, ich wär ein verkommenes Luder. Ich schloss mich dann immer ein, wenn ich 'ne Männerstimme hörte.«

»Und wie ging es weiter? Vielleicht können Sie sich etwas kürzer fassen.« Brandl schenkte Kaffee nach. Er wurde langsam ungeduldig. Die Storys waren für den Psychologen sicher eine Fundgrube, ihm ging diese Langatmigkeit auf den Geist. Dass die Berger schwer gestört war, wussten sie ja jetzt.

»Ich war ne schlechte Schülerin und machte immer ins Bett. '53 fuhren wir in die Sommerferien, ne Woche in den Westerwald. Wir hatten zusammen ein kleines Pensionszimmer, und es gab immer wieder Ärger. Eines Abends wollt ich nicht mitten im ›Mensch-ärjer-dich-nit-Spiel‹ den Aufenthaltsraum verlassen. Ich war doch am Jewinnen! Mutter packte mich am Arm und wollt mich aus dem Zimmer zerren. Ich klammerte mich am Stuhl fest, sie riss mich los. Da packte ich die Tischdecke, riss dat janze Spiel vom Tisch. Die anderen Jäste waren entsetzt über dat janze Theater. Eine Frau rief: ›Dem Gör gehört mal ordentlich der Hintern versohlt, dat is ja wohl dat Letzte‹. 'ne Mann nahm mich in Schutz, ›Rabenmutter‹, rief er. Am nächsten Morgen, nach dem Frühstück, jingen mir auf dat Zimmer, da Mutter meinte, dat wir wandern jehen sollten.

Mutter schließt die Tür von innen ab, steckt sich den Schlüssel in den Ausschnitt, legt sich aufs Bett. »Du warst gestern böse, gemein. Du hast mich vor allen Leuten blamiert, du verkommenes Stück Dreck. Und deshalb muss ich jetzt sterben.« Ich schaue in den Spiegel: ein kleines Mädchen mit stramm geflochtenen dünnen Zöpfen und dem wie mit dem Lineal gezogenen Scheitel und trotzigem Gesicht. Ich lege mich einfach neben sie, schließe die Augen und bleibe bewegungslos liegen. Irgendwann stehe ich auf, lehne mich an die Wand neben der Zimmertür, warte einfach ab. Die Zeit will nicht vergehen. Stunden später rutsche ich an der Wand langsam herunter, setze mich ganz leise auf den knarrenden Dielenboden. Draußen zwitschert ein Vogel, ich möchte so gern dorthin. Aber ich bewege mich nicht, beobachte meine Mutter. Atmet sie noch? Ich weiß es nicht. Keiner kann doch einfach auf Wunsch sterben, denke ich trotzig. Oder doch? Ich werde unsicher, ängstlich. Ich muss auf die Toilette, traue mich nicht, mich zu bewegen. Hunger, Durst? Ich spüre nichts. Ich schaue und schaue starr auf meine Mutter. Auf dem Flur Schritte. Ein Schlüssel wird nebenan ins Schloss gesteckt, umgedreht. Dann fällt die Tür zu. Stille. Die Zimmerwände bewegen sich auf mich zu, das Bett dreht sich vor meinen Augen. Boden und Zimmerdecke, alles rückt zusammen, presst mir die Luft ab.

Da, eine Stimme, sie raunt: Du Luder, schlecht bist du, unwertes Leben, eine Zumutung für deine Mutter. Du hast deine Mutter auf dem Gewissen.

Da spricht doch keiner. Den ganzen Tag hocke ich so. Als es dämmert, halte ich es nicht mehr aus. Ich weine und weine. Wische den Rotz mit dem Blusenärmel ab. »Es tut mir leid, Mutter«, presse ich schließlich hervor. Ich kann nur noch schluchzen. »Ich weiß, ich war böse. Ich bin böse. Du hattest mit allem recht, bitte sei wieder gut und atme wieder!«

»Mutter öffnete sofort die Augen und stand auf. Ohne ein Wort schloss sie die Tür wieder auf.«

Brandl leerte den vollen Aschenbecher. Hoffentlich wurde hier bald mal absolutes Rauchverbot eingeführt. Diese ewige Stinkerei.

Anneliese Berger konnte nicht mehr aufhören zu erzählen.

»Als ich in dem Alter war, fand ich abends Blut in meinem Schlüpfer und hab gedacht, ich hätte mich irjendwie verletzt, vielleicht, als ich mich selbst anfasste, und dat war ja, wie Mutter sagte, strafbar. Ich rief nach ihr. Sie guckte, sagte: ›Scheiße, das bekommst du jetzt jeden Monat‹, und jing raus. Später kam se mit nem Paket Watte und 'ner Binde zurück: ›Das musst du dir in die Hose stecken, damit du die Klamotten nicht versaust. Ab heute kannst du Kinder kriegen, lass dich bloß nicht mit Männern ein, den Schweinen!‹«

»Möchten Sie eine Pause, Frau Berger?« Brandl schaute peinlich berührt aus dem Fenster. So genau hatte er es auch nicht wissen wollen.

Sie schüttelte den Kopf. »Nee, jetzt mach ich weiter, alles in einem Rutsch!«

Gruber zuckte die Achseln. Er ist hart im Nehmen, dachte Brandl beeindruckt. Die Litanei ging weiter.

»Einmal hatte ich nen Verehrer. Ich traf mich heimlich mit ihm in ner Kneipe. Ich war vielleicht fünfzehn. Ich trug nen grünen Träjerrock, nen weißen Pulli, ne Strumpfhose und so schöne glänzende Schuh mit Absatz. Ich sah einfach top aus, und mein Freund war bejeistert von mir. Noch andere setzten sich an unseren Tisch. Einer warf sein Dunkelbier um und kippte es mir über den Rock. Ich war erschrocken und wusch auf der Toilette die Flecken raus. Es war gar nit so schlimm. Ein paar Spritzer. Als ich nach Hause komm, hatt ich dat schon verjessen. Mutter hatte Besuch. Eine Nachbarin. Ich lehnte stolz und, wie ich dachte, schön am Küchenschrank. Sie sah mich an und sagte: ›Wer hat dich denn anjepisst?‹ Ich war wie erstarrt, guckte an mir herunter, meine Strümpfe hatten ein paar Spritzer Dunkelbier abgekriegt. Ich spürte, wie mein Gesicht anfing zu jlühen. Ich versteckte mich im Bad und schämte mich. Traute mich nit mehr raus. Später, als die Nachbarin weg war, schlug mich Mutter windelweich.

Nach der Schule lernte ich Erzieherin. Hatte auch ne Freundin, mit der ich dann, nachdem mir mit der Ausbildung fertig war, zusammenjezogen bin. Dann hab ich sie mit meinem Fründ im Bett erwischt und bin sofort da raus. Tolle Freundin! Bis ich ne Wohnung fand, musst ich wieder zu meiner Mutter. Dat war die Hölle! Se wühlte in meinen Sachen, nannte meine Slips ›Nuttenschlüpfer‹. Ich zog dann nach Köln-Lindenthal. Ich dacht, ich lern im Quartier Latäng nen anjehenden Arzt kennen, und träumte von ner netten kleinen Familie.«

»Aha.« Brandl versuchte, Interesse zu zeigen.

»Aber irgendwat stimmte mit meinem Magen nit. Ich hab jern jejessen, und hinterher hab ich es wieder ausjekotzt. Aber sonst war alles bestens. Bis ich dann aus der Wohnung rausflog. Die Nachbarn han sich beschwert, dat ich zu laut war, wenn ich abends aus der Kneipe kam.«

»Zu laut? Haben Sie damals das Trinken angefangen?«

»Ja. Ich zog dann nach Zollstock. Und weil ich so viel jetrunken hab, weiß ich auch jar nicht, wie ich dann schwanger geworden bin. Et war an Sylvester, et gab ‘ne große Party, aber ich kann mich nur noch an dat riesije Buffet erinnern und dat ich jetanzt hab.«

»Ihr Sohn Giselher wird am 6. September 1971 geboren.«

Sie schnaubte wütend. »Der sollte Ulrich heißen, aber Mutter ging zum Standesamt und hat ihn als Giselher anjemeldet. Ich bekam dann Depressionen und Medikamente. Nach ‘nem halben

Jahr bin ich wieder arbeiten jejangen. Ich konnt mit dem Kind nix anfangen. Giselher kam in de Krippe, später in 'nen Hort und am Wochenende zu meiner Mutter. Die waren ja ein Herz und eine Seele. Die fuhren ja auch zusammen jedes Jahr in die Ferien.«

»Sie haben nicht geheiratet.«

»Nee, mich wollt keiner richtig. Paar Affären, aber die gingen alle immer irjendwie kaputt. Manchmal hatte meine Mutter die Finger im Spiel, manchmal der Giselher.«

»Hatten Sie Probleme mit Ihrem Sohn?«

»Der war in der Schule immer gut, war, glaub ich, beliebt. Nur mit mir sprach er nit richtig. Der ließ mich nit an sich ran. Ich war ihm peinlich, der wollt nix mit mir zu tun han. Studierte dann ja auch und zoch weg. Ab und zu hat er mal anjerufen, ach, im Grunde ist er gar nicht so schlecht.«

»Ich habe manchmal den Eindruck, Ihr Sohn würde sich anders geben, als er ist.«

Anneliese Berger grinste anerkennend. »Der is manchmal aalglatt und kalt wie ein Fisch. Genau wie meine Mutter, der is erblich belastet.«

»Wie sind Sie denn mit Ihrer Mutter ausgekommen? Hat sich das Verhältnis geändert?«

»Wat soll ich da sage? Sie war meine Mutter, trotz allem, ne? Ich hab sie jede Woche mal besucht, wir wohnten ja die letzen Jahre nit so weit auseinander. Nach Finkenberg kam sie nie. Dat fand sie furchtbar. Zu viel Ausländer, ne? Da hat se immer jehetzt, wenn wir dadrüber gesprochen haben. Aber ich hab sie reden lassen, ich kannte sie ja. Sie hatte auch ihre guten Seiten, ab und zu hat sie mir was zujesteckt, wenn ich total klamm war.«

»Wie sieht es heute mit Ihrem Alkoholproblem aus?« Brandl sah Gruber an.

»Bin trocken. Jetzt rauch ich mich halt kaputt!«

»Ich muss Sie das noch einmal fürs Protokoll fragen. Frau Berger, wo waren Sie am 31. März zwischen achtzehn und vierundzwanzig Uhr?«

»Vermutlich mit Hans zusammen.«

»Hans Langer, Ihrem Lebensgefährten? Wir werden das überprüfen, Frau Berger.«

»Ja, mit Hans Langer, ich hab den bei den Anonymen Alkoholikern kennenjelernt. Er hilft mir, und ich helf ihm.«

»Auch finanziell?«

»Wie jetzt?«

»Wann haben Sie Ihre Mutter zuletzt um Geld gebeten? Brauchten Sie vielleicht Geld für Ihren Freund?«

»Wie, für meinen Freund? Ich hab meine Mutter vor Kurzem nach Geld jefragt. Dat stimmt, aber für mich.«

»Haben Sie Ihre Mutter um viel Geld gebeten?«

Anneliese Berger wurde unruhig und kaute auf ihrer Unterlippe herum. Mit den Fingernägeln riss sie sich kleine Hautfetzen von den Nägeln ab.

»Zehntausend, so wat is doch nit verboten.«

»Nein, natürlich nicht, Frau Berger. Wofür brauchten Sie denn so viel Geld?«

»Wofür, wofür? Wat jeht Sie dat an?«

»Hatten Sie vielleicht Streit mit Ihrer Mutter? Haben Sie sie bestrafen wollen für alles, was sie Ihnen und anderen angetan hat? Hat sie sich geweigert, Ihnen Geld zu geben? Haben Sie Ihre Mutter ausgeraubt und umgebracht?«

Anneliese zitterte. »Ich? Sind Se bekloppt oder wat? Sie wollen mir dat anhängen?« Dann schrie sie los. »Ich war dat nicht, ich doch nicht!« Sie raufte sich die Haare, schlug sich mit den Fäusten gegen den eigenen Kopf. »Ich doch nit!« Dann weinte sie, warf sich auf den Tisch und schluchzte nur noch.

»Bitte beruhigen Sie sich«, sagte Gruber. »Ich denke, es reicht erst einmal mit den Fragen. Bitte warten Sie einen Moment. Wir kommen gleich zurück.«

Er stand auf, gleichzeitig sprang Anneliese mit überraschender Schnelligkeit auf, griff nach dem Kugelschreiber, der auf dem Schreibtisch lag, und stürzte auf Brandl los; den Kuli hielt sie wie eine Waffe. Brandl packte sie sofort und entwand ihr den Kuli. Sie riss sich los, sie hatte Kraft, und rannte direkt zum Fenster und versuchte es zu öffnen. Wenn das Fenster im Vernehmungszimmer eine Klinke gehabt hätte, wäre sie sicher rausgesprungen. Aber da klaffte nur ein kleines Loch mit einem Vierkant drin.

Mit einem Satz war Brandl direkt hinter ihr und hielt sie fest, bevor sie wieder auf ihn losgehen konnte. Gruber hatte inzwischen Verstärkung geholt. Handschellen klickten. Anneliese sank wieder auf ihren Stuhl zurück. Sie schluchzte verzweifelt. »Nicht einsperren, nicht einsperren …«

»Und?«, wandte sich Brandl an Gruber, als sie im Flur standen.

»Schweres Kindheitstrauma. Dass sie noch nicht in der Psychiatrie gelandet ist, wundert mich.«

»Hat sie ihre Mutter umgebracht?«

»In Gedanken bestimmt schon hunderte Male.«

»Ach, Gruber, machen Sie's doch nicht so spannend!«

»Ich weiß nicht, ob sie die Nerven dazu hätte. Aber in einer Ausnahmesituation ist alles möglich. Sie haben ja erlebt, wie sie ausrastet. Wir müssen die Zurechnungsfähigkeit feststellen lassen, vielleicht ist sie ja gar nicht schuldfähig.«

Brandl ging in das nächste Büro, wählte die Nummer des Staatsanwalts.

»Herr Doktor Meyer? Brandl hier. Wir brauchen eine richterliche Entscheidung, ob eine Person, die in einen Mordfall verwickelt, dringend tatverdächtig und zurzeit psychisch so labil ist, dass sie eventuell sich und andere gefährdet, kurzzeitig zur Beobachtung im LKH Merheim untergebracht werden kann. Stellen Sie den Antrag? Sie heißt Anneliese Berger und ist die Tochter des Mordopfers vom Porzer Rheinufer … Gut, ich rufe in zehn Minuten noch mal an und erkläre alles genau. … Ach ja, und wir müssen die Wohnung der Frau in Augenschein nehmen. Geht das in Ordnung? Ja? Danke. Dann bekomme ich das noch von Ihnen.«

17

Sabine Simmler saß verkrampft auf dem Bistrostuhl und rührte hektisch in ihrem Kakao mit Sahne. Sie schaute aus dem Fenster auf den Porzer Marktplatz hinaus, der heute verwaist und leer war. Sie hatten sich hier in der Nähe des Rathauses getroffen und waren die einzigen Gäste.

»Diese Franziska Berger war nicht so, wie Sie sie bei der Beerdigung beschrieben haben, Frau Wolff.«

»Ich weiß das mittlerweile auch, Frau Simmler. Leider kamen diese Informationen zu spät, sonst hätte sich meine Predigt bestimmt anders angehört.«

Heiße Wut loderte in Ulla hoch. Sie ärgerte sich über den faden Kaffee, über sich selbst und die Belehrungen, die von allen Seiten auf sie abgeschossen wurden. Friede sei mir dir, dachte sie. Das half.

Sabine Simmler saß abwesend da und schien sie gar nicht richtig wahrzunehmen. Den ganzen Tag hatte die Sonne geschienen, jetzt trommelte der Regen gegen die Scheiben.

»Meine Mutter erzählt mir viel von früher. Ich habe oft gar nicht richtig zugehört, weil es ja immer wieder die gleichen Geschichten waren. Doch vor einiger Zeit wurde es dann schlimmer. Da redete sie nur noch vom Dombunker und ihren Treffen dort. Von den Touren mit ihren Freunden ins Bergische Land, in den Königsforst, die Eifel. Und vom Ammerländchen. Da fängt sie dann immer zu weinen an. Sie sagte etwas vom Altenclub und einer Stimme, die sie verfolgt. Sie wollte, dass ich mich darum kümmere. Als ich mir was zu schreiben aus dem Schwesternzimmer holte und zurückkam, wollte meine Mutter gerade aus dem Fenster springen.«

»Das ist ja furchtbar, Frau Simmler«, sagte Ulla Wolff mitfühlend und sah Sabine Simmler direkt in die Augen. »Wie gut, dass Sie verhindern konnten, dass sie sich etwas antut. Ist in diesem Ammerland denn etwas vorgefallen, was sie nicht verkraftet hat?« Die Edelweißpiraten hatten das auch erwähnt.

»Das war ein Strandbad in Rösrath, wo sie sich alle gern trafen. Edelweißpiraten, Navajos und ihre Freunde. Mutter wurde da verhaftet und hier nach Porz zum Hochkreuz gebracht, wo sie mehrere Tage festgehalten und verhört wurde. Sie wurde verwarnt. Als sie etwas später dann von einer Nachbarin denunziert wurde, kam sie ins Jugend-KZ Uckermark. Dort war …« Sie sah Ulla eindringlich an.

»Franziska Berger, eine sogenannte Erzieherin«, ergänzte Ulla.

Sabine Simmler nickte. Ihre Augen schimmerten feucht, ihre Lippen zitterten leicht. »Was meine Mutter alles erzählt, Quälereien, Misshandlungen, sogar Mord. Sie wird da nicht mit fertig. Und dann hat sie im letzten Jahr diese Franziska Berger hier im Altenclub getroffen. Meine Mutter war sich ganz sicher, Frau Wolff. Trotzdem habe ich mich erkundigt. Die Edelweißpiraten in Ehrenfeld waren da sehr hilfsbereit. Meine Mutter hatte noch immer Angst vor der Berger. Sie wollte sich deswegen umbringen, das müssen Sie sich mal vorstellen!«

Ulla wusste nicht, was sie sagen sollte. Sie hatte schließlich nicht auf alles eine Antwort parat. Zumal – wie konnte sie hier überhaupt trösten? In den letzten Tagen kamen ihr immer mehr Zweifel, ob ihre Sicht auf das Leben nicht völlig naiv war. Sie drückte Sabine Simmler nur mitfühlend die Hand und schwieg. Die Hand fühlte sich kalt und schweißig an.

»Und dieser Enkel, Giselher, ist anscheinend auch nicht viel besser als seine Großmutter.«

»Wie meinen Sie das, Frau Simmler?« Ulla war erstaunt, wie heftig Frau Simmler dies hervorstieß.

»Der ist so gelackt, so wortgewandt und von oben herab, weiß auf alles was zu sagen und ist so kalt wie … wie die alte Berger.« Sabine Simmler knipste hektisch den Verschluss ihrer Tasche auf und zu. »Ich hätte das nicht gesagt, wenn Sie nicht gefragt hätten.«

»Ich bin immer für Sie da. Rufen Sie mich ruhig an, wenn Sie reden wollen. Und kümmern Sie sich um Ihre Mutter. Sie braucht sie jetzt. Ich schaue in den nächsten Tagen bei ihr vorbei, ja?«

Als Ulla das Lokal verließ, wurde ihr bewusst, dass Frau Franzen, wenn sie in der Uckermark gewesen war, ja Helga Koch und

Angelika Freund kennen müsste, oder? Sie nahm sich vor, die alte Franzen in den nächsten Tagen im Haus Monika zu besuchen.

Vorsichtig drehte Ulla den Schlüssel um und drückte die Haustür in der Hohe Straße Nummer 17–19 auf. Einen Moment verharrte sie unschlüssig, überlegte, ob sie weitergehen sollte. Sie hatte ein schlechtes Gewissen. Oder warnte sie eine innere Stimme? Wollte sie tatsächlich in eine fremde Wohnung eindringen? »Misch dich nicht in Dinge, die dich nichts angehen«, hörte sie ihre Mutter mahnen. Dabei hatte die sich ständig überall eingemischt. Das galt also nicht.

Zwei Tage hatte sie gebraucht, bis sie sich getraut hatte, zur Wohnung von Franziska Berger zu fahren.

Es war ganz still im Treppenhaus. Ulla ging schnell weiter. Sie konnte nicht anders. Sie fühlte sich wie ferngesteuert, als hinge sie an einem unsichtbaren Faden, der sie einfach vorwärtszog. Als sie leise die Treppen zum dritten Stock hochschlich, atmete sie zitronig frischen Putzduft ein. Schnell schloss sie die Wohnung auf. Ihre Hand tastete nach dem Lichtschalter, die Halogenlampe blitzte auf und beleuchtete das absolute Chaos. Überall Teller, Tassen, Bettbezüge, Tischdecken. Nicht nur im Flur, in der ganzen Wohnung hatte jemand gewütet. Alles, was Anneliese Berger gepackt hatte, die Kartons mit Geschirr, Besteck, Büchern und Bettwäsche, war umgekippt, der Inhalt auf dem Boden verstreut. Schränke standen offen, Schubladen waren herausgerissen.

Ulla griff sich mit der Hand an den Hals. Was war denn hier passiert? Sie atmete tief durch und horchte in die Stille. War da noch jemand? Nichts. Nur ein fremder, holziger Geruch in der Luft. Sie sah sich vorsichtig um, räumte dann einen Sessel frei, setzte sich und dachte nach. Sie war hergekommen, um sich ein Bild von Franziska Berger zu machen. Die Geschichte ließ ihr keine Ruhe, sie brauchte einen Hinweis, wollte wissen, wie sie gelebt hatte mit ihrer Schuld. Sehen, dass ihr die Vergangenheit leidgetan hatte, dass sie darunter gelitten hatte. Sie konnte und wollte einfach nicht glauben, dass diese Frau ihr früheres Leben wie eine alte Haut abgestreift und einfach weitergemacht hatte, als wäre nichts geschehen.

In den Gesprächen mit ihr hatte Ulla nie auch nur den kleinsten Hinweis auf die Nazi-Verstrickungen wahrgenommen, sie war ihr sehr selbstgerecht und distanziert vorgekommen, aber viele alte Damen waren so. Mittlerweile fragte sie sich, wie blind sie eigentlich gewesen war.

Ihr Blick schweifte ziellos umher. Hier hatte jemand etwas gesucht. Ulla stand auf. Plötzlich hörte sie ein leises Geräusch. Eine Uhr schlug. Ihr lief ein Schauer über den Rücken, sie stand wie versteinert, wagte nicht, sich zu rühren. Sie hielt den Atem an, lauschte. Nichts.

»Hallo?«, fragte sie leise. »Ist da jemand?« Sie bewegte sich ganz langsam weiter ins Schlafzimmer. Es war leer, auch hier war alles durchwühlt. Ratlos betrachtete sie das Durcheinander. Ulla fühlte sich seltsam beklommen. Beobachtet. Es war nicht richtig gewesen herzukommen. Ulla wollte die Wohnung sofort verlassen und ging zurück ins Wohnzimmer.

Gerade bückte sie sich nach ihrer Tasche, da wurde die Tür des Badezimmers heftig aufgerissen, jemand machte ein paar schnelle Schritte durch die Diele. Ulla stand starr vor Schreck. Mit einem Ruck wurde die Wohnzimmertür zugezogen und abgeschlossen. Der Schlüssel steckte außen im Schloss.

Franziska Berger hatte ihr einmal erzählt, sie habe Angst, dass jemand nachts über den Balkon in die Wohnung klettern könnte, deshalb sperrte sie immer das Wohnzimmer ab, wenn sie ins Bett ging.

Ulla klopfte wild gegen das dunkle Holz. »Hallo, machen Sie auf!«

Die Wohnungstür fiel ins Schloss.

Ulla sackte zusammen. Ihr zitterten die Knie. Jemand war die ganze Zeit hier gewesen. Wahrscheinlich direkt im Bad verschwunden, als sie hereingekommen war.

Ulla zog das Handy aus ihrer Jackentasche. Ihre Hände waren schweißnass, einen Moment zitterten ihre Finger so, dass sie kaum wählen konnte. Im Adressbuch suchte sie Peter Brandls Nummer. Gut, dass sie sie gespeichert hatte. Er würde bestimmt sauer sein. Hoffentlich würde er überhaupt ans Telefon gehen. Na ja, schlimmstenfalls würde er einfach denken, sie liefe ihm hinterher.

»Herr Brandl? Ulla Wolff hier. Ich bin gerade in der Wohnung von Franziska Berger. Nein, fragen Sie nicht, wieso und warum. Hier war jemand drin und hat alles durchsucht. Und der war auch noch da, als ich reinkam … Nein, ich habe keinen gesehen, aber gehört auf jeden Fall. Ich bin im Wohnzimmer eingeschlossen. Nein, ich hab wirklich keine Ahnung, wer das war. … Ich war bei Anneliese Berger. Den Schlüssel hab ich von ihr …«

Sie hielt das Handy weit vom Ohr entfernt und rief nach einiger Zeit: »Haben Sie jetzt genug gebrüllt? Ja, ich hab den Schlüssel geklaut. Na und? Ja, ich fände es wirklich gut, wenn Sie jetzt kommen würden! … Ja, dann fahren Sie doch erst zu Anneliese Bergers Wohnung, wenn das wichtiger ist für Sie. Ich warte hier, ich kann ja nicht weg. … Wie, ich bin in Gefahr? Dann müssen Sie eben direkt kommen, hab ich doch gesagt …«

Ullas Knie zitterten immer noch, deshalb setzte sie sich wieder in den Sessel im Wohnzimmer und wartete. Und horchte. Hoffentlich kam er nicht mehr zurück.

Wer war hier drin gewesen? Und warum war hier alles durcheinander? Ulla war ratlos.

Und jetzt hinderte sie Brandl auch noch an der Arbeit. Dabei sollte er sich dringend um die Tochter kümmern. Anneliese Berger war schwer gestört, die hatte überhaupt kein Gespür dafür, wer ihr guttat und wer nicht. Ihre Mutter hatte sie völlig verrückt gemacht.

Wusste sie eigentlich, welche Fehler sie selbst bei ihren eigenen Kindern gerade machte? Hatte Michael recht damit, dass sie sich zu wenig Zeit für sie nahm? Sie selbst hatte es mit ihrer Mutter ja auch nicht immer leicht gehabt. Und umgekehrt genauso. Ihre Mutter war so engagiert in ihrer Gewerkschaftsarbeit gewesen, immer ruhelos, immer beschäftigt mit guten Taten. Und dann hatte Ulla, nachdem sie sich den Wind um die Nase hatte wehen lassen, auf Tramptour in Afghanistan und Indien unterwegs gewesen war, einen netten Studenten kennengelernt. Der sie ermutigte, ihrem Traum zu folgen. Sie hatte ihren ganzen Mut zusammengenommen und ihrer Familie eröffnet, dass sie evangelische Theologie studieren wollte. Ausgerechnet Pfarrerin werden wollte sie! Ihre Mutter war entsetzt gewesen.

»Hast du denn gar nichts begriffen?«, hatte sie gezetert. »Wofür haben wir dich denn jedes Jahr ins Ferienlager zu den Falken geschickt? Demokratisches Denken, Solidarität! War denn das alles umsonst? Das machst du doch nur, um mich zu ärgern!« Verzweifelt hatte die Mutter zu schluchzen begonnen. »Wir haben dich doch nicht zu einem freiheitlich denkenden Menschen erzogen, damit du unter die Pfaffen gehst!«

Ullas Rechtfertigungsversuche waren nicht bei ihr angekommen. »Mama, ich hatte schon früh einen Traum. Den habe ich nie erzählt, weil ich wusste, dass ihr mich für verrückt halten würdet.«

Ich betrete eine Kirche. Es ist dunkel, nur einige Kerzen brennen. Ich gehe auf ein großes Kruzifix zu. An dem hängt der gekreuzigte Jesus. Ich bin ganz allein in der Kirche. Ich stehe da und betrachte im Halbdunkel das Kreuz. »Da hängt er und ist tot.« Plötzlich hebt er den Kopf und sieht mich an. Ich erschrecke und überlege fieberhaft: Wer hat denn nur gesagt, dass dieser Jesus tot ist? Er ist ganz offensichtlich quietschlebendig. Und dieser Jesus schaut mich ganz direkt an, nur mich, da ist ja auch sonst niemand. Er lebt und er meint mich, der Blick geht mir durch und durch.

Und dann lächelt dieser Jesus mich auch noch an. Ein freundliches, aufmunterndes Lächeln. Dabei habe ich immer geglaubt, dieser christliche Glaube sei eine todernste Geschichte. Da werden die Menschen doch nur gegängelt und gemaßregelt, hat Mutter gesagt. Klein gehalten, abhängig gemacht, in Angst und Schrecken versetzt. Und jetzt? Er lächelt mir zu, als wollte er sagen: Du schaffst das schon, geh nur. Ich drehe mich um und verlasse die Kirche. Das Lächeln nehme ich mit, es erfüllt mich, ich kann es in meinem Innern spüren.

Es hat mich begleitet bis heute, dachte Ulla. Ihre Mutter hatte sich an den Kopf gefasst: »Bei dir piept's ja wohl total. Ich glaub es einfach nicht.«

Ullas Handy klingelte, sie fuhr zusammen. Brandl stand auf dem Uferweg und wartete darauf, dass sie ihm den Schlüssel runterwarf. Ulla öffnete die Balkontür und lehnte sich weit über die

Brüstung. Brandl winkte mit einer Taschenlampe. Sie zielte genau und hörte das Metall auf dem Weg klimpern. Von innen verriegelte sie die Tür sofort wieder.

Brandl war die Treppen heraufgestürmt, stand jetzt vor ihr und zischte sie an: »Sind Sie wahnsinnig, Frau Wolff? Ich glaub es einfach nicht! Was haben Sie sich denn dabei gedacht? Sie können doch nicht einfach die Schlüssel mitnehmen und hier hereinspazieren! Das ist strafbar. Und außerdem hätte Ihnen ja auch was dabei passieren können.«

Ulla versuchte zu lächeln, doch es gelang ihr nicht richtig. »›Drum, liebe Freunde, seien wir ehrlich, leben ist immer lebensgefährlich‹, sagte schon Erich Kästner treffend, oder war es Kurt Tucholsky? Sie machen sich Sorgen um mich, Peter Brandl?«

»Natürlich«, schnappte er zurück.

Sie sah ihn an, spürte plötzlich brennende Lust, ihn zu umarmen.

Er machte einen Schritt auf sie zu, sah ihr in die Augen. Dann brummte er etwas, das sie nicht verstand. Jetzt stand er direkt vor ihr. Sie konnte seinen Atem spüren, ganz langsam legte er die Arme um sie.

»Sie sind dermaßen unvernünftig, Frau Wolff!« Sie nickte, legte ihren Kopf an seine Schulter, schmiegte sich enger an ihn.

»So einfach, wie Sie glauben, ist das nicht, Ulla Wolff!« Sie nickte und sah ihn direkt an. Sie waren sich ganz nah.

Sie roch nach Sonne und Apfel. Ihr Mund so einladend, ihre Lippen schimmerten feucht und zart. Brandl suchte nach Worten, überlegte es sich dann aber anders.

Ulla atmete tief ein und trat einen Schritt zurück, verwirrt. Sie nestelte an ihrer Jacke.

Brandl räusperte sich. »Wir müssen – ich muss die Spurensicherung rufen. Hier gibt es jede Menge Arbeit für die Kollegen.« Er griff zum Handy und sprach mit der Leitstelle. »Einbruch, Hohe Straße 17–19, dritter Stock. Ja, ich warte hier«, sagte er und drehte sich zu Ulla um.

»Was machen Sie eigentlich hier?«, fragte er scharf. »Wieso haben Sie den Schlüssel mitgehen lassen?«

Ulla setzte sich und erzählte ihm, während er im Zimmer auf und ab ging, warum sie bei Anneliese Berger und Hans Langer gewesen war. Wie sehr es ihr unter die Haut ging, dass Franziska Berger die Mädchen im KZ Uckermark gequält hatte. Und dass sie selbst davon nichts geahnt hatte, gar nichts. Das schmerzte sie richtig. Womöglich war die Berger mit ihrer Tochter Anneliese nicht anders umgegangen. Und nun hatte die sich auch noch mit so einem Sektierer eingelassen.

Brandl hörte sich schweigend die Geschichte an, nickte ab und zu, setzte sich dann hin und nahm ihre Hand.

»Wir haben die Berger und den Langer erst mal festgesetzt. Die beiden können schon mal nicht hier gewesen sein. Mehr kann ich Ihnen jetzt nicht sagen. Aber wir werden schon noch rausbekommen, wer heute hier in der Wohnung war. Er oder sie muss ja einen Schlüssel gehabt haben, so wie Sie.«

18

Als die Spurensicherung eingetroffen war, nahm Erwin Brandl kurz zur Seite.

»Du willst doch immer alles so schnell wie möglich wissen. Das Wichtigste zuerst. Ich behalte meinen Arsch. Der Modder im Gewerbegebiet ist mit den Spuren am Opfer identisch. Wir haben Haare gefunden. Hinter dem Wendehammer, auf der Wiese. Sie stammen eindeutig vom Opfer. Auch die Kleidung und die Kissen gehören eindeutig Franziska Berger. An einem Kissen war übrigens auch Blut. Wahrscheinlich hat der Täter alle mitgenommen, damit nicht auffällt, dass eins fehlt. Den genauen Bericht hast du in deinem Postfach.«

»Gibt es Spuren von den Tätern?«

»Ich wusste doch, du kriegst den Hals nicht voll. Wir haben Faserspuren entdeckt, die mit denen aus der Wohnung Hohe Straße übereinstimmen. Natürlich gibt es im Gewerbegebiet jede Menge Spuren, die wir gesichert haben. Becher, Zigarettenstummel und so weiter. Mal sehen, ob die was mit dem Fall zu tun haben. Du hörst von uns.«

»Wäre ja auch zu schön gewesen«, nickte Brandl.

Er lud Ulla auf ein Kölsch ein, und sie lotste ihn nach Urbach zum Brauhaus an der Kaiserstraße. Nur wenige Gäste unterhielten sich an der Theke, die meisten Tische waren frei. Sie setzten sich in einer Nische an einen der schweren Holztische.

Brandl trank zügig und zielstrebig. Er empfand Ullas Nähe als angenehm und beunruhigend gleichzeitig. Sie war keins von diesen Hühnchen, deren Vokabular so klein und deren Busen so silikonisiert groß war. Wie oft er die Sprüche schon gehört hatte: »Boah, du bist bei der Kripo? Da haste doch voll viel mit den Leichen zu tun, ne?! Echt gruselig, krass!«

Ulla war nicht so. Einen Moment lang hatte sie verängstigt ausgesehen, als er in die Wohnung der Berger gestürzt war. Aber sie hatte sehr schnell ihr Selbstvertrauen wiedergewonnen. Sicher hatte sie direkt gemerkt, dass er nicht sauer auf sie war, sondern eher Angst um sie gehabt hatte. Er hatte das Gefühl, er könne ihr überhaupt nichts vormachen. Sie durchschaute ihn sofort. Das gefiel ihm und gefiel ihm auch wieder nicht.

Ulla trank schweigsam das vierte Kölsch und merkte den Alkohol schon. Sie fühlte sich wohl neben Brandl. Aus dem Augenwinkel betrachtete sie ihn. »Pianistenhände« hatte er. Ihre Mutter hatte immer von Männern mit Pianistenhänden geschwärmt. So zartgliedrig wie zärtlich, einfühlsam und kreativ.

Mutters Augen hatten dann immer geleuchtet. Sonst leuchteten sie selten. Typische Westfälin. Zurückhaltend, streng, ein absoluter Sturkopf. »Alles, was du im Leben lachst, bekommst du als Tränen zurück«, sagte sie oft. Vaters Prankenhände konnten sie auch nicht zum Leuchten bringen. Mit Musik hatte er nichts am Hut, aber zupacken konnte er. Mit seinem grünen Daumen hatte er sich und seine Gärtnerei mit der Zeit im ganzen Ort und darüber hinaus bekannt gemacht.

»Sollen wir uns nicht duzen?«, schlug Brandl vor. Er schaute ihr in die Augen.

»Ja, in Ordnung, ist auch viel einfacher«, meinte Ulla. Dann zog sie einen weichen Bleistift aus der Tasche und fing an, auf dem Bierdeckel zu kritzeln.

Brandl räusperte sich: »Das mit der Philharmonie tut mir leid. Ich konnte wirklich nicht, der Job, weißt du.«

»Na, dann ist es ja gut, mein Lieber«, sagte sie zuckersüß und blitzte mit den Augen. »Ich dachte schon, du hättest Angst vor mir.«

Er schnaufte und kippte das Kölsch runter. »Vor Frauen hab ich grundsätzlich keine Angst. Im Gegenteil. Sie ziehen mich magisch an, besonders die Pfarrerinnen.«

Ulla sah schnell weg. Sie zeichnete weiter. Brandl schielte auf den Bierdeckel.

»Das ist doch – ist das nicht Frau Berger, also die Berger-Tochter? Donnerwetter, du hast ja richtig was drauf!«

»›Narrenhände beschmieren Tisch und Wände‹, hat mein Vater immer gesagt. Zeichnen oder malen können ist nichts wert in dieser Welt.« Sie runzelte die Stirn, und um ihren Mund zeigte sich ein harter Zug, der ihr später einmal tiefe Falten eingraben könnte, dachte Brandl.

»Die Berger-Tochter ist krank.« Ulla strichelte weiter an ihrer Zeichnung. Mit wenigen Strichen zeichnete sie grenzenlose Traurigkeit in die Augen von Anneliese Berger. Brandl schluckte.

»Sie hat mir erzählt, wie schrecklich ihre Mutter zu ihr war. Sie hat sie gequält, genau wie die Mädchen in der Uckermark, gedemütigt, fertiggemacht. Immer und immer wieder, über Jahre. Ich muss ganz ehrlich sagen, ich wundere mich, dass Anneliese Berger noch lebt. An ihrer Stelle hätte ich mich wahrscheinlich längst umgebracht. Oder diese Mutter.« Jetzt klang Ulla selbst traurig.

Sie war erschrocken, dass sie ihren Verdacht so offen ausgesprochen hatte. »Und ihr Freund ist so aggressiv geworden. Der hat mich fast aus der Wohnung geworfen. Als hätte er was zu verbergen.« Ulla sah Brandl fragend an. »Jetzt sag du doch mal was.«

Brandl nahm ihre stiftfreie Hand behutsam zwischen seine Hände. Vorsichtig streichelte er mit den Fingern darüber, als hätte er einen kleinen Vogel gefunden, den er aufpäppeln musste.

Ulla atmete flach und hielt still. Sehnsucht, so viel Sehnsucht spürte sie. Am liebsten hätte sie sich an Brandl angelehnt. Aber der war wohl kaum die richtige Adresse für solche Gefühle, versuchte sie sich selbst in die Schranken zu weisen. Ihr Mann Michael verweigerte sich schon lange, und ihre Kinder wurden immer größer und unabhängiger. Einige Freundinnen hatten sich längst Affären zugelegt und schienen ganz gut damit zu leben. Sie legte den Stift aus der Hand und kippte das fünfte Kölsch runter. Vielleicht sollte sie mal in diese Richtung denken.

»Eine Pfarrerin ist eine Frau wie jede andere. Nur für den Fall, dass es da irgendwelche erotischen Phantasien geben sollte.« Sie sah ihm direkt in die Augen.

Er verschluckte sich, hustete und rang nach Luft. »Blödsinn.«

»Außerdem bin ich keine richtige Pfarrerin. Nur auf halber Stelle und im Grunde nach Köln strafversetzt – obwohl es so etwas offiziell gar nicht gibt in der Kirche. War aber so. Wegen Alkoholproblemen, prost, Herr Kommissar.« Sie kicherte plötzlich. »Bin betrunken fast in ein offenes Grab gekippt, leider stand die

Beerdigungsgesellschaft noch drum herum.« Das Lachen klang dünn.

Brandl sah nur noch ihren Mund. Er beugte sich über den Tisch und küsste sie. Brandl, Vorsicht, Vorsicht, schoss es ihm durch den Kopf. Ihre Lippen waren wirklich so zart, wie sie aussahen. Ob ihre Haut wohl auch so weich und samtig war?

Ulla wurde es heiß. Ob das bei Michael mit seiner Sekretärin damals genauso war? Die Kinder waren noch klein gewesen und sie immer müde und lustlos. Wozu jetzt daran denken? Einfach küssen, streicheln, die Wärme spüren.

»Zu dir oder zu mir?«, flüsterte Brandl ganz nah an ihrem Ohr.

Ulla öffnete abrupt die Augen. »Langsam, Herr Kommissar«, sagte sie sanft und löste sich von ihm. »Du weißt doch, ich habe eine Familie, bin verheiratet.«

Er strich ihr langsam über die Haare, dann den Arm entlang, ließ seine Hand auf ihrer liegen.

»Komm«, seine Augen bettelten. »Ich spür doch auch, dass du …«

»Nein, Peter, nein. Ich bin noch nicht so weit.«

Er nahm die Hand weg, zog einen Flunsch.

»Außerdem muss ich nach Hause. Man wird sich eh schon wundern, wo ich bleibe.«

»Du kannst ›man‹ ja anrufen und sagen, dass du dich noch um eine verirrte Seele kümmern musst.« Er strahlte sie an. »Bitte, komm mit.«

Ulla lächelte auch, schüttelte den Kopf und winkte dem Kellner. Seine Beharrlichkeit gefiel ihr. Er gefiel ihr überhaupt. Wie er sie geküsst hatte.

»Fahren kann ich jetzt nicht mehr.« Ulla atmete tief durch.

»Gehen wir doch zum Taxistand.« Er klang wieder so, als wäre er im Dienst.

Ihr war es im Moment recht. »Was machst du morgen?«

»Ich hoffe, ich kriege morgen schon zu hören, was die KTU in Anneliese Bergers Wohnung gefunden hat. Es ist wirklich zu blöd, dass ich nicht dabei sein konnte.«

Ulla senkte schuldbewusst den Blick.

»Auf jeden Fall werde ich zu Anneliese Berger nach Merheim

fahren und mit Giselher Berger sprechen. Außerdem will ich mir noch Leute aus Franziska Bergers Polizeiära vorknöpfen. Vielleicht sind da ja doch noch ein paar alte Rechnungen offen. Und du?«

»Ich muss die Osterandacht vorbereiten, ein Taufgespräch führen und hab noch ein paar Hausbesuche.« Sie schob ihre Hand in seine Jackentasche. Er steckte seine dazu.

»Meinst du, Anneliese Berger hat ihre Mutter umgebracht? Sie hat so unter ihr gelitten.«

»Sie ist zumindest eine wichtige Zeugin. Auch wenn alles für oder besser gesagt gegen sie spricht, bin ich mir nicht sicher, ob sie wirklich zu so was fähig ist. Da gibt es noch etliche mehr, die auch in Frage kommen, schöne Frau.«

»Wenn ich morgen Zeit habe, sprech ich auch noch mal mit ein paar Leuten, die sie gekannt haben. Ich möchte einfach mehr über sie wissen. Es lässt mir keine Ruhe …«

»Wie wir heute wieder gesehen haben, liebe Ulla …« Er sah sie ernst an. »Ich bin Teamarbeit nicht wirklich gewohnt, vor allem nicht mit Non-Profis. Ich will dir jetzt keine Angst machen, aber die Mörder laufen noch frei herum, und du bist ihnen heute vielleicht bei irgendetwas in die Quere gekommen. Ich mach mir Sorgen um dich, Ulla. Bring dich nicht in Gefahr. Am besten, du hältst dich da raus und überlässt das uns.« Er machte einen Schritt auf sie zu und küsste sie unvermittelt auf den Mund.

Ulla sah ihn überrascht an.

»Ich weiß, Herr Kommissar, aber ich bin doch schon mittendrin. Ich habe mir das nicht ausgesucht. Ich will hier gar nicht auf barmherzige Samariterin machen, aber ab und zu sind wir alle auf Hilfe angewiesen.« Sie verdrehte die Augen zum Himmel. Bevor er sie wieder küssen konnte, schob sie ihn schnell ins Taxi. »Ruf doch morgen Abend an.« Und schon war die Tür zu.

Ulla drehte auf dem Absatz um und ging schnell durch die kalte Luft. Sie wollte kein Taxi nehmen. Sie brauchte frischen Wind um die Nase, sie musste nachdenken.

Was war nur in sie gefahren? Ging es noch? Erst drang sie einfach in eine fremde Wohnung ein, brachte sich selbst in Gefahr, und jetzt hatte sie auch noch mit diesem Kommissar herumgeknutscht. Das passte nicht zu ihr. Und was wollte sie von dem? Sie hatte einen Mann, eine Familie, eine Arbeitsstelle und einen guten Ruf zu verlieren.

Tief in ihrem Inneren wusste Ulla, dass sie mit all ihren klugen und abgewogenen Selbstanklagen nicht weiterkam. Sie zitterte innerlich. Es war wie ein Kitzel. Kommissar Brandl zog sie einfach an. Ja und?, dachte sie trotzig. Es fühlte sich einfach richtig an, diesen Mann zu küssen, mit ihm zusammen zu sein. Es hatte Spaß gemacht. Und genauso richtig fühlte es sich an, wenn sie versuchte herauszufinden, was es mit dem Fall Franziska Berger auf sich hatte. Sie fühlte sich gut und attraktiv und irgendwie lebendig. So lebendig hatte sie sich schon lange nicht mehr gefühlt.

Zu Hause angekommen, schloss Ulla möglichst leise die Haustür auf. Es war dunkel im Flur. Keiner mehr auf? Es war doch erst halb elf. Oben hörte sie Jonas' Computer leise surren, er telefonierte. Und während er sprach, gab sein Computer Klagelaute von sich, es klang ein wenig wie das Miauen einer Katze. Das bedeutete, dass E-Mails bei ihm eingingen. Am Anfang hatte sie immer gemeint, der Kater wolle etwas. Rein- oder rausgelassen werden.

Lea schlief sicher schon. Sie machte das Licht im Wohnzimmer an, ging die Stufen zum Keller hinunter. Hier tönte ihr »Hier kommt Alex« von den Toten Hosen entgegen, während Michael eine neue Lampe an sein Fahrrad schraubte.

»Na, kommst du auch noch mal nach Hause?«, überbrüllte er die Musik und drehte sich noch nicht mal um.

Friede sei mit dir, dachte Ulla schnell. Das beruhigte sie diesmal nicht wirklich. Laut sagte sie: »Bist du wieder mit dem Fahrrad beschäftigt?«

»Kannst du nicht mal etwas Zeit für deine Familie aufbringen?«, mäkelte er weiter. »Ich kann den ganzen Nachmittag hier bei den Kindern verbringen, Schulaufgaben korrigieren, einkaufen, Abendbrot machen, und Madame sitzt in der Kneipe rum.«

Sie zog die Luft ein. Tatsächlich, ihre Jacke stank nach Zigarettenqualm und verbreitete um sie herum Kneipenatmosphäre. Friede sei mir dir, dachte sie noch einmal, denn sie merkte, dass sie wütend wurde. Sie fühlte sich in die Defensive gedrängt.

»Mach mal halblang«, sagte sie und bemühte sich, ruhig zu sprechen. »Du tust ja grad so, als wäre ich nie zu Hause.«

»Bist du doch auch nicht«, konterte Michael, der jetzt vor ihr stand. »Ich weiß gar nicht, wieso du dich damals über die Geschichte mit Julia so aufgeregt hast, du hast sowieso nie Zeit für mich.«

»Zeit für dich?«, wiederholte Ulla müde.

»Zeit für dich?«, echote Michael. »Ja, ich bin hier nicht der Hausdiener, der die Kinder versorgt und alles macht und tut. Ich bin dein Mann, falls du das vergessen haben solltest.«

»Wie, mein Mann?«, fragte Ulla und hob die Stimme. »Das hast du ja schon seit Wochen nicht mehr unter Beweis gestellt.« Das hatte gesessen.

Er drückte sich davor, mit ihr zu schlafen. Seit sie ihn einmal im Bett kritisiert hatte – er war immer so zögerlich, wenn es darum ging, mal zärtlich zu sein. Danach hatte er sich beleidigt zurückgezogen und schmollte. Kritik konnte er überhaupt nicht vertragen. Als Einzelkind hatte seine Mutter ihn ständig kontrolliert und gegängelt, ihm aber auch vermittelt, er sei der Allerbeste überhaupt. Das Kontrollieren hatte er gut gelernt. So machte es ihn wahnsinnig, wenn sie oder die Kinder beim Frühstück nicht sofort wieder die Deckel zuschraubten, wenn sie die Marmelade aus dem Glas genommen hatten. »Sie wird schlecht«, maßregelte er dann alle. Mittlerweile war das zwischen ihr und Elli schon der Running Gag, wenn sie zusammen frühstückten. »Schraub bloß den Deckel zu«, griente Elli dann.

»Ich hatte heute einen anstrengenden Tag«, sagte Ulla und drehte sich um. »Ich habe keine Lust, mit dir zu streiten.«

»Du wirst mit mir reden«, schrie Michael wütend. Und machte einen Schritt auf sie zu. »Wo warst du, und mit wem hast du dich rumgetrieben?«

»Spinnst du?«, fauchte Ulla. »Ich hatte noch eine Besprechung. Ich geh jetzt den Kater füttern.«

19

»Man kennt sich, man hilft sich, Frau Wolff, das hat schon Konrad Adenauer gesagt. Also zieren Sie sich jetzt mal nicht so.«

Wolfgang Brettschneiders Hände fuchtelten wie die eines ekstatischen Dirigenten vor ihrem Gesicht herum. Der Bauunternehmer war auf einmal hier vor der Kirche aufgetaucht, wahrscheinlich war er ihr nachgefahren. Und jetzt hörte er gar nicht mehr zu reden auf.

Ulla hielt die Luft an. Der Mann stank nach einer herben Mischung aus Irish-Moos-Herrenparfüm und kaltem Zigarrenrauch, der ihm aus allen Poren zu entweichen schien. Ihr wurde übel.

»Die Forensik hier in Westhoven ist so eine tolle Sache. Für die Stadt, das Land, die Betroffenen und die Bürger«, schwärmte er pathetisch.

»Und natürlich auch für Ihre Firma, Herr Brettschneider. Sie verdienen ja nicht zu knapp daran.«

Ulla presste die Lippen zusammen, um nicht laut loszubrüllen. Dieser Mistkerl hatte gerade einen Scheck aus der Anzugtasche gezogen und ihr in die Hand gedrückt. Er faselte etwas von maroden Kirchenkassen, einer kleinen Spende für Bedürftige und Dank für die gute Zusammenarbeit in den letzten Jahren. Je mehr sie sich widersetzte, ihn anzunehmen, desto mehr drängte er sich ihr auf. Auch körperlich. Sein Gesicht war direkt vor ihrem. Sie spürte seinen feuchten Atem in ihren Haaren. Sie trat einen Schritt zurück.

»Ich nehme Ihr Geld nicht, basta! Bitte lassen Sie mich jetzt in Ruhe.« Ulla wollte nur noch weg.

Das letzte Treffen der Planungskommission war schon mehr als unerfreulich gewesen. Vertreter der verschiedenen politischen Parteien hatten Wahlkampfphrasen zum Besten gegeben. Der Gewerkschaftssprecher hatte sich mit dem Mitarbeiter der Handwerkskammer angelegt, der Abgesandte der Ärzteschaft widersprach schon aus Prinzip dem Polizeivertreter. Die Justiz war mal wieder verhindert gewesen, und die Bürgerinitiative der Forensikgegner hatte sich geweigert, überhaupt teilzunehmen. Und so war es nur um die Interessen von Stadt und Bauträger gegangen.

Brettschneider fasste sie am Arm und hielt sie fest. »Frau Wolff, jetzt machen Sie doch aus einer Mücke keinen Elefanten! Ich bin doch nur nett und will armen Menschen helfen. Sie sind doch eine kluge Frau! Wir sind ausgesprochen froh, Sie hier mit dabeizuhaben. Sie sind kompetent, gut informiert und sachlich. Wir wünschen uns nur Kompromissbereitschaft und Toleranz Ihrerseits, und dass Sie sich auch weiterhin für die gute Sache einsetzen.« Er lächelte, wie er glaubte, gewinnend.

»Für *Ihre* gute Sache, Herr Brettschneider, ist mir schon klar. Ich werde meinen Vorgesetzten davon in Kenntnis setzen. Guten Tag noch!«

Sie drehte sich um und ließ ihn einfach stehen. Sie sah, dass Frau Hellmig gerade aus dem Auto stieg. Erleichtert ging sie ihr entgegen, gab ihr die Hand. Aus dem Augenwinkel beobachtete sie, dass Brettschneider in seine Luxuskarosse stieg und davonbrauste.

»Schön, dass Sie kommen.« Ulla war wirklich froh. Frau Hellmig war ein sehr aktives Mitglied der Gemeinde. Sie gehörte zum Team, das den Kindergottesdienst mit vorbereitete, und trug den Gemeindebrief aus. Ihre beiden Mädchen gingen in den Kindergarten und waren knapp ein Jahr auseinander, und dann gab es noch den sechs Monate alten Sohn. Trotzdem engagierte sie sich. Sie bot sogar jeden Mittwochmorgen eine Krabbelgruppe in der Kirche an. Jetzt war sie gekommen, um ihr Kontingent an Gemeindebriefen abzuholen. Ulla schloss die Kirche auf, sie gingen zusammen in den Presbyterraum.

»Tragen Sie den ›Johannesboten‹ eigentlich auch in der Hohe Straße aus?«, fragte Ulla Frau Hellmig.

»Ja, warum? Da fang ich immer meine Runde an.« Beate Hellmig war blass, hatte dunkle Ringe unter den Augen.

»Geht es Ihnen nicht gut?«, fragte Ulla besorgt.

»Ich bin nur müde. Paulchen bekommt seinen ersten Zahn. Er hatte heute Nacht Fieber und hat geschrien vor Schmerzen. Ich wünschte, der verdammte Zahn käme endlich durch.«

Ulla ignorierte das »Verdammt« und nickte verständnisvoll. »Lea hat einmal fünf Stunden während einer Autofahrt in die Schweiz nur gebrüllt. Mein Mann und ich, wir sind fast wahnsinnig geworden. Als wir ankamen, war der Zahn durch, danach hat sie dann geschlafen …«

Frau Hellmig nickte. »Jetzt schläft Paulchen auch. Meine Mutter ist da und passt auf ihn auf. Warum haben Sie nach der Hohe Straße gefragt?«

»Haben Sie die alte Frau Berger gekannt? Sie haben ja bestimmt gehört, was passiert ist.«

»Das hab ich im Express gelesen, und in den Geschäften ist das Gesprächsthema Nummer eins. Ich habe mal kurz mit ihr zu tun gehabt, das war nicht gerade angenehm. Sarah war dabei, meine Fünfjährige. Die hatte gerade die Windpocken gehabt und konnte nicht in den Kindergarten. Sie war nicht mehr ansteckend, sah aber noch aus wie ein Streuselkuchen. Sie hat das Heft in den Briefkasten gesteckt, da kam die Alte gerade vom Einkaufen zurück. Wie ich es wagen könnte, dem Balg das Heft in die verschmierten Dreckshände zu geben. Das könnte doch keiner mehr lesen. Außerdem hätte die ja wohl irgendeine Krankheit, das wär ja wohl das Allerletzte, verseuchte Hefte hier zu verteilen, schrie sie mich an. Die Kleine fing wie verrückt zu weinen an, weil ihr die Berger Angst machte. Ich hab dann versucht, die Kleine zu beruhigen, und gesagt: ›Wir gehen jetzt weiter.‹ Da hätten Sie die Berger mal hören sollen. Sie hat sie dann am Arm gepackt und gedroht: ›Wenn du nicht sofort aufhörst zu plärren, dann fängst du dir eine, dann hast du einen Grund zu heulen. So was wie dich hätten wir früher schon in den Griff gekriegt.‹ Das war eine Ewiggestrige. Die war widerlich und gemein durch und durch.«

Ulla war entsetzt. »Und was haben Sie gemacht? Warum haben Sie mir das denn damals nicht erzählt?«

»Ach, ich weiß auch nicht. Ich habe die alte Berger angebrüllt, sie solle sofort meine Tochter loslassen. Das hat sie dann auch direkt gemacht. Hat irgendwas gemurmelt von ›Da kann ja nichts draus werden, keine Zucht und Ordnung, Benehmen wie in der Judenschule‹. Die war völlig neben sich. Ich hab dann das Heft aus dem Briefkasten gezogen, mir Sarah unter den Arm geklemmt und bin weitergegangen. Ich hab in dem Moment nicht gewusst, wie ich reagieren sollte. So eine alte Hexe. Danach bin ich immer allein gegangen, ohne Kinder. Bin ihr dann auch nicht mehr begegnet, Gott sei Dank.«

»Das hätten sie mir erzählen sollen, Frau Hellmig«, ereiferte sich Ulla. »Dann hätte ich mir Frau Berger mal vorgeknöpft. Das fehlt noch, dass unsere Ehrenamtler auch noch beschimpft werden.« Sie erinnerte sich jetzt, dass Frau Berger sich bei einem ihrer Besuche beklagt hatte, sie hätte kein Gemeindeblatt bekommen. Sie hatte es ihr dann sofort nachgeliefert.

»Ach, Schnee von gestern. Wahrscheinlich waren da noch mehr Leute, die sie so vor den Kopf gestoßen hat. In der Krabbelgruppe habe ich da auch einige Storys zu hören bekommen. Ich muss jetzt los, sonst krieg ich nichts geschafft, eh die Kinder aus dem Kindergarten kommen«, sagte Beate Hellmig und packte ihren Stapel und die Straßenliste.

Ulla sah ihr hinterher. Die alte Berger war eine unangenehme Zeitgenossin gewesen, und sie hatte das überhaupt nicht mitbekommen. Wie hatte Einstein gesagt: »Das Universum und die menschliche Dummheit sind unendlich. Beim Ersten bin ich mir allerdings nicht so sicher wie beim Letzteren.«

Ulla dachte an Brettschneider. Bingo. Und an ihre eigene Blindheit der Berger gegenüber. Einstein lag wohl ziemlich richtig …

Brandl griff nach der Mordakte mit den Fotos vom Fundort, von der Leiche und der Wohnung von Franziska Berger. Dann las er noch einmal die Abschrift des Vernehmungsprotokolls. Anneliese Berger hatte mehr als einen guten Grund, ihre Mutter umzubringen. Jetzt saß sie zur Beobachtung im LKH in Merheim. Ihr Alibi stand auf wackligen Füßen. Auf jeden Fall war sie derart durchgedreht, dass man befürchten musste, sie würde sich oder anderen etwas antun. Also besser, sie blieb unter Verschluss, solange es ging.

Brandl sah aus dem Fenster seines Büros in den Innenhof. Der Innenhof war bodendeckend mit Efeu bewachsen, daraus schauten bis zur Hüfte braune Tonfiguren. »Die Auferstehung der Toten«, grinste er. Da musste man erst mal drauf kommen. Ulla Wolff hatte ihn eben im Büro besucht und die Figuren so bezeichnet. Der Künstler wäre bestimmt beleidigt. Aber es stimmte schon, der Efeu erinnerte an Friedhof, und die aufgerissenen Augen und Münder der Figuren taten ein Übriges. Kunst, dachte Peter Brandl kopfschüttelnd.

Ullas Bericht über den Vorfall in der Berger-Wohnung in der Hohe Straße gestern Abend ging ihm nicht aus dem Kopf. Aber wenn er ganz ehrlich war, beschäftigte ihn am meisten ihr gemeinsamer Besuch in der Polizeikapelle vorhin. Ulla wollte den Raum der Besinnung unbedingt sehen, als er ihr davon erzählt hatte. Also waren sie losgezogen. Im Erdgeschoss direkt gegenüber der Poststelle war ein kleiner Raum, in dem Bilderfahnen hingen und ein Altartisch und Stühle aufgestellt waren.

Ulla blättert interessiert in der Kladde, die dort ausliegt. Viele, die hier im Präsidium arbeiten, schreiben da ihre Bitten und Probleme hinein. Ich trete direkt hinter sie, rücke nah an sie heran. Sie riecht wieder so himmlisch nach Vanille und Apfel. Einzelne Passagen lesen wir uns gegenseitig vor.

Ein Polizist kann nicht mehr schlafen, seit er eine völlig verweste Leiche in einer Wohnung gefunden hat. Unter dem Bett wuchsen bereits Pilze, das musste man sich mal vorstellen! Er ist immer noch fassungslos.

Ein anderer hat notiert: »Die Leichen machen mir nicht so viel aus wie die misshandelten Kinder, schrecklich.«

Ulla lehnt sich einen Moment an mich, ich bin wie elektrisiert. Ich finde sie einfach atemberaubend … Sie dreht sich um und lächelt mich kurz an. »Hoppla.« Dann geht sie schnell wieder auf Abstand. Schade.

Später, wieder in seinem Büro, hatte sie ihm noch einmal ausführlich vom Leichenschmaus nach der Beerdigung von Franziska Berger und den Edelweißpiraten im Café erzählt. Jetzt hatte sie auch in der Gemeinde hässliche Geschichten über die alte Berger gehört, die sich langsam wie zu einem Puzzle zusammensetzten. Besonders das Gespräch mit einer Sabine Simmler war ihr sehr zu

Herzen gegangen. Deren Mutter, eine Frau Franzen, war auch eine Berger-Geschädigte, hatte das KZ Uckermark überlebt. Ein paarmal war ihm bewusst geworden, dass er gar nicht zuhörte, er hatte nur ihren Mund im Blick, schaute ihr in die Augen, sein Blick schweifte … ihre Brüste …

Markus, Erwins Kollege von der Spurensicherung, hatte sich immer noch nicht gemeldet. Gab es denn noch keine Ergebnisse aus Anneliese Bergers Wohnung?

Also rief Brandl an. »Und, was habt ihr gefunden?«

»Guten Tag, Herr Brandl. Danke, dass du anrufst, wir hatten solche Langeweile. Mensch, Brandl, du kannst mal wieder nicht abwarten, was? Ehrlich gesagt, wir haben nicht viel. Abgesehen von Dreck, Essensresten und leeren Flaschen. Und Zigarettenabfällen. Mein Gott, die muss ja Kette rauchen, wie's da gestunken hat.«

Brandl wusste, dass Markus militanter Nichtraucher war. Früher hatte er selbst gern mal eine geraucht. Das Aufhören war ihm sehr schwergefallen, und nun motzte er ständig gegen die Raucher. Wie hieß es so schön: »Die schlimmsten Kritiker der Elche waren früher selber welche. Die schlimmsten Kritiker der Molche waren früher ebensolche.« Brandl griemelte.

Markus hatte weitergesprochen. »Also, da waren jede Menge Spuren von Anneliese Berger und Hans Langer. Und eine malträtierte Puppe.«

»Eine was?«

»Eine malträtierte Puppe. Hartplastik, ohne Puppenkleider. Sie war übersät mit Zigarettenabdrücken. Jemand hatte ihr ein Seil um den Hals geschlungen, und die Haare waren stümperhaft abgeschnitten.«

»Nee jetzt. So hat doch auch die Leiche am Rhein ausgesehen«, staunte Brandl.

»Und ich sach noch! Aber nie hörst du mir richtig zu!« Markus lachte dröhnend.

»Danke, Markus. Ich mach was draus! Schönen Tag noch.«

»So schön wird der auch nicht«, knurrte es zurück, »hab heute Bereitschaft.«

»Ich auch. Hoffentlich sehen wir uns nicht!«

Markus grunzte etwas Unverständliches und legte auf.

Brandl dachte nach. Die Berger und der Langer, das passte ja.

Auf seinem Fahrradsattel stand ein Karton voll mit Kopierpapier, darauf hatte jemand einen Zettel gepappt: »Dies ist ein Vorrats- und Kopierraum, keine Fahrradgarage!« Natürlich ohne Unterschrift, aber das war garantiert von Lars. Der Klugscheißer mischte sich doch überall ein. Der sollte lieber mal seine Arbeit anständig machen.

Brandl trug den Karton über den Flur und stellte ihn vor Lars Krügers Bürotür. Vielleicht würde er ja noch drüber fallen. Dann schob er sein Rad zum Aufzug, fuhr nach unten und war auf dem schnellsten Wege durch die Tür.

Es nieselte, und die dünnen Reifen rutschten leicht auf dem feuchten Boden. Brandl erhöhte das Tempo, überfuhr ein paar rote Ampeln und ignorierte die beiden alten Männer, die ihm hinterherbrüllten. »Pass bloß auf, Jung, wir kratzen dich nicht vom nächsten Auto!«

Beim Supermarkt hielt er an, sein Kühlschrank war leer, und er wollte heute Abend nicht schon wieder Pizza bestellen. Erst jetzt fiel ihm auf, dass sein Fahrradschloss nicht unter dem Sattel befestigt war. Wann hatte er es zuletzt gesehen? Ob er das auch Krüger verdankte? Mit hineinnehmen ging ja nicht. Na, wozu hatte er denn seine Handschellen? Damit hatte er sich schon öfter geholfen. Allerdings nicht mit diesen hier, die waren ja ganz neu. Nachdem sich beim letzten Lehrgang alle Kollegen über seine uralten Hündchen totgelacht hatten, war er neu ausgerüstet worden. Hell glänzend und unverschrammt lagen sie in seiner Tasche. Er zog sie heraus und sicherte sein Rad an einem Fahrradständer.

Im Supermarkt dudelte eine dieser »Gut-und-entspannt-einkaufen«-CDs, die ihm immer auf die Nerven fielen. Er hatte seine Einkaufsliste im Kopf und arbeitete sie systematisch ab. Steaks, Baguette, Kräuterbutter, Fertigsalat, Äpfel, Margarine, Toast, Käse.

Er suchte sich, wie immer, die Kassenschlange aus, in der er am längsten zu warten hatte. Die Kassiererin hatte lange Gelnägel, die mit Strasssteinen verziert waren und nicht zum Greifen taugten. Die alte Dame vor ihm fand ihr Portemonnaie nicht und lamentierte jammernd über die schlechte Welt. Der Mann hinter ihm schnauzte sie in gebrochenem Deutsch an, sie solle voranmachen. Bevor die Frau mit ihrem Schirm auf ihn einschlagen konnte, entdeckte sie ihre Geldbörse darin, und es konnte endlich weitergehen.

Brandl verstaute seine Einkäufe im Rucksack, steckte den Schlüssel ins Handschellenschloss und hörte ein heiseres Knirschen. Als er den Schlüssel herauszog, fehlte der Bart. Er schüttelte am Schloss herum, und ein Stückchen Metall fiel heraus. Es gab Tage, da sollte man nichts tun, nichts anfassen, nur zu Hause bleiben. Die Handschellen saßen bombenfest.

Brandl rief auf der nächsten Polizeiwache an. Seine Schilderungen wurden mit glucksendem Lachen auf der anderen Seite quittiert. Und als kurze Zeit später Kollegen in Uniform ihren Streifenwagen neben ihm parkten, grinsten sie von einem Ohr zum anderen.

»Wenn jetzt einer was sagt, ziehe ich die Waffe«, raunzte Brandl.

»Schlechten Tach gehabt?«, beschwichtigte ihn der eine Beamte, während der andere schon einen Riesenschlüsselbund zückte. »Mit dem neuen Modell hat es schon oft Probleme gegeben, du bist da nicht der Erste!« Mit einem Klicken öffnete sich das Schloss.

»Besten Dank, Kollegen, kommt nicht wieder vor!« Brandl wollte so schnell wie möglich weg hier.

»Null Problemo, jederzeit wieder«, feixte der Jüngere der beiden und schlenderte zum Auto zurück.

20

Das ganze Haus duftete. Tortelliniauflauf mit ganz viel Käse und Sahnesoße. Ulla hatte für die Kinder ihr Lieblingsgericht gekocht. Doch sie waren nach der Schule lieber zu Freunden gegangen, ohne Bescheid zu sagen. Ulla hatte sie nacheinander auf den Handys angerufen. Jonas wollte mit einem Freund Mathe lernen und Lea mit ihrer Freundin Französisch. Na, wenn das mal stimmte. Sie schwärmte für einen Jungen aus ihrer Parallelklasse. Jonas hatte so etwas angedeutet, er hatte seine Schwester händchenhaltend auf dem Schulhof gesehen. Da lief ja wohl noch nichts, sprach sie sich selbst Mut zu. Nicht mit zwölf.

Während der Auflauf langsam im Ofen vertrocknete, rief Michael an, um in knappen Worten mitzuteilen, dass es bei ihm abends spät würde. Die Bürgerinitiative würde sich wegen der Forensik treffen. Sie könne bestimmt verstehen, dass er ihr keine Infos über die weiteren Schritte geben könne. Nein, natürlich nicht, sie war ja im Planungsbeirat. Da konnte jede Info schaden.

Das Telefon schrillte erneut, direkt nachdem sie den Hörer aufgeknallt hatte. Jetzt rief der Superintendent des Stadtkirchenverbands an. Er hatte zufällig ein Interview auf WDR 2 gehört, das sie vor Kurzem zum Thema Forensik gegeben hatte. Es waren nur zwei Minuten gesendet worden, aber die ganze Welt schien ausgerechnet diesen Beitrag gehört zu haben. Sie hatte darin zur Besonnenheit geraten. Ihrer Meinung nach könne man nicht immer wieder, in Anlehnung an das Sankt-Florian-Prinzip, sagen, dass die Forensik gut und wichtig sei, aber bitte doch woanders gebaut werden sollte: Forensische Klinik, die muss sein, aber nicht hier bei uns am Rhein! Sie hatte auch gemeint, sie sei sicher, dass die forensische Klinik von der Bevölkerung irgendwann gut angenommen würde. Sie würde sich jedenfalls für einen offenen und positiven Dialog hierzu einsetzen.

Der Superintendent bat sie dringend zu einem Termin in sein Büro, um über den Umgang mit der Presse im Allgemeinen und im Besonderen zu sprechen. Der Pressereferent der Kölner Synode sei bei ihm vorstellig geworden, fügte er noch an.

Gut, vielleicht hatte sie in dem Interview tatsächlich etwas auf die Tube gedrückt. Es war nach der Presbyteriumssitzung gewesen, und dort war sie hart angegriffen worden und mehr als sauer gewesen. Zähneknirschend vereinbarte sie mit ihm einen Gesprächstermin und legte auf. Das würde wieder eine Belehrung und schlimmstenfalls eine Abmahnung geben.

Wieder klingelte das Telefon. Ulla überlegte, ob sie überhaupt abheben sollte. »Unbekannt«, zeigte das Display an. Sie wartete, bis sich der Anrufbeantworter einschaltete.

»Hallo, hier ist Peter, Peter Brandl.« Sie nahm schnell ab. Ein Zittern lief durch ihren Körper.

»Du, ich hab dein Interview per Podcast runtergeladen, du kommst richtig kämpferisch rüber!«

»Sonst noch was? Meine Autogrammstunde ist übermorgen um neun Uhr beim Superintendenten.«

»Oops, wie bist du denn drauf?«

»Oh, so was von einfühlsam, der Kommissar!«

»Meine Güte, Ulla, was ist denn los? Hab ich was falsch gemacht?«

»Mein Tag war so was von scheiße bisher, hast du wenigstens etwas Schönes für mich?«

»Eine Einladung in meine Höhle, heute Abend?«, sagte er schnell.

»Das wäre ja mal eine Alternative, nach Kneipe oder Familie ist mir heute nicht mehr zumute.« Ulla erschrak über sich selbst. Ihr Herz klopfte. Wie konnte sie so schnell zusagen?

Brandl war überrascht, griff nach. »Zwanzig Uhr«, fügte er hinzu. »Soll ich dir den Weg beschreiben?«

»Danke, ich bin schon groß«, knurrte sie, »sag mir einfach die Adresse, ehe ich es mir anders überlege, den Rest schaffe ich schon.«

Sie legte auf. Plötzlich flatterte ihr Magen. Wie hatte Pe Werner gesungen: »Kribbeln im Bauch«.

Der Tortelliniauflauf war noch zu retten und konnte für später eingeplant werden. Zur Beruhigung bügelte Ulla zwei Maschinen

Wäsche, leider mit wenig Erfolg. Sie durchforstete ihren Kleiderschrank, zog etliche Röcke, Hosen, Blusen an und aus. Jeans und Bluse mussten reichen. Sie rief Elli an und bat sie, abends nach den Kindern zu schauen, Abendbrot stünde bereit. Sie erzählte, dass sie sich mit einer alten Klassenkameradin treffen würde, und fühlte sich mies dabei.

Schon um Viertel vor acht war sie in der Berliner Straße in Mülheim. Um nicht zu früh bei Brandl aufzutauchen – wie sähe das denn aus? –, schlenderte sie noch zum Kulturbunker, um sich das neue Programm zu holen. Eine Trommelgruppe übte, schlug kräftig und rhythmisch auf die Bongos. Das gleichmäßige Wummern ließ ein Bild in ihr aufflackern. Genau, jetzt erinnerte sie sich, was sie nachts geträumt hatte.

Ich bin in einem Kellergewölbe. Der Boden ist glatt und feucht. Ich habe Angst, taste mich im Dämmerlicht an den Wänden voran. Ich schaue mich vorsichtig um, kann aber nichts erkennen. Hin und wieder lausche ich in die Stille. Ist da jemand oder etwas hinter mir her? Plötzlich tritt Sabine Simmler mir entgegen. Ich sehe sofort, auch sie hat Angst. Ich traue ihr nicht, sie ist nett und lächelt freundlich, aber ich spüre, dass sie hinter ihrer Freundlichkeit etwas verbirgt. Ich weiß genau, sie hat fremde Menschen in den Keller gelassen. Fremde, die dort gar nicht hingehören. Sabine Simmler verschwindet, und Elli ist da. »Elli, ich brauche Hilfe«, sage ich. Sie lächelt beruhigend, und ich weiß, sie kommt, aber nicht vor zwei Uhr. Das ist für mich zu spät. Ich muss allein weiter …

Ulla schauderte.

»Ich hab was für uns eingekauft. Ich musste dafür den Obsthändler meines Vertrauens bestechen.« Brandl entfernte die Verpackung, wusch die Erdbeeren vorsichtig in der Spüle. Er ließ sie kurz abtropfen und schichtete sie in ein Schüsselchen zu einem turmartigen Gebilde auf. Zwischendurch warf er ihr einen kurzen Blick zu. »Geschafft, Frau Pfarrerin? Sie sehen blass aus …«

»Ich muss immerzu an den Mordfall denken. Vielleicht ist Anneliese Berger ja unschuldig. Ihre Mutter wurde von so vielen Leuten gehasst. Es könnte doch auch sein, dass jemand sie zufällig wiedererkannt hat. Und dann haben sie sich alle zusammengetan und ihr aufgelauert. Was meinst du?«

»Ich weiß nicht. Kann sein, kann nicht sein. Wieso hätten sie das denn nach so langer Zeit tun sollen? Warum haben sie so lange gewartet? Du hast doch gesehen, wie alt die Leute schon sind. Und die Kinder? Die wissen doch teilweise gar nicht, was ihren Eltern passiert ist. Oder es interessiert sie nicht.« Er beugte sich zu ihr und küsste ihr Ohr. »Aber lass das doch jetzt. Ich habe Feierabend. Nach Dienstschluss sind meine Fälle vergessen, das sollten Sie auch so halten, Gnädigste!«

Er wollte mit ihr nicht darüber sprechen, nicht jetzt. Auch ihm gingen immer wieder die Edelweißpiraten mit ihrem Rachemotiv durch den Kopf.

Schnell küsste er Ulla auf den Mund. Sie ließ es zu, blieb stehen. Dann öffnete er geübt die Sektflasche, nahm zwei Schalen aus dem Schrank und balancierte alles ins Schlafzimmer, um es dort neben dem Bett abzustellen. Sie war ihm gefolgt und blieb, an den Türrahmen gelehnt, stehen.

»Ist das dein Wohnzimmer?«, fragte sie.

»Ach, Moment, ich muss grad was wegräumen.« Brandl schob sein Fahrrad nach nebenan.

Immerhin hat es nicht im Bett gelegen, dachte Ulla.

Er kehrte gut gelaunt zurück, nahm – ihren Blick festhaltend – eine Erdbeere in die Hand, tauchte sie in seine Sektschale, um sie von dort langsam und genüsslich in den Mund zu stecken. Dabei zog er am Blütenstiel, drehte ihn zwischen Daumen und Mittelfinger und legte ihn dann auf einen kleinen Glasteller. Er leckte sich verschmitzt über die Lippen.

»Komm, ich füttere dich«, lockte er und zog sie aufs Bett.

Er zelebrierte das Eintauchen und Abtropfen, streichelte mit der Erdbeere um ihren Mund und ließ sie dann von der Frucht kosten. Ihr Körper überzog sich mit Gänsehaut und aufgestellten Sensorhärchen, fast unfähig zu kauen und noch unfähiger, die abgebissenen Stückchen zu schlucken. Ein ganzer Film entwickelte sich allmählich in ihrem Kopf, und ihr, der Hauptdarstellerin, wurden auf einmal die Beine schwach. Michaels Gesicht tauchte vor ihr auf, doch Ulla blendete es ganz schnell aus, denn Brandl öffnete gerade behutsam die Knöpfe ihrer Bluse.

Mit der nächsten Erdbeere zog er eine Sektspur unter ihrem rechten Ohr den Hals hinunter, immer mit der Zunge folgend. Sie fühlte jedes einzelne Erdbeernüsschen bis unter die Haut. Er hob den Blick, um von ihrem erröteten Gesicht Erregung und Zustimmung abzulesen, biss genießerisch mit entblößten Zähnen in die Erdbeere und strich mit dem saftigen Fruchtfleisch um ihre fest aufgerichteten Brustwarzen.

Erdbeere um Erdbeere weckte nach dem Sektbad ihren wie nach langem Schlaf erwachenden Körper, schlich sich elektrisierend in versteckte Winkel und verschwiegene Höhlen.

Der Erdbeerduft vermischte sich mit dem Geruch seiner Haut.

Sektbäche rannen und sammelten sich in ihrem Bauchnabel, Peter schlürfte und leckte sie aus.

Wo seine Zunge eben noch zart gespielt hatte, ließen nun die Finger ihren Atem stocken.

Sie stöhnte auf, schloss die Augen und sah sich in einem Meer von Erdbeerpflanzen tanzen.

»Das war richtig gut«, sagte Brandl, setzte sich abrupt auf und drehte sich von ihr weg. Ulla legte die Hand auf seinen feuchten Rücken und seufzte.

»Komm zurück ins Bett, ich tue dir auch nichts«, lachte sie, obwohl ihr nicht nach Lachen zumute war. Sie erkannte sich selbst nicht wieder.

Brandl drehte sich zögernd um. »Ulla, ich muss dir das sagen. Du weißt, dass ich keine Beziehung will, nicht wahr?«

»Ist ja gut, Peter, du kannst aber trotzdem wieder zu mir ins Bett kommen, oder?«

Er schlüpfte zu ihr unter die Decke, legte sich auf den Rücken, mit Blick an die Decke. »Ich will dich nicht verletzen, du bist wirklich ‘ne tolle Frau, Ulla, ich bin hier das Schwein, aber so bin ich halt!«

»Ich weiß doch auch gar nicht, was ich will und wie es weitergeht. Lass uns jetzt doch keinen Beziehungsstress veranstalten.« Ulla hatte sich an ihn geschmiegt und fuhr mit dem Zeigefinger sanft die Linien seines Gesichtes nach. »›Kumm mich bucken und vergucken, sei ein guter kuschelpupp – hab so lust auf einen schmucken schnuck in meinem puschelclub.‹«

»Muss ich das verstehen?« Seine Stimme war ganz weich geworden.

»Boris Preckwitz, ›Fluffelchen‹.« Ihre Finger krabbelten den Hals hinunter, durchwuschelten sein spärliches Brusthaar.

»Alles mit u? Kein Problem!«, lachte er. »Kuss mich, wu du wullst, du Schune, mit der zuckersußen Schnute.« Er spitzte die Lippen zum Kussmund.

Ulla kicherte. »Wullst den murzel mir verwuhnen? Du … du … bullenschutzelmunn!«

Brandl hob warnend den rechten Zeigefinger und versuchte streng zu gucken.

»Schmusen sullst du, zurtlich sun, lus, lus, fung duch undlich un!« Ihr Mund folgte den streichelnden Fingern.

»Du bist verrückt, Frau Pfarrerin, einfach nur verrückt«, seufzte er wohlig, »willst du etwa schon wieder?«

21

Ich öffne die Tür zu Zimmer 302 leise, schlüpfe hinein und schließe sie sorgfältig von innen. Niemand hat mich kommen sehen. Der Pförtner war nicht an seinem Platz. Unbehelligt konnte ich einen Blick auf den Belegungs- und Zimmerplan werfen. Im Treppenhaus, in den Fluren war nicht eine Schwester unterwegs. Ich bin ein Glückskind, wie immer.

Mit wenigen leisen Schritten erreiche ich das Bett. Ein friedlicher Anblick. Sie liegt auf dem Rücken. Bei jedem Einatmen zieht sie die Luft ruckartig knarzend ein. Ich greife nach dem bunt bestickten Samtkissen. Weich und angenehm fügt es sich in meine behandschuhten Hände. Sanft lege ich es auf das Gesicht der alten Frau und drücke mit beiden Händen zu. Sie wacht nicht auf, wehrt sich nicht, bleibt ruhig liegen und versinkt in immer tieferen Schlaf, den ewigen Schlaf.

»Das ist doch mal ein schöner Tod!« Ich muss lächeln und lege das Kissen wieder zurück an seinen Platz, vergewissere mich, dass sie nicht mehr atmet. Stille.

Das Fenster ist nur angelehnt. Mein Blick fällt auf die sauber angelegten Beete im Hof. Ich atme die kühle Luft tief ein. Dann betrachte ich die silbergerahmten Familienfotos, die auf dem Nachttisch stehen.

Vater, Mutter, Kind. Kind klein, Kind größer, Kind erwachsen. Im Bad mustere ich die wenigen Kosmetikartikel, die auf der Ablage über dem Waschbecken stehen. Duschgel, Trockenshampoo, eine Kukidentdose, ein kleiner gelber Einwegrasierer. Etwa für den Damenbart? Ich muss kichern.

Da, ein leises Klopfen an der Tür. Jemand drückt die Klinke herunter, die Tür geht auf, wird wieder geschlossen.

Mit wenigen Schritten bin ich an der Badezimmertür, sehe, wie sie sich besorgt über die alte Frau beugt.

Mit einem Satz bin ich hinter ihr, ziehe die Plastiktüte aus der Hosentasche, stülpe sie ihr über. Meine rechte Hand liegt auf Mund und Nase. Ich kann spüren, wie sie vor Überraschung und Schreck ganz starr wird. Sie gibt keinen Laut von sich. Als sie versucht, sich zu wehren, ist es längst zu spät.

»Wer zappelt denn da wie ein kleiner Fisch am Haken? Das nützt doch gar nichts, weißt du das nicht?«

Sie versucht zu schlagen, dann zu kratzen, aber ich halte sie mit eisernem Griff von mir weg. Ihr Atem zischt unter der Tüte wie ein defekter Gartenschlauch.

»Bald ist die Luft weg, brauchst nicht mehr lang zu warten!«

Ihre Arme rudern ziellos durch die Luft. Je schwächer sie wird, desto geiler werde ich. Jetzt sackt sie zusammen, jetzt, ja, jetzt, ich komme. Ich hebe sie hoch, spüre ihren Körper kurz an meinem Unterleib, dann setze ich sie in den Sessel. Nun ist es Zeit zu gehen. An der Tür ein letzter Blick zurück. Ja, das Arrangement gefällt mir. Es ist perfekt.

22

Am nächsten Morgen goss es in Strömen. Brandl erreichte klatschnass das Präsidium. Für solche Fälle hatte er im Kopierraum eine Tasche mit Reservekleidung gebunkert. Sein Telefon klingelte. Brandl stopfte sich das letzte Stück Brötchen in den Mund und nahm ab.

»Zwei Tote im Alexianer-Seniorenheim Haus Monika, Porz-Ensen. Erkennungsdienst und Fotograf sind unterwegs, die Kollegen von der Kriminalwache sind schon vor Ort.«

Während Brandl sich die Adresse notierte, erinnerte er sich daran, an dem Komplex vorbeigefahren zu sein.

»Ich dachte, da wären nur Irre?«, fragte er den Kollegen.

Der seufzte genervt und informierte ihn darüber, dass dort sogar ein Seniorenpflegeheim, ein Café und ein Gärtnereibetrieb angeschlossen waren.

»Ich fahr sofort los.« Die nächsten Leichen in Porz.

Der Pförtner des modernen Seniorenpflegeheims saß mit hochrotem Kopf am Empfang. Brandl stellte sich vor und fragte, wo er hinmüsse.

»Zimmer 302, dritter Stock, wenn Sie aus dem Aufzug kommen, links den Flur entlang, vorletzte Tür. Herr Kommissar, wer macht denn so was? ‘ne arme alte Frau und deren Tochter umbringen. Das muss ein Monster sein oder ein Irrer!« Er senkte die Stimme. »Ich will ja nix sagen, aber das Haus Monika nur ein paar Schritte neben der Irrenanstalt, das musste ja so kommen!«

»Haben Sie jemanden gesehen, der sich verdächtig benommen hat oder fremd war?«

Der Pförtner schüttelte den Kopf. »Ich bin noch ganz durcheinander. Hier gehen so viele Leute von morgens bis abends ein und aus, die wenigsten gucken hier rüber oder grüßen. Gutes Benehmen ist ja völlig ausgestorben.«

Während er weiter lamentierte, wandte sich Brandl ab und ging durch die mit hellen Möbeln bestückte Halle zum Aufzug.

Es roch hier nicht so, wie er es von so manchem Altenheim kannte. Alles war hell, freundlich und wohnlich. Im Aufzug stand ein älterer Herr mit geschlossenen Augen an die Spiegelwand gelehnt. Er summte leise vor sich hin, schien Brandl gar nicht zu bemerken. Seine zitternden Hände versuchten zu dirigieren.

Brandl seufzte, als er auf den Flur hinaustrat. Wie viele Jahre blieben ihm noch, bis er diesen Status erreichte? Er hatte keine Kinder, geschweige denn eine Frau. Eine Handvoll Nichten und Neffen, immerhin. Aber ob die sich um den alten senilen Onkel kümmern würden? Oder seine Fahrradfreunde ihn besuchen kämen? Die Kollegen? Wohl eher nicht.

Im langen Flur tauschte sich ein Grüppchen Rollatorenschieber leise aus. Kollegen der Spurensicherung in ihren weißen Anzügen arbeiteten sich fotografierend vom Zimmer 302 auf den Flur durch und wieder zurück. Lars vernahm gerade einen Pfleger und nickte Brandl kurz zu. Das Zimmer selbst war in gleißendes Licht getaucht. Markus und seine Kollegen sicherten jetzt Zentimeter um Zentimeter. Sammelten Fasern, wedelten mit den Rußpinseln, klebten alles ab. Die Toten waren noch da. Die Ältere von beiden schien geschlafen und von etwas Schönem geträumt zu haben, sie lächelte. Die Jüngere hatte eine Einkaufsplastiktüte über dem Kopf und saß in dem großen Ohrensessel am Fenster. Über ihre Hände waren bereits die durchsichtigen Plastiktüten der Spurensicherung gezogen.

Brandl wandte sich an Markus. »Kannst du mir schon was sagen?«

»Die Schwester hat die beiden eindeutig identifiziert, kennt sie seit Jahren. Mutter und Tochter. Die sind schon einige Stunden tot. Zeitpunkt des Todes kann ich nicht genau sagen. Vielleicht so zwischen neunzehn und vierundzwanzig Uhr? Das kriegst du noch. Beide wurden allem Anschein nach erstickt. Ich vermute, die eine mit einem Kissen wie dem hier. Und die andere – wie du ja siehst – wahrscheinlich mit der formschönen Edelplastiktüte.«

Er deutete mit dem Kopf Richtung Bett. »Helene Franzen, die Mutter, starb anscheinend im Schlaf, Sabine Simmler, die Tochter, hat hoffentlich noch versucht, sich zu wehren. Dann gibt es vielleicht unter ihren Fingernägeln Faser- oder Hautspuren. Das Zimmer selbst ist übersät von Spuren, die müssen aber noch zugeordnet werden. Was hier genau abgegangen ist, kann ich nicht sagen. Vielleicht hat der Täter zuerst die eine umgebracht und dann in aller Ruhe die andere. Ich melde mich.«

Brandl bedankte sich, aber Markus hörte schon nicht mehr zu. Lars winkte ihn zu sich.

»Laut Aussage des Pflegers hat eine Heimbewohnerin die beiden so gegen halb acht gefunden. Die alte Dame steht unter Schock und musste ins Porzer Krankenhaus gebracht werden. Sie wohnt im Zimmer neben der Ermordeten, war aber für weitere Aussagen zu durcheinander.« Lars verdrehte die Augen. »Frau Franzen habe vor einiger Zeit Stress mit einem Patienten hier aus dem Alexianer gehabt, erzählt die Stationsschwester. Genaues weiß sie auch nicht. Ich hab den Namen des Patienten notiert. Sörgens heißt er, Ulrich Sörgens. Herr Fritz, der Verwaltungschef, wartet schon auf dich in seinem Büro.«

»Stress? Was soll das denn genau heißen? Ist er tätlich geworden oder was?«

»Die Schwester wusste nichts Genaues.«

Brandl nickte. Franzen und Simmler? Das waren doch die beiden Frauen, von denen Ulla ihm erzählt hatte. Ob er sie anrufen sollte? Sie wohnte hier um die Ecke. Sie hatte von ihnen gesprochen, da war er sich ganz sicher. Aber anrufen? Lieber nicht. Womöglich hätte er dann ihren Mann am Apparat, das musste ja wirklich nicht sein. Und am Ende sähe es noch so aus, als würde er ihr hinterherlaufen. Er würde später anrufen, das war noch früh genug.

»Überprüfst du nachher noch die Wohnung von der Sabine Simmler?«

»Werd ich wohl müssen, wenn du hier weitermachst …« Lars grinste säuerlich.

Brandl war zum Haupthaus des Alexianer-Krankenhauses hinübergegangen. Das imposante Gründerstilgebäude an der Kölner Straße war bestimmt schon hundert Jahre alt. Der Geruch nach frischer Farbe stieg Brandl in die Nase. Die Fassade war in hellgelbweißen Farbtönen gestrichen, sogar der Heilige oben an der Fassade wirkte aufgehübscht.

Der heilige Alex?, überlegte Brandl kurz, als er die Steintreppe hochstieg. Er betrat das Haus durch die massive Eichentür mit den dicken Beschlägen und den kleinen bunten Glasfenstern. Auch der Eingangsbereich wirkte hell und renoviert.

Der Pförtner hinter der Glasscheibe lächelte freundlich, winkte ihm zu: »Kann ich Ihnen weiterhelfen?«

»Brandl, Kripo Köln, ich möchte zu Herrn Fritz. Er ist doch der Verwaltungschef dieses ...«, Brandl überlegte, wie er es nennen sollte, »Hauses.«

»Herr Fritz ist der Verwaltungschef dieses Fachkrankenhauses für Psychiatrie, Psychotherapie und Neurologie. Hier in den Nebengebäuden – sie erkennen sie an dem Zuckerbäckerstil, in Rosa und Weiß – sind die offene und geschlossene Psychiatrie untergebracht. Darum herum gibt es noch diese modernen Gebäude mit den riesigen Glasfenstern, da sind das Pflegeheim für Senioren, verschiedene Werkstätten, eine Gärtnerei und spezielle Wohnheime für Menschen mit Demenz, psychischen Störungen, Suchtkranke und Schädel-Hirn-Trauma-Patienten.«

»Donnerwetter, das nenn ich mir eine Einführung!« Brandl zwinkerte dem Pförtner anerkennend zu. »Und jetzt sagen Sie mir auch noch, wo ich den Herrn Fritz finde, richtig?«

Der Pförtner lächelte geschmeichelt und wies mit der Hand nach oben. »Erster Stock, zweite Tür rechts!«

Still lag der Korridor vor ihm. Seine Schuhe hämmerten auf die Fliesen, und jeder Schritt hallte dröhnend im Kopf nach. In seiner Zeit als Messdiener hatte er immer Schuhe mit Gummisohlen tragen müssen, damit die andächtige Stille nicht gestört wurde. Pastor Keller hatte da keinen Spaß verstanden. »Ernsthaftigkeit, Demut und Mäßigung führen uns zum rechten Glauben«, predigte er unermüdlich. Als Messdiener war die Welt noch eindeutig gewesen. Das Gute hier, das Böse dort. Weihrauch, Gebete und Chorgesang. Gewissensprüfung, Reue und Beichte. Psychische Erkrankungen waren für Pastor Keller eine Strafe Gottes und Mörder der personifizierte Teufel gewesen.

Brandl war die Treppe hinauf und, in Gedanken versunken,

immer weiter gelaufen. Jetzt suchte er sich durch die Flure wieder den Weg zurück zur ersten Etage und klopfte an die schwere Eichentür.

Herr Fritz, ein glatzköpfiger Endfünfziger mit Kassengestellbrille, bat ihn herein und drängte ihm einen Kaffee auf.

»Schreckliche Angelegenheit! Wir sind alle noch ganz fassungslos. Unser Pflegeheim hat einen guten Ruf, wissen Sie. Es hat lange gedauert, bis es angenommen wurde. Weil alle dachten, hier wären alle Senioren nur«, er tippte sich mit dem Zeigefinger an die Stirn, »Sie wissen schon, gestört.« Er seufzte. »Hier gibt es natürlich Menschen mit verschiedenen Problemen, aber nur wenige sind wirklich auffällig, geschweige denn gefährlich.«

»Mich interessiert besonders Ulrich Sörgens. Ist er einer von den schwereren Fällen?« Der Kaffee schmeckte abgestanden, war lauwarm.

»Nein, was soll das überhaupt heißen, schwerer Fall? Sörgens ist nicht gefährlich, wenn Sie das meinen. War er zumindest bisher nicht, sagen wir es mal so. Wenn er als möglicherweise gefährlich für sich oder andere eingestuft würde, wäre er in unserer geschlossenen Abteilung untergebracht und käme gar nicht in ein offenes Angebot.« Fritz zog ein Taschentuch heraus und putzte umständlich seine Brille. »Na ja, also wenn ich ehrlich sein soll, er ist manchmal etwas unausgeglichen, sagen wir es mal so. Aber die Arbeit im hauseigenen Garten macht ihm Spaß, da geht er regelrecht drin auf.«

Sörgens beugt sich mit erstarrtem Gesicht über die alte Frau: »Ich bin Luzifer, dein Todesengel. Ich bin der Herr über Leben und Tod und dir bringe ich den Tod.« Er umschließt ihren Hals fester und fester. »Begleite mich in die Hölle, Lilith!«

»Herr Fritz, was heißt das, unausgeglichen? Rastet er schon mal aus? Hat er Frau Franzen angegriffen?«

»Na ja, er hat vor dem Fenster des Freizeitzentrums Unkraut gejätet. Frau Franzen saß direkt hinter der Scheibe und guckte raus.«

»Was denn für ein Freizeitzentrum?« Brandl wollte es mal wieder ganz genau wissen.

»Das neue Freizeitzentrum gibt jedem Patienten des Hauses an jedem Werktag die Chance, den Tätigkeiten nachzugehen, die ihm Spaß machen. Das können neue Hobbys sein, die hier entwickelt werden, oder alte Hobbys, die man wiederentdeckt. Im Freizeitzentrum kann man natürlich auch einfach Zeitung oder ein gutes Buch lesen oder sich mit anderen Besuchern zum Kaffeetrinken treffen. Da kann jeder rein. Angehörige, Freunde, ehemalige Patienten oder auch Laienhelfer sind im Freizeitzentrum herzlich willkommen. Wir organisieren da neben Abendveranstaltungen auch Ausflüge zu kulturellen Veranstaltungen. Das Freizeitzentrum ist ein Ort, an dem unsere Bewohner einfach Normalität erfahren können«, sagte Fritz stolz.

»Wenn nicht grade mal einer ausrastet im Garten, oder?«, brachte Brandl den abschweifenden Fritz wieder zum Thema zurück.

»Ja, also an dem besagten Tag, als die Franzen am Fenster saß und rausguckte, hat der Sörgens immer wieder zu ihr rübergeschaut, zuerst gemurmelt, dann wurde er immer lauter. Hat herumgeschimpft und sich immer weiter hineingesteigert. Schließlich ist er wohl auf das Fenster zugestürzt, hat es mit Erde und Grasbüscheln beworfen und mit Dreck verschmiert. ›Geh weg, geh weg‹, hat er gebrüllt. ›Ich will dich hier nicht, hau ab …‹

Frau Franzen hat sich schrecklich darüber aufgeregt. Sie hat um Hilfe gerufen, wir mussten ihr ein Beruhigungsmittel geben.«

»Womit hat er sie denn beschimpft?« Brandl beugte sich vor.

»Na ja.« Fritz war es sichtlich unangenehm, so ins Detail gehen zu müssen. »Hier in der Notiz steht was von ›Scheißfrauen, sind alle gleich. Hure, Missgeburt, Schlange, Monstrum, Drecksflittchen, alte Sau‹ …« Fritz brach ab und sah Brandl bittend an.

»Verstehe. Und weiter?«

»Wochen später ist sie mit ihrer Tochter im Innenhof spazieren gegangen, und da hat Sörgens sich schreiend auf beide gestürzt, die Tochter weggeschubst und versucht, auf Helene Franzen einzuschlagen. Dabei beschimpfte er sie wieder wüst, so ähnlich, wie ich es Ihnen eben vorgelesen habe. Urplötzlich hat er in der Bewegung innegehalten, ist verstummt und auf die Knie gefallen und hat den Kopf an ihre Beine gepresst und haltlos geweint.

Sein Therapeut war davon überzeugt, dass sich bei Sörgens alte Kindheitstraumata gemeldet hätten. Es war wie eine Regression. Seiner Meinung nach hatte das mit der Franzen überhaupt nichts zu tun. Er wertete das als positiven Entwicklungsschritt. Endlich wäre Sörgens so weit, sich seinen alten Verletzungen zu stellen. Wir hatten keinen Grund, uns darüber Sorgen zu machen.«

»Das soll nicht auffällig sein, Herr Fritz? Und wieso hatte das mit Frau Franzen nichts zu tun? Er hat doch ausgerechnet sie zweimal angegriffen. Warum hat die Tochter keine Anzeige erstattet?«, brauste Brandl auf.

»Herr Brandl, wir konnten Frau Simmler im intensiven Gespräch von unserer Sichtweise überzeugen. Sie war unserer Meinung. Wir haben ihr zugesichert, in Zukunft Ulrich Sörgens von ihrer Mutter fernzuhalten. Sie war einverstanden.« Fritz schwitzte. »Sie können gerne mit Herrn Albers, dem behandelnden Therapeuten, und natürlich auch mit Herrn Sörgens selbst sprechen.« Fritz legte die Handflächen flach auf die penibel aufgeräumte Schreibtischplatte.

»Das werde ich auch, da können Sie von ausgehen!« Brandl sprang auf. »Das kann Sie teuer zu stehen kommen, Herr Fritz. Ich denke, das ist Ihnen klar. Hoffentlich haben Sie da keinen Fehler gemacht.«

»Die Befragung von Herrn Sörgens kann nur in Herrn Albers' Anwesenheit stattfinden. Ich habe ihn schon informiert, er steht Ihnen gleich zur Verfügung. Ulrich Sörgens ist in seinem Zimmer und wird die Wohngruppe nicht verlassen, das kann ich garantieren.« Fritz stand auf. »Wenn Sie mich jetzt bitte entschuldigen.«

Brandl reichte ihm die Hand und ging zur Tür. »Hatte Frau Franzen auch psychische Probleme?«

»Sie hatte wohl ein Trauma aus Jugendzeiten, wollte aber nicht therapeutisch daran arbeiten. Sie war völlig unauffällig.«

Brandl saß auf dem Sessel vor Albers' Büro und wartete auf ihn. Gab es einen Zusammenhang zwischen dem Mord an den beiden Frauen und Franziska Berger? Ulla hatte erzählt, die alte Berger und die Mutter von Sabine Simmler hätten sich gekannt. Er starrte vor sich hin. Nachdem Ulla am Vorabend seine Wohnung verlassen hatte, war er in einen unruhigen Schlaf gefallen. Er war aus einem kurzen Traum hochgeschreckt. Aus einem richtigen Alptraum.

Ich treffe Ulla in einem Wald. Ich nähere mich ihr von hinten, lege den Arm um sie, lehne meinen Kopf an ihre Schulter. Da dreht sie sich abrupt um. Das Gesicht meiner Mutter blickt mich streng und vorwurfsvoll an.

Und jetzt das Gespräch mit dem Seelenklempner. Das passte ja. Die wuchtige Eichentür ging auf, Brandl konnte eintreten.

Konrad Albers sah nicht aus, wie er sich einen Psychiater vorgestellt hatte. Mitte vierzig, schlank, das Haar zu einer Art Popperfrisur geföhnt, leicht gebräunte Haut, manikürte Hände. Auf dem blendend weißen Poloshirt wohnte ein kleines Krokodil, und seine Dieseljeans saß wie angegossen. Er hätte eher Tennislehrer auf Ibiza sein können oder auch ein gewiefter Betrüger, der Millionärinnen erst glücklich und dann um eine Segelyacht ärmer machte. Im Gegensatz zu Brandl wirkte er frisch und aufgeräumt. Er sah ihn mit einem wissenden Lächeln in den Mundwinkeln erwartungsvoll an, während er ihm die Hand reichte.

»Na, schlecht geschlafen?«, fragte er mitfühlend.

Brandl war über den sehr festen Händedruck überrascht. Wie er heute aussah, wusste er selbst.

»Herr Albers, Sie sind der behandelnde Arzt und Therapeut von Ulrich Sörgens. Wie wir wissen, hat er in der Vergangenheit Helene Franzen mehrfach bedroht und auch angegriffen. Können Sie sich vorstellen, dass er die beiden Frauen hier im Haus und vielleicht auch andere Frauen umgebracht hat?«

Albers' Lächeln verschwand. »Das ist nicht mit einem eindeutigen Ja oder Nein zu beantworten, Herr Brandl. Sie wissen, dass ich mich auf die ärztliche Schweigepflicht berufen kann.«

Brandl machte eine wegwerfende Handbewegung. »Was sollen denn die Spielchen, Herr Albers? Sie wissen doch, dass Sörgens sowieso vom Gerichtspsychologen untersucht wird, wenn sich der Tatverdacht gegen ihn erhärtet. Ich will von Ihnen nichts wissen, was wir nicht auch anders erfahren würden.«

Albers straffte die Schultern und seufzte: »Dann werde ich versuchen, Ihnen mal die Psyche eines Menschen näherzubringen. Ich denke, darauf wird bei der polizeilichen Ausbildung eher wenig Wert gelegt. Mein Patient hat eine schwere Traumafolgestörung. Dominanter, despotischer Vater, von der Mutter wurde er sexuell missbraucht. Er bekam Sprachstörungen, war lernschwach, kam auf die Sonderschule, die er abbrach. Mit dreizehn Jahren schlug er seine Mutter krankenhausreif. Später Tierquälerei, versuchte Vergewaltigung, tyrannisierte die Familie, verletzte wieder die Mutter. Da er erst fünfzehn war, bekam er eine Jugendstrafe auf Bewährung, musste aber in die Rheinische Landesklinik nach Langenfeld zur Therapie. Nach über zwei Jahren kam er wieder raus. Er wohnte und arbeitete wieder auf dem elterlichen Hof, lebte ansonsten sehr zurückgezogen, ließ sich nichts zuschulden kommen; zumindest ist darüber nichts bekannt. 2004 starben die Eltern bei einem Verkehrsunfall. Die vier Geschwister erbten den Hof und verkauften ihn. Ulrich Sörgens ging leer aus, da er ja ›verrückt‹ war.« Albers hatte mit Zeige- und Mittelfinger die Anführungszeichen angedeutet.

»Niemand konnte oder wollte ihn aufnehmen, und so lebte er in Köln auf der Straße und trank sich alles schön. Unter der Severinsbrücke wurde er im Winter 2005 aufgegriffen und bei uns eingeliefert. Entzug und Therapie folgten. Schnell kam sein Kindheitstrauma zu Tage, das natürlich auch therapeutisch bearbeitet wurde. Nach den ersten Therapiesitzungen stellten sich Panikattacken ein, und er bekommt seitdem Lorazepam, damit er überhaupt schlafen kann, und ein Phasenprophylaktikum zur Verhinderung der Schübe.«

»Welche Schübe?«

»Bipolare Störungen – umgangssprachlich nennt man das bis heute noch manische Depression. Er schwankt zwischen ständig überschwänglicher oder gereizter Stimmung, psychomotorischer Unruhe und Depression hin und her.«

»Gefährdete er nur sich selbst oder auch andere?«

»Beides. Er war ja schon früher gewalttätig. Gegen seine Mutter, seine Schwestern, bei der versuchten Vergewaltigung. Er hat auch hier schon zwei Pflegekräfte angegriffen, aber das ist schon länger her, war eher in der Anfangsphase der Behandlung. Damals war er für mich eine tickende Zeitbombe, aber das hat sich gelegt.«

»Sind Sie sich da sicher, Herr Albers?«

»Er ist medikamentös gut eingestellt und wird therapeutisch betreut. Ich halte ihn mittlerweile für ungefährlich.«

»Ein Mitarbeiter hat erzählt, Sörgens hätte Helene Franzen schon in der Vergangenheit mit extrem frauenfeindlichen Ausdrücken – Sie werden das sicher wissen – beschimpft und sie auch angegriffen.«

Albers nickte.

Brandl schüttelte verständnislos den Kopf. »Was sagen Sie zu den Vorkommnissen?«

»Ich sagte Ihnen bereits, meiner Meinung nach ist er mittlerweile ungefährlich. Diese Ausbrüche waren für ihn ein sehr positiver Schritt, sich seinen Traumata noch einmal intensiv zu stellen, um sie verarbeiten zu können. Mehr kann ich Ihnen dazu nicht sagen.«

»Was hat denn Sörgens selbst zu seinen Angriffen auf Helene Franzen gesagt?«

»Nichts.«

»Wie, nichts? Ich denke, Sie haben ihn therapiert? Da muss er doch wohl etwas gesagt haben? Oder therapieren Sie per Handauflegen?« Brandl wurde allmählich wütend.

»Wie ich bereits sagte, Frau Franzen stand da nur symbolisch für diejenigen, die ihn ursprünglich traumatisiert haben. Verstehen Sie? Es hätte genauso gut jede andere ältere Frau sein können.«

»Es war aber Helene Franzen«, insistierte Brandl. »Und zwar zweimal, und keine andere Frau. Hat Ihnen das nicht zu denken gegeben?«

»Na, sie hatte äußerlich vielleicht Ähnlichkeit mit seiner Mutter oder so etwas. Solche Zufälle gibt es. Das sind oft Kleinigkeiten, mit denen manchmal völlig Unbeteiligte alte Erinnerungen in uns wachrufen. Manchmal ein Geruch, ein Wort, ein Lächeln, eine bestimmte Mimik, wie auch immer. Das passiert doch besonders häufig in Liebesbeziehungen. Die meisten Kräche mit dem Partner, mit der Partnerin sind Stellvertreterkämpfe. Kämpfe, die mit der aktuellen Situation gar nichts zu tun haben, sondern mit alten Verletzungen durch den Vater, die Mutter. Und der Liebespartner muss das dann ausbaden, oft ohne überhaupt zu kapieren, worum es in Wirklichkeit geht. Da heult die Frau, dass der Mann so wenig Zeit für sie hat. Und tatsächlich will sie eigentlich, dass er ihr endlich die Aufmerksamkeit und liebevolle Unterstützung gibt, die ihr der eigene Vater nie gegeben hat. Das kann ja nicht gut gehen. Oder wenn Männer Angst haben, sich auf eine Liebe einzulassen. Das sind oft alte Ängste vor der Vereinnahmung durch die kontrollierende Mutter.«

»Kann ich Sörgens jetzt befragen?« Brandl reichte es jetzt. Das hatte ihm jetzt gerade noch gefehlt, Beziehungstheorien.

»Warum nicht? Er ist ein Mensch wie Sie und ich.« Er lächelte salbungsvoll. »Und ich werde Ihnen ja auch bei der Befragung zur Seite stehen.«

Brandl nickte. Irgendwie knirschten seine Zähne unwillkürlich aufeinander.

Ulrich Sörgens war groß und schlank, sein Gang leicht nach vorn gebeugt. Bevor er sich auf den grau bezogenen Polsterstuhl vor Albers' Schreibtisch setzte, klopfte er die Hose ab. Seine großen Hände umfassten die Aluminiumarmlehnen.

»Herr Sörgens, schön, dass Sie so schnell kommen konnten«, sagte Brandl.

»Das, Herr Sörgens, ist Herr Brandl von der Kriminalpolizei Köln. Der Herr Brandl hätte ein paar Fragen an Sie.«

Sörgens drehte Brandl das Gesicht zu. Aknenarben überzogen Wangen und Stirn, und seine grauen Augen sahen milchig aus.

»Zuerst einmal die Fragen zu Ihrer Person. Herr Sörgens, Sie sind am 18. Dezember 1976 in Holl geboren?«

Sörgens nickte. Brandl unterließ es, ihn nach seinen Eltern oder Geschwistern zu fragen, da er sich nicht sicher war, wie Sörgens darauf reagieren würde. Außerdem hatte er keine Lust auf endlose Familiengeschichten. Nicht schon wieder!

»Und Sie werden hier im Alexianer ärztlich behandelt?«

Sörgens nickte.

»Sie kannten Helene Franzen?«

»Wen?«

»Helene Franzen, wohnte nebenan im Pflegeheim, eine nette alte Dame.«

»Kenn ich nich. Aber nett is keine von denen.«

»Von denen? Herr Sörgens, wen meinen Sie?«

»Frauen. Frauen sind hinterfotzig und eklig. Scheiße halt!«

Genau, dachte Brandl sarkastisch. Ein Mensch wie du und ich.

Albers inspizierte seine Fingernägel, hauchte darauf und polierte sie an der Jeans.

»Ah ja. Alle Frauen sind schlecht.«

Sörgens nickte eifrig.

»Sie waren schon häufiger gewalttätig, Herr Sörgens. Warum?«

»Scheißfrauen!«, sagte er vollkommen ruhig.

Die Stimme meines Vaters. Hassverzerrt. »Nicht, Karl, nicht!« Gellend schreit Mutter. Sie hält die Hände über den Kopf. Jetzt schlägt er wieder zu. Mit der flachen Hand in ihr Gesicht. Ein Krachen. »Du alte Schlampe. Du wirst mich nicht mehr fragen, wo ich war.« Jetzt hat er sie am Boden und schlägt mit dem Ledergürtel auf sie ein. Klatsch, sirr, klatsch. Mutter wimmert. Vaters schwere Schuhe dröhnen auf den Holzdielen. Eine Tür fällt ins Schloss. Dann ist Stille. Ich warte und zähle: »Eins, zwei, drei, vier, fünf, sechs, sieben, acht, eins, zwei, drei, vier, fünf, sechs, sieben, acht, eins, zwei, drei, vier, fünf, sechs, sieben, acht.« Wie lange wird es diesmal dauern? Die Tür zu meinem Zimmer öffnet und schließt sich rasch wieder. Mutter kommt zu mir ins Bett. Ich stelle mich schlafend. Mutter flüstert: »Du beschützt mich, nicht wahr, Ulrich? Dir tut der Vater nichts, du bist ja der Stammhalter. Und du bist mein braves Männlein.« Ich beiße die Zähne aufeinander, balle die Fäuste. »Du machst alles, was die Mama will, nicht wahr? Du bist ein guter Junge!« Ihre kalte Hand greift in meine Schlafanzughose. Ich stelle mir vor, wie sich meine Hände um ihren Hals schließen und ich, so fest ich kann, zudrücke.

»Hundsgemein, böse und eklig!«

»Helene Franzen und Sabine Simmler, waren die auch gemein und böse?« Brandl beugte sich vor.

»Wer?«

»Helene Franzen hier aus dem Heim und Sabine Simmler, ihre Tochter.«

»Kenn ich nich. Aber wenn se Frauen sind, sind se scheiße.«

»Herr Sörgens. Sie haben Frau Franzen vor drei Monaten beschimpft, als sie im Freizeitzentrum saß. Später, auf dem Hof, haben Sie sie angeschrien und beschimpft. Sabine Simmler war dabei.«

»Kann sein, weiß ich aber nich mehr. Die Pillen, wissen Se.«

»Herr Sörgens, wo waren Sie gestern Nachmittag zwischen fünfzehn und achtzehn Uhr?«

»Weiß ich nich.«

Brandl sah Albers an. »Das wird doch wohl festzustellen sein hier im Haus, oder?«

Albers zuckte mit den Achseln. »Herr Sörgens wohnt in einer Wohngruppe in der Siedlung hier nebenan. Vielleicht wissen die, wo er war.«

»Die Alte hat den Tod verdient«, murmelte er und dann lauter: »Doktor Albers, ich will hier weg! Kann ich?«

Albers sah Brandl fragend an, der schüttelte den Kopf. »Ich muss Sie erst einmal mit aufs Revier nehmen, da werden Sie erkennungsdienstlich behandelt. Dann sehen wir mal weiter, Herr Sörgens.«

Brandl wandte sich dem Arzt zu. »Wir werden bestimmt noch einmal auf Sie zukommen müssen, Herr Albers.«

Der griff zum Telefonhörer. »Alles Gute, Herr Brandl.« Er hob flüchtig die freie Hand.

Brandl kam sich vor wie ein Lakai, der gnädig entlassen wurde. Er blieb vor dem Schreibtisch stehen. »Wie kann ich Sie telefonisch erreichen?«

Albers sah kurz hoch, dann flötete er »Bitte hab einen Moment Geduld, ich bin gleich wieder bei dir« in den Hörer. Er nestelte in seiner Schreibtischschublade und reichte Brandl seine Visitenkarte. Dann drehte er sich mit dem Bürostuhl Richtung Fenster. »So, meine Süße, da bin ich wieder, pass mal auf, meine Schnecke …«, säuselte er weiter.

Brandl ging zur Tür. »Bitte kommen Sie mit mir, Herr Sörgens, die Kollegen kümmern sich gleich um Sie.« Sörgens trabte hinter ihm her und murmelte vor sich hin. »Pass auf, du Schnecke, Schnacke, Schnucke.«

Sein Handy vibrierte. »Peter, ich hab schon einige Male versucht, dich zu erreichen, wieso gehst du denn nicht ans Telefon?«

»Schön, dass du anrufst, Mutter. Geht es dir genauso gut wie mir?«

»Lass den Quatsch. Ich wollte dich daran erinnern, dass Tante Luise übernächstes Wochenende ihren Achtzigsten feiert. Ich hab dir die Einladung schon vor Wochen zugeschickt, aber sie hat noch keine Zu- oder Absage von dir. Was soll ich ihr denn jetzt sagen, sie muss doch das Buffet und alles planen.«

»Achtzigste Geburtstage sind wohl nicht die Traumvorstellung für meine Wochenenden, Mutter, außerdem stecke ich gerade in zwei schwierigen Mordfällen, und mein Schreibtisch brennt.«

Das schien seine Mutter wenig zu interessieren: »Du weißt, Junge, dass Tante Luise Geld hat und du bisher ihr Lieblingsneffe warst. Aber jetzt bemüht sich Gerdas Kurt sehr um sie.«

Brandl wusste, wie schlecht seine Mutter auf ihre Schwester und deren Familie zu sprechen war, und hatte keine Lust, auf ihr Lieblingsthema einzusteigen. »Du, ich bin gerade auf dem Sprung. War sonst noch was?«

»Wir hätten uns auch gefreut, dich noch mal zu sehen.«

»Ich mich auch, Mutter. Aber das können wir ja auch noch an einem anderen Wochenende machen, da brauchen wir doch die Feier nicht für.«

»Du warst Weihnachten das letzte Mal da«, meckerte sie.

»Ja, und ich komm nächstes Weihnachten auch wieder!« Brandl war nur noch genervt. »Ich melde mich. Bestell Vater Grüße von mir und natürlich Tante Luise.«

Als er das Gespräch beendet hatte, sah er, dass eine SMS angekommen war. Ulla? Nein, von dem Weiberfastnachtsschmetterling, der schon wieder nach seinen Flügeln fragte. Ob sich heute alle abgesprochen hatten?

23

Brandl saß an seinem Schreibtisch, stützte den dröhnenden Kopf in die Hände. Die Sichtung von Sabine Simmlers Wohnung war völlig unspektakulär gewesen. Eine uninteressante Person mit keinerlei Obsessionen oder Abgründen, nur einem Hang zu schriller Reizwäsche. Die Kollegen hatten nichts entdeckt, was der Klärung des Falles dienlich sein könnte. Die Befragung in Porz hatte seine Laune auch nicht verbessert. Vielleicht würde es ihm helfen, Ullas Stimme zu hören.

»Lea Wolff und wer da?«

Brandl ächzte. »Peter Brandl, Kripo Köln, könnte ich bitte deine Mutter sprechen?«

»Peter Brandl, Kripo Köln«, echote es sehr laut zurück. Das Telefon knallte krachend auf etwas Hartes, und Schritte kamen näher.

»Ja, Wolff hier.« Ullas Stimme klang distanziert.

Was du kannst, kann ich auch, dachte Brandl. »Peter Brandl, hallo, Ulla. Vermutlich störe ich gerade.«

»Nein, nein, das passt schon«, antwortete sie schnell.

»Hör mal, heute Nacht sind im Alexianer-Seniorenheim zwei Frauen ermordet worden, erstickt. Eine Heimbewohnerin und ihre Tochter. Eigentlich darf ich dir das gar nicht erzählen. Aber es handelt sich um Sabine Simmler und Helene Franzen.«

Ulla atmete schnell, und dann quietschte leise ein Sessel. »Ich muss mich setzen, das haut mich jetzt um. Ich kenne doch die Sabine Simmler persönlich, hab doch mit ihr erst vor Kurzem gesprochen.«

»Die Welt ist ein Dorf, und in Porz kennt anscheinend sowieso jeder jeden«, scherzte Brandl lahm.

»Oh Gott, wenn ich doch bloß bei der alten Frau vorbeigegangen wäre, ich hatte einfach so viel zu tun!«

»Ulla, beruhige dich. Ich habe mir notiert, was du über sie erzählt hast. Wir haben da im Moment aber einen ganz anderen im Auge. Ich ermittle im Alexianer-Krankenhaus. Es gibt da einen Verdächtigen.«

»Willst du auf einen Kaffee vorbeikommen?«

Brandl schwieg.

»Ich mein, nur schnell, um mich genauer zu informieren«, fügte Ulla hinzu.

»Ich muss sehen, ob das zeitlich klappt. Ich bin auf dem Weg zu Anneliese Berger, deine Rettungsaktion und die neuen Morde sind mir dazwischengekommen. Ich weiß gar nicht, wo mir der Kopf steht«, wehrte Brandl ab.

»Ist okay. Sag mir Bescheid, wenn du was weißt.« Ullas Stimme klang heiser. »Ich wünsche dir viel Erfolg und bis dann«, sagte sie noch und legte auf.

Tot. Sabine Simmler und Helene Franzen ermordet. Wer hatte das getan? Ulla spürte Angst in sich aufsteigen und eine tiefe Hilflosigkeit.

Waren sie jemandem im Weg gewesen? Die alte Frau Franzen hatte doch die Berger von früher gekannt. Das konnte doch kein Zufall sein? Und Brandl wich ihr auch noch aus. Er hätte doch wenigstens mal kurz vorbeikommen können.

Ullas Magen rebellierte. Plötzlich hatte sie den Eindruck, sie müsse sich übergeben. Sie lief ins Bad, stand über dem Waschbecken, aber es kam nichts. Ihre Augen schauten sie im Spiegel fragend an, ihr Gesicht war blass. Weit aufgerissene Augen, fahle Haut, die Lippen hatte sie aufeinandergepresst. Ulla verkroch sich in ihren Lieblingssessel, umschlang das flauschige Herzkissen und drückte es gegen ihren Bauch. Es gab ihr ein wenig Wärme.

Schon in der Nacht war sie von einem Traum heulend aufgewacht.

Ich stehe auf dem Festland und schaue von dort hinüber auf eine Insel, die rundherum von Wasser umgeben ist. Die Insel ist ganz klein, ein Boxring ist darauf aufgebaut. In dem Ring steht ein Mann, ich laufe um die Insel herum, rufe verzweifelt, versuche, auf mich aufmerksam zu machen, und winke, aber er hört mich nicht. Ich kann es einfach nicht richtig sehen, ist es Michael oder Peter Brandl? Ich rufe immer lauter: »Hallo!« Und laufe immer schneller um die Insel herum. Aber immer, wenn ich dem Mann so nah bin, dass ich fast sein Gesicht erkennen kann, dreht er sich weg, wendet mir den Rücken zu. Ich bin verzweifelt, weine und weine …

Elli klopfte ans Fenster. Sie hatte eine Flasche Eierlikör in der Hand. »Darf ich reinkommen, Frau Nachbarin?« Und schon stand sie im Hausflur und nahm Ulla in den Arm. »Du siehst schlimm aus, willst du reden?«

Ulla zuckte die Schultern. »Ich hab schlecht geschlafen und blöd geträumt. Eierlikör ist immer gut, setz dich.« Sie holte die kleinen Bessen-Genevergläser, die sie sich vor ewigen Zeiten mal in Holland gekauft hatte, aus dem Schrank.

»Sind's die Kinder oder Michael?«

»Nein, zwei weitere Frauenleichen, jetzt im Alexianer. Ich kannte eine von ihnen, hab erst vor Kurzem mit ihr Kaffee getrunken. Und ich glaube, das hängt mit dem ersten Mord zusammen.« Sie kippte den Eierlikör hinunter.

Elli ließ nicht locker. »Davon hab ich schon gehört, aber da ist doch noch mehr …«

»Die Kinder sind in Ordnung, nur die üblichen Reibereien.« Der Eierlikör schmeckte. »Michael und ich passen einfach nicht zusammen, Elli. Er ist nicht gut für mich, und ich bin nicht gut für ihn.«

Der Kater sprang auf Ellis Schoß und ließ sich schnurrend streicheln. »Meine Ehe war auch nicht immer Sonnenschein, aber ich bin froh, dass ich die Flinte nicht ins Korn geschmissen habe. Man konnte ja auch nicht wissen, dass wir gar nicht so viel Zeit hatten.«

»Gab's denn nie einen anderen Mann für dich?«

»Na, daher weht der Wind, hast du dich etwa verliebt, Ulla? In diesen flotten Kommissar? Wie war eigentlich das Treffen mit der Schulfreundin? Du hast gar nichts erzählt. Oder war es eher ein Freund?«

»Quatsch, Elli! Ich bin doch kein Schulmädchen, so schnell verliebe ich mich nicht.« Es ärgerte sie, dass sie rot wurde.

»Na, denn prost, auf die unverbindlichen Affären!« Sie seufzte. »Mach mich bloß nicht neidisch!« Sie zwinkerte ihr zu. »Aber Spaß beiseite, brich nichts übers Knie, die erfahrene Frau genießt und schweigt! Im Ort ist die Hölle los! Überall stehen empörte

Ensener und Westhovener zusammen und reden sich über die beiden Morde die Köpfe heiß. Ob das nun an der Wursttheke beim Metzger oder beim Brötchenholen ist. In der Apotheke oder auf dem Parkplatz an der Gilgaustraße. Vor den Kirchen, der Schule und beim Discounter. Einfach überall. Viele mutmaßen, dass womöglich ein Patient aus dem Alexianer alle drei Frauen umgebracht hat. Irgendwie ist da etwas durchgesickert. Der Bürgerverein und die Gegner der Forensik verteilen Flugblätter, und Reporter und Kamerateams rennen mit gezücktem Mikro durch den Ort. Heute Morgen habe ich im WDR Interviews von Porzer Kommunalpolitikern gehört. Egal, ob schwarz, rot, gelb oder grün, alle ähneln in ihren Aussagen den Braunen. Für heute Abend sind eine Lichterdemonstration und Mahnwachen vor dem Alexianer geplant.«

»Das wusste ich nicht. Vermutlich ist Michael auch dabei.« Ulla runzelte die Stirn. »Das wäre doch ein Thema, das ich gut in meine nächste Predigt einbauen könnte.«

»Verbrenn dir nicht die Finger beziehungsweise den Mund, Ulla.« Sie knuffte sie freundschaftlich in die Seite. »Ich werd mich mal auf meinen Haushalt werfen, das soll ja auch manchmal helfen. Frohe Ostern übrigens, die flüssigen Eier haben wir ja schon gefunden.« Sie drückte Ulla energisch und ging, die fast leere Eierlikörflasche an die Brust gepresst.

Ulla würde sich einen starken Kaffee brauen und sich an ihre Predigt setzen. Vielleicht konnte sie ja doch vermitteln.

Brandl gab dem Stationsarzt die Hand und sah ihn erwartungsvoll an.

»Frau Berger ist jetzt stabiler, auf jeden Fall. Wir gehen davon aus, dass sie – wenn sie weiter ihre Medikamente nimmt – keine Gefahr mehr für sich und andere ist. Von unserer Seite aus könnte sie bald wieder nach Hause.«

Verdammt jung, dieser Arzt. Er glich weniger Dr. House, sondern ähnelte mehr den eher lasterhaften Ärzten von Emergency Room. Die dralle Krankenschwester war eben auch genauso um ihn herumgewuselt wie die in der Serie.

»Ich müsste noch einmal mit Frau Berger sprechen und dann,

in Absprache mit der Staatsanwaltschaft, entscheiden, wie es mit ihr weitergeht. Hat Sie sich Ihnen gegenüber zu dem Mord an ihrer Mutter irgendwie geäußert?«

Der Arzt schüttelte den Kopf. »Darüber darf ich Ihnen keine Auskunft geben. Ärztliche Schweigepflicht.« Er hob abwehrend die Hände. »Sie können aber gerne zu ihr.«

»Da sind Sie ja, Herr Kommissar.« Anneliese Berger freute sich, Brandl zu sehen. »Sie sind mir doch nicht böse wegen neulich?« Ihr Gesicht nahm kindliche Züge an.

»Hab ich schon so gut wie vergessen, Frau Berger. Aber ich wollte Sie noch was fragen. Sie haben doch zusammen mit Frau Wolff den Nachlass Ihrer Mutter durchgesehen.«

Anneliese nickte.

»Waren Sie, nach diesem Tag, noch einmal in der Wohnung Ihrer Mutter?«

Anneliese schüttelte den Kopf. »Sonst hätt ich mich nur wieder aufjeregt.«

»Wie sah die Wohnung aus, als Sie sie das letzte Mal verließen?«

»Janz normal. Nur, dass die Ordner nicht mehr da waren, wo sie früher jestanden hatten, und ein paar Klamotten, Kleider und Mäntel auf dem Bett lagen. Und ich hatte anjefangen, Geschirr und andere Sachen in Kisten zu packen.«

»Sonst noch etwas?«

»Na ja, ich hatt mich so über das dämliche Testament jeärgert. Da bin ich ausjerastet, und jetzt sind die Kopfkissen und dat Plumeau hin. Da muss noch der Dreck wegjemacht werden.«

»Aber Sie waren nicht mehr dort seitdem?«

»Sag ich doch, nä!«

»Wissen Sie, dass die Wohnung durchwühlt wurde?«

Anneliese kniff die Augen zusammen und zuckte mit den Schultern.

»Wer hat denn sonst noch einen Schlüssel zur Wohnung?«

»Der Vermieter. Und Giselher, der konnte da ein und aus jehen wie er wollte. Der durfte ja sowieso alles bei der.«

»Welches Interesse sollte Ihr Sohn daran haben, in die Wohnung seiner Großmutter zu gehen und sie zu durchwühlen?«

»Wat weiß ich denn? Vielleicht hat er wat jesucht?«

»Wir haben bei Ihnen eine Puppe gefunden …«

»Wat?«

»Eine Puppe, mit der jemand so ähnlich umgegangen ist wie mit Ihrer Mutter.«

Es war, als würde sich ein Schleier über Anneliese Bergers Gesicht legen. Sie schien in sich hineinzuhorchen. »Die Puppe? Die Pupp! Die Pupp!« Sie wiederholte es immer wieder. Mal flüsterte sie, mal wimmerte sie, dann sang sie es.

Brandl wartete ab, aber Anneliese Berger kam nicht mehr zurück. Sie lag stocksteif auf ihrem Bett und nahm nichts mehr wahr.

»Ja, komm mal her, du kleines Ding. Was, du willst nicht? Du bist aber ein böses Mädchen. Was machen wir denn mit dir? Du weißt, wenn du nicht artig bist, dann wirst du bestraft …«

Ich drücke die Zigarette auf ihren Arm. Es riecht streng.

»Hör zu, Madämmchen, das Leben geht nicht immer nach deiner Nase, du musst dich anpassen, brav sein und das tun, was ich sage.«

Ich schüttelte sie kräftig.

»Was sagst du? Ich kann dich nicht verstehn. Du bist ein Drecksblag, 'ne Hundsgeburt, dir muss man den Teufel aus dem Leib prügeln.«

Ich schlage zu. Erst sind es Ohrfeigen, dann Faustschläge. Am Ende nehme ich den Stock.

»Das ganze Leben hast du mir versaut! Ohne dich wär alles besser geworden, du Klotz am Bein!«

Wieder drücke ich die glühende Zigarettenspitze auf ihre Arme.

»Mädchen sind schlecht. Die wollen immer kokettieren und poussieren mit den Kerlen. Du musst gar nicht so hübsch sein, das versaut dich sonst noch mehr …« Ich reiße an ihren Haaren, greife zur Schere und schneide. Büschel für Büschel werfe ich auf die Fliesen.

»Ich werd dir beibringen, brav zu sein, das versprech ich dir, und wenn es das Letzte ist, was ich tun kann!«

Ich nehme die vorbereitete Schlinge, lege sie ihr um den Hals und ziehe zu. »Das hast du jetzt von deinen Widerworten, du Satansbraten!«

24

»Viel Sonne, kaum Regen«, sagte Oliver Klein gerade im Radio. »Ihre Ostereier können die Kinder am Sonntag im Garten suchen. Der Ostermontag soll noch besser werden.«

Na super, dachte Ulla und trank den letzten Schluck Kaffee. Es war noch früh, sie hatte schon den Tisch für das Osterfrühstück gedeckt, während sie den Wetterbericht hörte. Michael und Lea schliefen noch. Knallig grüne Servietten mit einem Schaf darauf hatte sie dieses Jahr genommen. Viel zu niedlich für ein Osterlamm, griemelte sie. Aber süß, der treuherzige Schielblick. Er erinnerte sie irgendwie an Peter.

Für jeden legte sie einen kleinen Hasen auf den Teller, für Lea versteckte sie noch ein paar gefärbte Ostereier und etliche aus Schokolade. Jonas übernachtete bei einem Freund, der über Ostern sturmfreie Bude hatte. Er würde um elf Uhr zum gemeinsamen Osterfrühstück kommen. Er wollte keine Süßigkeiten mehr, hatte er angekündigt, wegen der Figur.

»Dieter heißt das Hoch, das uns am Ostersonntag aus Holland erreicht«, jubelte Oliver Klein munter weiter. »Dieter klingt ja sehr solide – aber lassen Sie sich nicht täuschen! So ganz stabil ist das Hoch leider nicht.«

Ulla schaltete ab, nahm den Schlüsselbund vom Brett und zog leise die Tür zu. Es war noch dunkel. Sie leitete heute die Osterandacht auf dem Friedhof. Den Gottesdienst und das anschließende Frühstück später würde dann ihr Kollege Fuhrmann übernehmen.

Auf dem Friedhof warteten schon ungeduldig die Gemeindemitglieder. Die Küsterin, Frau Maß, hatte hässliche rote Flecken im Gesicht. Die bekam sie immer, wenn sie sich aufregte. »Gut besucht heute, viel mehr Leute als sonst.«

»Ist doch gut, Frau Maß, warum sind Sie denn so nervös?«

»Das sind nicht nur die Gemeindemitglieder, die sonst zur Andacht kommen. Auch Fremde. Ich glaub, da sind auch Reporter dabei.«

»Und wenn schon!«

»Seien Sie bloß vorsichtig, Frau Wolff, hören Sie auf mich, es ist keine gute Stimmung im Ort.«

»Danke für Ihre Sorge, Frau Maß, ich pass schon auf.«

Frau Maß hatte recht, eine kuriose Mischung an Kirchgängern war da zusammengekommen. Aber sie würde sich nicht ducken.

Frau Maß verteilte Gesangbücher aus dem Karton, in dem sie alle Utensilien mitgebracht hatte und der immer nach Keller roch. Die silbernen Kerzenleuchter wurden aufgestellt, die Kerzen angezündet, dann verteilten sie kleine Windlichter an die Anwesenden. Ein Vogel zwitscherte verschlafen. Es wurde langsam hell.

Ulla schaute in die Runde und begann zu beten. »Im Namen des Vaters und des Sohnes und des Heiligen Geistes ...« Sie liebte diese Frühandacht auf dem alten Friedhof in Rheinnähe. Das Tuckern der Schiffe war von fern zu hören, und der Wind raschelte in den alten Bäumen. Dann dieser typische würzig-frische Geruch mit Biss, ein Geruch, den der Fluss mit sich brachte, fast wie an der Nordsee. Wenn Ulla am Rhein war, fühlte sie sich oft ans Meer erinnert.

Die Gemeindemitglieder hatten das Angebot gut angenommen. Der Himmel war jetzt grau, später würde er bestimmt blau werden. Die feuchte Morgenkühle kroch ihr langsam an den Beinen hoch.

»Christus ist auferstanden«, sagte Ulla mit Nachdruck und spürte, dass sie das wirklich glaubte. Er hatte den Tod überwunden, wie auch immer. Ein Wunder.

»Er ist wahrhaftig auferstanden, und so können auch wir vom Tode, aber auch in unserem Leben, immer wieder auferstehen.«

Sie reichte Frau Maß das Licht ihrer Kerze, dann gingen sie zu jedem einzelnen Gläubigen, reichten ihm ihre Kerze, sodass alle nach und nach ihr kleines Teelicht anzünden konnten.

»Es fällt uns schwer, an die Auferstehung zu glauben, weil wir sie nicht verstehen. Weil sich an diesem Ort hier noch kein einziges Grab aufgetan hat. Aber wir erleben die Auferstehung jeden Tag. Immer dann, wenn wir aufstehen.«

Ein junger Mann kicherte. Ulla sah ihn streng an. »Wenn wir

aufstehen nach Niederlagen, Kränkungen, Enttäuschungen. Auferstehung ist eine Chance ...«

»Ach, tatsächlich?«, fiel ihr ein älterer Mann ins Wort. »Wie für die Schweine aus der Forensik, denen wollen Sie ja auch die Chance geben, ne? Aber die toten Frauen ...« Er platzte fast vor selbstgerechtem Zorn. Die Menge murmelte und zischelte.

»Na, da haben Sie ja auf das richtige Stichwort gewartet.« Ulla blieb tapfer. »Jesus ist gerade wegen der Menschen gekommen, die fern sind von ihm, wegen der Räuber, Mörder und der Kranken. Die brauchten und brauchen ihn ganz besonders. Wer von Euch ohne Sünde ist, der werfe den ersten Stein.«

»Das sehe ich aber ganz anders«, kreischte eine Frau hysterisch. »Ich möchte Sie mal hören, wenn Ihre Lea vergewaltigt und tot irgendwo im Gebüsch gefunden wird! Ob Sie dann immer noch solche Töne anschlagen. Diese Leute sind gefährlich, und ich habe keine Lust, mir so einen Schwachsinn weiter anzuhören!«

»Genau«, rief nun die Witwe des ehemaligen Presbyters Schokolowski dazwischen. »Die werden alle ins Alexianer-Krankenhaus zur Arbeitstherapie oder sonst was fahren. Und zwar mit der Straßenbahn! Und wenn die Freigang kriegen, gehen die bei uns in Porz spazieren! Meine Enkelin ist genau in dem Alter, wo sie solchen Verbrechern gefällt! Und wir wissen doch alle, dass die Sicherheitsmaßnahmen nicht funktionieren. Nicht genügend Personal, oder die Gutachter stufen sie als harmlos ein, und schon können sie frei rumlaufen und sich auf das nächstbeste Opfer stürzen. Bin mal gespannt, ob Sie dann noch am Rhein joggen!«

Sie war vor Ulla getreten und fuchtelte ihr mit dem Schirm vor dem Gesicht herum. »Denken Sie doch mal drüber nach, was Jesus zur Forensik gesagt hätte!«

Alle redeten durcheinander. Frau Maß rang nach Luft. Ulla versuchte mit steifem Lächeln, die Situation in den Griff zu bekommen.

»Bitte beruhigen Sie sich doch, lassen Sie uns doch in Ruhe die Andacht beenden und das Osterfest in Frieden begehen«, versuchte sie die aufgebrachte Menge zu beruhigen. Doch es ging lautstark weiter, manche Leute schrien sich gegenseitig an.

»Die Mörder brauchen doch gar nicht erst zu kommen, die Leichen baumeln jetzt schon an den Bäumen! Wenn die Forensik erst eröffnet ist, wird das noch schlimmer!«

»Und Sie erzählen was von Frieden«, gellte eine Stimme. »Mir reichen schon diese ganzen Bekloppten an der Haltestelle Ensen Kloster, nun auch noch Mörder und Vergewaltiger, es reicht! Man kann doch sein Haus noch nicht mal mehr verkaufen, wer will denn noch hier hinziehen?«

Ulla breitete die Arme aus »Es segne und behüte Euch der Allmächtige Gott, er lasse sein Angesicht leuchten über Euch und gebe Euch seinen Frieden. Amen.«

Ihr war schlecht. Sie gab Frau Maß ein Zeichen, reichte ihr die Bibel, pustete die Kerzen aus und ging mit erhobenem Kopf und ganz langsam in Richtung Parkplatz. Ließ das zornige Getuschel und Gezische einfach hinter sich. Es hatte keinen Sinn.

»Sie sind nicht auf unserer Seite«, rief jemand. »Wir werden uns über Sie beschweren, Frau Wolff! Immerhin werden Sie von unseren Kirchensteuern bezahlt. Da kann man auch erwarten, dass Sie sich für uns einsetzen, oder?«

»Ich hatte Sie doch gewarnt, Frau Wolff!« Die Küsterin war ihr wütend gefolgt.

»Das Gotteswort ist frei, Frau Maß«, antwortete Ulla hitzig.

»Das Wort Gottes ja, aber Sie sind nicht Gott, Frau Pastorin. Ich muss Pfarrer Fuhrmann und das Presbyterium darüber informieren, und das sollten Sie auch tun.« Sie ging grußlos.

Auf dem Weg zum Auto stieß Ulla mit einem Mann zusammen. Der zückte sofort ein Mikrophon und hielt es ihr vor das Gesicht.

»Frau Wolff, Frau Pfarrerin, was sagen Sie zu den Protesten in Ihrer Gemeinde?«

»Kein Kommentar!« Sie versuchte, um ihn herumzugehen. Er versperrte ihr den Weg.

»Die Leute sind wohl überhaupt nicht Ihrer Meinung, was? Sie sind weit weg von Ihren Schäfchen, Frau Wolff.«

Ulla ließ ihn stehen. Eilte zum Auto und knallte den Talar hinein. Auf die Windschutzscheibe hatte jemand mit Lippenstift »Verräterin« geschrieben. Ulla würde es zu Hause abwischen. Bevor der Reporter ihr Auto erreicht hatte, fuhr sie zügig auf die Kölner Straße.

Im Radio wieder Oliver Klein: »Der Wochenstart bleibt freundlich: An Ostermontag wenig Wolken und kein Regen. Im Flachland scheint überall die Sonne.«

Ulla drückte auf den Ausknopf, sie konnte das fröhliche Getue nicht ertragen. Ihr liefen die Tränen die Wangen hinunter. Sie wollte nach Hause.

Das Haus lag noch genauso still und dunkel da wie eine Stunde zuvor. Ulla setzte Wasser auf. Das Telefon klingelte. Hoffentlich keiner der Gläubigen von vorhin. Doch es war Jonas' Freund Max.

»Ich wollte nur sagen, dass Jonas die ganze Nacht gekotzt hat. Jetzt schläft er. Er kommt später, vielleicht nachmittags.« Max legte auf, bevor sie fragen konnte, was denn gestern los gewesen war. Hatten sie gefeiert, und wenn ja – was war passiert? Max klang ja wie ausgehöhlt.

Ulla stand vor dem österlich gedeckten Tisch. Für jeden hatte sie ein kleines Geschenk hingelegt. Für Jonas eine DVD, für Lea ein Buch über Pferde, für Michael ein Rasierwasser. Das roch so gut, dass sie ganz begeistert war. Sie hatte eine ganze Stunde in der Parfümerie herumgeschnuppert, bis sie das Richtige gefunden hatte. Später war ihr aufgefallen, dass es das gleiche Parfum war, das auch Peter Brandl benutzte.

Sie legte noch die alte Heilige Schrift auf Jonas' Stuhl, daraus wollte sie die Ostergeschichte vorlesen. Das Buch hatte schon ihrer Großmutter gehört, es fiel beinahe auseinander, Kinder hatten darin herumgemalt, wahrscheinlich ihr Vater und ihre beiden Tanten. Und den »Osterspaziergang« von Goethe hatte sie sich kopiert. Sie überflog die ersten Zeilen.

Vor dem Tor
Vom Eise befreit sind Strom und Bäche
durch des Frühlings holden, belebenden Blick,
im Tale grünet Hoffnungsglück;
der alte Winter, in seiner Schwäche,

zog sich in rauhe Berge zurück.
Von dort her sendet er, fliehend, nur
ohnmächtige Schauer körnigen Eises
in Streifen über die grünende Flur.

Sie genoss jede einzelne Zeile, jedes Wort, es tröstete sie. Und dann spürte sie, wie sie ruhiger wurde und sich langsam entspannte.

... zufrieden jauchzet groß und klein:
Hier bin ich Mensch, hier darf ichs sein!

Oben regte sich etwas. Lea war aufgewacht. Schnell stapfte sie im rosa Schlafanzug die Treppe hinunter, griff den kleinen Osterkorb, den Ulla für sie hingestellt hatte, und bückte sich nach dem ersten Ei. Blitzschnell lief sie durch das Wohnzimmer. Sie kannte Ullas Verstecke genau, sah auch auf den Bildern nach, hinter den Büchern. Als Michael an den Tisch kam, hatte Lea schon alle Eier im Korb zusammen. Sie setzte sich zu ihnen und nahm ein lilafarbenes Ei heraus.

»Komm, Mama, wir kippen«, sagte sie. Ulla wählte für sich ein rotes Ei, und Lea schlug mit voller Wucht dagegen. Leas Ei zerbrach, und sie hätte es jetzt eigentlich Ulla geben müssen. Stattdessen nahm sie sich auch noch Ullas Ei und pellte es.

Michael stellte Ulla eine in Folie verpackte Duschlotion mit Körpercreme vor die Nase. »Frohe Ostern«, lächelte er.

Ulla schluckte. Sie erkannte sofort das alte Weihnachtsgeschenk, das sie im Keller ins Regal gestellt hatte. Sie hatte es eigentlich Lea schenken wollen, aber dann vergessen. Ulla sah stumm auf den liebevoll dekorierten Ostertisch, ihre Tochter packte gerade das Buch aus und jubelte.

»Ist es das, was du dir gewünscht hattest?«, fragte Michael und tat so, als hätte er es besorgt. Sein Rasierwasser rührte er nicht an. Ulla verteilte die Brötchen.

Jonas öffnete die Tür. »Hallo, zusammen. Ich leg mich gleich hin.« Er sah mitgenommen aus.

Ulla senkte den Kopf, Michael stutzte.

»Heulst du etwa? Was ist denn?« Die Kinder sahen sie erschrocken an.

»Keiner hat wirklich an mich gedacht«, schluchzte Ulla. »Ich mache mir so 'ne Mühe hier, und ihr habt nicht einen klitzekleinen Ostergruß für mich, nichts. Immerhin hast du mir ja das alte Weihnachtsgeschenk für Lea nach oben getragen, vielen Dank.« Jetzt weinte sie nur noch.

»Aber Mama«, rief Lea, »ich war doch die ganze Woche jeden Nachmittag im Reitstall, wann hätte ich dir denn irgendwas kaufen sollen? Und was willst du denn überhaupt haben?«

Jonas stierte angewidert vor sich hin. »Ich hab eh keinen Bock auf diese ganze Osterkacke«, brummte er und verschwand.

Michael schlang sein Brötchen herunter und drehte mechanisch das Marmeladenglas zu. »Immer hast du was zu meckern«, nörgelte er. »Du weißt doch gar nicht, was du willst.«

»Ich weiß nicht, was ich will!«, rief Ulla empört. »Ich will, dass ihr auch mal an mich denkt, eine Blume, ein Gedicht, irgendetwas, ihr wisst doch, was mir gefällt. Aber nichts, gar nichts habt ihr euch einfallen lassen. Ich bin es so leid hier. Ich wollte euch den ›Osterspaziergang‹ vorlesen …«

»Oh nein, nicht den Faust schon wieder.« Michael riss abwehrend die Hände hoch.

»… oder die Ostergeschichte«, fuhr Ulla trotzig fort. »Aber das interessiert euch ja nicht. Ostern ist ja für euch sowieso nur ein langes Wochenende, wo ihr freihabt und mal ordentlich fressen könnt.«

Lea heulte mittlerweile und rannte raus.

Michael stand auf. »Ich weiß nicht, was mit dir los ist, aber so nicht, liebe Ursula.« Und stapfte die Kellertreppe hinunter. Jetzt würde er wieder das ganze Osterwochenende an seinen Fahrrädern schrauben.

Ulla ließ alles stehen, blies nur die Kerzen aus, schnappte sich den Schlüssel und ging durch den Garten zu Elli hinüber. Sie brauchte sie jetzt.

25

Brandl hatte mit Heinrichs und dem Staatsanwalt besprochen, was mit Anneliese Berger geschehen sollte. Hans Langer hatten sie auf freien Fuß gesetzt, nachdem sich herausgestellt hatte, dass das Auto seines Freundes keinerlei Spuren aufwies, die in irgendeiner Form mit dem Fall Berger in Verbindung gebracht werden konnten. Lars hatte sein Alibi überprüft, und tatsächlich erinnerten sich die Anonymen daran, dass er an dem besagten Dienstag bei ihrem Treffen gewesen war. Anneliese Bergers Anwesenheit wollten sie allerdings nicht mit Sicherheit bestätigen.

Sie sei immer so unauffällig, hieß es. Säße dauernd da, ohne einen Ton von sich zu geben. Ob sie am 31. März da gewesen sei oder nicht, die Leute hatten die Achseln gezuckt.

Also rief der Staatsanwalt in Merheim an und erkundigte sich, ob die Patientin noch ein paar Tage dortbleiben könne. Das befürworteten Anneliese Bergers behandelnde Ärzte nun doch. Angesichts ihrer labilen psychischen Verfassung sollte sie lieber noch unter Beobachtung bleiben. Wer weiß, wie die sich wieder aufgeführt hatte …

Brandl las wieder und wieder in seinen Aufzeichnungen. Gut, dass es an den Ostertagen ruhig war und er den Wochenenddienst für die Mordfälle nutzen konnte, wo er doch noch nicht richtig vorangekommen war. Biggi hatte auch Dienst, vielleicht konnte sie ihm helfen. Er ging zwei Zimmer weiter und steckte den Kopf zur Tür hinein.

»Biggilein, liebste Biggi, du bist die Einzige, die mich retten kann!«

Sie rollte mit den Augen. »Ach, da schau her. Der Herr Kommissar von nebenan in Nöten. Und jetzt soll's die *liebe* Biggi wieder richten. Vorsicht mit Männern, die *liebe* Biggi sagen, hat schon meine Oma gewarnt!« Ihr Schmollmund brachte Brandl zum Lachen. »Aber sonst sieht der Herr Brandl mich nie!« Sie zog einen Stuhl neben ihren und klopfte auf den Sitz.

Brandl tänzelte hinein und setzte sich. »Biggilein, ich seh dich immer«, protestierte er. »Ich muss dir doch wohl nicht sagen, was für 'ne tolle Frau du bist. Wenn wir durch die Kantine gehen, glühen dich die Kollegen reihenweise an, wenn du deinen Dinkelburger vorbeiträgst.«

»Die Kollegen interessieren mich nicht, Brandl.« Sie strich sich eine Haarsträhne aus dem Gesicht, und er starrte auf die helle Haut an ihrem Hals.

»Ich wollte doch nur nett sein, Biggi, was ist denn mit dir los?« Er massierte seinen Nacken. Warum waren Frauen immer so kompliziert?

»Lass gut sein, Brandl. Lass uns arbeiten!«

Brandl atmete auf. Erzählte ohne Punkt und Komma alles, was er über die Fälle zusammengetragen hatte. Seine Vermutungen, seine Zweifel.

Biggi hörte sich alles an. Stand auf, streifte dabei ganz kurz seine Schulter. Schrieb Namen, Zeiten, Orte, Aussagen und Untersuchungsergebnisse auf ein Flipchart und bezog auch die Fotos ein.

»Mörder haben die freie Entscheidung, ob sie jemanden erschießen oder erwürgen; sie können tödlich zustechen oder quälen. Manche Täter versuchen, ihre Tat symbolisch wiedergutzumachen, indem sie ihr Opfer waschen oder zudecken. Oder sie begehen einen Overkill: Der Mensch ist längst tot, doch der Täter drischt wieder und wieder auf sein Opfer ein. Solche Details können Aufschluss über das Tatmotiv geben, das wiederum Teil des Täterprofils ist. Diese Entscheidungen können wie ein Code gelesen werden, als Schlüssel zur Psyche des Täters.«

»So weit die Theorie, Biggi, aber welches Profil haben unsere Mörder?«

»Fangen wir mit dem neuesten Mordfall an. Helene Franzen und Sabine Simmler. Zwei zurückgezogen lebende Frauen. Die eine davon war ein Opfer von Franziska Berger und gehörte – wie auch immer – zu den Edelweißpiraten. Wer wusste von diesen Verbindungen?«

Brandl zuckte die Achseln.

»Diese beiden Frauen werden umgebracht. Warum? Ein Raubmord ist auszuschließen. Sollten sie vielleicht zum Schweigen gebracht werden? Hatten sie vielleicht etwas gegen irgendwen in der Hand, der sich dadurch bedroht fühlte?«

»Das wissen wir bisher nicht. Weder im Zimmer der Franzen noch in der Wohnung der Simmler haben wir irgendwelche Hinweise darauf gefunden, dass die beiden in irgendetwas verwickelt waren. Die waren beide total unauffällig.«

»Okay. Was ist mit Sörgens? Nach den Untersuchungsergebnissen der Spuren kommt er als Täter nicht in Frage, aber von seinem bisherigen Verhalten her, von seinem Hass auf Frauen schon, oder?«

»Die Faser- und Hautspuren sind zumindest nicht von ihm. Diese Plastiktüte kommt nicht aus einem Discounter. Wie hätte er in einem Edelladen einkaufen können? Andererseits, vielleicht hat er sie gefunden. Er hat bisher auch kein Alibi, und klar ist, er hasst Frauen. Ich weiß aber nicht, ob er so strukturiert morden könnte. Bisher hat er immer im Affekt gehandelt.«

Biggi nickte und machte einen Minusstrich und ein Häkchen neben seinen Namen. »Wer könnte noch ein Interesse an dem Tod der beiden Frauen haben?« Sie malte einen Kopf mit einem Fragezeichen auf das Flipchart.

»Der große Unbekannte«, seufzte Brandl.

»Dann sehen wir uns doch den ersten Mordfall noch einmal an. Wir hatten bei unserem letzten Gespräch überlegt, dass sich der Täter sehr sicher war, unentdeckt zu bleiben, oder dass er erst nach der Tat systematisch vorgegangen ist. Hier dachten wir an großes Selbstvertrauen und/oder Erfahrung in dem, was er da tut. Auf welchen deiner Verdächtigen würde das passen?«

»Die Tochter nicht, es sei denn, sie spielt ihre Verrücktheit nur. Ein Geschädigter aus einem ehemaligen Fall vielleicht. Aber alle, die bisher überprüft wurden, kommen nicht in Frage. Die Edelweißpiraten hätten ein überzeugendes Motiv – Rache. Aber warum erst jetzt? Die sind auch schon etwas klapprig. Ich kann mir nicht vorstellen, dass die das rein körperlich hinkriegen. Bleibt noch der Enkel.«

»Welches Motiv könnte der Enkel haben?« Biggi hatte die genannten Namen nebeneinandergeschrieben.

»Da tappe ich völlig im Dunkeln. Er hatte keinen Hass auf sie, musste sich nicht rächen, Bereicherung kommt nach dem derzeitigen Ermittlungsstand auch nicht in Frage. Absolute Fehlanzeige.«

Biggi schrieb: »Giselher Berger: kein Motiv.«

»Die Tochter?«

»Die hat sehr gelitten unter ihrer Mutter. Bei der käme auf jeden Fall eine Beziehungstat, aus Rache oder Hass, in Frage.«

Biggi notierte es.

»Das träfe auch für die alten Fälle der Berger und die Edelweißpiraten zu. Aber da stimmt dann die Durchführung nicht – wegen ihres Alters.«

»Sie hätten auch einen Killer engagieren können …« Biggi tippte mit dem Stift von einem Namen zum anderen. »Und der Freund von der Berger? So wie der agiert, könnte er seine Freundin doch auch angestiftet haben. Die tut doch alles, was er will. Er kann sie vorgeschickt haben, oder die haben sie gemeinsam umgebracht.« Sie malte Verbindungsstriche zwischen die beiden.

»Der ist wieder entlassen worden, weil wir nichts gegen ihn in der Hand haben. In dem geliehenen Auto gab es keine verwertbaren Spuren. Sein Alibi für den 31. März ist bestätigt.«

»Und wenn es eine Verbindung zwischen den beiden Fällen gibt? Profilerarbeit bedeutet, Verbindungen zu suchen, wo man vielleicht keine vermuten würde.«

Brandl unterbrach sie: »Die Franzen kannte die Berger. Die Edelweißpiraten kannten beide. Da seh ich eine Verbindung. Aber bei den anderen Verdächtigen …«

»Trotzdem frage ich: Könnte der Langer vielleicht etwas mit dem Tod von Helene Franzen und ihrer Tochter zu tun haben?« Biggi sah ihn fragend an.

Brandl schüttelte den Kopf.

»Vielleicht haben sie die Familie Berger mit irgendetwas unter Druck gesetzt?«, überlegte sie, während sie sich setzte und die Arme vor der Brust verschränkte. Sie schwieg einen Moment. »Hier kommen wir nicht weiter. Lass uns zu dem Berger-Fall zurückkehren. Nach allem, was du mir erzählt hast, würde ich auf den Enkel tippen.«

»Wieso der jetzt? Der hat doch kein Motiv.« Brandl zeigte auf das Flipchart.

»Vielleicht sehen wir es nur nicht. Wir können zwar nicht wie ein Mörder denken, aber wir können versuchen, durch seine Brille zu gucken. Die Profilerarbeit besteht ja darin, sich den Täter vorzustellen, Brandl. Die bisherigen Fakten im Mordfall Berger sprechen für die Tochter, gut. Ihr Alibi ist nicht bestätigt. Die Leute im Alkoholikerclub erinnern sich nicht an sie. Eventuell hat ihr der Freund doch geholfen. Es kann aber auch in eine ganz andere Richtung gehen. Lass uns doch mal die Fälle ansehen, die dem Mord an der Berger ähneln. Ich hab da ein neues Programm vom BKA, das ist zwar noch in der Testphase, aber ich hab es schon mit den Daten, die du mir gemailt hast, gefüttert.«

»Was du alles hast, Biggi.« Brandl schaute sie bewundernd an.

Sie grinste geschmeichelt, und dann saßen sie einen Moment schweigend vor dem PC.

»Der ist so ähnlich, der auch. Hier noch was. Und da. Immer das gleiche Strickmuster. Da hasst jemand Frauen, Peter. Er quält alles, ganz egal wie alt, ganz egal wo. Und wenn der etwas mit unseren Fällen zu tun hätte …«

»Der Langer geht zumindest mit Anneliese Berger ganz liebevoll um. Der ist kein Frauenhasser. Und Giselher Berger hat seine Oma doch abgöttisch geliebt, der hätte alles für sie getan. Er sagt, er ist, was er ist, durch sie.«

»Das kann er so oder so gemeint haben. Vorstrafen hat der ja keine, dafür aber der Hans Langer. Ich mach mal weiter und geb jetzt verschiedene Suchkriterien ein: Ungeklärte Tötungsdelikte an Frauen aus Mordlust, zur Befriedigung des Geschlechtstriebs, aus Habgier oder sonstigen niedrigen Beweggründen. Alles, was heimtückisch oder grausam ist.« Sie zwinkerte Brandl zu.

»Wunderbar aus dem Strafgesetzbuch zitiert!«, parierte er.

»Jetzt setze ich noch die Würgemale, das Benutzen von Handschuhen und die Zigarettenbrandmale hinzu. Du siehst, es werden weniger, sind aber immer noch viele. Ich muss es räumlich eingrenzen. Nehme mal das Rheinland, oder hast du noch mehr im Angebot?«

Brandl schüttelte den Kopf. »Ich glaub nicht.«

»Hier. 18. Juni 2001. Brühler Landstraße, Straßenstrich. Osteuropäische Prostituierte. Ist in ein Auto eingestiegen, wurde zwei

Tage später im Gewerbegebiet Godorf gefunden. Verletzungen im Intimbereich, Brand- und Würgemale, Tod durch Ersticken, vermutlich eine Plastiktüte.

22. März 2002. Düsseldorfer Prostituierte, zweiundzwanzigjährige Rumänin, arbeitete unter dem Namen ›Karina‹. Ging in der Charlottenstraße auf den Strich, wurde aber in ihrem Apartment getötet. Würgemale, massive Gewalteinwirkung auf Kopf und Genitalien. Schlinge um den Hals.«

»Du dämliches Miststück, hör mit dem Gelalle auf und sprich normal!« Er sitzt auf ihr, hat die linke Hand um ihren Hals gepresst und schlägt sie mit der anderen. »Anständige Mädchen tun so etwas nicht!« Rechte Wange. »Sie steigen nicht zu bösen Männern ins Auto!« Linke Wange. Sie bewegt die Lippen, aber es kommt kein Laut heraus.

»Du willst nicht brav sein? Dann musst du bestraft werden!«

Sie versucht, Hände und Füße aus den Fesseln zu winden.

Er lacht. »Püppchen, du hast es mit einem Profi zu tun, vergiss es!« Er steht auf, greift in seinen Mantel, den er ordentlich über den Stuhl gelegt hat. Er zündet sich eine Zigarette an und betrachtet sie abschätzig. »Du hättest besser sein müssen, viel besser. Du machst deinen Job nicht gut. Hast mir meine Wünsche nicht von den Augen abgelesen.« Er streift die Asche in die Streichholzschachtel. Holt Klebeband aus seinem Aktenkoffer und verschließt ihren stammelnden Mund.

»So was wie du wäre früher vergast worden, Püppchen.« Er hält ihren Kopf fest. Drückt die Zigarette auf ihre Wange. Gurgelnde Laute quellen unter dem Klebeband hervor. Die Zigarette wandert den Hals entlang.

Er rümpft die Nase. »Du stinkst, Schlampe.« Sie wird ohnmächtig. »Hier wird sich nicht verpisst, bleib gefälligst wach!« Er schlägt sie wieder. »Ich hab noch so viel mit dir vor, Püppchen.« Er lächelt sie vielversprechend an. Zärtlich gleiten seine Finger in den weichen Lederhandschuhen die Schlinge entlang. Er weiß, die Schlinge ist perfekt. Der Knoten ist perfekt. Noch einmal tasten seine Finger um die Schlinge herum, befühlen den Knoten, zupfen leicht daran und ziehen dann ein wenig stärker. Alles ist perfekt, wie immer.

»Am 29. Dezember 2002 wurde Simone D. aus Köln-Kalk letztmalig lebend gesehen. Danach verlor sich ihre Spur bis zum Neujahrstag 2003. Am 1. Januar 2003 wird sie in der Nähe von Trier tot aufgefunden. Sie lag, nur noch mit Unterwäsche bekleidet, im Gebüsch neben einem kleinen Parkplatz an der Landstraße. Simone D. war gehörlos und verständigte sich normalerweise durch Lippenlesen, mit Gebärden und Zetteln. Bei ihr ähnliche Spuren von Gewalteinwirkung.«

»Wie sieht es mit versuchten Vergewaltigungen und Morden aus?« Brandl knetete an seinen Fingern herum.

»Der Großteil dieser Delikte passiert doch im Rotlichtmilieu, da ist man nicht so schnell mit einer Anzeige. Meist wird das hinterher mit einer dicken Zulage geregelt.« Biggi machte die klassische Geldzählbewegung, indem sie Daumen und Zeigefinger aneinanderrieb. »Abgesehen davon scheuen sich viele Frauen, den Täter anzuzeigen, weil sie sich so schämen und verängstigt sind.«

»Wenn es also einer ist, der das häufiger macht, muss es einer sein, der auch rumkommt. Der Langer hätte sich immer ein Auto leihen müssen, aber der Berger, der ist doch sehr mobil.« Brandl hatte unwillkürlich an Giselher Berger denken müssen.

»Na gut, es kann, aber muss kein Serientäter sein, das ist nur eine Möglichkeit. Vielleicht haben die Morde ja auch gar nichts miteinander zu tun, zumindest scheint es, anders als im Fall Berger, Simmler und Franzen, keine Verbindung zwischen den Opfern gegeben zu haben.«

»Die Opfer waren meist Prostituierte. Das passt tatsächlich nicht mit dem Fall Berger zusammen.« Brandl war ratlos.

26

Ulla sah in den Briefkasten. Die Zeitung. Drei Porzer Werbeblättchen, dazwischen ein zusammengefalteter DIN-A4-Bogen. »Forensikschlampe!«, hatte jemand mit blauem Filzstift daraufgeschrieben. »Wenn du noch einmal so das Maul aufreißt, kriegst du was drauf.« Ulla knüllte den Zettel zusammen.

Lea saß zusammengekrümmt auf dem Sofa, als hätte sie Schmerzen. Sie schluchzte. »Da war wer am Telefon, der hat nur gebrüllt. Ich hab ihn gar nicht richtig verstehen können. Er schrie irgendetwas von ›Schwein und Lügner‹ oder so.«

Ulla nahm sie in die Arme. »Im Moment regen sich alle fürchterlich über die Morde und die Forensik auf. Das wird sich bestimmt legen, wenn die Mörder gefunden sind.«

Es klirrte, Lea schrie gellend. Ulla sprang auf. Ein kantiger Stein lag auf dem Küchenboden. Die Scheibe des Fensters war zersplittert.

»Diese Idioten!« Ulla sammelte vorsichtig die Scherben ein, warf sie in den Mülleimer und ließ die Rollläden runter.

»Lea, sieh nach, ob die anderen Fenster verschlossen sind.«

Das Mädchen widersprach ausnahmsweise nicht und schlich dann in ihr Zimmer. Ulla setzte sich auf den Küchenstuhl. Merkte erst jetzt, dass ihre Beine zitterten. Tränen schossen ihr in die Augen. Immer wenn etwas passierte, war Michael nicht da. Er hatte grußlos das Haus verlassen und verteilte jetzt vermutlich gerade Flugblätter gegen die Eröffnung der Forensik. Sie wählte Brandls Nummer.

»Brandl, ich bin fix und fertig. In der Gemeinde gab es Zoff wegen meiner Predigt, ich hatte einen blöden Drohbrief im Kasten und eben wurde mein Küchenfenster eingeworfen. Was soll ich denn machen?« Sie hörte zu, schüttelte den Kopf.

»Quatsch, keinen Polizeischutz, wir sind doch nicht in Amerika oder Italien!« Sie lächelte zaghaft. »Nein, ich vertrete keine radikale Ansicht. Ich versuche zu vermitteln. Deshalb bin ich doch auch im Planungsausschuss. Verhindert werden konnte die forensische Klinik doch sowieso nicht, aber daran mitarbeiten, dass die Sicherheitsauflagen stimmen und die Gefahr für die Bevölkerung minimiert und sogar abgewendet werden kann, das wollte ich doch immer. Aber natürlich gibt es da welche, die die Ängste der Leute schüren, darüber aber das Deckmäntelchen der Politik legen. Ja, das sage ich auch so.

Nein, Peter Brandl, ich muss heute zu Hause bleiben, Lea ist sonst ganz allein, und ich weiß nicht, was sich diese Verrückten noch einfallen lassen. Außerdem muss ich den Glaser für morgen bestellen, damit wir ein neues Fenster kriegen.« Sie strich sich immer wieder durchs Haar.

»Du hast recht, ich gehe einfach nicht mehr ans Telefon, die können mir den Anrufbeantworter ja vollmüllen. Gute Nacht, Peter Brandl, schlaf gut.« Jetzt lächelte sie.

Michael kam spät nach Hause. Ulla hatte auf ihn gewartet. Er las schweigend den Drohbrief und hörte sich erschrocken an, was passiert war.

»Tut mir leid, Ulla, aber daran bist du doch wohl mit schuld, oder nicht? Es gibt Menschen, die demonstrieren friedlich, so wie ich, und da gibt es immer auch die militanten Gegner. Da musst du einfach mit rechnen, wenn du dich auf so abwegige Positionen einlässt. Ich finde es einfach unverantwortlich von dir, dass du die Kinder noch mit in Gefahr bringst. Da solltest du mal drüber nachdenken. Mehr sag ich nicht.« Damit drehte er sich um, ging in die Küche, kramte dort herum und verschwand im Keller.

Ulla stand langsam auf. Er hatte noch nicht einmal hören wollen, was sie dazu zu sagen hatte. Lange lauschte sie. Nichts. Er kam nicht mehr zurück.

Ulla knöpfte nervös den oberen Knopf ihres dunkelgrauen Jacketts auf und zu. Nach einer unruhigen Nacht hatte sie den Kindern Frühstück gemacht, dann den Hosenanzug und die weiße Bluse angezogen. Dezentes Make-up aufgelegt, noch dezenteren Lippenstift. Zehn Minuten vor neun Uhr wartete sie vor dem Büro des Stadtsuperintendenten in der Kartäusergasse.

Ulla atmete ein, klopfte kurz und öffnete die Tür. Herbert Fischer telefonierte gerade, winkte sie aber herein und wies auf den

Stuhl auf der anderen Schreibtischseite. Ulla schwitzte. Sie hörte aufmerksam zu, bemühte sich aber, unbeteiligt auszusehen.

»Ja, das ist richtig«, sagte der Superintendent gerade ruhig. »Natürlich sind das keine leeren Worthülsen. Mit den Erfahrungen aus meinem Pfarrerleben möchte ich Seelsorger für die Menschen in der Kirche sein – auch offen für Auseinandersetzungen mit den Kritikern der Kirche. Ich kümmere mich darum, Sie können ganz sicher sein.« Er legte auf.

»Die Leute beschweren sich immer noch über Sie.« Er sah Ulla fest in die Augen. »Erst das Radiointerview, dann der Eklat bei der Osterandacht, können Sie sich nicht einfach ruhiger verhalten?«

Ulla wurde rot. Sie schaute auf ihre Hände. »Leider nicht, ich bin doch im Vorstand der Planungskommission. Und mir geht es doch nur darum, den Menschen die Ängste zu nehmen.«

»Ängste nehmen? Aber nicht auf diese Weise! Und nicht während der Osterandacht«, rief er und sprang auf.

»Doch«, entgegnete Ulla entschlossen. »Sie haben selbst einmal gesagt: ›Ausgangspunkt meiner Arbeit ist der Gottesdienst. Gottes Wort gibt mir Stärke und Trost. Ich will daran arbeiten, dass Gottes Wort weiterhin auf unterschiedlichen Wegen zu den Menschen in dieser Welt gelangen kann.‹« Das hatte sie vorher noch auf seiner Homepage gelesen. »Genau wie Sie suche ich die Zusammenarbeit mit anderen Institutionen – anderen Kirchen, Parteien, Verbänden, Vereinen – wenn es um das Wohl der Menschen geht.«

»Wenn es um das Wohl der Menschen geht«, wiederholte der Superintendent wieder beherrschter. Seine Augen blitzten noch, aber immerhin hatte sie ihre Hausaufgaben gemacht.

»Ich kann doch nur mithelfen, dass alles richtig läuft, wenn ich mich an den Gremien beteilige«, fügte Ulla hinzu.

»Das sollen Sie ja auch ruhig«, lenkte der Superintendent ein. In der Stimme des hageren großen Mannes schwang ein bekümmerter Unterton mit.

»Trotzdem ermahne ich Sie, sich mehr um die Ängste und Bedenken Ihrer Gemeindemitglieder zu kümmern und sich in der Öffentlichkeitsarbeit zurückzuhalten. Oder wenn Sie schon was tun wollen …«, fügte er hinzu. Er hatte wohl gerade erst die Idee gehabt. »… dann engagieren Sie sich doch besser in dem Ausschuss, der die Feierlichkeiten und Veranstaltungen zu ›Hundert Jahre evangelische Kirche in Porz‹ vorbereitet. Da können Sie sich gerne austoben. Apropos austoben: Mir ist auch zu Ohren gekommen, dass Ihr Lebenswandel zu wünschen übrig lässt. Wir leben zwar nicht mehr im Mittelalter, doch sollten Sie sich in den Porzer Kneipen etwas zurückhaltender verhalten. Sie sind geshen worden, wie Sie mit einem Mann, der nicht«, er betonte dies mit erhobener Stimme und zog dabei die Augenbrauen hoch, »Ihr Ehemann war, herumgeküsst haben. Frau Wolff, bitte seien Sie in Zukunft darin etwas dezenter! Das Gebot der Nächstenliebe gilt für alle Menschen, aber nicht in dieser Form, Frau Wolff. War da Alkohol im Spiel? Ich muss Ihnen ja nicht erneut Ihren Versetzungsgrund vor Augen halten, oder?«

Ulla wollte antworten, brachte aber keinen Ton heraus. Sie presste die Lippen aufeinander.

»Aber zurück zur Kirche. Etliche Gläubige haben angedroht, wegen Ihrer Osterandacht aus der Kirche auszutreten. Sie wollen ihre Steuern nicht mehr für Projekte wie die Forensik zur Verfügung stellen, so die Begründung. Diese ewigen Attacken gegen die Kirche, ihr immer wieder in der Öffentlichkeit falsch dargestelltes Verhältnis zu den Finanzen …« Seine Hände lagen verschränkt auf der polierten Tischplatte. Jetzt kam er zu einem seiner Lieblingsthemen. »Wie soll ich den Menschen klarmachen, dass wir unsere Kirchensteuern nicht für die Forensik einsetzen? Die Leute haben den Eindruck, Frau Wolff wird von ihnen dafür bezahlt, dass sie den Bau der Forensik unterstützt.«

Ulla blickte auf die Ansammlung von Kölner Domen aus Kristall und verschiedenen Metallen, die auf dem Schreibtisch des Superintendenten in Reih und Glied aufgestellt waren. Besonders gefiel ihr der fingerhutgroße aus durchsichtigem Glas. Wer sie wohl mit Brandl in der Kneipe gesehen hatte? Und dann direkt Meldung gemacht hatte? Sie hob den Blick und schaute dem Superintendenten auf die Stelle zwischen den Augenbrauen. So würde er glauben, sie höre ihm aufmerksam zu. Er redete und redete.

»Natürlich sage ich immer wieder, dass wir Kirchensteuern in der evangelischen Kirche unmittelbar für die Arbeit mit Menschen und an Menschen einsetzen: hauptsächlich für Personalkosten. Die Kirche hortet keine Reichtümer, sichert aber die Mitarbeiter, für die sie verantwortlich ist. Aber die Menschen, die austreten wollen, hören nicht zu. Wenn heute Menschen aus der Kirche austreten, führen sie meist finanzielle Gründe an. Dabei ist es doch wohl völlig daneben, wenn jemand für einen Kasten Bier und zwei Kinobesuche aus der Kirche austritt.« Fischer hob den Zeigefinger der rechten Hand.

»Bitte, Frau Wolff, versuchen Sie doch, den Menschen in Ihrer Gemeinde eine klare Antwort auf die Frage zu geben: Was habe ich davon, wenn ich in der Kirche bleibe? Machen Sie die solidarische Mitverantwortung für die Menschen in Erfüllung des Auftrages Gottes Ihren Kritikern deutlicher. Und benehmen Sie sich in Zukunft nicht wie die Axt im Walde. Sie dürfen ruhig Ihre Meinung haben, und ich verstehe Ihren Standpunkt sogar, aber bitte, Sie müssen das den Menschen auch nahebringen, sonst sprechen wir uns demnächst wieder …«

Ulla nickte, bedankte sich und wollte so schnell wie möglich hinaus. Doch Fischer hielt sie zurück:

»Was ist denn da eigentlich los in Porz? Dauernd lese ich von Mord und Totschlag. Wissen Sie darüber mehr, als ich aus der Presse erfahre?«

Ulla seufzte. »Das erste Mordopfer habe ich gefunden. Sie war eine sogenannte Erzieherin im Jugend-KZ Uckermark, eine Täterin. Sie hat viel Schlimmes angerichtet. Ich kannte sie aus der Gemeindearbeit, da hat sie sich mir als nette alte Dame präsentiert. Kurz drauf sind noch zwei Frauen getötet worden, im Alexianer-Pflegeheim. Mutter und Tochter. Mit der Tochter hatte ich kurz vorher gesprochen. Ich bin überzeugt, dass die Morde miteinander zu tun haben, das kann doch kein Zufall sein. Es könnte sich um Rache handeln. Eine schreckliche Geschichte! Gerade jetzt, wo die Leute sowieso wegen der Forensik so aufgewühlt sind.«

»Bitte halten Sie sich auch da zurück, Frau Wolff. Danke.« Fischer forderte sie mit eindeutiger Handbewegung auf zu gehen.

Ulla verließ erleichtert das Büro.

Brandl und sie im Brauhaus in Urbach. Mist. Und vor lauter

Brandl hatte sie ganz vergessen, Fischer über diesen dreisten Schmiergeldversuch zu informieren. Doppelt Mist.

Vor dem Haus atmete sie tief durch und warf einen Blick auf die Uhr. Zeit genug. Sie würde es noch zur Beerdigung von Sabine Simmler und Helene Franzen schaffen. Hinterher könnte sie dann vielleicht mit Pfarrer Fuhrmann sprechen, wie er die ganze Sache sähe. Fuhrmann war umsichtig und besonnen, wie ein väterlicher Freund.

Bekannte Gesichter und Schaulustige bevölkerten den Friedhof. An den Laternen hingen Transparente: »Keine Forensikeröffnung in Westhoven, keine Morde bei uns!«

»Mordforensik.«

»Keine Mörder in die Nachbarschaft!«

Ein Wagen von center.tv parkte direkt am Eingang. Junge Reporter mit wuscheligen Mikrophonen drängelten sich durch die in Grüppchen stehenden Leute, stellten hier und dort Fragen.

Ulla schlüpfte an ihnen vorbei, stellte sich in eine der hinteren Reihen. Fuhrmann sprach bedächtig über das Leben und Wirken von Helene Franzen und Sabine Simmler. Anscheinend gab es nur Freunde und Bekannte, keine Verwandten. Fuhrmann ließ Worte wie Rache, Mord und Gewalt aus, sprach von Erlösung und Frieden in Gottes Reich. Niemand rief dazwischen. Selbst am Grab blieb alles ruhig.

Dumpf fiel Erde auf die nebeneinanderstehenden Särge. Friede sei mit euch, dachte Ulla und versuchte, die giftigen Blicke der Umstehenden zu übersehen. Sie stellte sich in die Nähe von Pfarrer Fuhrmann, vielleicht hatte er ja im Anschluss Zeit für sie. Ihr Blick schweifte über die Menschenmenge, die nun eine Schlange bildete. Schritt für Schritt bewegten sich die Trauergäste zum Grab. Ulla sah Bekannte aus dem Ort, aber auch viele fremde Gesichter.

Da! Da waren die beiden alten Damen aus dem Café. Helga Koch war in Tränen aufgelöst, Angelika Freund ging neben ihr, stützte sie. Hinter den beiden Frauen schritt mit versteinerter Miene ihr Freund. Alle trugen wieder ihre Edelweißpiratenkluft. Jetzt standen sie vor dem offenen Doppelgrab. Der Mann warf einen dicken Rosenstrauß ins Grab. Dann fassten sie sich bei den Händen und stimmten mit leicht zitternden Stimmen ein Lied an:

»Wir bauen eine Straße
bis an den Rand der Welt,
weit weg, bis wo der Himmel
sich auf die Erde stellt.
Und weiter, immer weiter,
viel weiter, als ihr denkt,
bis wo der Sternenreiter
den Himmelswagen lenkt.
Wenn wir uns rüstig plagen,
sind wir am Abend dort,
dann fährt der goldne Wagen
uns müde Schaffer fort.
Hinaus in letzte Ferne,
wo nur noch Ruh und Licht,
viel höher als die Sterne,
wie hoch, ich weiß es nicht.«

Der Mann ließ die Hände der beiden Frauen los, kniete sich unbeholfen hin und legte die rechte Hand auf die Brust. »Das haben wir nicht gewollt, Helene. Verzeih uns, bitte verzeih uns.« Er weinte haltlos. Die beiden Frauen halfen ihm hoch, und alle drei gingen fest untergehakt und blicklos an Ulla vorbei.

Pfarrer Fuhrmann wandte sich an Ulla. »Alles in Ordnung, Frau Kollegin? Sie sehen so blass aus um die Nase. Halten Sie noch durch?«

»Danke, geht schon, Herr Fuhrmann. Hätten Sie gleich vielleicht Zeit für mich? Mir brennt so einiges auf der Seele.«

»Das Reueessen wäre wohl nicht die richtige Umgebung dafür, denke ich, aber danach können wir reden, kommen Sie doch einfach bei mir vorbei.« Er legte seine Hand kurz auf ihre Schulter.

»Danke, ja, das geht.« Ulla atmete auf.

27

»PI Süd-Ost Wache Porz, Volkmann am Apparat. Tag, Herr Kollege. Ich hab alles erledigt, was Sie mir aufgetragen haben. Wollen Sie's hören?«

»Habt ihr in Porz kein Intranet, dass du mir die Ergebnisse mailen kannst?«

»Bitte, wie Sie wollen. Dann mail ich es eben.« Volkmann war beleidigt.

»Stell dich mal nicht so an, war nur ein Scherz«, lenkte Brandl ein. »Schieß los, was hast du denn herausgefunden, Sherlock?«

»Verarschen kann ich mich allein, Brandl.« Volkmann zierte sich.

»Ach komm, sei kein Mädchen.«

Volkmann räusperte sich. »Also. Der Busfahrer der Spätschicht hat nichts gesehen. Der von der Tagesschicht kommt vom Zeitfenster her nicht in Frage. Die Taxifahrer haben zwar einige Autos gesehen, aber keins, das irgendwie auffällig war. Sie dachten, das sind alles junge Leute, die ein bisschen knutschen oder feiern wollten. Die Firmen in der August-Horch-Straße fahren keine Spätschichten. Da ist überall um achtzehn Uhr Feierabend.«

»Bei der Post auch?«, fragte Brandl erstaunt.

»Da wollt ich doch gerade drauf raus. Bei der Post hab ich nämlich Mitarbeiter ausfindig gemacht, die um zweiundzwanzig Uhr ihre Schicht antraten, und die anderen hatten Feierabend. Zwei davon haben einen dunklen Wagen im Wendehammer stehen sehen. Auch sie sind davon ausgegangen, dass es sich um ein Liebespaar handelte. Sie konnten keine Angaben über die Automarke, geschweige denn über das Kennzeichen machen.«

»Okay, das hilft weiter. Vielen Dank, Kollege.«

Brandl beendete gerade das Gespräch, als Erwin die Tür öffnete.

»Klopf, klopf«, sagte er.

»Nur herein«, antwortete Brandl. »Du kommst sicher wegen der Spuren im Gewerbegebiet.«

»Nein, ich wollte mit dir in die Disco. Die DNA-Spuren der Zigarettenstummel und Becher konnten niemandem zugeordnet werden. Wir haben die Daten auch mit der Straftäterdatei abgeglichen. Kein Ergebnis. Waren vielleicht doch irgendwelche Fast-Food-Junkies. Die Fußspuren waren nicht zu verwerten. Wir wissen absolut sicher, dass Franziska Berger dort misshandelt wurde und man ihr die Haare dort geschoren hat. Warum der Täter den Müllsack dagelassen und nicht in den Rhein geworfen hat, versteh ich nicht. Vielleicht ist er doch überrascht worden und erst mal mit der Leiche abgehauen.«

»Nee, er hat den Müllsack doch in den Mülleimer gestopft. Die werden normalerweise täglich geleert. Da konnte der Täter von ausgehen. Aber durch die Feiertage haben sich die Abholzeiten verschoben. Jedenfalls wurde aus irgendeinem Grund der Bereich da nicht geleert.«

»Bei uns ist auch schon öfter die Müllabfuhr einfach nicht erschienen. Da mussten wir mehrmals bei der AWB anrufen, dass da mal was passierte. Der ganze Müll stapelte sich an der Straße. Sehen wir uns gleich in der Kantine?«

»Nein, heute nicht.«

Brandl spielte mit der edlen Visitenkarte herum, weißes Büttenpapier, schön griffig. Zwei Mal hatte er Giselher Berger schon auf die Mailbox gesprochen, doch er schien kein Interesse daran zu haben zurückzurufen. Diesmal meldete er sich. Im Hintergrund hörte Brandl Fahrgeräusche, er brüllte dagegen an.

»Brandl hier, hallo, Herr Berger.« Berger seufzte nur etwas Unverständliches. »Herr Berger, ich hatte Sie doch gebeten, mir durchzugeben, wann Sie Ihre Großmutter zum letzten Mal gesehen haben und wo Sie am Mordtag waren. Bisher habe ich noch keine Antwort. Entweder Sie kommen heute einfach bei mir vorbei, oder ich müsste Sie förmlich vorladen. Ich habe da noch Fragen an Sie, also, ginge das heute noch?«

»Heute noch? Sind Sie verrückt? Ich kurve hier durch Frankfurt, die A 3 ist schon wieder dicht, und Sie wollen ein Gespräch!« Berger hatte wohl einen schlechten Tag gehabt, das freute Brandl.

»Gut, dann morgen früh um acht Uhr? Sie kommen hier ins Präsidium und keine Diskussion mehr.«

Eine Zeit lang war nichts zu hören. »Liegt denn gegen mich etwas vor?« Seine Stimme klang verzerrt, wahrscheinlich die schlechte Verbindung.

Brandl fragte zurück: »Passt Ihnen die Uhrzeit?«, und malte einen grinsenden Smiley auf die Schreibtischauflage.

»Ja, doch, klar.«

»Fein, dann sehen wir uns morgen früh um acht. Melden Sie sich einfach in der Eingangshalle beim Pförtner, und dann komme ich Sie holen. Besucherparkplätze finden Sie in unserem Parkhaus.« Brandl beendete das Gespräch. Manchmal machte der Job auch richtig Spaß.

Anschließend rief er Dr. Valentin Gruber, den Polizeipsychologen, an. Gruber hatte tatsächlich Zeit, bei der Befragung am nächsten Tag dabei zu sein, und bat ihn, ihm vorher die Akten zur Verfügung zu stellen. Brandl schickte ihm alles per E-Mail und lehnte sich zufrieden zurück, sogar die Fotos hatte er angehängt. Alles lief gut.

Er fragte sich, ob sich in Ensen und Westhoven die Wogen geglättet hatten und was Ulla wohl machte. Ulla. Wie wohl ihr Gespräch beim Supermann der Kirche gelaufen war? Er wollte ihr eine SMS schreiben, da sah er, dass gerade eine von ihr eingegangen war.

»Die Edelweißpiraten waren auch auf der Beerdigung von Franzen und Simmler. Sie haben am Grab gesungen. Sehr eindrucksvoll! Es gibt eine Verbindung.›Das habe ich nicht gewollt‹, hat Eckhoff geschluchzt??? Gruß Ulla«.

Er simste zurück. »Danke!« Und einen Smiley.

Die Edelweißpiraten. Wieso hatten die Kollegen von der Porzer Wache eigentlich nichts mitgeteilt? Hatten die auf der Beerdigung gepennt? Die Franzen und ihre Tochter hatten also doch etwas mit diesen Edelweißpiraten zu tun. Brandl sah im PC nach und wählte.

»Peter Brandl, Kripo Köln, guten Tag, Herr Eckhoff. Sie haben sicher schon gehört, dass ich mit Ihren Freundinnen wegen des Todes von Frau Berger gesprochen habe. Ja, das dachte ich mir. Ich würde gern auch mit Ihnen sprechen, passt es Ihnen heute noch? Ich kann zu Ihnen kommen. Ja, nein, ich habe Ihre Adresse schon. Bis in einer halben Stunde.«

Brandl fragte Steffi, ob sie Zeit für ihn und einen Edelweißpiraten habe. Steffi griff nach ihrem Diktiergerät und fuhr den PC runter.

»Das lass ich mir nicht entgehen!«, rief sie und sprang auf.

Willi Eckhoff öffnete ihnen die Tür zu seiner Parterrewohnung in der Glasstraße in Ehrenfeld. Er trug einen dunkelgrauen Anzug, dessen Hosenbeine korrekte Bügelfalten zeigten. Das weiße Hemd sah frisch gestärkt aus, und sein Haar teilte ein akkurater Seitenscheitel.

Die zwei kleinen Zimmer waren aufgeräumt bis in den letzten Winkel. Es roch nach Bohnerwachs und altem Mann. Auf dem Beistelltisch, neben dem speckigen Ohrensessel, lag ein Häkeldeckchen, und darauf standen Bilderrahmen mit Schwarz-Weiß-Aufnahmen. Brandl nahm einen davon hoch und sah ihn sich genauer an. Eine Gruppe junger Leute war zu sehen. Die Jungen in kurzen Hosen, weißen Strümpfen, Halbschuhen, Kletterwesten und Schottenhemden. Die Mädchen trugen weiße Blusen, dunkle Röcke und weiße Söckchen.

»Das war noch ganz am Anfang. Da haben wir uns dem HJ-Dienst verweigert und unsere Touren ins Bergische und so gemacht. Lieder gesungen und geredet. Übrigens, der mit der Klampfe bin ich.« Willi Eckhoff tippte auf einen der jungen Männer. Er roch aus dem Mund. Irgendetwas Bitteres.

»Herr Eckhoff, haben Sie etwas dagegen, dass ich mein Diktiergerät mitlaufen lasse?« Steffi streckte ihm ihre Hand mit dem Gerät entgegen.

»Nein, natürlich nicht.«

Brandl räusperte sich. »Und wie ging es weiter?«

»Wir hörten auch feindliche Sender ab, und irgendwann fingen wir an und verbreiteten die Nachrichten auf Flugblättern. Das war ganz schön gefährlich. Es kam auch zu Prügeleien zwischen den verschiedenen Jugendgruppen – es gab ja nicht nur die Edelweißpiraten – und der HJ. Manchmal haben wir HJ-Führer, die nach Dienstschwänzern suchten, in einen Hinterhalt gelockt und verprügelt.« Er nickte stolz. »An den Bunkern hier in Ihrefeld, wie wir Ehrenfelder sagen, trafen wir uns, da spielte sich ja unser

Alltag ab. Wir sprachen oft darüber, wie schön es wäre ohne Krieg, wenn man tun und lassen könnte, was man wollte ...« Eckhoffs Blick schweifte zum Fenster hinaus. Die Gläser im dunkel gebeizten Vitrinenschrank klirrten leise, als draußen ein Zug vorbeifuhr.

Steffi räusperte sich: »Und Helene Franzen?«

»Sie war die Freundin meines besten Freundes Karl. Sie hatte eine wunderschöne Altstimme, für ein Mädchen ganz ungewöhnlich. Normalerweise singen die ja hoch im Sopran. Sie war immer so fröhlich, wissen Sie, obwohl sie es zu Hause nicht leicht hatte. Karl wurde erwischt, als er ›Nieder mit Hitler‹ an eine Bunkerwand pinselte. Er kam ins Jugend-KZ Moringen.«

»Und Helene Franzen kannte Franziska Berger. Woher wussten Sie das?«

»Eine Nachbarin hatte Helene angezeigt. Sie würde sich mit Jungs rumtreiben. Außerdem habe der Postbote erzählt, dass an Helene eine Postkarte adressiert gewesen sei, auf die jemand Totenköpfe und Schwertlilien gemalt und ›Heil Edelweißpiraten ohne Scherz‹ geschrieben hätte. Helene wurde dann im EL-DE-Haus am Appellhofplatz verhört und misshandelt. Verwahrlosung legten sie ihr zur Last. Der Aufenthalt in einem Jugend-KZ werde ihr wieder Gedanken und Gefühle eines gesunden Volkskörpers vermitteln, meinte einer der Gestapo-Männer zu ihr, nachdem er sie vergewaltigt hatte. In Uckermark drangsalierte die Berger sie Tag und Nacht.« Eckhoff ballte die Hände zu Fäusten. »Helene hat uns das hinterher erzählt. Sie hat ja überlebt, Karl nicht.«

»Das heißt, Sie waren auch nach dem Krieg in Kontakt? Und woher wussten Sie, dass Frau Berger in Porz wohnte?«

Eckhoff sah Brandl zum ersten Mal bei diesem Gespräch an. »Alle von uns, die überlebt haben, treffen sich einmal die Woche. Wir tauschen uns bei den Treffen auch über unsere Ermittlungen über ehemalige Nazis aus. Wir haben unsere Quellen. Als Helene nach der verpfuschten Hüftoperation kaum noch laufen konnte, haben wir sie in Porz besucht.«

»Wer ist mit ›wir‹ gemeint?«

»Helga Koch, Angelika Freund und ich.«

»Wo waren Sie am 31. März?«

»Das wissen Sie doch schon. Mit meinen Freundinnen im Bergischen, die Erprobungstour, nicht wahr?« Eckhoff lächelte.

»Sind Sie auch der Meinung, Franziska Berger habe den Tod verdient?« Steffi beugte sich vor und legte die Handflächen auf die gekachelte Tischplatte.

»Ja. Und ich glaube, ich hätte es auch irgendwann getan, wenn mir nicht ein anderer zuvorgekommen wäre. Aber die Absicht allein ist ja nicht strafbar, oder?«

»Herr Eckhoff, Sie haben am Grab von Helene Franzen geäußert, das hätten Sie nicht gewollt. *Was* haben Sie nicht gewollt? Haben Sie etwas mit dem Mord an den beiden Frauen zu tun?«

Eckhoff sah ihn undurchdringlich an. Er hatte die Hände im Schoß zusammengelegt und drehte die Daumen umeinander. Immer schneller. Brandl ging das auf die Nerven. Hoffentlich hörte der mal auf damit.

»Also, in gewisser Weise schon. Ich fühle mich dafür verantwortlich, dass sie mit der Berger wieder Kontakt hatten. Die Tochter hatte mich angerufen und gefragt, ob ich wüsste, dass die alte Berger in Porz wohnt. Ihre Mutter hatte sie beim Altenclub wiedergetroffen und war völlig außer sich. Sie wollte die Adresse der Berger haben. Natürlich kannte ich sie, wie gesagt. Solche wichtigen Daten sammeln wir. Ich hab sie ihr gegeben.«

»Wann war das genau?

»Anfang Februar. Genau weiß ich das nicht mehr. Sie hatte meine Nummer von Helene.

»Sie wussten, wo die alte Berger wohnte. Sind Sie jemals selbst dort gewesen?«

»Nein, nie.« Eckhoff schaute schnell weg.

»Wissen Sie, ob Frau Simmler Kontakt mit Franziska Berger aufgenommen hat und wie?«

»Sie wollte ihr wohl einen Brief schreiben. Sie hatte das Gefühl, die Alte könnte doch mal was gutmachen. Es ist ja alles verjährt, wissen Sie. Und die Leute sind nie belangt worden. Ich hatte den Eindruck, sie wollte von der Berger irgendwie wenigstens eine finanzielle Wiedergutmachung haben. Vielleicht wollte sie ihrer Mutter noch mal was Gutes tun, bevor es zu spät ist.«

»Erpressung? Meinen Sie, Frau Simmler hat Franziska Berger erpresst? Womit denn?« Brandl war überrascht.

»Das frage ich mich auch. Falls die Simmler ihr damit gedroht haben sollte, die NS-Vergangenheit der alten Berger öffentlich zu machen, wird die sich totgelacht haben.« Er schwieg einen Moment. »Der war doch völlig egal, was die Leute von ihr dachten. Die hat nichts dazugelernt, Herr Kommissar, gar nichts.«

Brandl hörte die unterdrückte Wut in Eckhoffs Stimme. »Danke, Herr Eckhoff, wir werden das nachprüfen.«

Steffi sah Brandl an und steckte das Diktiergerät ein.

»Herr Eckhoff, kommen Sie bitte nachher ins Präsidium. Sie müssen erkennungsdienstlich behandelt werden und dann Ihre schriftliche Aussage unterschreiben. Reine Routine. Melden Sie sich einfach beim Pförtner.« Brandl und Steffi standen auf und verabschiedeten sich knapp von ihm.

»Meinst du, er hat was mit dem Berger-Mord zu tun?« Steffi sah Brandl fragend an.

»Im Moment haben wir nichts gegen ihn in der Hand. Die drei Streiter für Gerechtigkeit geben einander ein Alibi. Vielleicht finden wir in der Kneipe noch was raus. Da wollen sie ja alle drei nach dem Ausflug bis Ultimo gewesen sein.«

Sie traten hinaus auf die Straße. Ein Tross Autos fuhr hupend an ihnen vorbei. Vorneweg die blumengeschmückte Limousine des Hochzeitspaares. Die Braut winkte Brandl zu. Der drehte sich schnell weg und redete weiter.

»Interessant ist auf jeden Fall, dass die Simmler die Berger womöglich zu erpressen versucht hat. Aber einen Brief haben wir in der Wohnung der Berger nicht gefunden. Möglicherweise hat die Berger ihn selbst entsorgt, oder der Täter mitsamt dem anderen verschmierten Zeug. Nein, Unsinn, in dem Müllsack war kein Brief, ich erinnere mich genau.«

»Um bei den Edelweißpiraten zu bleiben«, fügte Steffi an. »Es gab und gibt Leute, die sagen, dass es bei den Edelweißpiraten nicht nur Widerstandskämpfer gab, sondern auch Kriminelle. Und Eckhoff hat zugegeben, dass er wusste, wo die Berger wohnte, und sie am liebsten umbringen wollte.« Steffi runzelte die Stirn. »Wir behalten ihn mal im Auge, denke ich. Ich gehe noch zur Kneipe rüber und erkundige mich nach den dreien. Du kriegst dann alles per Mail.«

Zurück im Büro schrieb Brandl einen Bericht über die Vernehmung und eine Aktennotiz zu Ullas SMS. Steffi würde das Vernehmungsprotokoll in der Kneipe übernehmen. Dann ging er in Hajo Heinrichs Büro, um ihn über die neuerliche Entwicklung zu informieren. Sein Chef war nicht da. Also wartete er Steffis Bericht ab.

»Leider Fehlanzeige«, schrieb Steffi. Die Bedienung schwor Stein und Bein, dass die drei am besagten Abend bis zur Sperrstunde in der Kneipe waren. Sie hatte Geburtstag gehabt an dem Tag, deshalb erinnerte sie sich ganz genau. Die drei hatten bis zum Schluss mit ihr gefeiert. Brandl schrieb seinem Chef eine E-Mail, fügte den aktuellen Bericht bei. Dann rief er trotz allem Helga Koch und Angelika Freund an und bat sie für Montag ins Präsidium. Er würde sich die beiden noch einmal vorknöpfen. Biggi hatte gesagt, man solle durch die Brille aller Verdächtigen gucken oder so ähnlich. Außerdem, sicher war sicher. Er mailte Biggi alle wichtigen Details über die Edelweißpiraten, ihr Alibi. Sie waren so voller Hass …

Berger stand in der Eingangshalle und starrte an die Decke. Oben war an dünnen grauen Seilen ein längliches Kunstobjekt installiert, das die meisten Kollegen und Besucher an einen überdimensionalen, schwebenden Bleistift erinnerte.

»Guten Morgen, Herr Berger, ich sehe, Sie bewundern unsere moderne Kunst«, begrüßte Brandl ihn.

Berger griente: »Ich frage mich nur, warum der Künstler hier ausgerechnet so ein Teil installiert hat? Soll das das Symbol für die hochmoderne Ausstattung der Polizei sein?«

Auch er hat also das Schreibgerät erkannt, dachte Brandl. »Wenn Sie es so sehen wollen. Ich kann gleich meinen Bleistift zücken, um Ihre Aussage aufzunehmen. Kommen Sie bitte mit.«

Brandl grüßte im Vorbeigehen den Pförtner, hielt Berger die Aufzugtür auf und fuhr mit ihm in die vierte Etage. Bergers teures Herrenparfüm füllte sofort die gesamte Kabine aus. Brandl war froh, als sie oben waren.

Der kleine Raum war hell und freundlich, wenn auch spärlich möbliert. Sie nahmen auf den beiden einzigen Stühlen Platz, den Tisch zwischen sich. »Herr Berger, hätten Sie etwas dagegen, wenn mein Kollege Gruber nachher noch mit dazukommt?«

Berger schüttelte den Kopf. Er schaute aus dem Fenster.

»Ihre Personalien müssen wir nicht mehr durchgehen, das hatten wir bei unserem ersten Treffen in Rodenkirchen erledigt. Jetzt kommt der Teil, der in den Filmen immer so wunderbar ausgewalzt wird, ich muss Sie über Ihre Rechte informieren.«

Berger sah ihn aufmerksam an.

»Laut Paragraph 55 der Strafprozessordnung müssen Sie mir keine Fragen beantworten, wenn Sie dadurch sich selbst oder einen ihrer Angehörigen belasten würden.«

»Das heißt, Sie befragen mich als Zeugen?« Berger hob die rechte Augenbraue.

»Genau, es liegt ja nichts gegen Sie vor, oder?« Brandl war überrascht, dass Berger so gut Bescheid wusste.

Gruber öffnete die Tür und rollte den mitgebrachten Stuhl neben Brandl. Er knurrte: »Das Heumarer Dreieck war schon wieder dicht. Ein Lkw-Fahrer hat wohl wieder beim Einfädeln Zeitung gelesen, es hat ziemlich gerumst.« Er ließ sich, nachdem er Berger über den Tisch hinweg die Hand gegeben hatte, auf den Stuhl fallen.

Brandl stellte das Aufnahmegerät an.

»Ihre Großmutter Franziska Berger war vierzig Jahre bei der Kriminalpolizei beschäftigt. Wussten Sie, dass es da auch schon mal das ein oder andere Problem gegeben hat?«

»Das ist mir neu.«

»Wussten Sie, dass Ihre Großmutter vor ihrer Verbeamtung als Erzieherin in einem Jugend-KZ gearbeitet hat?«

»Das war ja wohl lange vor meiner Zeit. Keine Ahnung.«

»Das heißt, Sie wissen auch nichts von eventuellen Feinden oder Menschen, die Ihrer Großmutter nicht wohlgesinnt waren.« Brandl schlug die Beine übereinander, begann mit dem Kuli auf den Tisch zu trommeln, ganz leise.

»Außer meiner Mutter kenne ich niemanden, der sie hasste. Und die ist zwar verrückt, tut aber keiner Fliege was. Die hat mit sich genug zu tun.« Berger pflückte Flusen von seiner Anzugjacke.

»Ihre Mutter hat psychische Probleme, nicht wahr? Trauen Sie ihr einen Mord und derartige Misshandlungen zu?«

»Da es sich um meine Mutter handelt, muss ich Ihnen darauf nicht antworten.«

Gruber übernahm. »Warum hassen Sie Ihre Mutter?«

»Ich hasse sie nicht. Sie hat ihr Leben verpfuscht, aber nicht meins.«

»Ihren Vater kennen Sie nicht?« Sanft fragte der Psychologe weiter.

Berger schüttelte den Kopf. »Dafür hat sie mir ausreichend Ersatzväter präsentiert. Vom Trinker bis zum Kinderschänder war da alles vertreten.«

»Gab es Übergriffe?«

»Ja. Aber das tut hier nichts zur Sache. Meine Kindheit war meine Kindheit. Das ist vorbei.«

»Sie sind unverheiratet?«

»Wie elf Millionen andere in diesem Land auch. In mein Leben passt keine feste Partnerschaft. Wollen Sie auch noch wissen, ob ich schwul bin? Bin ich nicht.«

»Wie reagieren Sie auf Frustration?«

»Was soll das? Worauf wollen Sie hinaus? Lassen Sie mich doch mit diesem Psychogequatsche in Ruhe.«

Brandl schaltete sich wieder ein. »Wie sieht Ihre finanzielle Situation aus?«

»Mein Apartment ist abbezahlt. Der Wagen geleast. Mein Grundgehalt liegt weit über Ihren Beamtenbezügen, und zusätzlich erhält jeder bei uns natürlich noch erfolgsabhängige Vergütungen. Erfolg ist mein zweiter Vorname. Ich verzichte auf Riesterrente und Sparbuch. Wenn ich investiere, investiere ich in Aktien.«

»Und das trotz der Finanzkrise?«

»Die Profis wissen, wie das geht, die anderen sind Stümper, Herr Brandl. Wenn Sie wollen, gebe ich Ihnen gern einen Tipp. Falls Sie mal ein paar Euro übrig haben …«

»Sie haben also keine Schulden?«

»Nein. Ist das neuerdings strafbar?« höhnte Berger.

Brandl dachte an das Gespräch mit Biggi: ordentlich, gut organisiert. Und über die Maßen von sich eingenommen. Das passte ja.

»Wo waren Sie am Dienstag, dem 31. März, zwischen achtzehn und null Uhr?«

»Vermutlich auf dem Weg von Frankfurt nach Hause.«

Brandl blätterte in seinen Unterlagen. »Wie war das Wetter an dem Abend?«

»Das kann ich Ihnen beim besten Willen nicht mehr sagen. Ich bin so viel unterwegs –«

»Da gab es für den Frankfurter Raum eine Unwetterwarnung. Es war von einer Gewitterfront mit Sturmböen bis Tornadostärke die Rede. Sind Sie da überhaupt nach Frankfurt gefahren?«

»Der Kommissar hat aber seine Hausaufgaben gut gemacht.« Berger grinste süffisant. »Vielleicht bin ich auch geflogen, ich müsste das nachsehen.«

»Durch die Gewitterfront, die dann doch gegen neunzehn Uhr kam, war der Flughafen abends zeitweise gesperrt. Haben Sie Ihren Kalender nicht dabei?« Brandl ging Bergers Getue auf die Nerven.

Gruber sah interessiert zu, während Berger in seine Aktentasche griff. Dann tippte er mit einem kleinen Metallstift auf einem Organizer herum.

»Homeoffice. Bestimmt wegen des schlechten Wetters. Etliche Telefonate, E-Mails, Telefonkonferenzen.«

»War sonst noch jemand bei Ihnen? Gibt es Zeugen, dass Sie zu Hause waren?«

Berger schüttelte den Kopf. »Sie können das doch anhand der Telefonate nachvollziehen.«

»Geben Sie uns dann später bitte noch genau an, mit wem Sie wann telefoniert haben. Reine Routineüberprüfung, Sie verstehen.« Brandl erhob sich.

»Ach ja, die Pfarrerin, die Ihre Großmutter beerdigt hat, die hat durch Ihre Mutter einige interessante Hintergrundinformationen bekommen –«

»Müssen Sie jetzt schon auf die Hilfe von echten Profis zurückgreifen, Herr Kommissar?«, fragte Berger ihn ironisch. Er stand auch auf, glättete das Jackett und griff nach seiner schwarzen Ledertasche.

»Wie ist Ihr Verhältnis zu Frauen?« Gruber war sitzen geblieben.

Berger stand jetzt vor ihm, schaute auf ihn hinunter. »Frauen«, sagte er langsam und straffte die Schultern: »›Wenn der Teufel nicht selber kommt, schickt er ein Weib.‹ Hat Nietzsche gesagt.«

»Danke für das schöne Zitat, Herr Berger. Haben Sie eigentlich eine Freundin oder Lebensgefährtin?« Gruber hatte sein Pokergesicht aufgesetzt.

»Bewahre. Ich habe schon Stress genug. Ab und zu sind Frauen für mich Mittel zum Zweck, wenn Sie verstehen, was ich meine.«

Brandl nickte. »Gehen Sie deshalb zu Prostituierten?«

Berger schwieg, runzelte die Stirn.

Brandl schlug die Akte wieder auf. »Da ich meine Hausaufgaben gut gemacht habe, fand ich Ihren Namen in einem Polizeibericht über eine Razzia im Pascha, April 2005.«

»Ist es jetzt schon verboten, sich Entspannung zu besorgen?« Bergers Zähne schienen sich kaum voneinander zu lösen. Alle s-Laute zischten.

»Nein, natürlich nicht, Herr Berger.« Gruber war die Freundlichkeit in Person. »Aber Sie werden uns erlauben, dass wir uns unsere Gedanken machen. Wenn jemand nur kann, wenn er dafür bezahlt …«

Berger machte eine wegwerfende Handbewegung. »Na, Ihre Probleme möchte ich haben. Ich halte es da mit W.C. Fields: ›Frauen sind für mich wie Elefanten. Ich sehe sie gern an, aber ich würde keinen haben wollen.‹ Einen schönen Tag noch, die Herren.«

»Moment noch, Herr Berger. Ich möchte Sie bitten, sich unten bei der KTU noch erkennungsdienstlich behandeln zu lassen. Auch das eine reine Routinemaßnahme natürlich, damit wir Ihre Fingerabdrücke aus den in der Wohnung gesicherten Spuren aussondern können.« Brandl rief bei der KTU an, und wenige Minuten später holte Erwin Berger ab und ging mit ihm nach unten.

Brandl ließ sich wieder auf den Stuhl fallen. »Was halten Sie davon?«

Gruber lächelte. »Mein erster Eindruck: möglicherweise schwer gestörtes Sozialverhalten. Er ist intelligent, erfolgreich und arrogant. Ich vermute, er hasst seine Mutter, vielleicht Frauen überhaupt.«

»Alle Frauen sicher nicht. Was ist mit seiner Großmutter? Er sagte immerhin, er verdanke ihr alles.«

»Mimik und Stimme passten irgendwie nicht zu dem, was er gesagt hat. Er spielt uns was vor, würde ich sagen. Aber warum haben Sie eigentlich die Rede auf die Pfarrerin gebracht?«

»Ich wollte ihn aus der Reserve locken, ihm suggerieren, dass seine Mutter mehr über ihn wissen und sagen könnte, als ihm lieb ist, aber der ist ja aalglatt!«

Gruber sah ihn skeptisch an. »Ermittlungstechnisch aber eher unprofessionell, nicht wahr, Brandl? Was ist denn da mit Ihnen durchgegangen?« Ohne eine Antwort abzuwarten, verließ er das Büro.

»Tja, Herr Brandl, das von uns angeforderte psychologische Gutachten hat da einige Persönlichkeitsprobleme zum Vorschein gebracht, die sich nicht unerheblich auf Ihre Ermittlungsarbeit, die ja objektiv sein soll, auswirken. Sie machen Fehler, Hauptkommissar Brandl, so geht das nicht. Was würden Sie – natürlich übergangsweise – von einer reinen Innendiensttätigkeit halten?«

Brandl trat gegen den Rollcontainer. Wie hätte er Gruber sagen sollen, dass Ulla ihm dauernd im Kopf herumspukte. Weiß der Henker, warum er von ihr gesprochen hatte, er hätte dauernd Ulla, Ulla, Ulla sagen können. Am besten, er riefe sie an und verabredete sich mit ihr, dann würde das wahrscheinlich aufhören.

28

Heute war Konfirmationsunterricht. Das bedeutete: Achtundzwanzig junge Leute zwischen zwölf und fünfzehn, die im Moment meist nichts anderes im Kopf hatten als Jungen, Jungen, Jungen beziehungsweise Mädchen, Mädchen, Mädchen und vor lauter Hormonschüben kaum einen klaren Gedanken fassen konnten, geschweige denn sich für ein religiöses Thema interessieren lassen wollten.

Es war eine Herausforderung, aber gerade das reizte Ulla. Sie hatte beschlossen, es ihnen nicht zu einfach zu machen, in den erwachsenen Kreis der Gemeindemitglieder aufgenommen zu werden. Bei ihr wurde im Konfirmationsunterricht nicht über Drogen oder Sex diskutiert, dafür war im Religionsunterricht in den Schulen mehr Zeit. Sie wollte die wenigen Monate ausschließlich dafür nutzen, um den jungen Leuten den christlichen Glauben näherzubringen. In der Hoffnung, dass sie vielleicht irgendwann in ihrem Leben darauf zurückgreifen konnten. Die meisten Jugendlichen ihrer Gruppe kamen aus stabilen Familienverhältnissen, sie gingen auf renommierte Schulen, die Eltern kümmerten sich um sie. Aber irgendwann würden diese Kinder auf eigenen Füßen stehen müssen, und das Leben hatte manchmal eine harte Handschrift. Dann war es vielleicht gut, wenn sie etwas hatten, was ihnen Halt gab. Sie wusste, dass dies auch der christliche Glaube sein konnte.

Sie sah die Jugendlichen an, die ihr nun erwartungsvoll nach dem gemeinsamen Gebet in der Kirche gegenübersaßen.

»Also«, sagte Ulla lächelnd. »Ich möchte, dass ihr euch in Gruppen zu viert aufteilt. Und dann habt ihr eine Stunde Zeit. Ich möchte, dass ihr durch Porz geht, wohin, ist mir egal. Und Leute auf der Straße oder in den Geschäften ansprecht und sie danach fragt, was und woran sie glauben. Überlegt euch genau, wie ihr das machen wollt. Welche Fragen ihr den Menschen stellen wollt. Macht euch am besten eine Liste mit Fragen, und dann geht's los. Einer spricht die Menschen an, zwei fragen, einer schreibt die

Antworten auf. Wenn die Leute nichts sagen wollen, bedrängt sie nicht. Dann geht weiter und fragt den oder die Nächste. Ich bin gespannt auf eure Antworten.« Die Jugendlichen waren Feuer und Flamme. Freundinnen setzten sich sofort zusammen und verteilten die Rollen. Die anderen bildeten auch nach und nach ihre Vierergrüppchen.

»Gut, in einer Stunde seid ihr spätestens wieder hier. Dann könnt ihr noch in Ruhe die Antworten auswerten. Jede Gruppe trägt dann den anderen ihre Ergebnisse vor.«

Die Jugendlichen schwärmten laut diskutierend aus. Ulla würde die Zeit für einen kleinen Spaziergang am Rhein nutzen. Frau Maß blieb hier, sie schmierte gerade ein paar Brötchen für die Konfis in der Gemeindeküche. Sie würde die jungen Leute in Empfang nehmen, sollten einige schneller zurück sein.

Die Sonne hatte schon an Stärke gewonnen. Ulla zog ihre Strickjacke aus und schlenderte gemächlich am Rheinufer entlang. Dann setzte sie sich auf eine Bank und schaute auf das Wasser, das schnell und glitzernd dahinfloss. Ein voll bepacktes Containerschiff schob vorbei. Sie holte ihren Notizblock aus der Tasche und zeichnete ein wenig vor sich hin. Die Bäume am gegenüberliegenden Rheinufer hatten es ihr angetan.

»Hallo, Frau Wolff«, sagte eine Stimme neben ihr. Ulla zuckte zusammen. Harald Krause, der Pförtner vom Haus Monika, schaute sie unsicher fragend an.

»Kommen Sie ruhig an meine grüne Seite.« Ulla deutete freundlich auf die Bank. Der hatte doch etwas auf dem Herzen, das sah sie ihm an.

Umständlich setzte er sich neben sie und schaute schweigend auf den Rhein. Auf dem Leinpfad schob eine Mutter ihr Baby spazieren. Die Enten quakten lauthals.

»Na, wie geht's denn so, Herr Krause?« Ulla sah ihn von der Seite an. »Ich hab Sie lange nicht bei uns in der Kirche gesehen. Sie waren doch nicht krank?«

»Nein, krank nicht«, meinte er schnell.

»Aber?«, fragte Ulla nach.

»Na ja, wie soll ich sagen, ich war mit anderen Sachen beschäftigt. Mit meiner Frau geht's im Moment nicht so toll. Sie ist dauernd weg, bei ihrer Freundin. Und wenn sie da ist, dann nörgelt sie nur herum. Dass ich zu wenig rede, dass ich mich nicht für sie interessiere, dass ich nichts mit ihr mache. Ich glaub, die will weg von mir«, platzte der korpulente Krause mit dem ausgeprägten Doppelkinn verzweifelt heraus.

»Seit wann ist das denn so?«, fragte Ulla. »Sie haben sich doch immer gut verstanden?«

»Seit jetzt auch der Jüngste ausgezogen ist. Der hat sich beim Bund verpflichtet, der will da studieren«, ergänzte er stolz. »Seitdem ist sie so komisch geworden. Alles ist verkehrt, was ich mache.«

»Wissen Sie, das ist für Mütter sehr schwer, wenn die Kinder aus dem Haus sind«, erklärte Ulla. »Die waren doch ihr Lebensinhalt. Die paar Stunden, die Ihre Frau in der Bäckerei aushilft, die füllen sie nicht aus. Wie wär's denn, wenn Sie sich gemeinsam mit Ihrer Frau eine schöne Beschäftigung suchen, etwas, was Ihnen beiden Spaß macht?«

»Sie will schon seit zwanzig Jahren mit mir tanzen gehen, aber das hat nie geklappt. Wir hatten wegen der Kinder immer so viel um die Ohren. Und ich muss zugeben«, Ulla hatte ihn sehr intensiv angesehen, »ich hab mich auch gern gedrückt, ich kann das nicht so gut. Aber ihr hat das immer so viel Spaß gemacht.«

»Na, dann melden Sie doch Ihre Frau und sich selbst beim Tanzkurs in Eil in der Markuskirche an. Ich weiß, dass da ein neuer Kurs für Paare nächste Woche startet. Überraschen Sie Ihre Frau doch mal. Die wird sich bestimmt freuen. Rufen Sie Frau Maß an, die kann Ihnen die Telefonnummer der Kursleiterin geben.«

Herr Krause nickte begeistert. »Da wird meine Frau aber Augen machen, das ist genau das Richtige. Frau Wolff, Sie haben immer so gute Ideen! Ich muss jetzt zur Arbeit. Heute hab ich die Spätschicht.« Er stand auf. »Ist es nicht furchtbar, das mit der alten Frau Franzen und ihrer Tochter? Das kann doch keiner glauben. Ich hatte Dienst an dem Tag. Sogar der Express hat schon einen Reporter geschickt, um zu fragen, ob ich was gesehen hätte.«

»Und? Haben Sie?« Ulla sah ihn gespannt an.

»Was mir nach dem Labern mit dem Pressefritzen auf einmal eingefallen ist: Ich hab keinen *kommen* sehen, keinen, den ich nicht gekannt hätte. Aber *rausgehen* hab ich einen gesehen. So einen großen, schlanken, dunkelhaarigen Mann.« Ulla blätterte die Seite auf ihrem Notizblock um und fing an zu stricheln.

»Ich hab den nur kurz von der Seite und von hinten gesehen.« Krause runzelte die Stirn. »Der hatte so gegelte Haare und einen ganz teuren dunkelblauen Anzug. Die Ohren waren unwahrscheinlich klein. Das ist mir aufgefallen beim Vorbeilaufen. Ich wollte nämlich gerade wieder zur Pforte zurück, hatte eben hinten die Tür abgeschlossen, die flog immer auf, das Schloss war irgendwie kaputt.«

»Wie war das genau mit den Ohren?«, fragte Ulla leise und zeichnete weiter.

»Also, der hatte eher Öhrchen!« Krause lachte. »Die waren viel zu klein für einen erwachsenen Mann, wissen Sie. Die Ohrläppchen waren angewachsen. Der sah stattlich aus von hinten, wahrscheinlich ein Rechtsanwalt oder so. Mit einer schwarzen Aktentasche. Der hielt den Kopf etwas schief. Nur so ein bisschen, ja, genauso sah das aus, Frau Wolff.« Er blickte staunend auf ihre Zeichnung und nickte zustimmend.

»Es gibt schon komische Leute, oder? Meinen Sie, das ist wichtig? Ich muss aber jetzt doch gehen.«

»Gehen Sie ruhig, Herr Krause. Ich werde es dem Kommissar erzählen. Dann kann er ja immer noch auf Sie zurückkommen, einverstanden? Und viel Spaß beim Tanzen!«

Brandls Handy vibrierte. »Morgen, Peter Brandl, hier ist Ulla Wolff. Wie war dein Osterwochenende?«

»Ich hab eine kleine Fahrradtour mit Freunden gemacht«, sagte Brandl kurz. »War nett, wie immer. Du, im Moment hab ich leider gar keine Zeit, bin furchtbar im Stress, ich melde mich.«

»Jetzt warte doch mal. Ich will mich nicht mit dir verabreden, keine Sorge! Wollte dir nur schnell erzählen, was ich gestern erfahren habe. Ich habe den Pförtner, der am Mordtag Dienst im Haus Monika hatte, am Rhein getroffen, und der hat mir sein Herz ausgeschüttet, Probleme mit seiner Frau. Ich hab ihn auf den Abend angesprochen, an dem die beiden Frauen ermordet worden sind. Er glaubt, sich an einen Mann, den er dort gesehen hat, ganz gut erinnern zu können. Du weißt ja, ich zeichne schon mal ganz gern und habe versucht, aus seiner Beschreibung ein Bild zu machen. Wenn du willst, kannst du das haben.«

Brandl schwieg irritiert.

»Und dann hat mir die ehemalige Zimmernachbarin von Frau Franzen erzählt, sie hätte Schritte auf dem Flur gehört. Schnelle, von langen Beinen, zielstrebig zum Zimmer dreihundertzwei. Aus dem Zimmer selbst hätte sie nicht viel gehört, obwohl das Fenster offen stand. Später dann schnelle Schritte von Absatzschuhen, vermutlich die Tochter. Dann, wieder eine gute Weile später, hätte jemand die Tür leise geöffnet und wieder geschlossen und sei dann weggegangen. Im Nachbarzimmer sei es weiterhin ruhig geblieben. Das war übrigens normal. Helene Franzen und Sabine Simmler flüsterten fast immer miteinander, was die Zimmernachbarin anscheinend sehr geärgert hat. Laut wäre es erst vor dem Frühstück, gegen halb acht, geworden, als Frau Grothe Helene Franzen wie immer abholen wollte und dann gellend nach den Pflegern rief.«

»Ich hab mir das notiert, Ulla, aber du müsstest, wenn du mal Zeit hast, das noch zu Protokoll geben. Dann kannst du ja auch deine Zeichnung mitbringen.«

»Ja, Peter, wenn ich mal Zeit hab. Ich bin auch im Stress und melde mich dann bei dir.«

Sie klang grantig, er hörte es genau. Irgendwie hatte er sie wohl verärgert. Er hatte sie noch nach ihrem Gespräch mit dem Superintendenten fragen wollen, aber sie hatte schon aufgelegt.

»So ein Blödmann!« Ulla stapfte wütend in den Keller, holte ihre Joggingsachen und zog sich um. Jetzt musste sie erst einmal eine Runde laufen, um den Kopf freizubekommen. Sie lief die normale Tour, nur etwas schneller als gewöhnlich. Der Pulsmesser zeigte 155, 160. Sie atmete durch und drosselte ein wenig das Tempo. So weit käme es noch, dass sie einen Herzkasper bekam, nur weil ein Herr Kommissar sich so dämlich verhielt.

Schritt für Schritt verflüchtigte sich ihre Wut. An den Sträuchern saßen die Blätter dicht an dicht. Ihr Grün war kräftig und von Blüten übersät. Auch aus den Baumkronen blitzte es ihr weiß und hellgrün entgegen. Sie sehnte sich nach dem Sommer, den langen und warmen Tagen mit dem Sonnenflirren in der Luft. Aufseufzend sah sie sich um. Niemand war in der Nähe. Also lächelte sie und zählte. Dann machte sie einen Kussmund und küsste kräftig schmatzend. Fünfzehn, sechzehn, siebzehn.

Der Rhein floss ruhig, dampfte ein wenig. Lastkähne drückten ihre schwere Fracht flussaufwärts und ließen die grünen Fahrwassertonnen hüpfen. Der Rheinbogen träumte noch im Morgennebel, erzählte Geschichten von Reisenden und fernen Ländern. Dieselgeruch waberte herüber. Gerade kam die Sonne durch die Wolken. Die Luft war noch kühl, aber der Frühling hatte sich wieder durchgesetzt. Mord und Totschlag, schrecklich. Und die Liebe war auch ziemlich kompliziert. Peter Brandl. Wieso hatte man nur für die anderen Lösungen parat? Ulla fiel das Atmen schwer, und ihre Beine schienen mit Blei gefüllt zu sein. Sie hatte das Gefühl, nicht von der Stelle zu kommen, in jeglicher Hinsicht. Wie sollte das alles bloß weitergehen?

29

Die Dienstbesprechung verlief ruhig. Steffi vertrat den Chef, der zu seinem ungeliebten Arbeitskreis Gewaltprävention musste und hinterher wieder mit finsterem Blick durch die Gänge stapfen würde. Bei Schokoriegeln und Kaffee malten sie sich das Szenario aus.

»Hoffentlich schafft er es nicht mehr bis zum Feierabend!« Pia massierte ihren Nacken.

»Die Kollegen hatten letzte Nacht eine Leichensache, Haltestelle Klettenbergpark. Ob Fremdverschulden oder Suizid muss noch geklärt werden. Pia, Lars, fahrt ihr bitte?« Beide nickten.

»Brandl, gibt's bei dir was Neues?«

»Es ist doch komplizierter, als ich anfangs dachte.« Brandl ging schon zur Tür.

»Vielleicht solltest du dich wieder mal mit jemandem zusammensetzen, der etwas davon versteht?« Biggi grinste von einem Ohr zum anderen.

»Ja, darauf komme ich gerne zurück, Profiler-Queen, aber ich muss jetzt zur Vernehmung.«

»*We'll keep in touch, Baby*«, lächelte sie gönnerhaft und wedelte mit der Hand wie die britische Königin bei ihrer Kutschenfahrt durch London.

Verrücktes Huhn, dachte er, als er wieder am Schreibtisch saß, vor sich die Akte Simmler/Franzen. Er verglich die Daten mit den erkennungsdienstlichen Ergebnissen von Sörgens' Überprüfung.

Die Haut- und Faserspuren gaben keinen Hinweis auf ihn. Weder unter seinen Nägeln noch an seiner Kleidung hatten sie Spuren der beiden Mordopfer gefunden. Vielleicht hatte er ja Handschuhe getragen und die Kleidung verschwinden lassen. Ihm fehlte nach wie vor ein Alibi. Niemand aus der Wohngruppe oder der Gärtnerei hatte ihn zur fraglichen Zeit gesehen. Sörgens gab einmal an, er sei am Rhein spazieren gegangen. Dann hatte er gemeint, er habe sich bestimmt beim Discounter ein paar Flaschen Bier gekauft. Die würde er dann gern »irgendwo schön im Grünen« trinken.

Die Kollegen hatten sich in der Nachbarschaft umgehört.

»Den Ulli, ja, den kenn ich.« Die frisch ondulierte ältere Dame tippt der Kommissarin mit ihrem Zeigefinger auf den Notizblock. »Der klingelt manchmal und fragt, ob er was zu essen oder 'nen Euro haben kann. Der gibt immer die Hand und macht 'nen Diener. Immer höflich, immer freundlich. Der tut keinem was. Was wollten Sie jetzt wissen?«

»War er am 10. April hier bei Ihnen und hat um Geld gefragt, oder haben Sie ihn in der Nähe gesehen?« Pia atmet tief durch.

»Der sitzt eigentlich oft tagsüber da vorn auf der Wiese, natürlich wenn es nicht regnet. Manchmal aber auch im Heidbergweg auf der Bank im Wendehammer. Am 10.? Was war das denn für ein Tag? Also genau kann ich das nicht sagen …«

Nebenan öffnet ein Mann in kurzer Sporthose und Muskelshirt die Wohnungstür. »Der Bekloppte mit der Dauerkippe im Mund? Der hat doch die Alten umgebracht, ne?« Er kratzt sich über das mit chinesischen Zeichen tätowierte rechte Bein. »Wenn der wegkommt, ist nur gut, der geht einem total auf den Sack! Und ob der da wann gesessen hat, ist mir doch scheißegal!« Er dreht sich um, und Pia kann gerade noch sehen, dass er auch den Nacken tätowiert hat: »Skinhead«, in gut lesbaren blauen Lettern. Dann fällt die Tür ins Schloss.

Alle Befragten kannten den Mann zwar und wussten etwas über ihn zu berichten, aber ob er ausgerechnet an dem Mordtag in der Nähe gewesen war, konnte niemand mit Sicherheit bestätigen.

Trotzdem hatte man Sörgens ins Alexianer-Krankenhaus zurückgebracht. Brandl, sein Chef und der Staatsanwalt waren da einer Meinung gewesen. Sörgens hatte kooperiert und zugestimmt, in die geschlossene Abteilung des Krankenhauses umzuziehen. Die Ärzte versicherten, dass sie ihn dort gut im Blick haben würden.

Die Vernehmung im Haus Monika hatte auch nicht viel gebracht. Der einzige Hinweis kam von einem Mitarbeiter, der dem Hausmeister stundenweise aushalf. Er hatte am Mordtag in der

Nähe der Rezeption gearbeitet. Er habe den Auftrag gehabt, die Blumen im Haus zu gießen. Ihm sei ein Besucher aufgefallen, der durch die Eingangshalle geeilt sei, dann auf den Belegungsplan geguckt und die Treppe nach oben genommen habe. An der Rezeption sei gerade niemand gewesen, nur er habe die Blumen im Foyer gegossen. Da sich der Mann ja auch selbst orientieren konnte, habe er das nicht weiter beachtet. Aber wie dieser Besucher ausgesehen hatte, das wusste er beim besten Willen nicht mehr. Auf weitere Nachfragen war er sich noch nicht einmal sicher gewesen, ob es sich um einen Mann oder eine Frau gehandelt hatte.

Brandl fluchte. Jeder hätte es sein können. Sörgens vielleicht, oder auch der große Unbekannte mit den langen Beinen, von dem Ulla gesprochen hatte.

Ulla grübelte weiter über die Morde nach. Auf alle Fälle gab es eine Verbindung von der Berger zu Helene Franzen. Ob Anneliese Berger etwas darüber wusste?

Statt direkt nach Porz zurückzufahren, machte Ulla einen Schlenker zum LKH nach Merheim. Sie rief kurz bei Elli an und bat sie, auf jeden Fall nach den Kindern zu sehen und möglichst auch den Kater zu füttern. Dem ging es nicht gut, er hatte eine Verletzung hinter dem Ohr, die sah aus wie ein Abszess. Wahrscheinlich hatten ihn die Elstern gepickt, die im Moment so aggressiv hinter ihm her waren.

Ulla parkte vor der Psychiatrie und klingelte an der Stationstür im vierten Stock. Sie erhielt als Seelsorgerin direkten Zutritt, die Schwester kannte sie. Außer Angehörigen, Justizangestellten und Ärzten durfte niemand auf diese Station. Es gab keine Klinken an den Türen. Hinter ihr schloss die Schwester die Stationstür wieder fest mit dem Schlüssel ab.

Ulla ging die Glasfensterwand entlang, die direkten Einblick in die Krankenzimmer erlaubte. Das Personal konnte die Patientinnen und Patienten ständig genau beobachten.

Eine alte Frau trippelte den Gang entlang. »Haben Sie eine Zigarette?«, bettelte sie. Sie bettelte jeden an, die anderen Patienten, die Schwestern. Immer wieder der gleiche Satz: »Haben Sie eine Zigarette?«

Ulla wurde es mulmig. Eine junge Frau stellte sich ihr provozierend in den Weg. »Findest du mich schön?« Sie fixierte Ulla, ihre Stimme klang aggressiv.

Friede sei mit dir, dachte Ulla und nickte mechanisch.

»Findest du mich schön?«, schrie die Frau auf einmal laut los. »Bestimmt findest du mich nicht schön! Bestimmt!«

Die Schwester griff ein. »Nun lass gut sein, Trudi! Du hast doch gesehen, sie findet dich auf jeden Fall schön. Nun lass sie doch in Ruhe.«

Trudi tänzelte weiter, zu der alten Frau. »Findest du mich schön?«

»Haben Sie eine Zigarette?«, fragte die nur und setzte ihre Litanei fort. Aus dem Aufenthaltsraum drang lautes Geschrei. Es krachte.

»Oh nein«, rief die Schwester. »Wahrscheinlich schlägt Frau Braun wieder den Fernseher kurz und klein!« Sie rannte davon.

Ulla trat schnell in Anneliese Bergers Zimmer. Eine junge Frau mit schulterlangen schwarzen Haaren lag auf dem Rücken auf einem Bett, reglos und blass. Sie hielt die Augen geschlossen, bewegte nur ab und zu die Hände. Sie hatte beide Handgelenke dick verbunden.

»Sie hat heute Nacht versucht, sich die Pulsadern aufzuschneiden. Liebeskummer. Die haben Angst, sie tut sich wieder was an«, flüsterte Anneliese Berger, die unglücklich und ängstlich wirkte. Doch die Freude über Ullas Besuch war ihr deutlich anzusehen. »Wie schön, Sie zu sehen, Frau Wolff!«, sagte sie immer und immer wieder.

Ulla konnte kaum atmen. Die Luft war stickig, und sie wollte das Fenster öffnen. Aber das Fenster hatte keinen Griff, nur ein Schloss, das wohl nur von der Schwester betätigt werden konnte. Zu ihrer eigenen Sicherheit durften die Patienten nicht mehr selbst entscheiden, ob sie ein Fenster auf- und zumachten. Das entschieden jetzt andere für sie.

Ulla schluckte. In der Zimmerecke hockte auf dem Boden eine Frau, die ganz und gar in sich selbst versunken war und summend die Arme im Rhythmus hin und her bewegte. So als wiege sie ein nicht vorhandenes Kind. Dann sang sie leise in einer fremden Sprache. Vielleicht Türkisch? Ulla wusste es nicht.

»Ihr Kind ist gestorben. Seitdem sagt sie kein Wort, sitzt nur da und singt. Das macht einen wahnsinnig. Der Mann hat sie einweisen lassen.« Anneliese Berger zuckte die Achseln.

Ulla setzte sich neben sie. »Wie geht es Ihnen heute, Frau Berger?«

Anneliese Berger sah sie fragend an. »Wie soll ich das denn wissen? Es wird hell, es wird dunkel. Ich krieg dreimal am Tag Medikamente und Essen. Ich denk, es geht so.«

»Mir geht da noch eine Frage im Kopf herum, Frau Berger. Kannten Sie Helene Franzen oder Sabine Simmler?«

Anneliese Berger glotzte sie an und schüttelte heftig den Kopf. »Nä, kenn ich nicht. Warum?«

»Kannte denn Ihr Sohn Giselher die beiden vielleicht?«

»Nä, nicht dass ich wüsste.« Anneliese starrte sie an. »Nä, die Namen hab ich bestimmt noch nie gehört.«

»Ihre Mutter kannte zumindest die eine, Helene Franzen. Sie war damals im Jugend-KZ Uckermark, als Insassin.«

Anneliese Berger stierte aus dem Fenster. Ihre Hände krallten sich in die Bettdecke. Ulla wartete und wollte nach Annelieses Hand greifen, doch die zog sie weg.

»Die Blümelein, sie schlafen schon lang im Mondenschein«, begann Anneliese zu singen. Ihre Stimme war dunkel von Tränen. Sie sang weiter und wurde immer lauter.

Ulla schluckte und schluckte, ihr Mund war so trocken, und sie spürte, wie ihr Herz das Blut heftig bis in den Kopf pumpte.

Anneliese war bei der letzten Zeile angelangt und schrie: »Schlafe, schlaf du, mein Kind, schlaf ein!« Bei jedem Wort schlug sie mit ihren Fäusten auf die Matratze.

Einen Moment lang war es totenstill im Zimmer. Dann drehte Anneliese Berger ihr Gesicht Ulla zu und schob es wie eine Schildkröte, Zentimeter für Zentimeter, näher an sie heran. Sie bleckte die Zähne und packte mit beiden Händen Ullas Oberarme. Ihr Griff tat Ulla weh.

»Was wollen Sie eigentlich, Frau Wolff? Mischen sich in alles ein. Die Pfarrerin, die das Gute in die Welt bringt. Dass ich nicht lache! Sie glauben wirklich an das Gute im Menschen, wie? Aber das gibt es nicht. Wenn ich Ihnen eines sagen kann, dann das!«

Ja, was wollte sie eigentlich hier? Ulla riss sich los. Ihr Magen drückte nach oben, und sie konnte kaum atmen. Die Frau war irre!

Ulla schnappte ihre Tasche und rannte aus dem Zimmer. Auf dem Flur lehnte sie sich an die Wand. »Der Herr ist mein Hirte, mir wird nichts mangeln ...«, begann sie, dann brach sie ab. Es ging nicht, so konnte sie nicht mehr beten. Nicht im Moment. Erleichtert hörte sie, wie die Schwester sofort wieder die Tür von innen verriegelte. Dann schloss sich die Aufzugtür.

Anneliese Berger ist irre, dachte Ulla wieder. Dann schränkte sie ein. Manchmal. Nicht immer. Manchmal wirkt sie ganz normal. Anneliese bewegte sich auf der Grenze zwischen Normalität und Verrücktsein. Ulla überlegte, wo diese Grenze verlief und ob und wie man eigentlich selbst bemerkte, dass man sie überschritten hatte.

Wo stand sie selbst? Ulla schluckte. Sie erinnerte sich an das Gespräch mit Pfarrer Fuhrmann, nach der Beerdigung. Sie hatte sich bei ihm vor allem ihre Zweifel an ihrer Eignung zur Pfarrerin, zur liebevollen Mutter und zur treuen Ehefrau von der Seele geredet. Sie hatte gar nicht mehr aufhören können zu reden.

Wenn ich mich schon als Pfarrerin selbst nicht an die Gebote halte, wem kann ich denn dann ein überzeugendes Vorbild sein? Oder gar jemandem raten, wie er oder sie leben soll? Die Gemeindemitglieder würden sie doch verachten, wenn sie erführen, wie Ulla wirklich lebte, was sie tat, fürchtete sie. Sie hatte jetzt schon genug Schwierigkeiten mit ihnen wegen der Forensik. Fuhrmann hatte ihr beruhigend die Hand auf die Schulter gelegt.

»Frau Wolff, liebe Ulla, wir sind doch alle nur Menschen. Das Christentum verlangt doch nicht von uns, dass wir alle bereits perfekt sind! Jesus ist doch nicht zu den vollkommenen Frommen und Gesetzestreuen gekommen, sondern zu den Geldeintreibern, den Ausgestoßenen, der Ehebrecherin. Es geht darum, sich zu bemühen.«

»Und nicht wieder zu sündigen«, hatte Ulla hinzugefügt. »Aber das kann ich nicht versprechen, wissen Sie. Das ist das Problem.«

Fuhrmann hatte sie freundlich angesehen, seine Stimme war sehr sanft gewesen. »Wir machen Fehler, um zu lernen. Wichtig ist, dass wir ehrlich bleiben. Uns selbst und denen gegenüber, die wir lieben, die uns wichtig sind, die uns brauchen!« Er hatte sie eindringlich angesehen.

»Wie kann ich meinem Mann sagen oder erklären, was mit mir ist und was ich will, wenn ich es selbst noch nicht weiß?« Ulla hatte die Tränen nicht zurückhalten können.

»Sie werden es irgendwann wissen, und dann müssen Sie reden, meine Liebe.«

»Ich habe Angst vor Michaels Reaktion, Herr Fuhrmann. Vielleicht geht dann alles kaputt. Er wird denken, ich bin völlig verrückt geworden. Ich habe es gut, in seinen Augen. Und er bemüht sich doch um die Familie. Und dann belüge und betrüge ich ihn!«

»Lassen Sie sich Zeit. Wir sind keine Heiligen, liebe Frau Wolff.« Er hatte sie aufmunternd angelächelt. »Noch nicht.«

»Nur Sie, Herr Fuhrmann, nur Sie!«, hatte sie geantwortet und ihn herzlich umarmt und plötzlich den Wunsch gespürt, Peter Brandl anzurufen. Ausgerechnet.

Verrückt, dachte sie. Aus der Bahn geraten. Ich laufe neben meiner üblichen Spur. Wie war es nur so weit gekommen? Sie war so verletzt durch Michaels Seitensprung gewesen. Und nun war sie keinen Deut besser. Wollte sie ihn insgeheim bestrafen? Sie musste darüber nachdenken.

Ich befinde mich in einer Höhle. In den felsigen Nischen höhnen Steinfiguren mit Fratzengesichtern auf mich herunter.

»Na, mal wieder gar nichts im Griff, Frau Pastorin? Schlecht im Job, noch schlechtere Ehefrau und als Mutter ja wohl die absolute Versagerin, oder?« Ich will weglaufen, aber eklige grüne Schlingpflanzen wickeln sich um meine Beine. Ich schlage sie mit bloßen Händen ab, aber sie wachsen sofort wieder nach, wickeln sich fester und fester um mich. Die Fratzen kreischen schrill. »Lüge, Lüge, Lüge …«

Lüge, Lüge, Lüge, hallten die Traumfetzen in Ullas Kopf nach. Sie war gefangen in ihren Gefühlen, verwickelt, hing fest … Lieber Gott, hilf mir doch, dachte sie. Aber das Gebet kam ihr nicht echt vor, nur so dahergeplappert. Irgendwann würde sie wissen, was sie tun musste. Irgendwann würde sie Klarheit haben.

30

Endlich mal ein freier Tag ohne Bereitschaftsdienst. Keine Leichen, keine misshandelten oder durchgeknallten Menschen. Nur er in seiner aufgeräumten Wohnung, niemand, der sein Bad belegte und ins Chaos stürzte. Keiner, der dumme Fragen stellte und Entscheidungen von ihm forderte. Er streckte sich lang aus und nahm das ganze Bett ein. Roch das zweite Kissen noch nach Ulla? Das bildete er sich bestimmt nur ein. Je mehr er daran schnüffelte, desto mehr verflog der Duft. Der Wecker bimmelte. Um halb elf war das Treffen am Mülheimer Bahnhof.

Brandl sprang aus dem Bett, schaltete die Kaffeemaschine ein und ging ins Bad. Die heißen Wassertropfen trommelten den letzten Schlaf aus ihm heraus, der Kaffeeduft lockte ihn in die Küche. Er nahm sich Zeit, schlürfte frisch gepressten Orangensaft zu Vollkornbrötchen mit Käse und einem hart gekochten Ei. Der Kaffee schmeckte noch besser, als er duftete. Heute gab es nur ein kleines Frühstück, damit der Magen nicht so voll war. Er wollte Charlie Brown und Franky nicht hinterherfahren müssen.

Als er nach Köln gezogen war, hatte er sich den »Radlerfründen« angeschlossen. Eine lockere Truppe, die längere Radtouren am Wochenende oder kürzere in der Woche durchführte. Sie trafen sich auch ab und zu abends um sechs an der Schmitzebud am Königsforst, fuhren über schattige Landstraßen ins Bergische und wieder zurück. Zum Abschluss ging's in die Eisdiele, doch da saßen sie nie lange an den mit Plastikdecken überzogenen Tischen. Jeder wollte wieder nach Hause und schon gar nicht zu viel reden. Sehr angenehm.

Brandl überprüfte die Wasserflasche und schulterte sein Rad. Er trug es die Treppen hinunter und atmete auf jeder Etage anderen Essensgeruch ein. Kohl, Zwiebeln und Knoblauch dominierten.

Um zwanzig nach zehn stand er am Bahnhof, war wieder als Erster da. Ein Penner stocherte im überquellenden Mülleimer nach Flaschen. Eine Mädchenclique schnatterte eingehakt vorbei, eingehüllt in ein penetrantes Duftgemisch, das einem den Atem verschlug.

Franky klopfte ihm kameradschaftlich auf den Rücken. »Für die bist du locker zu alt, Duke.« Brandl seufzte. Er würde ihm nicht erklären, woran er interessiert und nicht interessiert war. Bevor er antworten musste, kam Charlie Brown angehetzt. Diese dämlichen Nicknamen. Brandl hätten die Vornamen auch gereicht.

»Alles fit im Schritt«? Charlie Browns Standardspruch setzte sie in Bewegung.

Zügig kamen sie auf Tempo, rauschten über die Mülheimer Brücke, quer durch Köln zur Aachener Straße. Brandl liebte es, wenn seine Beine wie von selbst arbeiteten, sein Körper wie ein Werkzeug funktionierte und der Schweiß richtig floss. Sie fuhren hintereinander, wechselten sich in der Gruppenführung ab. Der Samstagvormittagsverkehr setzte sich zusammen aus trantütigen Autofahrern, unaufmerksamen Fußgängern oder unsicheren Radfahrern. Besonders prickelnd waren Kleinkinder, die sich plötzlich auf Straße oder Fahrradweg warfen.

Erst letzten Monat, bei der Tour nach Bonn, war Jung Siegfried eine Rentnerin ins Rad gelaufen. Die ganze Gruppe hatte dann im Nieselregen gestanden, auf Polizei und Krankenwagen gewartet und erst nach einer Stunde weiterfahren können.

Nächste Etappe war Königsdorf-Elsdorf. Der beißende Jauchegeruch von den Feldern hatte die Stadtabgase abgelöst. Irgendetwas piepste, hörte sich an wie ein Handy, aber er musste auf der Landstraße hier gut auf die Trecker achten. Die kreuzten die Straßen, als ob sie ihnen gehörten.

Charlie Brown rief: »Da vorne ist sie schon, die Sophienhöhe.«

Brandl hatte im Internet gelesen, dass man hier einwandfrei wandern und radfahren könne. Die Wege waren gut ausgebaut, und es gab auch Trekkingstrecken. Nicht alle in ihrem Club fuhren Rennrad. Die Trekking-Radlerfründe hatten sich schon vor Stunden getroffen und tourten in einer Achterschleife über den gesamten Berg. Doch die Rennradtruppe fuhr durch den alten Hambacher Forst nach Girbelsrath. Automatisch atmete Brandl hier tiefer durch. Würzig herb mischte sich der Geruch des nassen Waldbodens mit dem der alten Kiefern.

Treffpunkt war das Schnitzelhaus, und kaum saß Brandl gut im Biergarten, rief Franky: »Was für ein Timing!« Denn Wölkchen, Wichtelmann und Geröllheimer bogen schnittig um die Ecke. Und wie immer ließen sie sich über ihre Trekkingkünste aus, während sie sich zu ihnen an den blank polierten Tisch setzten.

»Die Rodelbahnabfahrten waren echt heftig!«, rief Wichtelmann.

»Besonders wenn die doofen Touristen nicht auf die Fahrtrichtung achten«, prustete Wölkchen in ihre Apfelschorle.

Brandl hörte ihnen zu, massierte sich den zu harten Oberschenkel und bestellte einen Salatteller. War ja klar, dass die Schnitzelesser wieder hetzten.

»Der Duke will wohl noch schlanker werden!«

»Ein guter Hahn wird selten fett!«

Am Nebentisch saß eine attraktive Endzwanzigerin und schrieb in eine Kladde. Ihr blondes Haar rutschte ihr immer wieder ins Gesicht. Ab und zu hob sie den Kopf und starrte angestrengt durch alle Umsitzenden hindurch, krauste die Stirn und tippte sich mit dem Bleistift an die Lippen. Brandl hätte zu gern gewusst, was sie da schrieb. Ihm waren schreibende Frauen suspekt. Emanzen schrieben. Schrieben schlecht über Männer. Aber die da drüben sah nicht wie eine Emanze aus. Erinnerte ihn an Ulla. Ulla, nur jünger. Vermutlich hatte sie auch keine Kinder. Ob er sie ansprechen sollte? Schließlich kannte er ja jetzt einige Gedichte.

Sein Handy klingelte. Bis er es aus der Rückentasche seines Trikots herausgezerrt hatte, war es still. Im Display stand, dass Biggi Leitner angerufen hatte. Vier Mal. Brandl rief zurück.

»Hallo, Biggi, du ... Wie, du bist im Büro? ... Was jetzt? Der Sörgens ist weg? Das darf doch nicht wahr sein! ... Die Fahndung ist schon raus, gut. Ich bin hier in der Walachei, fahr direkt nach Hause, dusche ... – ja, ich stink wie ein Iltis! – und komme, so schnell ich kann. Sprichst du schon mal mit dem Alexianer-Krankenhaus? Die sollen sofort den Psychologen und den Verwaltungschef einbestellen. Danke und bis gleich.«

»Ich muss los!«, rief Brandl.

Charlie Brown war das recht, er wollte auch schnell nach Hause. Seiner Frau gefielen die ausgedehnten Wochenendtouren nicht besonders. Sie hatte ihm vorgeworfen, er entziehe sich dadurch seinen Aufgaben als Vater. Charlie Brown sah das natürlich nicht so. Brandl würde dazu keinen Kommentar abgeben. Und Franky auch nicht. Das hier war keine Therapiegruppe.

»Also dann, Kette rechts!« Die drei Rennradfahrer verabschiedeten sich wie immer kurz und schmerzlos von der Trekkinggruppe, und dann ging's auf dem schnellsten Weg nach Köln zurück.

Hinter der Deutzer Brücke winkte Franky: »War schön, mal wieder die alten Nasen zu sehen! Wir mailen wegen der nächsten Tour.«

Charlie Brown stoppte sein Rad an der Stegerwaldsiedlung. »Mach's gut, Duke. War 'ne geile Tour. Hundertzehn Kilometer! Bin doch, trotz wenig Training, noch superfit. Wird meine Alte freuen. Wetter top, Gesellschaft cool. So macht's Fahren Spaß!«

Brandl nickte, tippte militärisch grüßend an den Helm und kam schon wieder auf Tempo. Nicht zu fassen! Was hatten die denn für Personal im Alexianer, dass die den Sörgens einfach so abhauen ließen? Er trat schneller und schneller in die Pedale. Die konnten sich auf was gefasst machen!

»Herr Fritz, Herr Albers.« Peter Brandl nickte den beiden kurz zu. Sie standen mit verschränkten Armen in der Eingangshalle.

»Soweit ich mich erinnere, hatten Sie gesagt, dass Sie Herrn Sörgens gut ihm Auge und somit unter Kontrolle hätten. Wie konnte er fliehen?« Brandls Stimme wurde von den Wänden zurückgeworfen, und er konnte selbst hören, wie gereizt er klang.

»Nun ja.« Fritz räusperte sich mehrfach ohne Erfolg, seine Stimme blieb belegt. »Herr Sörgens war die ganze Zeit völlig unauffällig, zurückhaltend, ruhig. Das Personal konnte nicht davon ausgehen, dass er Fluchtgedanken hegt.«

»Er kam pünktlich zu seinen Therapiestunden, und auch hier gab es keine Auffälligkeiten. Zudem nahm er die verordneten Medikamente gewissenhaft ein«, fügte Albers hinzu.

»Wie und wann ist es denn passiert?«

Albers und Fritz sahen sich kurz an.

»So genau können wir das auch nicht sagen.« Fritz hustete, er hatte sich verschluckt.

»Die Mitarbeiter sind sich sicher, dass er am Frühstückstisch gesessen hatte. Aber für das Mittagessen gehen die Beobachtungen schon auseinander. Die einen sagen, er war da, die anderen verneinen es.« Albers klopfte Fritz auf den Rücken.

»Wir haben dann erst einmal intern gesucht.« Fritz konnte wieder weitersprechen. »Er hätte ja auch in seiner alten Wohngruppe oder der Gärtnerei sein können. Wir dachten, es sei ihm vielleicht nur langweilig gewesen.« Fritz zuckte mit den Achseln.

»Langweilig? Das ist nicht Ihr Ernst?!« Brandl hatte sich vor Fritz aufgebaut und stemmte die Hände in die Hüften. »Ich werde das melden, das wissen Sie, und wie die Staatsanwaltschaft reagieren wird, kann ich nicht vorhersagen. Das ist Schlamperei! Vernachlässigung der Aufsichtspflicht! Sie sollten dafür Sorge tragen, dass der Verdächtige nicht frei herumlaufen kann. Sie haben seine Flucht quasi erst möglich gemacht! Wenn jetzt was passiert, sind Sie dran. Das versprech ich Ihnen.« Grußlos verließ er die Eingangshalle und stürmte die Stufen hinunter.

Ein Krankenwagen stand vor dem Haus. Aus seinem Inneren hörte er gellendes Kreischen.

In der Einfahrt fuhr ein bärtiger Mann mit seinem Rollstuhl einen Zickzackkurs. Immer hin, her, hin, her. Dabei redete er ununterbrochen auf seine Beine ein. Brandl verstand kein Wort. Erst als er im Stakkatotakt auf die Hupe schlug, fuhr der Mann auf die Seite.

31

Ein Morgen, wie er gar nicht schlechter anfangen konnte. Brandl hatte verschlafen. Das war noch nie vorgekommen. Angelika Freund und Helga Koch hatte er verpasst. Sie waren erkennungsdienstlich behandelt und von Biggi befragt worden. Neue Erkenntnisse hatte es nicht gegeben, stellte Brandl fest, als er ihren Bericht las. Er rief die beiden trotzdem noch einmal an. Um noch einmal nachzubohren, aber sie blieben bei ihrer Aussage.

Es war ein verheißungsvoller sonniger Frühlingstag. Blauer Himmel, kaum Wind, angenehme Temperaturen. Ein Tag, der zum Fahrradfahren prädestiniert schien, und er hockte hier im Büro. In seiner Mailbox waren dreiundachtzig neue E-Mails. Biggi hatte bundesweit bei anderen Kommissariaten nach Fällen angefragt, bei denen Frauen nach einem bestimmten Muster zu Tode gequält worden waren, und hatte klare Vorgaben gemacht. Die Antworten gingen Schlag auf Schlag ein, sie leitete sie direkt an ihn weiter.

Von der Titelseite des Express sprang ihn die Schlagzeile an: *»Mord-Monster von Porz ausgebrochen – Polizei ratlos«*.

Der Pförtner meldete, dass eine Ulla Wolff ihn sprechen wollte.

»Soll hochkommen.« Brandl freute sich. Einerseits. Andererseits schrillten seine Alarmsirenen, die innere Ampel zeigte Dunkelrot. Schon wieder eine Frau, die nicht lockerließ.

Ulla öffnete die Tür. Brandl atmete tief und schnell ein. Sie sah noch besser aus, als er in Erinnerung hatte. Die Jeans saß eng, die Bluse auch. Sie schaute ihm nicht in die Augen, ihre Stimme klang kühl und sachlich.

»Hallo, Peter Brandl. Ich will meine Aussage zu dem Mord im Alexianer-Seniorenheim zu Protokoll geben und habe die Zeichnung für dich. Ich bin zwar kein Profi, aber vielleicht hilft es ja doch etwas.«

Brandl guckte gar nicht hin. Nahm das Blatt in Empfang und legte es auf den Papierstapel auf der rechten Schreibtischhälfte. »Ulla, ich …«

»Lass gut sein, Peter. Nimm jetzt bitte das Protokoll auf.«

Er öffnete am PC die schon vorhandene Seite mit seiner Telefonnotiz. Ulla diktierte ihm ihr Gespräch mit dem Pförtner. Brandl druckte das Protokoll aus, und Ulla unterschrieb.

»Das war's ja dann wohl.« Ulla schaute ihm kurz in die Augen, stand wortlos auf. Auf dem Weg zur Tür blieb sie vor der Pinwand mit den Ermittlungsfotos stehen. Sorgfältig betrachtete sie Foto um Foto, biss sich auf die Innenseite der Unterlippe.

Brandl sprang auf, trat langsam hinter sie. »Immer und immer wieder steh ich davor und komme nicht wirklich weiter.«

»Träumst du nicht auch manchmal davon?« Sie zeigte auf die Fotos der toten Franziska Berger.

»Nein, ich träume nicht. Zumindest erinnere ich mich nicht daran«, log er und verdrängte schnell den Fetzen aus seinem Mutter-Ulla-Gemisch-Traum, der ihm ins Gedächtnis schoss.

Ulla wandte sich zur Tür.

»Ich begleite dich runter.«

Wortlos gingen sie den Flur entlang, bis Brandl das Schweigen brach. »Es gibt neue Einträge im Kapellenbuch.« Er sah sie fragend an.

»Interessante?«

»Musst du selber entscheiden.« Er lächelte wie ein kleiner Junge.

»Ein paar Minuten hätte ich Zeit«, strahlte sie.

Brandls Augen leuchteten, als er die dick gepolsterte Tür hinter sich ins Schloss drückte. »Ich hab dich vermisst, Ulla.«

»Glaub ich nicht.«

»Aber trotzdem bist du hier.«

»Nur wegen des Protokolls, Herr Kommissar.«

»Glaub ich nicht. Also sagen Sie jetzt die Wahrheit, Angeklagte!«

»Ich gebe zu, vielleicht auch, weil ich Sie gerne küsse, Herr Richter.«

»Aha, Kussfetischistin also, die Frau Pastorin. Das wiegt schwer.«

»Ja, sehr, sehr schwer.« Sie griff ihm mit beiden Händen ins Haar und zog sein Gesicht vor ihres. »Du bist eine Katastrophe, Peter Brandl, hat dir das schon mal jemand gesagt?«

Er zog sie, an die Tür gelehnt, an sich und küsste sie. »Ich küss dich auch gern«, murmelte er. »›Deine Küsse sind Mord, Geliebte! Du tötest mit ihnen Vergangenheit und Zukunft. Nichts ist gewesen und nichts wird sein, solange wir uns küssen. Augenblicke – ganz für sich, ganz für uns.‹«

»Hans Kruppa«, seufzte sie bewundernd, und ihre Finger wanderten seinen Rücken entlang. Sie zog die Luft ein. Sie liebte es, wie er roch. Ob er das Gedicht wohl extra auswendig gelernt hatte, um sie zu beeindrucken?

Von außen rumpelte jemand gegen die Tür, versuchte, sie zu öffnen. Ulla und Brandl fuhren auseinander. Ulla machte ein paar Schritte zum Altar und öffnete schnell das Fürbittenbuch. Peter setzte sich auf einen der gepolsterten Stühle. Ein Kollege in Uniform steckte den Kopf zur Tür hinein.

»Alles in Ordnung?«, fragte er. Beide nickten. »Die Tür klemmt wohl. Ich wollte, ich will …«, druckste er herum.

»Stellen Sie ruhig eine Kerze auf. So was hilft immer.« Ullas Stimme war ganz ruhig, obwohl Brandl einen weicheren Ton als sonst heraushörte.

»Die Kollegen lachen mich bestimmt aus, wenn sie mich hier sehen.«

»Glaube hat noch keinem geschadet, außer bei Kreuzzügen und Hexenverfolgung.« Sie zwinkerte ihm verschwörerisch zu. »Hier unser Hauptkommissar stellt zweimal die Woche Kerzen auf, und sehen Sie, wie gut es ihm damit geht!«

Brandl hob abwehrend die Hände. »Frau Pastorin, kann ich Sie bitte noch unter vier Augen sprechen, bevor Sie in Ihr Waisenhaus weitermüssen?«

Ulla nickte dem Polizisten freundlich zu, der nestelte schon an den Kerzen herum, sah aber bewundernd zu ihr herüber. Auf dem Flur standen Ulla und Brandl sich im grellen Neonlicht gegenüber. In der alten Poststelle kramte noch jemand.

»Meine Waisenkinder warten.« Sie lachte und warf den Kopf in den Nacken. Brandl wünschte sich, er würde sie öfter so lachen sehen.

»Hättest du heute Abend vielleicht Zeit für einen katastrophal verwaisten Kommissar?«

»Da muss ich gleich meinen Terminkalender checken. Waisen liegen mir ja immer sehr am Herzen.«

»Komm, wenn du kannst, ich warte auf dich. Und pass auf dich auf, Ulla. Du hast ja gehört, dass der Sörgens frei rumläuft, oder?«

Ihr Blick sprach Bände. Wahrscheinlich gab es schon Bürgerwehren, die dem potenziellen Mörder im Nacken saßen.

»Wir wissen nicht, wozu er fähig ist. Also pass auf dich und deine Kinder auf«, warnte er sie.

»Geht in Ordnung, Herr Hauptkommissar.« Sie winkte kurz, und weg war sie.

Brandl schaute ihr einen Moment versonnen nach. Dann wandte er sich dem Tagesgeschäft zu.

An seinem Computer ging Brandl systematisch die nächsten E-Mail-Eingänge durch. Sonderkommission »Natalia«, Münster. Eine neunzehnjährige Studentin aus Osteuropa wird nach einem Wohnungsbrand mit Stichwunden und Würgemalen gefunden.

Sonderkommission »Shakina«, Offenbach. Die Prostituierte aus Afrika war durch einen Kopfschuss getötet worden. Geknebelt und gefesselt, hatte sie angeblich vor der Tötung gekniet.

Sonderkommission »Ina«, Wesel. Eine dreißigjährige Hausfrau wurde mit einer Plastiktüte erstickt. Sie hatte verheerende Verletzungen im Vaginalbereich.

So ging es weiter und weiter. Es gab Verdächtige und auch Verhaftungen. Aber zur Verurteilung hatte es nie gereicht.

Brandl ging zu Biggi. Sie saß am Schreibtisch, die dicke Garfieldtasse an den Lippen.

»Ist genug Kaffee da, reicht auch für dich.«

Brandl setzte sich zu ihr, rührte in seiner Blümchentasse herum.

»Ich habe noch mal mit den beiden Edelweißpiratinnen telefoniert. Helga Koch, Angelika Freund. Sie bleiben hart. Sie geben zu, dass sie mit Helene Franzen befreundet waren und Franziska Berger hassten und, wenn sie dazu in der Lage gewesen wären, auch umgebracht hätten. Auch mein Einwurf, dass sie ja jemanden hätten engagieren können, hat sie nicht aus der Ruhe gebracht. Sie wissen, dass wir nichts gegen sie in der Hand haben.«

»Und was meinst du?«

»Weißt du, Biggi, die haben in ihrem Leben schon – natürlich notgedrungen, aber trotzdem – so viele Grenzen überschritten, die sind vermutlich zu allem fähig. Das denk ich. Übrigens hab ich dir einige interessante Fälle zurückgemailt, guck mal«, sagte Brandl.

Biggi öffnete die Anhänge und seufzte. »Die Sache lässt mir keine Ruhe. Auf meine Anfragen hin flattern die Berichte über ein Vergehen nach dem anderen rein. Ich brauch da Tage für, um sie zu checken, das sind einfach zu viele!«

»Vielleicht gibst du als Suchwort Berger, Langer und Sörgens ein?«

»Danke für den Tipp, Kollege, aber so einfach wie eine Internetsuchmaschine funktioniert das Programm nicht!« Sie runzelte ärgerlich die Stirn. »Vielleicht erfinden sie ja für dich noch die Tätersuchmaschine, dann brauchst du gar nicht mehr zu denken.« Biggi war jetzt richtig sauer. »Gibst die Fakten ein, und innerhalb von Sekunden spuckt dir das Programm den Täter aus, mit Adresse, versteht sich. Besorg mir lieber von der KTU noch alle vollständigen Daten der drei Mordfälle in Porz, die kann ich nämlich direkt mit eingeben. Bisher hab ich eher Flickwerk von dir bekommen!«

»Bin schon unterwegs.« Brandl war froh wegzukommen, er hasste Konflikte, und zwischen Biggi und ihm brodelte es. Irgendetwas hatte sie.

32

Zu Hause warf Ulla Tiefkühlpizza in den Backofen und bat Elli, ihren Abend auf dem Pfarrersofa zu verbringen. Michael würde nicht da sein. Sie wusste, dass Elli eine Schwäche für die Simpsons hatte, und legte ihr die neue DVD-Staffel auf den Tisch. Ulla wollte die Kinder auf keinen Fall zu Hause allein lassen. Lea hatte neuerdings eh Angst, sie verkraftete die Drohbriefe nicht, die nun dauernd in ihrem Briefkasten lagen. Sie weigerte sich vehement, die gemeinen Sprüche auf dem Anrufbeantworter abzuhören. Sie ging nicht mehr ans Telefon. Jonas schien die ganze Sache völlig schnuppe zu sein; er kam und ging, wie er wollte. Und Michael sah Ulla kaum noch. Er war zu Hause, wenn sie nicht da war. Wenn sie da war, war er fort. Als lebte sie mit einem Phantom zusammen. Vor Kurzem hatte sie geträumt, er säße in ihrem gemeinsamen Keller und bastelte dort die Drohbriefe zusammen.

Jetzt steuerte Ulla ihr Auto die überfüllte Siegburger Straße hinunter. Da die Autobahn dicht war, fuhr sie erst am Rhein entlang über Deutz, an Stadthaus und Messe vorbei, nach Mülheim zu Peter. Ein Mercedesfahrer drängelte sich vor ihr in die Spur, sie haute auf die Hupe.

»Friede sei mit dir, du Blödmann«, rief sie. »Nur ruhig, Ulla«, redete sie sich selbst zu. »Was mache ich hier eigentlich?« Sie drückte ihre Zunge gegen den Gaumen, das sollte einem Doppelkinn entgegenwirken, und zählte die angeblich sehr effektiven Übungen. Drei, vier, fünf, immer wieder drückte sie die Zunge fest nach oben und spürte, wie sich dabei das Kinn etwas hinunterbog.

Als sie losgefahren war, hatte sie vor dem Alexianer-Krankenhaus Menschen mit Teelichtern in den Händen gesehen. Eine Demonstration? Michael war bestimmt dabei. Er hatte ein Verhältnis mit seiner ekligen Selbstgerechtigkeit, was anderes interessierte ihn gar nicht mehr.

»Es ist nur eine Affäre, Ulla, es ist nur eine Affäre!« Sie betete diesen Satz immer wieder wie ein Mantra herunter. Es half nicht wirklich. Sie kam nur mit dem Zählen durcheinander. Auch egal. Sie wusste, dass sie Schuldgefühle hatte. Ihrem Mann gegenüber. Ihren Kindern gegenüber. Auch wenn sie das nicht wahrhaben wollte. Sie war nicht so, dass sie sich einfach eine Affäre zulegte und genoss. Sie war überhaupt nicht der lockere Typ, zumindest nicht in dieser Hinsicht. Und trotzdem, sie konnte nicht anders. Der Wunsch, Brandl zu treffen, war übermächtig.

An der Berliner Straße fand sie keinen Parkplatz, deshalb stellte sie ihren Wagen auf dem Parkplatz des Kulturbunkers ab. Grüppchen von Jugendlichen rauchten und diskutierten vor dem Haus. So wie in Ensen an der Bahnhaltestelle, dachte Ulla. Wo sollten die Jugendlichen denn auch hin? Die Jugendzentren wurden nach und nach geschlossen, die Kneipen waren zu teuer. Ein Sozialarbeiter, der seit Jahren in einem Jugendheim arbeitete, hatte ihr erzählt, dass die Zuckertöpfe in der Einrichtung dauernd leer waren. Er hatte die Jungs, die ihren Nachmittag dort verbrachten, danach gefragt. Und herausgefunden, dass manche schlicht und ergreifend Hunger hatten. Solchen Hunger, dass sie sogar die Zuckerdosen leer machten, um überhaupt etwas zu essen. Es gab jede Menge Kinder und Jugendliche, die mittags zu Hause nichts zu essen kriegten. Auch kein Geld, damit sie sich etwas kaufen konnten. Die noch nicht einmal einen Schlüssel hatten und sich den ganzen Nachmittag auf der Straße rumtrieben, weil sie warten mussten, bis jemand nach Hause kam.

»Die gehen ohne Frühstück aus dem Haus«, hatte der Sozialarbeiter erzählt. »Die fallen den Lehrern morgens aus der Bank, weil sie so einen Schmacht haben.«

In Porz gab es seit einigen Monaten in der Hoffnungskirche, im Jugendzentrum Glashüttenstraße und im Dechant-Scheben-Haus einen Mittagstisch, wo Kinder und manchmal auch Erwachsene für einen Euro essen konnten. Das Angebot wurde überall gut angenommen. Besonders wenn für die Kinder noch Hausaufgabenbetreuung dazukam wie in der Glashütte und der Hoffnungskirche. Suppenküche im Schlaraffenland, dachte Ulla.

Sie lief schnell die Straße hinunter. Klingelte bei Brandl und quetschte sich an den Kinderwagen unten im Flur vorbei. Es roch nach Gebratenem.

Brandl wartete schon am Treppenabsatz und zog sie in die Wohnung. Sie redeten nicht. Küssten sich nur. Fielen übereinander her. Bewegten sich wie zwei ineinander verkeilte Schildkröten küssend ins Schlafzimmer, blieben auf dem Bett liegen.

»Danke, ich hätte gern ein Glas trockenen Rotwein.« Ulla hatte sich japsend von ihm frei gemacht.

Brandl brummte. Stand auf, holte zwei Gläser und eine Flasche Rotwein, die er umständlich öffnete. Das Glas traf er nicht. Ullas Jeans zeigte ein rot gesprenkeltes Muster.

»Oh, verzeihen Sie, Frau Wolff, jetzt müssen Sie aber Ihre verschmutze Jeans ausziehen, damit mein Diener sie säubern kann.« Brandl verbeugte sich wie ein perfekter Butler neben dem Bett. Er hatte sich das Küchenhandtuch über den Arm gelegt. Ulla schälte sich aus den Jeans und reichte sie Brandl, der beflissen damit im Bad verschwand. Das Wasser rauschte, und Ulla hörte Peter irgendetwas singen. In ihrem Kopf schwirrte schon wieder ein Gedicht herum.

Wenn ich an deinen Mund denke / wie du mir etwas erzählst
dann denke ich / an deine Worte / und an deine Gedanken
und an den Ausdruck / deiner Augen / beim Sprechen

Brandl kam zurück und sah fragend zu ihr herunter »Von wem ist das, gnädige Frau?« Sie hatte es wohl doch laut aufgesagt.

»Von Erich Fried.«

»Kann ich Ihnen sonst noch irgendwie behilflich sein, Gnädigste? Ihre Hose trocknet zurzeit auf der Heizung und braucht wohl noch etwas.«

»Ich denke, Sie könnten schon das ein oder andere für mich tun, James.«

»Zuerst einmal sollten Sie sich ausziehen, damit ich sehen kann, wozu Sie sich am besten eignen.«

Brandl stellte die Stereoanlage an, suchte eine Weile herum und startete dann die CD. »You Can Leave Your Hat On«. Joe Cocker knödelte diesen Stripteasesong, und Brandl ließ gekonnt Hemd, Hose und Wäsche fallen. Ulla applaudierte glucksend. Wann hatte das zuletzt ein Mann für sie gemacht? Wann hatte sie sich das letzte Mal so sehr gesehnt nach Händen und einem Mund? Als Peter ins Bett hüpfte, wollte sie nicht mehr denken, nur noch küssen, lieben, küssen.

Brandl lag auf dem Bauch und genoss Ullas streichelnde Finger.

Ulla beobachtete ihn. »Und noch ein Gedicht«, sagte sie. »Von Christian Felix Weiße.

Ich war bei Chloen ganz allein,
und küssen wollt' ich sie:
Jedoch sie sprach, sie würde schrein,
es sei vergebne Müh.«

Brandl grinste, er wusste, wie »Der Kuss« weiterging.

»Ich wagt' es doch und küsste sie,
trotz ihrer Gegenwehr.
Und schrie sie nicht? Jawohl, sie schrie –
doch lange hinterher.«

Ulla lachte und musste gleichzeitig weinen. Da war es wieder, dieses Anrühren, ganz tief an ihre Seele.

Brandl wusste nicht, was er sagen, was er tun sollte. Er wurde sachlich.

»Ich hab jetzt schon so viele Leute im Mordfall Berger verhört, und ich glaube«, sagte er aufs Geratewohl, »die sind alle durchgeknallt, Ulla. Unser Psychologe spricht von Kindheitstraumata bei Anneliese und Giselher Berger. Aber auch die Edelweißpiraten und damals Geschädigten hätten Gründe gehabt, sie umzubringen. Sag du mir, wer war es?«

Ulla lag auf dem Rücken und starrte die Decke an, auf der phosphorisierende Sterne klebten. »Ist das da ein Sternbild? Peter, bist du doch ein Romantiker?«

»Das war schon da, als ich einzog«, brummte Brandl.

»Und es ist zufällig deins?«

»Hm, ja. Was hast du denn eigentlich für ein Sternzeichen?«

»Stier.«

»Dachte ich mir doch, das passt.«

»Ich hab keine Ahnung davon.«

»Wenn du lieb bist, Ulla, erkläre ich dir dein Horoskop.«

»Ein andermal, Peter. Ich muss bald nach Hause.« Ulla atmete tief durch. »Ich kann einfach nicht glauben, dass Anneliese Berger ihre Mutter umgebracht hat. Obwohl sie mir wirklich Angst macht. Ich habe sie in Merheim besucht. Sie ist wie ein Dämon. Sie sieht einen manchmal an wie die Wasserspeier am Kölner Dom, dann kriegt sie eine richtige Fratze.«

»Na, jetzt übertreibst du aber, Ulla. Ich glaube, du liest zu viel in der Bibel, das macht dich anfällig für Geistergeschichten. Nun bleib mal auf dem Teppich, Geliebte.« Brandl strich ihr sanft über die Wange. Sie ist so attraktiv, ganz gleich, was sie manchmal für einen Schwachsinn verzapft, dachte er fasziniert.

Geliebte, sie hörte ja wohl nicht richtig. Ulla schwieg einen Moment irritiert. Was war denn in den gefahren? »Und dass Giselher seine Großmutter umgebracht hat, glaube ich auch nicht. Der ist doch eigentlich ein netter Typ, sogar poetisch ...«

Brandl sog Luft ein. Netter Typ? Poetisch? Die Frauen schienen ja wirklich auf den zu fliegen. Nun auch Ulla? Das durfte ja wohl nicht wahr sein. Er hätte ihr doch etwas mehr Urteilsvermögen zugetraut. Arroganter Schnösel traf es ja wohl eher. Ulla sah ihn an, als hätte sie seine Gedanken gehört, sagte aber nichts.

»Die Edelweißpiraten«, mutmaßte Ulla weiter, »die hätten auch ein Motiv. Aber das sind doch alte Leute. Und warum nach so langer Zeit?«

Da konnte Brandl nur nicken. Ja, das dachte er auch. Obwohl ihn diese drei Streiter für Gerechtigkeit immer wieder beschäftigten. Vielleicht hatten sie doch zugeschlagen. Irgendein blöder Zufall. Und als die Berger tot war, hatten sie ihrem Hass freien Lauf gelassen.

»Vor Sörgens hatte Lea immer etwas Angst, wenn er in unserer Siedlung unterwegs war. Obwohl er nett und freundlich wirkte. Vielleicht kannte der die Berger doch. Hast du da etwas herausgefunden, Peter?«

»Zumindest kannte er Helene Franzen«, umging Brandl geschickt ihre Frage »Und die Tochter auch. Verdächtig ist er sowieso, vor allem, weil er abgehauen ist. Wir fahnden nach ihm, das weißt du ja.«

Ulla saß schon auf der Bettkante und schlüpfte in Slip und BH. »Was meinst du denn? Du hast doch so viel Erfahrung?«

»In bestimmten Bereichen, sicher«, grinste Brandl. Er sah Ullas Blick und wurde sofort wieder ernst. Das war wohl ein Fettnapf. »Ich versuche, offen zu bleiben, denn ich weiß, dass alles möglich ist. Die meisten Menschen sind schlechter, als du denkst, liebe Seelenretterin.«

»Das glaubst du wirklich?«

»Ja, Ulla Wolff, das glaube ich. Die meisten Menschen denken nur an sich und ihren Vorteil. Die anderen sind ihnen ziemlich egal, und die meisten würden über Leichen gehen, um ihre Ziele zu erreichen. Das machen nur nicht alle, weil wir da sind und das Gesetz. Das hält etliche davon ab, zur Keule zu greifen.«

Ulla sah ihn nachdenklich an. »Bisher habe ich geglaubt, es ist umgekehrt. Die meisten sind gut, es gibt nur ein paar Ausnahmen. Wenn ich so ein dunkles Weltbild hätte, könnte ich gar nicht weiterleben oder auch nur mit meiner Arbeit weitermachen. Ich habe bisher immer an das Gute in jedem Menschen geglaubt. Aber wenn ich ehrlich bin, fange ich langsam an zu zweifeln. Vielleicht bin ich zu naiv, was denkst du?«

»Du bist natürlich die berühmte Ausnahme«, schob Brandl schnell hinterher. »Kannst du nicht noch ein bisschen bleiben? Ich glaube, mein Bett riecht noch nicht genug nach dir.«

Sie lachte und küsste ihn auf die Stirn. »Nein, Herr Kommissar, Sie müssen jetzt brav schlafen, damit Sie morgen ausgeruht Mörder jagen können.«

»Und was haben Sie morgen vor, Frau Pfarrerin?«

»Seelen retten natürlich! Mein Job. Und ich hoffe, ich gebe nie auf.«

Als sie im Bad in die noch feuchte Jeans stieg, schaute sie auf ihr Spiegelbild. »Seelen retten … Am besten fängst du mit deiner eigenen an, Ulla Wolff.«

33

Brandl war den ganzen Tag sehr beschwingt gewesen, so entspannt und aufgekratzt zugleich. Er hatte Bericht über Bericht geschrieben und sogar von sich aus seine Mutter angerufen. Sörgens blieb verschwunden. Etlichen Hinweisen aus der Bevölkerung waren sie nachgegangen. Auch einem ganz konkreten von einer Frau, die ihn in der Kleingartenanlage am Blauen Stein gesehen haben wollte. Aber die Kollegen hatten dort alles abgegrast. Sörgens blieb wie vom Erdboden verschluckt. Die Kollegen blieben dran, wahrscheinlich war es nur eine Frage der Zeit, bis sie ihn finden würden. Hoffentlich stellte er nichts an.

Jetzt wartete Brandl an der Ellmühle in Deutz. Hier startete heute die Samstag-After-Job-Fahrradtour. Er schnupperte, das roch gut. Der Radfahrer neben ihm benutzte anscheinend das gleiche Rasierwasser wie er. Nicht unsympathisch, der Typ. Auch sein Fahrrad war nicht schlecht, klassischer italienischer Stahlrahmen mit verchromten Gabelscheiden. Er trat schnell und gekonnt in die Pedale, fuhr nun zügig vor Brandl her.

Die Gruppe konzentrierte sich wie immer schweigend aufs Fahren. Heute wollten sie am Rhein entlang bis zur Mondorfer Fähre und zurück. Die Drehbrücke war noch immer gesperrt. Also fuhren sie zur Südbrücke und dann die Alfred-Schütte-Allee entlang. Bis die Tennisplätze wieder bespielt werden könnten, würde es noch eine Weile dauern.

Brandl hängte sich an den Italiener. Sein Vorderrad klebte am Hinterrad des Mannes. Er war schlank, etwas größer als Peter. Die rote Fahrradjacke leuchtete. Seine Kappe verdeckte die Haare, er war Brillenträger, das sah Brandl noch, als er an ihm vorbeizog. Sie fuhren am Poller Fischerhaus vorbei und dann runter an den Rhein. Auf einer kleinen Sandbank saßen die Enten dicht gedrängt auf den Kieseln. Tief liegende Containerschiffe stampften Wellen ans Ufer.

Die Luft war frisch, niemand sprach. Ab und zu überholten sich die Männer gegenseitig, ein anderer setzte sich an die Spitze.

Wie Pelikane oder Wildgänse, ging es Brandl durch den Kopf. Der Weg war frei. Jetzt musste man nicht ständig Spaziergängern mit Hund, Inlineskatern oder Kinderwagen ausweichen. Ab und zu zog einer der Radler seine Trinkflasche aus der Halterung und trank im Fahren.

Brandl hörte ein Windspiel lärmen, als schrie es um sein Leben. Er hatte zwei Bananen eingesteckt, eine holte er kurz hinter Lülsdorf mit einem Griff aus seiner Jackentasche. An der Siegfähre hielten sie an, machten eine Pause, Brandl schälte gemächlich seine zweite Banane, einen Müsliriegel hatte er auch noch dabei.

Und wieder klickten sie sich in die Pedalen ein, die Rückfahrt begann. Jetzt fuhren Brandl und der rot-schwarze Radfahrer nebeneinander. Sie nannten ihn Hausmann, das hatte er zwischendurch mitbekommen. Anscheinend war er schon häufiger mit dieser Gruppe gefahren.

»Meine Frau fährt im Moment nicht«, sagte Hausmann zu Brandl, als sie eine ganze Zeit nebeneinanderher gefahren waren. Sie habe keine Lust mehr, sich so anzustrengen und immer hinter ihm herzuhecheln, habe sie gesagt.

»Ja, Frauen sind schon komisch«, stimmte Brandl grinsend zu, überrascht, dass er so privat wurde. Er schaute auf den Tacho. Sie fuhren fünfundzwanzig Kilometer pro Stunde, guter Schnitt. »Manche bekommst du sogar mit Gedichten rum«, griente Brandl. »Du zitierst was, und schon schnackelt's. Ist dann auch egal, ob die Fahrrad fährt …«

Hausmann schaute Brandl verdutzt an. Im selben Moment knallte es, sein Fahrrad überschlug sich, Glas klirrte. Hausmann flog im hohen Bogen über den Lenker und schlug auf der linken Seite auf. Brandl stieg in die Eisen, stand sofort neben ihm, half ihm beim Aufstehen.

»Meine Brille, Duke«, fluchte Hausmann und sah sich suchend um. »Ich seh nichts ohne Brille.« Brandl fand sie ein paar Schritte weiter im Gras, völlig verbogen zwar, aber das Glas war noch intakt. Hausmann blutete an der Hand, hatte eine breite Schürfwunde im Gesicht und versuchte, die Brille zurechtzubiegen. Sie war so schief, dass er sich sein Halstuch um den Kopf binden musste, damit sie hielt. So konnte er wenigstens etwas sehen.

»Ich hab Schwein gehabt, ich glaub, ich bin nicht richtig mit dem Kopf aufgekommen, hauptsächlich mit dem Oberkörper, dem Bein und der Hand. Meine schöne neue Beleuchtung«, jammerte er auf einmal. »Vor ein paar Tagen habe ich mir eine neue Lampe aufmontiert, die ist hin. Ich bin mit der Hand draufgefallen. Der Poller ist mir plötzlich in den Weg gesprungen«, versuchte Hausmann zu scherzen.

Er stieg aufs Rad, das irgendwie doch noch fuhr, und setzte sich in Bewegung. Brandl kannte das von eigenen Stürzen. Man durfte nicht stehen bleiben, musste einfach fahren, solange der Adrenalinschub noch wirkte, bis nach Hause oder zum Krankenhaus. Hausmann hatte sich bestimmt verletzt, aber wie sollte ein Krankenwagen hier bis ans Rheinufer kommen? Da war es richtig weiterzufahren.

Brandl begleitete ihn, es wurde schon dunkel. Da Hausmann kein Licht hatte, fuhr Brandl voran. Ihm wurde flau im Magen, als er in die Reihenhaussiedlung dirigiert wurde, in der Ulla Wolff wohnte.

Kurz vor deren Haustür quetschte Hausmann hervor: »Da wären wir. Danke.« Das Gesicht war auf der linken Seite zugeschwollen. Er humpelte die letzten Meter und schob das Fahrrad bis zur Haustür. Der Kater sprang aus dem Vorgarten der Nachbarn. Er lief neben Hausmann her und begrüßte ihn.

Ullas Mann! Ein Biker wie ich. Verdammte Hacke!, dachte Brandl, winkte und wandte sich schnell ab. Sein Mund war zu trocken, als dass er irgendetwas hätte rufen können.

Ulla legte ihren Gedichtband widerwillig aus der Hand, als es klingelte. Merkwürdig, hatte Michael mal wieder keinen Schlüssel mitgenommen? Sie lief zur Tür, öffnete und drehte sich sofort wieder um, als sie ihn mit dem Fahrrad vor dem Haus stehen sah.

»Hallo«, sagte sie kurz und saß schon wieder auf dem Sofa. Die Tür blieb offen, keiner kam herein.

»Hallo? Was soll das denn jetzt?« Sie ging noch einmal zur Tür. »Warum kommst du denn nicht rein, Michael? Willst du draußen Wurzeln schlagen?«

Michael stand nur da. Wie sieht der denn aus?, dachte Ulla.

Was soll denn die alberne Verkleidung? Warum hat er das Tuch um den Kopf gebunden? Er versuchte, das Fahrrad in den Flur zu hieven, ihm fehlte jedoch die Kraft. Erst da bemerkte Ulla die Verletzung im Gesicht. Die Brille saß völlig schief. Erschrocken sah sie ihn an.

»Was ist denn geschehen? Hattest du einen Unfall?«

Er nickte nur. Jetzt entdeckte sie auch das Blut an den Fingern, der Arm war aufgeschürft, Glassplitter glitzerten in der Wunde. Michael humpelte ins Wohnzimmer, versuchte seinen Fahrradhandschuh auszuziehen. Das Daumengelenk war dick geschwollen.

»Ich muss erst mal duschen«, sagte er.

»Spinnst du?«, rief Ulla. »Du musst ins Krankenhaus, du bist verletzt, bist du mit dem Rad gestürzt?«

»Ja«, sagte Michael kurz. »Ich habe mich überschlagen, bin in die neue Fahrradlampe gefallen. Ich bin gerade noch bis nach Hause gekommen. Einer aus der Radgruppe hat mich begleitet, weil ich kein Licht mehr habe.«

Ulla holte das Auto, Michael humpelte und konnte kaum noch laufen. Sie fuhr ihn die vierhundert Meter bis zum Porzer Krankenhaus im Urbacher Weg und ließ ihn dort aussteigen. Er hinkte in Richtung Ambulanz, während sie einen Parkplatz suchte.

Ulla rief Elli an, die würde sich um die Kinder kümmern. Michael hatte sich bereits angemeldet. Die Krankenschwester in der Ambulanz kannte Ulla aus dem Kindergarten. Ihr Sohn Paul war in derselben Kindergartengruppe wie Lea gewesen.

»Na, auch mal wieder hier?«, grüßte Schwester Dörte freundlich. Sie war der Lichtblick der Ambulanz. »Welches Kind ist es denn heute?«

Wie oft war sie schon hier gewesen. Jonas hatten sie einen rostigen Nagel aus dem Fuß gezogen, Lea war beim Balancieren auf dem Badewannenrand gestürzt und musste mit Verdacht auf Gehirnerschütterung vier Tage stationär bleiben. Ulla hatte auf einer Liege neben ihrem Bett übernachtet.

Nachdem Dörte die Glassplitter in den offenen Wunden bemerkt hatte, rief sie Michael schnell auf, hatte ihm schon vorher einen Kühlpack in die Hand gedrückt. Trotzdem schwoll die

Hand weiter an. Er konnte den Daumen nicht mehr bewegen. Er war jetzt dick wie eine Bratwurst. Der Arzt zog ihm vorsichtig die Glassplitter aus den Wunden an Hand und Arm und schickte ihn zum Röntgen.

Er hatte Glück gehabt, erfuhr er, alles nur Prellungen, auch die Rippen waren nicht gebrochen. Eine Stunde später waren sie wieder zu Hause.

Die Kinder schliefen schon, als sie aufschloss. Michael tat ihr leid, er stöhnte vor Schmerzen. Aber sie sagte nichts.

Er giftete: »Na, da hast du ja richtig Zeit investiert heute Abend.«

Sie sah ihn nur an.

»Es hätte viel schlimmer kommen können, ich habe richtig Glück gehabt«, versuchte er es noch einmal. »Aber dir scheint das ja egal zu sein.«

»Es ist mir nicht egal, das weißt du genau. Aber dein Gejammer nervt mich einfach nur. Ich gehe jetzt schlafen.« Ulla drehte sich um und lief die Treppe hoch.

Michael stieg langsam hinterher. Ulla spürte, wie traurig er war. Vermutlich fühlte er sich zu wenig beachtet. Aber sie brachte es nicht über sich, ihm etwas vorzuheucheln. Sie machte sich tatsächlich keine großen Sorgen. Er würde es schon überleben.

Ganz im Geheimen dachte sie an Peter, als sie später neben Michael im Bett lag und betete. »Lieber Gott, jetzt wird's aber kompliziert. In der Bibel steht: ›Du sollst nicht ehebrechen‹, ich weiß das.« Aber wenn der eigene Typ ein Blödmann war und die Versuchung in Gestalt eines attraktiven Kommissars vorbeischaute, war die Moral schnell zum Teufel. »Und führe uns nicht in Versuchung, jetzt sprich du, oh Herr.«

34

Ulla erwachte ausgelaugt, als hätte sie die ganze Nacht mit einem Riesenkraken gekämpft. So etwas Ähnliches hatte sie zumindest geträumt. Erst hatte der eine Arm nach ihr gegriffen. Als sie den abgeschlagen hatte, griff der andere zu. Dann war da noch einer und noch einer gefolgt. Selbst Kaffee half nicht. »Kraken stehen für Fallen, tödliche Fallen!«, hatte jemand in ihrem Traum gesagt. War das die Stimme ihrer Mutter gewesen?

Das Telefon schrillte.

»Frau Wolff? Anneliese Berger. Ich, ich bin entlassen. Und … und Giselher kann mich nicht abholen. Hätten Sie vielleicht Zeit?«

Ulla sah den Krakenarm deutlich vor sich. »Ja, sicher geht das, Frau Berger, ich komme gleich.« Sie atmete tief durch.

»Das ist so furchtbar nett von Ihnen, Frau Wolff, wie kann ich Ihnen das wohl jemals wiedergutmachen?«

Anneliese Berger lächelte Ulla dankbar an. »Ich bin ja so froh, dass ich da raus bin, das glauben Sie mir nicht!«

»Doch, doch, Frau Berger, das kann ich sehr wohl nachvollziehen.« Ullas Hände hielten das Lenkrad fest umschlossen. »Was sagen denn die Ärzte?«

»Was sollen die denn sagen?«

»Na ja, wie es jetzt weitergehen soll.«

»Weitergehen?« Anneliese Berger hatte ihre speckige Reisetasche auf dem Schoß und umklammerte die Henkel. Sie saß hölzern da und lehnte sich nicht an.

»Sie müssen doch bestimmt weiter die Medikamente nehmen, nicht wahr?«

»Ja, sicher das. Und die haben auch was von Therapie gesagt. Ich in meinem Alter, als wenn das noch was nützen würde.« Sie schnaubte laut.

»Dafür ist es doch nie zu spät, Frau Berger. Und nach all dem, was Sie mir so erzählt haben …«

»Was hab ich denn erzählt?«

»Na, von Ihrer Mutter und wie schwierig sie war. Wissen Sie, als ich bei Ihnen zu Hause war. Herr Langer kam auch hinzu. Die Sache mit dem Nachttopf …« Ulla sah wieder dicke, furchige Krakenarme vor ihrem inneren Auge und schüttelte den Kopf. Damit löste das Bild sich auf.

»Der Nachttopf.« Ihr Lachen klirrte wie Scherben, die auf ein Blechdach fielen. »Da hilft keine Therapie. Da hilft nix. Gut, dass sie tot ist. Gut so! Das ist die beste Therapie. Dass ihre Augen für immer zu sind, wenn du zudrückst. Dass sie endlich den Mund hält. Das ist das Allerbeste!« Sie nickte nachdrücklich.

Ein Krakenarm legte sich um Ullas Hals, der andere blähte sich in ihrem Magen auf. Gleich würde sie ersticken oder zerplatzen. Hatte es Anneliese Berger doch getan? Ulla sog ruckartig Luft ein und stieß sie wieder aus.

»Frau Berger«, sagte sie leise, »haben Sie … Sie haben … Ihre Mutter …«

Anneliese Berger schlug sich die Hand vor den Mund und drehte ihr Gesicht Ulla zu. Mit ausdruckslosen Augen sagte sie: »Ich krieg Medikamente. Ich weiß gar nicht, was ich so rede. Das klappt alles nicht so richtig hier oben.« Sie tippte sich mit dem Zeigefinger gegen die Stirn.

Ullas Hände zitterten leicht. Sie umfasste das Lenkrad noch fester.

Anneliese Berger strich ihr beruhigend über das rechte Bein. »Sie brauchen keine Angst zu haben, Frau Wolff. Ich tu Ihnen nix. Sie sind eine liebe Frau. Da sind wir ja schon. Da steht auch der Hans und wartet auf mich.« Sie blickte Ulla kurz an, ihre Augen verengten sich. »Danke fürs Bringen und bis demnächst.«

Hatte ihre Stimme drohend geklungen? Ulla hätte es nicht sagen können. Sie versuchte, während der Fahrt eine SMS an Peter zu schreiben, aber das Handy fiel ihr aus der Hand und rutschte unter den Beifahrersitz. Sie würde ihn von zu Hause aus anrufen.

Zärtlich gleiten meine Finger in den weichen Lederhandschuhen die Schlinge entlang. Das Material, die Beschaffenheit kann ich nur erahnen. Ich weiß, die Schlinge ist perfekt. Der Knoten ist perfekt.

Noch einmal tasten meine Finger um die Schlinge herum, befühlen den Knoten, zupfen leicht daran und ziehen dann ein wenig stärker. Alles ist vollkommen, wie immer.

Ich spüre die Freude, Erregung in mir aufsteigen. Ich weiß genau, was ich tun werde, was zu tun ist. Die Schlinge ist ein Symbol der Unendlichkeit, die absolute Perfektion. Die Entscheidung über Leben und Tod liegt in meiner Hand. Die Schlinge macht mich mächtig, allmächtig.

Das Wissen, mächtiger zu sein als alle anderen, klüger und unerreichbar, durchströmt mich glühend. Nichts kommt dem gleich.

Ich nehme eine Zigarette auf, inhaliere den Rauch tief und atme ihn genussvoll wieder aus. Dann lege ich die Zigarette wieder ab.

Ich rauche nur zu besonderen Anlässen. Heute ist wieder so ein Anlass. Ich spüre die freudige Erregung, die Vorfreude auf das, was kommen wird.

Ich bin ein Genießer. Ich genieße meine Macht.

Ihr Mann schlief wohl immer noch tief und fest, als Ulla nach Hause kam. Zumindest war weit und breit kein Michael zu sehen. Sie wählte Brandls Nummer, doch er hob nicht ab. Sie versuchte es noch einmal. Nichts. Auch auf dem Handy hatte sie keinen Erfolg.

»*The number you have dialled is temporarily not available. The number …*« Wahrscheinlich war er im Funkloch unterwegs.

Ulla notierte seine Büronummer auf einem hellblauen Klebezettel, schrieb darunter: »Achtung: Anneliese Berger«, und lief durch den Garten zu Elli. Sie war nicht da. Wahrscheinlich einkaufen. Ulla pappte den Zettel bei Elli von außen an den Wintergarten. Dann lief sie ins Haus zurück, schnappte ihre Tasche, ließ die Haustür ins Schloss fallen und eilte wieder zum Auto.

Wo war nur das verflixte Handy? »Ulla, jetzt fängst du schon an zu fluchen«, sagte sie tadelnd. Es war doch unter den Sitz gerutscht? Es war weder zu sehen noch zu ertasten, aber es konnte doch nicht weg sein! Ulla lag auf den Knien und befühlte jede Unebenheit, jede Ritze, jede Vertiefung. Nichts. Am besten ging sie zum Haus zurück, wählte die Handynummer an und ließ einfach klingeln. Dann würde sie es schon finden …

»Frau Wolff?« Giselher Berger lehnte an Ullas Auto.

Sie kroch heraus, klopfte ihre Hose ab. Was wollte der denn? In ihrem Kopf kreisten die Gedanken. Ob Peter sehen würde, dass sie angerufen hatte? Wann würde Elli wohl nach Hause kommen und den Zettel finden?

»Guten Tag, Herr Berger. Wollten Sie etwa zu mir?« Sie lächelte ihn freundlich an. Ein Mann, der Gedichte schrieb. So etwas traf frau selten.

»Ja sicher, Frau Wolff.« Sein Lächeln kam Ulla heute unnatürlich, seine Stimme manieriert vor. »Ich bin gerade auf dem Weg zu meiner Mutter, da wollte ich mich persönlich bei Ihnen bedanken, dass Sie sich ihrer angenommen haben!« Er zog dunkelbraune, weiche Lederhandschuhe aus der Anzugjacke.

»Kühl heute, nicht? Dieser dumme Temperatursturz. Hätten Sie vielleicht noch ein wenig Zeit für mich? Ich würde gern mit Ihnen etwas besprechen.«

»Ich müsste noch etwas in der Kirche erledigen …«, erwiderte Ulla ausweichend.

»Kein Problem, ich begleite Sie gerne!« Sein Blick erinnerte sie plötzlich an die Schlange Kaa aus dem Dschungelbuch. Das hatte sie mit Lea so oft angeschaut. »Glaub an miiiich, vertraue miiiir …« So hatte die Schlange den kleinen Mogli hypnotisiert.

Berger machte ihr Angst. Wenn doch nur einer der Nachbarn herauskäme, am besten sollte Elli endlich vom Einkaufen zurückkommen. Dann könnte sie vielleicht ein Gespräch anfangen und sich Giselher auf dezente Weise entziehen. Aber keine Menschenseele zeigte sich. Sie hörte, wie die Straßenbahn der Linie 7 an der Haltestelle Ensen Kloster hielt. Aber die Türen öffneten sich nicht. Niemand stieg ein oder aus. Alle waren beschäftigt, mit ihrer Arbeit, der Schule oder beim Tennisspielen, Yoga oder Einkaufen. Oder sie schliefen …

»Wir fahren mit meinem Wagen.« Berger hakte sich bei Ulla unter und umklammerte eisenhart ihren Unterarm. Wieder erinnerte sie sich an den Krakenarm, der sich um sie geschlungen hatte.

35

Brandl hatte die Dienstbesprechung mal wieder hinter sich. Es hatte gute Neuigkeiten gegeben. Sörgens war wiederaufgetaucht. Er war unerwartet völlig verdreckt und nach Schnaps stinkend in die Klinik gestürmt. An der Tür der Geschlossenen hatte er Sturm geklingelt. Er war außer sich:

»Lasst mich rein, sonst passiert hier was! Ich habe ein Messer. Ich stech alle ab, die mich nicht reinlassen, oder schneid mir selbst die Kehle durch. Ihr müsst mich reinlassen …«, hatte Sörgens geschrien und mit einem alten Brotmesser herumgefuchtelt.

Mit aufgebrachten Patienten kannten sie sich im Alexianer aus. Die Pfleger und Ärzte hatten ganz professionell reagiert. Sie schlossen die Tür auf, zogen ihn in die Abteilung, entwanden ihm dabei geschickt das Messer. Fertig. Gelernt ist gelernt, hatten sie berichtet. Dann hatten sie ihm erst einmal eine Beruhigungsspritze verpasst und den Mann unter die Dusche gestellt. Er hatte gemüffelt wie ein Skunk. Pia, die ihn dann später verhört hatte, saß er dann in sauberen Sachen und ruhig gestellt gegenüber.

Er war völlig fertig. Pia bekam weder aus ihm heraus, warum und wie er abgehauen war, noch, was er in der Zwischenzeit gemacht hatte. Er schien vergessen zu haben, dass er überhaupt weg gewesen war.

Die Ärzte hatten versichert, er würde kein zweites Mal entweichen. Ganz bestimmt. Und sobald sie etwas von ihm hörten, was Sinn ergäbe, würden sie sich sofort melden.

Das Alexianer. Porz-Ensen. Ulla. Das war die Reihenfolge, in der Brandls Gedanken verliefen. Schon war er wieder bei Ulla angekommen. Und jetzt kannte er auch Michael, den Hausmann. Ein Biker, so wie er. Total übel konnte der gar nicht sein. Eigentlich. Ob er Ulla sagen sollte, dass er ihn kannte? Vielleicht ergab sich ja eine Möglichkeit, wenn sie das nächste Mal bei ihm war. In seinem Bett lag. »Ach, übrigens, ich hab letztens deinen Mann kennengelernt. Der fährt ein tolles Rad.« Quatsch! Das tat doch nichts zur Sache. Am besten, er mischte sich da überhaupt nicht ein. Michael war Ullas Problem, nicht seins. Von Beziehung hatten sie nie gesprochen. Obwohl, wenn er ganz ehrlich war ... Bei ihr konnte er schon mal darüber nachdenken. Natürlich so ganz unverbindlich, klar. Aber nur mal angenommen, sie wäre jetzt nicht verheiratet ...

Sein Telefon klingelte.

»Polizeiwache Porz, Volkmann am Apparat. Herr Kommissar, ich habe den Nachbarn Kunze aus der Hohe Straße in Ensen doch endlich angetroffen. Er war am Morgen nach der Tat ganz früh nach Thailand geflogen. Er gab an, am Mordtag nur bekannte Gesichter im Haus gesehen zu haben.«

»Geht es auch ein bisschen ausführlicher?« Dieser Frischling war einfach nur anstrengend, fand Brandl.

»Er sagt, die Tochter wäre da gewesen. Die käme zwar sonst donnerstags, aber wenn etwas zu erledigen wäre, stünde sie auch zwischendurch auf der Matte. Und der Enkel wäre später noch da gewesen und hätte was für seine Oma erledigt. Der wäre ja immer so hilfsbereit und aufmerksam, wusste Herr Kunze noch zu berichten. Und dass die alte Frau Berger richtig froh sein könnte, so einen Enkel zu haben.«

Das war ja mal was ganz Neues! Beide Bergers waren am Tattag bei Franziska Berger in der Hohe Straße gewesen? Das würden sie ihm erklären müssen. Dann konnte ihm Giselher auch gleich sagen, wie Faserspuren, die von einem seiner Anzüge stammen könnten, gleich an zwei Porzer Tatorten aufgetaucht waren. So viele Zufälle konnte es gar nicht geben. Brandl bedankte sich überschwänglich, legte auf und versuchte es erneut bei Giselher Berger. Nichts. In dem Moment meldeten sich die Rodenkirchener Kollegen, die Brandl um Unterstützung gebeten hatte, und berichteten, sie hätten Giselher Berger, trotz mehrfacher Versuche, nicht in seiner Wohnung angetroffen.

Als sich Brandl mit den Frankfurter Kollegen in Verbindung setzte, erfuhr er, dass ihnen von Bergers Vorgesetzten gesagt worden war, Berger sei seit zwei Wochen nicht mehr an der Börse erschienen. Sie gingen davon aus, er mache Urlaub.

Es kostete Brandl zwei Telefonate. Eines mit seinem Chef Hajo Heinrichs und das zweite mit Staatsanwalt Meyer. Dann war

Berger zur Fahndung ausgeschrieben, und Pia machte sich mit Krüger auf den Weg zu Anneliese Berger.

Brandl sah auf dem Display, dass Ulla angerufen hatte, und drückte die Rückruftaste. Zu Hause ging keiner ans Telefon, und ihr Handy klingelte und klingelte. Keine Antwort, auch die Mailbox schaltete sich nicht ein. Er wühlte in seiner Jackentasche nach dem Zettelchen, auf dem Ulla ihm bei ihrem letzten Treffen die Telefonnummer ihrer Freundin notiert hatte.

»Für alle Fälle«, hatte sie gesagt und gegrinst. »Falls du mal Sehnsucht kriegst.«

»Ich habe gerade die Tür aufgeschlossen, komme eben vom Einkaufen«, sagte Elli atemlos. Brandl hatte schon auflegen wollen. Elli klang etwas überrascht, dass er sie anrief. Wusste sie etwas von Ulla und ihm?

»Ist was passiert?«, fragte sie jetzt ängstlich.

»Nein, ich wollte sie nur etwas fragen«, improvisierte Brandl.

Nein, Elli hatte Ulla nicht gesehen. Aber sie hatte einiges zur Forensik zu erzählen, regte sich richtig auf, dass die Leute nach wie vor nur die Patienten aus der Psychiatrie für die Porzer Morde verantwortlich machten. Und sich ausmalten, was passieren würde, wenn erst die richtigen Straftäter aus der Forensik in Porz ihre Runden drehten.

Während Brandl ihr zuhörte und ab und zu mal mit einem »Mmh« zeigte, dass er noch am Apparat war, kramte er in seinem Ablagekorb herum. Ihm war klar, dass Elli etwas von ihm hören wollte. Da sie aber nicht fragte, ließ er sie zappeln und sagte nichts.

Das Faxgerät tickerte. Das Gutachten zu dem Zettel, der in Franziska Bergers Mund gesteckt hatte. Na, schnell waren die nicht gerade! Brandl nahm das Blatt hoch und las neugierig, während er weiter den Hörer ans Ohr presste.

Eine emotional lebendige, im Umgang geschmeidige und auch auf Selbstdarstellung bedachte Persönlichkeit. Der Schreiber oder die Schreiberin war aufgeschlossen und kommunikativ, doch auch unverbindlich. Er oder sie ließ andere nicht zu nahe an sich heran.

Brandl erinnerte sich nicht daran, ein Horoskop bestellt zu haben. Was hatten die denn noch alles in dem einen Satz gelesen? Waren die vom Orakel, oder was? Es ging noch weiter.

Das breite intellektuelle Spektrum ermöglichte, sich überall schnell ein Bild zu verschaffen. Begeisterungsvermögen, Spontaneität und Experimentierfreude sowie eine Spur Betriebsamkeit ließen auf eine jüngere Mentalität schließen. Gleichzeitig bestand ein Hang zu Theatralik. Klares zerstörerisches Potenzial.

Das war eindeutig. Brandl legte das Fax auf den Tisch und wühlte mit der freien Hand weiter im Ablagekorb. Mit einem Ruck fischte er Ullas Zeichnung aus dem Stapel, der noch auf eine Bearbeitung wartete. Brandl betrachtete sie einen Augenblick lang und pfiff laut durch die Zähne. Der Mann mit den kleinen Ohren! Elli verstummte sofort.

»Ich muss jetzt Schluss machen«, blaffte er unhöflich in den Hörer und wollte auflegen. Verdammt noch mal! Ich Idiot!, dachte er. Er musste sofort nach Porz.

»Moment noch«, hörte er Elli sagen. »Da klebt ein Zettel an meinem Wintergarten, ich geh mal dahin. Der kann nur von Ulla sein. Das ist ihre Schrift. Moment mal. Hier steht eine Kölner Telefonnummer drauf.«

Sie las Brandl dessen eigene Büronummer vor. »›Achtung: Anneliese Berger‹, steht da noch. Mehr hat sie nicht draufgeschrieben. Sagt Ihnen das was?«

Brandl zögerte einen Moment. Anneliese Berger? Was hatte sie damit gemeint? Die Bergers steckten sicher unter einer Decke. Er musste Ulla finden …

Auf dem Flur lief er Gruber in die Arme.

»Zu dir wollte ich gerade, Brandl. Der Erwin hat mir erzählt, dass sie in der Mordsache Simmler/Franzen im Haus Monika Faserspuren von teurem Tuchstoff gefunden haben. Marke Brioni. Der Giselher Berger hatte doch so einen bei Befragung an. Die sind superteuer, aber so was von genial!« Gruber seufzte.

Brandl rannte los.

Berger steht über Ulla, die Hände an ihrem Hals, sein Lachen klingt schrill. Ulla windet sich, ihr Atem geht in kurzen schnellen Stößen. Anneliese Berger steht daneben, feuert ihren Sohn an: »Mach sie alle, die Schlampe, es reicht jetzt.« Ulla wiederholt immer wieder einen Namen: »Peter«, röchelt sie. »Peter!«

Berger drückt fester zu, bis sie kein Wort mehr bilden kann, nicht mehr nach Luft ringt und in sich zusammensackt.

Brandl gab Gas, raste durch Poll nach Westhoven. Wo würde so ein krankes Gehirn den nächsten Mord inszenieren? Franziska Berger war zu Hause ermordet, dann im Gewerbegebiet verstümmelt und am Rhein aufgehängt worden. Sabine Simmler und Helene Franzen wurden im Haus Monika umgebracht. Auch das Zuhause einer der beiden. Ulla war aber nicht zu Hause. Vielleicht vermutete Berger, die Kirche sei ihr Zuhause.

Er sprang vor Ullas Kirche aus dem Auto. Er machte sich nicht die Mühe abzusperren. Vor einer Kirche klaute keiner.

In Sekunden war er an der Eingangstür. Sie war nur angelehnt. Brandl schob sie leise auf und lehnte sie genauso leise wieder an. Im Vorraum war niemand. Die Tür zum Pfarrgarten stand weit offen. Draußen zwitscherten irgendwelche Vögel.

Da, da sprach jemand, leise, aber deutlich in der Kirche. Brandl zog die Dienstwaffe und drückte vorsichtig die Tür zum Kirchenraum auf. Hinten in der Kirche, hinter dem Altar, zeichneten sich zwei Schatten ab, dicht nebeneinander.

»Hände hoch, Polizei!«

Eine Frauenstimme kreischte: »Um Himmels willen, wer sind Sie?« Die Schatten traten mit erhobenen Händen näher.

Brandl ließ die Waffe sinken. »Wo ist Frau Wolff?« Seine Stimme war dunkel vor Wut.

»Das hier ist Pfarrer Fuhrmann, ich bin Frau Maß«, sagte die Frau mit zitternder Stimme. »Sie haben uns vielleicht erschreckt. Was ist denn los? Wir besprechen gerade die Reparatur der vorderen Stuhlreihe. Frau Wolff ist nicht mehr hier. Sie war heute Morgen da, hat jetzt aber einen Termin.«

»Wissen Sie, wo?« Brandl stand schon in der Tür.

»Ich glaube, es ging noch mal um die Wohnungsauflösung von Frau Berger in der Hohe Straße, soll ich Ihnen erklären …«

»Danke, ich weiß Bescheid.« Brandl rannte aus der Kirche, sprang ins Auto und raste los. Ausgerechnet jetzt senkte sich auch noch die Schranke an der Bahnhaltestelle. Brandl wutschte noch gerade untendurch.

36

Berger hatte Ullas Hände auf ihrem Rücken gefesselt. Verkrampft saß sie in Franziska Bergers Wohnzimmer auf einem der schweren Eichenstühle, mit einer Schlinge um den Hals. Die Plastikkanten des Einmalbinders schnitten ihr in die Handgelenke, auch wenn sie ganz stillhielt.

Sie fragte sich, warum Berger sie hierhergebracht hatte, ausgerechnet in die Wohnung seiner Großmutter. Hatte er sie doch umgebracht? Und kam jetzt mit ihr an den Ort seiner Tat zurück? Aber was war dann mit Anneliese? Sie hatte ihr doch den Mord an ihrer Mutter gestanden. Fieberhaft überlegte sie, wie sie hier herauskommen konnte.

Die Vorhänge waren zurückgezogen. Der Himmel war hellblau mit kleinen weißen Tupfen, fast ein Sommerhimmel. Die Sonne spiegelte sich auf den Schaumkronen. Der Rhein war aufgewühlt. Das zeigte, dass es windig war. Die Baumwipfel des Waldstückes auf der gegenüberliegenden Rheinseite wurden heftig gerüttelt.

Berger hatte ihr einen Knebel in den Mund gesteckt, damit sie nicht schrie. Aber hier würde sie sowieso keiner hören. Die schwerhörige Nachbarin von Franziska Berger hatte ihren Fernseher wieder auf volle Lautstärke geschaltet. »Alisa – Folge deinem Herzen« lief gerade. Sie hatte das Eingangslied wiedererkannt und vorhin ganz deutlich: »Was bisher geschah ...« So fing diese Sendung immer an.

Ulla versuchte, Giselher Berger mit den Augen zu bedeuten, er solle ihr den Knebel abnehmen. Sie sah ihn flehend an. Irgendwie musste sie mit ihm reden. Er betrachtete sie unbeteiligt, in Gedanken versunken. Ulla fragte sich verzweifelt, was er mit ihr vorhatte.

Ulla fiel der Anfang eines Gebets von Norbert Copray ein, das sie kürzlich in einer Zeitschrift gefunden hatte. Sie hatte es auswendig gelernt, weil es ihr so gut gefiel. Sie hatte es den Konfirmanden kürzlich vorgestellt und mit ihnen darüber gesprochen:

»›Lasst uns den Tag beginnen, in der Gewissheit, gehalten und geborgen zu sein in einer Liebe, die uns nicht schützt vor allen Risiken und Schäden, vor Leid und Sterben, doch uns trägt.‹«

Die uns trägt … Na, hoffentlich. Herr Jesus, jetzt mach du, ich weiß nicht weiter, dachte sie verzweifelt.

Giselher stand langsam auf. Er nahm ihr mit seinen behandschuhten Händen den Knebel ab. »Es ist ja so laut hier, besser kann es gar nicht sein«, grinste er. »Und Sie werden schön brav sein und leise sprechen, sonst setzt es was, klar?«

Wo konnte Ulla anknüpfen? Sie musste ihn irgendwie in ein Gespräch verwickeln, Zeit gewinnen … Er hatte eben eine Schachtel Zigaretten auf den Tisch gelegt, sich aber keine angezündet.

»Das Gedicht, das Sie auf der Beerdigung vorgelesen haben, war das eigentlich von Ihnen?«

Berger räusperte sich. Er sah geschmeichelt aus. »Eine kleine Leidenschaft von mir, ich schreibe gern und viel und, soweit ich das selbst beurteilen kann, auch ausgesprochen gut. Interessieren Sie sich für Poesie, Frau Wolff?«

»Ja, doch. Zumindest versteh ich so viel davon, dass ich weiß, dass das Gedicht nicht von Ihnen, sondern von Georg Trakl ist. Es kam mir nämlich bekannt vor, da hab ich nachgeschlagen …« Ulla biss sich auf die Lippen, sie wusste, das war ein Fehler. Sie hätte ihn nicht so angehen dürfen. Warum konnte sie nicht die Klappe halten? Ihr Magen krampfte.

Bergers Gesicht glühte. Er sprang auf, näherte sich Ulla mit schnellen Schritten und schlug ihr fest mit der flachen Hand auf den Mund. »So vorlaut, die kleine Pastorin, so neugierig und so vorlaut!«, zischte er, strich die Handschuhe glatt und setzte sich wieder in den Sessel, ihr direkt gegenüber.

Ulla schossen Tränen in die Augen. Ihre Lippen schmerzten, sie spürte, wie der Mund langsam anschwoll.

»Bitte, Herr Berger.« Die Haut um Ullas Mund spannte, sie atmete schnell. »Was Ihre Mutter getan hat, geht mich wirklich nichts an, Sie haben recht. Aber was hat das denn mit Ihnen zu tun? Sie haben doch mit der ganzen Sache nichts zu tun. Ihnen kann man doch nicht die Tat Ihrer Mutter anlasten. Lassen Sie mich gehen, bitte! Bald wird man mich vermissen und suchen. Ihrer Mutter wird doch nichts geschehen, sie ist krank. Man wird sie in ein Krankenhaus bringen.«

»Sie kapieren ja wohl überhaupt nichts. Ach ja, die schlaue Frau Pfarrerin. Mischt sich in alles ein, was sie nichts angeht. Stellt Fragen, die die Welt nicht braucht, und bekommt Antworten, die sie selber nicht versteht ...« Er fixierte sie wie eine Beute.

Ulla setzte sich so gerade, wie sie konnte. »Herr Berger, bitte, dann erklären Sie es mir doch. Ich verstehe es wirklich nicht. Seien Sie doch vernünftig. Ich weiß, Ihre Mutter hat das getan. Sie hat es mir selbst gesagt, Herr Berger! Aber sie ist krank, das wissen wir doch beide. Deshalb müssen Sie sich doch nicht unglücklich machen ...« Sie hörte selbst, wie flehend ihre Stimme klang. Fast schämte sie sich dafür.

»Ich unglücklich? Das lassen Sie mal meine Sorge sein, heilige Johanna der Schlachthöfe. Weiß der Teufel, was meine Mutter wieder gesagt hat! Wir wissen doch beide, liebe Frau Wolff, wie verwirrt die Frau ist. Ihre neuen Tabletten sind noch nicht richtig eingestellt, da redet sie noch dümmeres Zeug als vorher.« Ihr fiel auf, dass er das Gleiche sagte wie seine Mutter vorher, als sie gemerkt hatte, dass sie sich verplappert hatte.

»Hat Ihre Mutter Sie angerufen, weil sie Angst hatte, ich sage etwas weiter? Ich stehe doch als Pfarrerin unter einem Schweigegebot. Da braucht sie sich keine Sorgen zu machen.«

Berger stand blitzschnell hinter ihr, griff fest in ihre Haare und riss ihr mit roher Gewalt den Kopf in den Nacken. Sie hatte das Gefühl, er risse ihr die Haare aus dem Kopf. Der Schmerz pulste in jede Region ihres Körpers, bis in die Fuß- und Fingerspitzen. Tränen schossen ihr in die Augen, sie hatte das Gefühl, keine Luft zu bekommen. Sie stöhnte laut.

»Schnauze. Frauen reden alle immer nur dummes Zeug.« Er ließ wieder etwas locker, wickelte dicke Strähnen um seine Hände. »Und Sie reden und reden. Besonders, wenn sie Angst haben. Sie haben doch Angst, Frau Wolff?«

Sein Gesicht war jetzt direkt über Ullas. Sie konnte seinen Atem riechen, sein Aftershave, das ein wenig nach Holz und Mandarine roch. Sie starrte auf seine faltenlose Stirn mit den in Form gezupften Augenbrauen. Schweiß rann ihr den Rücken hinunter, ihr Puls raste. Sie bemühte sich, ruhig und gleichmäßig zu atmen. Ruhig und gleichmäßig.

»Es gibt auch Frauen, denen gefällt ein wenig Härte. Gehören Sie dazu?«

Ulla versuchte, den Kopf zu schütteln, aber Bergers Hände krallten sich noch fester in ihre Haare. »Nein«, flüsterte sie.

»Das ist aber schade, wir hätten so viel Spaß haben können miteinander.« Er seufzte theatralisch. »Schau mal, Süße, mein neuestes Spielzeug.« Er nahm die rechte Hand aus ihren Haaren und hatte plötzlich ein langes Messer in der Hand, dessen Spitze er unterhalb ihres linken Ohrläppchens ansetzte und in einem großen Bogen langsam über ihren Hals bis zum anderen Ohr wandern ließ. Mit der linken Hand zog er den Kopf nach hinten.

»Wie läuft es denn so im Ehebett?«

»Ganz normal.« Ulla bemühte sich, gleichmütig zu sprechen. Sie wollte ihn um Himmels Willen nicht wieder reizen. In ihrem Nacken und im Kopf hämmerte der Schmerz. Ihr Mund war so trocken, dass ihr das Schlucken unmöglich war. Sie spürte die Messerspitze an ihrem Hals.

»Bitte, Herr Berger.« Ullas Stimme klang rau und fremd. »Ich verstehe, dass Sie sich für Ihre Mutter einsetzen möchten. Aber ich werde sowieso nichts unternehmen, was ihr irgendwie schaden könnte. Glauben Sie mir. Sie können mir vertrauen, erzählen Sie mir doch, warum Sie so böse auf mich sind ...«

»Böse? Böse auf Sie?« Berger nahm behutsam die linke Hand aus ihrem Haar.

Ulla atmete so tief ein, wie sie konnte, und ließ die Luft langsam aus sich herausfließen. Dann bewegte sie vorsichtig Kopf und Schultern. Ihre Hände fühlten sich taub an.

»Ich bin böse auf Sie, wenn Sie mir Schwierigkeiten machen. Ich mag das nicht, wenn Frauen frech werden.«

»Ich verspreche Ihnen, ich mach keine Schwierigkeiten. Sie können mich ruhig gehen lassen. Keine Sorge!« Das hatte überzeugend klingen sollen, aber Ulla meinte, ihre Stimme hörte sich an, als würde ein Kind betteln. Womit konnte sie ihn nur überzeugen?

Der Fernseher nebenan schwieg einen Moment. Vom Radweg draußen waren eine Fahrradklingel und heiseres Hundegebell zu hören. Eine Männerstimme schrie irgendetwas von »Scheißköter« und »Aufpassen«. In einer Wohnung übte jemand Klavier. Ulla erkannte Beethovens Mondscheinsonate.

Sollte sie einfach um Hilfe schreien? Was würde er dann tun? Ihr die Kehle durchschneiden? Mitten in ihre Überlegungen hinein ging der Fernseher wieder an. Chance verpasst.

»Sie wollen also, dass ich Ihnen vertraue? Was hätte ich denn davon?« Schlich sich da eine leise Verunsicherung in seinen abgeklärten Ausdruck ein?

»Seelenfrieden vielleicht.« Ulla ging aufs Ganze. »›Um Mitmensch zu werden und Mensch zu bleiben‹«, zitierte sie Copray. »Nicht nur für uns selbst, sondern für alle, die Liebe brauchen zum Leben, so wie wir, und nichts spüren und wissen von dieser umgreifenden Liebe, die letztlich alles zum Besten bringt, auch gegen den jetzigen Augenschein.«

Giselher Berger betrachtete sie nachdenklich. Ulla konnte seinen Gesichtsausdruck nicht deuten. Er stand jetzt vor ihr, hielt das Messer in der Rechten und ließ es unschlüssig mit der flachen Klinge in die offene Handfläche der anderen Hand klopfen. Dann grinste er.

»Von dieser umgreifenden Liebe, die letztlich alles zum Besten bringt, auch gegen den jetzigen Augenschein … So, so …«

37

Auf der Kölner Straße forderte Brandl über Funk dringende Unterstützung an. Was war mit Ulla? Seine Gedanken überschlugen sich. Hohe Straße 17–19. Mit quietschenden Reifen kam er auf dem Gehweg zum Stehen. Die Hauseingangstür war angelehnt, niemand zu sehen. Er spurtete die Treppen hoch, horchte kurz an der Wohnungstür. Er konnte kaum etwas wahrnehmen. Irgendwo lief ein Fernseher in voller Lautstärke. Dann trat Stille ein. Ausgeschaltet wahrscheinlich. Ganz leise und dumpf hörte er eine Frauenstimme.

»Nichts, was Sie interessieren könnte«, quetschte sie gerade hervor. Brandl hielt das Ohr an die Tür.

»Drogen, Alkohol, abnorme sexuelle Phantasien. Ein kleiner Diebstahl im Supermarkt, Lügen, Betrug?«

»Nein«, röchelte die Frau.

»Wie langweilig, du Fotze. Aber das glaub ich dir nicht.«

Die Stimmen wurden undeutlicher. Irgendetwas krachte, und die Frauenstimme wimmerte, wurde leiser, dann schluchzte sie.

Gleich beim ersten Versuch hatte Brandl Erfolg, als er sich mit Anlauf und seinem ganzen Körpergewicht gegen die Tür warf. Das Schloss splitterte krachend aus dem Rahmen, die Tür schwang auf und ließ Brandl stolpernd in die Diele fallen. Sofort rappelte er sich wieder auf und stürzte den Flur entlang direkt ins Wohnzimmer. Berger stand über Ulla gebeugt auf dem Balkon und blickte grinsend hoch.

»Wenn man vom Teufel spricht, Schätzchen. Da ist ja dein Stecher!«

Brandl richtete die Waffe auf Berger. »Nehmen Sie die Hände hoch und kommen Sie ganz langsam hier rüber.«

Berger sah die Schlinge um Ullas Hals nachdenklich an. »Die ist schnell zugezogen, Herr Kommissar.«

»Die Kugel ist schneller, versuch es erst gar nicht!«

»Oh, das könnte ja doch noch ein Happy End geben, Gnädigste.« Feixend richtete sich Giselher Berger auf, ließ jedoch eine

Hand auf Ullas Kopf liegen. »Fast wie in einem romantischen Film, ich könnte etwas Geigenmusik für Sie arrangieren.«

Er streichelte ihr übers Haar, dann packte er blitzschnell zu und zog Ulla mit einem Ruck am Seil zu sich heran, wobei die Schlinge noch enger in Ullas Hals schnitt. In seiner anderen Hand blitzte das Messer, die Spitze direkt auf Ullas Halsschlagader gerichtet.

»So, du blöder Bulle!«, sagte er zischend. »Jetzt machst du mal, was ich sage, sonst ist das Weib tot, ehe du es begriffen hast.«

Ulla röchelte, ihre aufgerissenen Augen schauten Brandl bittend an.

Brandl senkte langsam die Waffe. »Okay, okay«, murrte er und kam sich vor wie einer dieser Fernsehkommissare, die regelmäßig unprofessionell in solche Situationen tappten und ihm damit den Spaß an Fernsehkrimis geraubt hatten.

»Waffe hierher«, befahl Berger knapp.

Brandl kickte sie ihm mit einem Fußtritt zu.

Berger ergriff sie, richtete sie auf Brandl. »So, jetzt hübsch auf den Boden gesetzt, Herr Kommissar. Und Schnauze halten. Und die Pfaffin bleibt schön bei mir.«

Das Messer steckte Berger in sein Jackett, die Pistole war im Augenblick die bessere Wahl. Für genussvolle Messerspiele war nicht der richtige Zeitpunkt.

»Quälen und töten, das ist es, was Sie können, Berger.« Brandl fixierte ihn wütend. Wo blieben bloß die Kollegen?

»Das liegt bei uns in der Familie, Herr Kommissar.« Berger zog an der Schlinge um Ullas Hals und hielt Brandls Blick stand.

Ulla röchelte: »Bitte, bitte nicht!«

»Familientradition also. Wer war denn wofür zuständig?« Brandl saß ganz still, jeden Muskel bis aufs Äußerste angespannt. Er musste Berger am Reden halten; solange er redete, würde er nichts Schlimmeres tun.

»Großmutter war schon richtig gut. Im KZ hat sie einen Spitzenjob gemacht. Danach bei der Kripo auch. Mutter war ein Stümper. Ich hätte der gar nicht zugetraut, dass sie die Alte umbringt. Da gucken Sie, Herr Brandl. Da wären Sie von alleine gar nicht drauf gekommen, was? Die hier!« Er bückte sich jäh und zog Ulla hoch. »Die wusste es. Die hat rumgeschnüffelt und meine bescheuerte Mutter ausgequetscht. Und mich sogar gestört, als ich hier in der Wohnung war und nach der goldenen Taschenuhr von meinem Opa gesucht hab. Die einzige Erinnerung, die es an ihn überhaupt gibt. Die hatte Großmutter mir doch versprochen, und ich wollte nicht, dass Anneliese sie findet und verscherbelt. Noch hatte sie sie nicht gefunden, das hätte sie mir sofort erzählt. Aber Frau Pastorin, Neugier wird bestraft, das musste schon Lots Frau erfahren …«

Ulla starrte vor sich hin, sie war bleich wie ein Geist.

»Machen Sie keinen Unsinn, Berger, das bringt doch jetzt nichts mehr. Wir können über alles reden …«

»Reden wollen sie immer alle. Die Huren, die Edelweißpiraten. Und im Endeffekt wollen sie alle nur Geld. Mieses geldgieriges Pack wie die Simmler. Und meine Großmutter schlechtmachen wollen. Alles Kroppzeug, das vernichtet werden muss. Selbst hier unsere Pfarrerin hat Dreck am Stecken, Sie wissen ja …« Er zwinkerte Brandl verschwörerisch zu. »Haben Sie eigentlich Ihre Hausaufgaben gemacht? Was haben Sie denn so über mich herausgefunden?«

»2004. Eine Prostituierte vom Bonner Straßenstrich – misshandelt und erwürgt. 2005. An der Haltestelle Porz-Markt, Vergewaltigung. 2006. Elsdorf-Esch, eine Bankangestellte bis zur Bewusstlosigkeit gewürgt. 2008. Eine Hausfrau fast zu Tode gequält. Das waren Sie doch? Soll ich weitermachen?«

»Sie waren fleißig, Brandl.« Bergers Stimme klang stolz. »Aber ich wette, Sie haben nur einen Bruchteil rausgefunden. Frauen, die nur danach geschrien haben, ausgenommen und getötet zu werden. Und ich sag Ihnen, manchen hat das Quälen sogar gefallen. Es waren nicht immer nur Frauen, Brandl. Auch Tiere kann man gut quälen. Es gibt immer wieder Menschen, die lassen ihre Pferde einfach draußen auf den Weiden stehen. Aber das kann mir niemand beweisen, niemand. Ich bin einfach zu klug für diese Welt.«

»Ich könnte ja noch verstehen, wenn Sie Ihrer Mutter geholfen hätten, die Leiche unauffällig verschwinden zu lassen«, unterbrach ihn Brandl, »aber warum die Leichenschändung und diese groteske Inszenierung am Rheinufer?«

»Grotesk? Sind Sie etwa nicht darauf hereingefallen, Brandl? Sie haben doch auch geglaubt, es handele sich um einen Racheakt an meiner Großmutter. Dass die Misshandlungen das Spiegelbild ihrer früheren bösen Taten im KZ oder bei der Kripo sein mussten.« Berger triumphierte.

»Wie konnten Sie das denn Ihrer Großmutter antun? Sie haben sie doch geliebt?« Brandl ließ nicht locker. Ulla hörte, dass er das wirklich nicht verstand.

»Lebendig hätte ich ihr das niemals angetan. Da hast du recht, Bulle. Aber sie war tot. Meine bescheuerte Mutter hat sie aus ihrem verdammten Hass raus umgebracht. Und dann hat sie mich angeflennt, ich soll ihr helfen. Meine Großmutter war tot. Aber meine Mutter brauchte mich. Das war ganz neu. Und außerdem konnte ich mein Repertoire abspielen. Sie hat es eh nicht mehr gemerkt.« Berger klang traurig. »Aber mir ist eingefallen, wie wir am besten von uns ablenken können. Das war doch genial.« Er war wirklich davon überzeugt.

»Mutter, was ist passiert?« Am liebsten würde ich sie umbringen. Die alte Vettel hat meine geliebte Großmutter umgebracht? Ich kann es kaum glauben. Zudrücken. Meine Wut ist fast nicht zu kontrollieren.

Sie schaut mich an und fleht: »Bitte, Giselher, du musst mir jetzt helfen. Ich brauch dich.« Sie zittert, und auf einmal tut sie mir leid. Sie tut mir leid! Ich spüre, wie eine nicht gekannte Kraft sich in mir ausbreitet. Das kenne ich sonst nur von ganz anderen Gelegenheiten. Sie braucht mich, ich werde sie retten. Ich allein kann das. Ich bin wichtig für sie. Lebenswichtig. Ich spüre Stolz und eine nie gekannte Zuneigung. Ich mag sie tatsächlich! Ganz zaghaft bemerke ich: Ihre Schwäche macht mich stark. Wie überraschend!

»Mutter, beruhig dich, ich regel das. Du brauchst dich um nichts mehr zu kümmern, geh nach Hause.«

Anneliese schluchzt. Ich lege verkrampft den Arm um sie. Ungewohnt ist das. »Mach dir keine Sorgen, ich helf dir doch.«

Sie schmiegt sich an mich. »Wenn ich dich nicht hätte, Giselher, du bist ein guter Junge. Es lief nicht immer gut mit uns, aber ich weiß, dass ich mich auf dich verlassen kann. Ich hab dich lieb, Giselher.«

Ich atme tief ein und aus. Nach all den Jahren hat sie es gesagt. Ich streichle ihr unbeholfen über das Haar. »Ich bin für dich da, Mutter«, sage ich sanft. »Geh ruhig, alles wird gut.«

Anneliese seufzt. »Du hast recht, Junge, das vergess ich dir nicht!« Sie stellt sich auf die Zehenspitzen und gibt mir verstohlen einen Kuss auf die Wange. Dann löst sie sich aus meinen Armen und dreht sich schnell weg.

Ich räuspere mich mehrmals. »Geh jetzt, Mama.« Ich begleite sie zur Tür. Öffne leise, spähe vorsichtig in den Flur. Der Fernseher lärmt in der Nachbarwohnung. »Ruf den Hans an, der soll dich nach Hause mitnehmen. Ich regel das hier.«

Anneliese schlüpft hinaus, nickt mir zu und eilt mit leisen Schritten die Treppe hinunter.

Zitronenduft steigt mir in die Nase. Ich schließe die Tür, ziehe die Handschuhe und Schuhüberzieher aus der Jackentasche und streife sie über. Mein Blick tastet die Diele ab. Alles wie immer. Dann das Wohnzimmer, auch hier alles wie gehabt. Anneliese hat erzählt, sie wären direkt in die Küche gegangen. Mit wenigen Schritten durchquere ich die Diele. An der Garderobe hängt Omas dunkler Übergangsmantel. Er riecht nach einem Gemisch aus Kölnischwasser und Mottenkugeln. Die gemeinsamen Spaziergänge am Rhein mit ihr fallen mir ein. Ich muss schlucken.

Jetzt nur nicht sentimental werden! Ich habe eine Arbeit zu erledigen. Und die beherrsche ich.

Auf dem Schränkchen stapeln sich die Plastiksäcke, die ich für alle Fälle im Auto habe. Ich kichere und spüre, dass ich traurig bin. Mit so einem Fall habe ich nicht gerechnet.

Bei einer Firma für landwirtschaftlichen Bedarf habe ich die Gewebesäcke ausfindig gemacht. Sie eignen sich optimal für die Beförderung von schweren Gütern, so steht es im Prospekt. Mit einigen schnellen, geschickten Handgriffen entkleide ich sie. Möglichst nicht hinsehen! Ich greife nach einem Sack, streife ihn vorsichtig über ihre Füße und Beine und ziehe ihn weiter hoch. Als nur noch ihr Kopf herausschaut, ziehe ich den Sack mit einem Ruck hoch, und sie gleitet hinein. Ich trage ihn in den Flur. Wie leicht sie ist.

Blut auf den Fliesen und auf einem Küchenstuhlkissen. Ich packe alle Kissen in den nächsten Sack, ein fehlendes Kissen würde eher auffallen, als wenn gar keine da sind. Großmutters Kleidung kommt ebenfalls in den Sack. Dann reiße ich etliche Blätter der Küchenrolle ab und lege sie auf die Blutlache. Ich hocke davor und beobachte, wie das Rot langsam das weiße Papier tränkt.

Ich hole Putzeimer und Wischlappen aus dem Schrank und suche Großmutters Gummihandschuhe. Die liegen doch immer in der Schrankschublade. Beim Aufziehen stellt sich ein Blatt Papier quer. Ich weiß, wie ordentlich meine Großmutter gewesen ist, und greife sofort danach. Neugierig falte ich es auf. Ein Brief, adressiert an meine Großmutter. Zwei Frauen fordern Geld von ihr. Wiedergutmachung für ihre Misshandlungen. Ich lache laut. Großmutter muss auch laut gelacht haben. Sie und eine Schuld sühnen! Ich kann gar nicht aufhören zu lachen. Welche Schuld? Zwanzigtausend Euro. Unterzeichnet ist der Brief von zwei Frauen. Daneben steht eine Telefonnummer. Mechanisch stecke ich den Brief ein. Diese alten Fotzen! Wollten meine Großmutter ausnehmen. Wollten ihr einreden, sie hätte etwas falsch gemacht, wollten sie gar bestrafen. Großmutter hätte bestimmt nicht bezahlt.

Aber die beiden Huren sollen bezahlen für das, was sie Großmutter antun wollten. Sabine und Helene. Da werde ich mich bei Gelegenheit drum kümmern. Drecksweiber. Alles Drecksweiber, außer Großmutter. Und vielleicht ist Anneliese auch nicht ganz schlecht.

Großmutter in den Rhein zu werfen, kommt nicht in Frage. Wasserleichen werden schnell angeschwemmt! Ich werde ihr einen richtigen Abgang bereiten, einen, den Porz nicht vergessen wird. Keiner wird auf mich und meine Mutter kommen. Niemand. Feinde hatte sie ja genug. Darauf ist sie immer stolz gewesen. Dass die Menschen sie hassten, Angst vor ihr hatten, das hat ihr gezeigt, wie wichtig sie ist. Ich kichere wieder. Besonders diese Weicheier von Edelweißpiraten. Die sie beschimpft haben. Das hat sie mir erzählt. Aber nicht den Mumm, irgendetwas gegen sie zu unternehmen. Sie ist zu schlau gewesen, alles verjährt. Die haben doch nur immer wiedergekäut, was sie alles mitgemacht haben. Vor Kurzem war noch so ein Bericht im Radio. Wie einfallsreich und abgebrüht Großmutter gewesen ist, das hat mir imponiert. Ich weiß genau, was zu tun ist. Ich werde es ihnen anhängen.

Ich pfeife, als ich die Küche reinige und sogar den blutverschmierten Mörser mit Chlorreiniger abbürste. Dann stelle ich alles an seinen Platz, entsorge die Putzlappen im Sack und stelle den Reiniger in den Schrank zurück.

Noch einmal in der Küche umgeschaut. Da stehen noch die Kaffeetassen auf dem Tisch. Ich spüle sie im Waschbecken ab und stelle sie in den Schrank. Jetzt ist alles tipptopp. Die Fingerabdrücke an Tisch, Stühlen und Arbeitsplatte muss ich nicht beseitigen. Meine Mutter ist hier oft zu Besuch. Ich hole doch wieder den Reiniger aus dem Schrank und tropfe einige Spritzer davon auf ein Papiertuch. Ich wische damit die Arbeitsplatte ab. Nur für den Fall, dass da noch winzige Blutspritzer sein sollten.

Ich ziehe die Schuhüberzieher aus und stecke sie in die Jackentasche. Ich nehme den zweiten Sack mit in die Diele und stelle ihn neben den anderen. Ich schalte das Licht in allen Räumen aus, öffne die Wohnungstür und lausche ins Treppenhaus. Die Nachbarin schläft wohl schon, alles ist still. Ich stecke den Schlüssel ins Schloss, greife nach den Säcken. Gut, dass Großmutter ein Fliegengewicht ist. Ich ziehe die Tür ins Schloss. Im Haus schlägt eine Tür. Ich lausche. Keine Schritte zu hören, weiter.

Bevor ich das Haus verlasse, stelle ich die Säcke an die Seite. Dann öffne ich die Tür und eile zum Auto. Unterwegs drücke ich die Fernbedienung, und mit einem leisen »Piep-piep« springt die Verriegelung hoch. Die Hand am Kofferraumdeckel blicke ich mich um. Kein Mensch auf der Straße, die Fenster sind dunkel. Ich renne zurück zum Haus, kicke den Türkeil mit dem Fuß weg und nehme die Säcke hoch. Schnell sind sie verstaut, und mit einem satten »Plopp« schließt sich der Deckel.

Ich kenne einen Ort, ganz in der Nähe, im Gewerbegebiet, da werde ich sie unbehelligt vorbereiten können, damit meine Inszenierung am Rhein perfekt wird. Ich kenne den Ort, den habe ich schon einmal für so eine naive Anhalterin genutzt. Die wollte mit mir noch Hamburger essen. Das war's dann gewesen. Ich habe ihr nur mal kurz gezeigt, was ein Mann kann. Dafür ist die Gegend bestens geeignet. Gut, dass ich immer einen Reiserasierer im Auto habe. Die völlig verstörte Anhalterin habe ich damals auch dort bearbeitet und dann am Bonner Verteiler rausgeworfen … Ja, lerne deine Stadt kennen. Ich muss kichern. Ich bin wie immer gut gerüstet. Ein gutes Seil liegt im Kofferraum, meine Zigaretten stecken im Jackett. Und später geht es an den schönen Rhein. Meine Großmutter soll nicht von aller Welt unbemerkt gehen. … Ich bin so gut trainiert, das Fitnessstudio hat sich gelohnt, ich werde alles perfekt ausrichten. Die Leute werden Augen machen …

»Schwein!«, würgte Ulla heraus.

Berger gab ihr eine klatschende Ohrfeige. Ohne Vorwarnung, mitten ins Gesicht. Blut tropfte aus ihrer Nase. Dann hievte er sie unvermittelt auf die Balkonbrüstung. »Frau Pastorin, Sie sitzen auf einem ziemlich hohen Ross, wenn ich das so sagen darf.« Er kicherte. »Sie sind doch keinen Deut besser als ich. Pass mal auf, dass du nicht runterfällst, du Schlampe.«

»Es reicht, Berger, halten Sie die Klappe!«, brüllte Brandl.

Berger drohte mit Brandls Waffe. »Schön still sein, ja?« Dann wandte er sich wieder Ulla zu.

»Sie lügen und betrügen sich selbst, Ihren Mann, Ihre Kinder. Und zwar sehr effektiv. Fragen Sie doch mal Ihre Kinder, wie die das finden, wenn Sie mit dem Kommissar ins Bett steigen, statt brav im Ehebett zu liegen. Frauen sind alle Nutten.« Berger saß jetzt rittlings neben Ulla auf der Brüstung. Die schwankte bedenklich, versuchte, ganz ruhig zu sitzen und das Gleichgewicht zu halten.

Am besten auf einen festen Punkt gucken, das hilft, dachte sie und fixierte das Thermometer, das ihr gegenüber an der Wand hing. Martinshörner von Polizeiwagen waren zu hören, kamen immer näher. Berger sah irritiert auf und zielte auf Brandl.

»Ganz ruhig bleiben, Mann«, versuchte der, Berger zu beschwichtigen.

»Haben Sie etwa den Eindruck, das wär ich nicht?« Bergers Lächeln wirkte jetzt etwas gekünstelt. »Schaun Sie mal, wie ruhig meine Hand ist!« Er streckte seinen Arm mit der Pistole in der Hand in Brandls Richtung.

Das war die richtige Entfernung. Ulla trat mit aller Kraft, zu der sie noch fähig war, zu und traf zielgenau sein Handgelenk. Die Waffe flog in hohem Bogen vom Balkon.

Gleichzeitig sprang Brandl auf, packte Ulla und riss sie von der Brüstung, ehe sie durch die Bewegung das Gleichgewicht verlieren und hinunterstürzen konnte.

Auch Berger versuchte, nach der ersten Schrecksekunde, sie zu erreichen, griff aber ins Leere. Er schwang das zweite Bein über das Geländer und ließ sich mit einem dämonische Lachen nach unten kippen.

Ulla schrie gellend um Hilfe, direkt an Brandls Ohr. Der zuckte nicht mit der Wimper. Er legte die Arme um sie, trug sie ins Wohnzimmer zurück, versuchte, ihre Fesseln zu lösen, dann ging die Tür auf. Uniformierte stürzten in die Wohnung.

»Ich bin Hauptkommissar Brandl, der Täter hat sich nach unten fallen lassen. Auf den Uferweg. Schnell!«

Er rannte sofort los. Die Kollegen folgten ihm. Eine Polizistin blieb bei Ulla. Sie nahm die Schlinge von Ullas Hals und schnitt die Einmalbinder von den Händen. Ulla konnte nicht aufhören zu weinen. Schluchzen schüttelte sie.

Brandl kehrte zusammen mit einem jungen Polizisten mit Dreitagebart zurück. »Den Sturz alleine hätte er vermutlich überlebt«, berichtete er, »wenn da nicht das Messer in seinem Jackett gewesen wäre.«

Brandl setzte sich neben Ulla und nahm sie in den Arm, wiegte sie zärtlich. Ulla schaute hoch. Dann erbrach sie sich auf Brandls Hose.

38

Dr. Krämer gab Ulla die Hand. »So weit nichts Schlimmes, Frau Wolff. Sie werden noch ein paar Tage Nackenschmerzen haben, wir nennen das Schleudertrauma, das passiert sonst bei Auffahrunfällen. Und die Quetschungen an Händen und Hals werden Sie noch einige Zeit mit Blautönen in allen Variationen erfreuen. Ihre Stimme wird sich erholen, schonen Sie sie!« Er zwinkerte ihr zu. »Ansonsten sind Sie topfit. Herz und Kreislauf bestens, man sieht, Sie sind trainiert! Passen Sie in Zukunft besser auf sich auf. Wir bedanken uns für Ihren Besuch in der Unfallambulanz – beehren Sie uns bitte so bald nicht wieder!«

Brandl legte den Arm fest um Ullas Schultern, als sie das Porzer Krankenhaus verließen. Schwester Dörte sah ihnen vielsagend nach und zog die rechte Augenbraue hoch.

»Wohin möchtest du jetzt? Zu mir, zu dir oder auf neutrales Gebiet?« Brandl versuchte zu lächeln.

»Neutrales Gebiet, Urbacher Brauhaus Porz.« Ulla fiel das Sprechen immer noch schwer.

Im Schankraum war wenig los. Eine Handvoll Gäste saßen an der Theke und diskutierten lautstark das Spiel gegen Stuttgart. »Dreimol hätt dä Jomez jetroffe, dreimol! Do hann se all jepennt, dä Vucicevic un dä Radu jenausu!«

Brandl und Ulla setzten sich in die äußerste Ecke, und die Kellnerin brachte zwei Kölsch.

»Und wie geht es dir jetzt?« Brandl hielt Ullas Hand vorsichtig in seiner. Sein Zeigefinger strich zärtlich über den dunklen Striemen am Handgelenk.

»Ich hatte solche Angst, Peter.« Wieder füllten sich ihre Augen mit Tränen.

»Ich auch, um dich.« Brandl räusperte sich. »Übrigens, deine Beinarbeit war spitze, du hast Berger gut erwischt, alle Achtung! Meine Waffe hast du bis zu den Rheinkieseln am Ufer gekickt. Wenn du noch etwas übst, kannst du bald zum FC gehen.«

»Das kommt alles vom Joggen, Herr Kommissar …« Sie bemühte sich, auf seinen Witz einzugehen, aber so ganz gelang es ihr nicht.

»Weißt du, Brandl, Berger hat mir einiges gebeichtet. Ich weiß nicht, ob er sein Gewissen erleichtern oder angeben wollte.«

»Was denn alles?«, wollte Brandl wissen.

»Er hat sein Leben lang gequält und getötet, eine lange Liste an Frauen, keine Ahnung, warum, Brandl. Vielleicht aus Rache. Vielleicht wollte er alle Frauen bestrafen, für das, was er von seiner Mutter nicht bekommen hat. Nur seine Oma, die hat er geliebt. Der hätte er nie was getan. Auf die ließ er nichts kommen, die hat für ihn gesorgt und war für ihn da. Und du hast es ja gehört, erst als seine Mutter seine Oma umgebracht hat, hat er entdeckt, dass er Anneliese was bedeutet und auch er etwas für sie empfindet. Stell dir vor, Franziska Bergers Tod hat dazu geführt, dass Mutter und Sohn sich nah waren. Zum ersten Mal. Furchtbar.«

Brandl nickte.

»Sabine Simmler hat tatsächlich versucht, die Berger zu erpressen. Wahrscheinlich wollte sie irgendeine Form von Wiedergutmachung für ihre alte Mutter erzwingen.« Sie musste wieder würgen.

»Ruhig, Ulla, ruhig.« Er nahm sie in die Arme.

»Das machst du doch nur, damit ich dir nicht wieder auf die Hose kotze!« Sie verzog das Gesicht zu einem gequälten Lächeln.

»Nein«, sagte er ernst. »Du weißt doch, Ulla Wolff, dass ich immer für dich da bin, ja? Weißt du das?«

Sie nickte zaghaft.

Brandl saß am Schreibtisch und schrieb seinen Bericht. Sein Chef wollte gleich auf der Pressekonferenz glänzen und musste vorher genauestens informiert werden.

Der Express hatte schon vorher die passende Schlagzeile parat: *»Zeit der Strafe«*. Der Reporter schrieb ausführlich über Franziska Bergers Nazivergangenheit und zog den Schluss, das eigene Blut habe ihre Vergehen gesühnt.

Brandl schüttelte unwillig den Kopf. Was sollte der Quatsch denn? Anneliese Berger hatte gestanden. Nicht sofort, aber als Pia ihr Giselhers Tod mitteilte, war sie zusammengebrochen. Sie hatte gar nicht aufhören können zu reden.

Wie immer trinken sie Kaffee in der aufgeräumten Küche. Mutter beginnt ihre Litanei. Sie schimpft über die taube Frau Söntgerath und ihren lauten Fernseher. »Die anderen Hausbewohner putzen nie das Treppenhaus.«

Anneliese wartet auf eine günstige Gelegenheit für ihre Bitte. Sie atmet tief ein. »Mutter, schimpf bitte nicht gleich los, aber ich wollte dich um etwas bitten.« Sie muss ein paarmal schnell durchatmen. Ihr Herz schlägt im Hals.

Mutter verschränkt die Arme vor der Brust, unterbricht die Tochter abrupt. »Wenn du Geld brauchst, vergiss es!« Ihre Stimme ist schneidend, eiskalt. »Du kriegst nichts mehr.«

Annelieses Mund ist trocken, sie hustet.

»Wie viel willst du denn heute?«

»Zehntausend Euro, bitte ...«, presst sie heraus. Mutters Lachen klingt metallisch.

Die Mutter steht auf und geht auf und ab. Vom Tisch zum Kühlschrank, vom Kühlschrank zum Tisch. Anneliese knetet ihre Finger, dass die Knöchel knacken.

»Ich bin es so leid, Anneliese. So leid. Du bist ein Versager, Versager auf der ganzen Linie. Du kriegst nichts auf die Reihe. Das einzig Positive, was du je hervorgebracht hast, ist der Giselher, aber da haben sich bestimmt andere Gene durchgesetzt.«

»Ja, deine Gene, Mutter. Der is jenauso kalt und gemein als wie du!«

»›Als wie du‹. Schon allein deine Sprache. Die hast du nicht von mir. Die hast du von deinen Spelunkenfreunden. Lernt man Kölsch sprechen, wenn man genug Kölsch trinkt?« Sie kneift die Lippen zusammen und sieht die Tochter voller Verachtung an.

Anneliese weiß, was jetzt kommt. Die ewige Vorwurfslitanei, die Mutter, seit sie nur denken kann, herunterbetet. Sie hebt die Hand, um sie zu unterbrechen. »Mutter, es wär wirklich wichtig und dringend. Wir brauchen das Geld wirklich. Dem Hans sitzen die Gläubiger so im Nacken, das geht so nicht weiter. Ich muss dem helfen. Der tut so viel für mich!«

»Du und dein Hans, was? Was hast du dir denn diesmal für einen geangelt? Einen, der vor Schulden nicht mehr aus noch ein weiß?«

Jetzt reicht es. Nicht der Hans. Den Hans lässt sie sich nicht schlechtmachen. Er ist das einzig Gute in ihrem Leben. Ihr Lebensretter. Sie spürt, wie sich langsam der ganze alte Hass in ihr aufbaut, der Hass, der sich über Jahrzehnte in ihr angesammelt hat, der sich ausbreitet, zu heißer, nicht mehr aufzuhaltender Wut wird, die sie ganz und gar ausfüllt und ihr den Atem nimmt.

»Er ist ein guter Mann, Mutter. Er hat mir geholfen, mit dem Saufen aufzuhören«, presst sie unterdrückt hervor. »Lass ihn in Ruh.«

Die Mutter schaut sie einem Moment erstaunt an. Sie hört, dass irgendetwas anders ist als sonst. Irgendetwas in Annelieses Stimme. Doch es hält sie nicht davon ab weiterzuhetzen.

»Oh, er hilft dir, mit dem Saufen aufzuhören – dass ich nicht lache!« Mutter wiehert beinahe. »Der hat doch was anderes mit dir vor, der will nur dein, ach nein, mein Geld. Sieh dich doch an – glaubst du, du könntest für einen Mann begehrenswert sein?«

Sie packt die Tochter und zerrt sie vor den kleinen Spiegel hinter der Küchentür. »Guck doch, wie du aussiehst. Verlebt, runtergekommen, die Sauferei und deine Dummheit sieht man dir doch meilenweit an. Der will nur dein Geld. Sobald der seine Schulden los ist, dann ist der weg, da kannst du von ausgehen!«

Anneliese sieht in den Spiegel, sich selbst in die weit aufgerissenen Augen. Sie hat das Gefühl, in einen tiefen Schacht zu stürzen. Da ist niemand zu Hause. Nur ihre Wut, die spürt sie. Die Wut in ihr vibriert bis in die Fingerspitzen. Sie versucht, sich an Hans' Worte zu erinnern. Wortfetzen. ›Vergiss, was war. Du bist liebenswert und ein guter Mensch. Du kannst lieben und wirst geliebt. Von mir.‹

Sie spürt ihre heiße Wut, die sie kaum noch kontrollieren kann. Sie reißt sich von ihrer Mutter los. »Das stimmt nicht. Der Hans ist gut. Der Hans liebt mich!«

Mutter lacht, nennt sie ein »dämliches Miststück«. »Bei dir bleibt doch sowieso keiner!«

»Doch, weil ich mich geändert hab!«, schreit sie und schubst Mutter vor sich her.

»Das schaffst du nicht«, höhnt die. »Du hast keine Willensstärke und auch nicht den Grips dazu!«

Anneliese bleibt wie betäubt stehen. Als die Mutter sie »Hure« und »verkommenes Stück« nennt, ist es, als würde ein Schalter in ihrem Inneren umgelegt. Plötzlich ist sie ganz ruhig.

Die Schläge, die Tritte, das hassverzerrte Gesicht ihrer Mutter, immer und immer wieder, jahrelang, ihr eigener aufgestauter Hass.

Mutter dreht ihr den Rücken zu, will nicht mehr mit ihr sprechen.

Sie hält sich an der Arbeitsplatte fest und berührt den massiven Keramikmörser auf der Ablagefläche. Ihre Hand greift danach. Kühl und schwer liegt er in ihrer Hand. Sie holt aus und verfolgt wie in Zeitlupe, dass ihr Arm sich auf die Mutter zubewegt. All ihr Hass, ihre ganze Wut fließt in den Arm, in die Hand.

Sie schlägt mit aller Wucht zu.

»Ich hasse dich«, bricht es aus Anneliese heraus. Mutter kippt zur Seite, ihr Kopf schlägt auf den Küchenstuhl, bevor ihr Körper zu Boden gleitet. Jetzt liegt sie auf den hellen Fliesen, sie stiert Anneliese ungläubig an. Unter ihrem Kopf breitet sich eine rote Lache aus. Anneliese kniet sich auf sie und legt die Hände um ihren Hals.

»Jetzt ist für immer Ruhe.« Sie drückt mit aller Kraft zu.

Die meisten Informationen aus Krügers Bericht kannte Brandl bereits. Die hatte Anneliese schon während der Befragungen gegeben.

Aber was es mit der Puppe auf sich hatte, erfuhr er erst jetzt. Pia hatte die übel zugerichtete Puppe aus Anneliese Bergers Wohnung von der KTU angefordert und sie vor Anneliese auf den Tisch gelegt. Die griff sofort danach, wie in Trance. »Da bist du ja, du Teufelsbraten! Hast du immer noch nichts gelernt! Hopfen und Malz sind an dir verloren. Hau ab, ich will dich nicht mehr sehen!«

Sie hatte die Puppe dann achtlos zur Seite geschleudert.

»So hat sie es mit mir jemacht un mit allen, die sie in de Finger bekam. Dat hat ihr Spaß jemacht. Un ich musste dat immer wieder wiederholen«, hatte sie weinend hinzugefügt.

Ob Giselher von diesen Quälereien gewusst hatte? Zumindest hatte er über die KZ-Methoden seiner Großmutter Bescheid gewusst. Und die hatte er genutzt, um den Verdacht auf die Edelweißpiraten zu lenken.

Anneliese Berger war dem Haftrichter vorgeführt worden. Ihre Zurechnungsfähigkeit würde geklärt werden.

Die alten Berger-Akten hatte der Schülerpraktikant ins Archiv zurückgebracht. Da konnten die jetzt wieder zustauben.

Die Alibis der Edelweißpiraten waren wasserdicht geblieben, und Verbindungen zu professionellen Killern hatten sie nicht feststellen können. Na, die Arbeit hätten sie sich sparen können.

Brandl betrachtete die Postkarte, die ihm der Geschäftsdienstbeamte vor ein paar Minuten ins Körbchen geworfen hatte. Auf der Vorderseite war die Ansicht des Porzer Rheinufers mit dem Rathaus. »Warum denn in die Ferne schweifen, wenn das Böse liegt so nah …«, stand auf der Rückseite. »Mit den besten Grüßen von Helga Koch, Angelika Freund und Willi Eckhoff.«

Brandl heftete die Karte an die große Pinwand hinter ihm.

Biggi hatte ihm eine E-Mail geschrieben und sich für ihre Reizbarkeit entschuldigt. Sie habe Probleme mit der Schilddrüse, habe jetzt aber Medikamente verschrieben bekommen. Es könne nur besser werden, hatte sie mit ganz vielen Smileys angefügt. Ausnahmsweise war er nicht schuld an ihrem Gemecker gewesen.

Die Kölnische Rundschau brachte heute eine Meldung über die *»Klinik für den Maßregelvollzug«* in Porz-Westhoven. Bald würden die ersten einhundertfünfzig Insassen in die Forensik einziehen können. Noch laufe die notwendige Testphase zur Überprüfung der Sicherheitseinrichtungen. Die Mauern seien so hoch, dass man noch nicht einmal auf das Gelände schauen, geschweige denn daraus entweichen könne.

»Na hoffentlich.« Brandl dachte an Ulla und ihr umstrittenes Engagement in dem Bereich. Der Artikel brachte nicht ein Wort zur Reaktion der Porzer Bürger.

Ulla hatte zu Hause lange nachgedacht. Über Giselher, Anneliese, Franziska, die Simmler und ihre Mutter. Abschließen konnte sie damit noch lange nicht. Eine ganze Generation war völlig traumatisiert durch die Nazizeit und den Krieg.

Sie musste an ihre eigene Mutter denken, an ihre Eltern. Sie hatten sie gut versorgt, aber wirklich geliebt? Sie konnte sich nicht daran erinnern, dass ihre Mutter sie jemals auf den Schoß genommen oder geknuddelt hatte. Mutter war distanziert gewesen, hatte kaum Gefühle gezeigt. Ein typisches Verhalten für traumatisierte Menschen, wie Ulla aus ihrer Ausbildung als Seelsorgerin wusste.

Ihre Mutter hatte sich einer großen Idee verschrieben, war ständig mit der Gewerkschaft und ihrem Engagement beschäftigt gewesen. Und ihr Vater mit seiner Arbeit. Zwar waren ihre Eltern nicht, wie Anneliese Berger, durch eine SS-Schergin als Mutter geschädigt, aber auch sie hatten gelitten. Durch den Krieg, die Bombennächte. Sie hatten den Verlust jeglicher Berechenbarkeit und Sicherheit erlebt. Ulla erinnerte sich an die Gewitternächte, in denen ihre Mutter sie und ihre Schwester geweckt hatte. Sie mussten sich anziehen und bereithalten. Nur wegen eines Gewitters. Sie hatte das immer für eine Marotte gehalten. Jetzt verstand sie endlich das Ausmaß des Ganzen. Immer wenn es blitzte und donnerte, hatte ihre Mutter ihre alte Angst aus den Bombennächten wieder durchlebt. Auseinandergesetzt hatte sie sich damit nie, schon gar nicht darüber gesprochen.

Bei den Bergers hatten sich Gewalt, Perversität und Menschenverachtung über die Generationen fortgesetzt. Franzen und Simmler waren beide Opfer geworden.

Was hatte ihre Mutter ihr weitergegeben? Ihre Ängste? Ihre Distanz gegenüber ihren Kindern? Ihren Hang, sich an eine große Idee, ein Ideal zu klammern, das ihr Sicherheit und einen Lebenssinn gab? Weil sie Angst hatte, allein unterzugehen? Vielleicht war sie jetzt ungerecht. Im Grunde hatten doch die Deutschen nach dem Krieg gar keine andere Chance. Sie mussten sich neue Ideale suchen, wenn sie nicht als Ewiggestrige weitermachen wollten.

Ulla erinnerte sich, dass sie früher oft vom Krieg geträumt hatte. Sie konnte sich das damals nicht recht erklären. Sie hatte das doch gar nicht selbst erlebt. Und gemeint, diese Traumszenen, in denen sie sich in einen Graben warf, während Unbekannte auf sie schossen, oder in denen sie vor Bombeneinschlägen davonrannte und sich versteckte, seien alle nur im übertragenen Sinne zu deuten. Vielleicht hatte sie doch viel konkretere Ängste übernommen, als sie ahnte.

Ulla grübelte über ihre eigene Familie nach. Was gab sie an ihre Kinder weiter? Und Michael. Hatte sie sich einen Mann gesucht, der schön auf Abstand blieb und ihr nicht zu nah kam? Weil sie das von zu Hause kannte? Und jetzt, in dem Moment, als er nicht mehr fremdging, sondern sich ihr und den Kindern zuwandte, verliebte sie sich in einen anderen Mann. Sollte das jetzt ein Tanz werden? Ging er weg, lief sie hinterher. Und kam er auf sie zu, rannte sie davon. Was wollte sie von Brandl? Und was wollte er von ihr?

Sie musste es herausfinden. Ein für alle Mal. Jetzt gleich. Sie stand auf, holte einen Trolley aus dem Keller, brachte ihn ins Schlafzimmer und packte ein paar Sachen. Sultan strich um sie herum. Kofferpacken gefiel ihm nicht. Nach jedem Urlaub war er tagelang beleidigt.

Als sie losfuhr, blieb der Kater wie verlassen an der Straße sitzen und sah ihr nach. Sie konnte ihn im Rückspiegel genau sehen.

Auf dem Küchentisch hatte sie den Kindern, Michael und Elli einen Zettel hinterlassen. »Bin auf dem Handy zu erreichen. Melde mich.«

Brandl saß zufrieden, mit einer Flasche Kölsch bewaffnet, am Küchentisch vor dem Laptop. Der Porzer Fall und seine Aufklärung füllten die Homepageseiten aller Kölner Zeitungen.

Sein Chef hatte sich beim gesamten Team und besonders bei Peter Brandl für die hervorragende Ermittlungsarbeit bedankt. In gut zwei Wochen hatten sie diese komplizierten Fälle gelöst. Brandl habe das kriminalistische Gespür eines Sherlock Holmes, die Akribie eines Eduard Zimmermann aus XY ungelöst und die Ausdauer eines Jagdhundes.

Brandl musste grinsen. Hajo Heinrichs gehörte einer anderen Generation an. Brandl wäre lieber mit Dr. Gilbert Grissom aus »CSI: Den Tätern auf der Spur« verglichen worden. Trotzdem würde er sich ein paar Berichte ausdrucken.

Auf der Homepage seiner Radsportfreunde wurde die nächste Tour geplant, der Chat entwickelte sich sehr lebhaft.

Es klingelte, dann klopfte jemand an der Tür. Brandl riss sie auf.

»Die Haustür unten war offen, da bin ich einfach hochgekommen.« Ulla lachte ihn unsicher an.

Brandl schluckte. In der rechten Hand trug sie einen mittelgroßen Koffer, den sie jetzt schwungvoll abstellte. Brandl guckte entgeistert vom Koffer in Ullas Gesicht und zurück.

»Ich versteh nicht …« Er stockte.

»Ich dachte …« Ulla lachte nicht mehr. Versuchte es noch einmal: »Ich dachte, du … und ich …«

Brandl starrte sie an, trat einen Schritt zurück.

»Da habe ich wohl etwas falsch verstanden.« Sie griff nach dem Koffer, drehte sich abrupt um und polterte langsam die Treppe hinunter.

Brandl zögerte einen Moment, überlegte, doch dann schloss er leise die Tür.